文明诗学书系

文明诗学

张大为 著

天津社会科学院出版社

图书在版编目(CIP)数据

文明诗学 / 张大为著. -- 天津 : 天津社会科学院出版社, 2019.11

ISBN 978-7-5563-0578-0

Ⅰ. ①文… Ⅱ. ①张… Ⅲ. ①文学理论 Ⅳ. ①I0

中国版本图书馆 CIP 数据核字(2019)第 240681 号

文明诗学

WENMING SHIXUE

出版发行:天津社会科学院出版社
出 版 人:张博
地　　址:天津市南开区迎水道 7 号
邮　　编:300191
电话/传真:(022)23360165(总编室)
(022)23075303(发行科)
网　　址:www.tass-tj.org.cn
印　　刷:北京建宏印刷有限公司

开　　本: 710×1000 毫米 1/16
印　　张: 21.5
字　　数: 329 千字
版　　次: 2019 年 11 月第 1 版　2019 年 11 月第 1 次印刷
定　　价: 68.00 元

文明诗学书系总序

张大为

康德式的所谓现代性美学,建立在后来由黑格尔、尼采等人从西方思想史与文明史线索出发指出的现代生活的观念化、理论化基础之上。西方的所谓现代性哲学、现代性思想的“深刻”与浅陋,或许都与这一情形有些关系。康德看起来似乎对这种关系深有体会,也辨析得很清楚,用康德自己著名的比喻来说,现实当中的100块钱比100块钱的单纯概念有着更多的东西,我们不能拿着算术运算的结果,就向银行索要100块钱。这似乎是连三岁小孩都不会犯的错误,但包括康德本人在内,这种现代文明的观念化与理论化造成的现实后果却恰恰是,现代生活往往将自己的基础建立在算术公式般的抽象性之上:比如,康德美学就告诉我们,各种算术运算能力的和谐游戏,就是审美愉悦的来源。或许康德自己并非不清楚,这样的“美感”和审美愉悦本身,不能保证你的运算结果一定是正确的,更不能保证你真的拥有100块钱。但各种所谓现代性的美学和审美诗学观念,却陷落在康德式的概念圈套与思维圈套当中不能自拔。中国学者通过宗白华翻译的半部《判断力批判》,研究了半个世纪“美学”,康德哲学和康德美学以其“平庸的深刻”,对于包括中国当代主流诗学范式——审美诗学在内的现代文学艺术理论,所造成的影响难以估量。而据一种被称为“认识论的审美化”“日常生活审美化”的新进观念声称,现代生活与现代社会的建构原则,就是以这种很可能是稀里糊涂的“美感”和“审美愉悦”为中心的“审美化”原则。如果事情真是这样的话，西方文明要是不走向“虚无”与“没落”，才是值得奇怪的事情。

对于文艺理论或者诗学问题来说，这里涉及的一个核心问题，就是文学经验与文学意义的“本体论”层面上的构成与归属问题：“文学首先是审美的……”“文学必须通过审美的方式……”“文学就是文学……”“文学必须根据它本身的属性……”“基于文学本体论的依据……”当人们这样说的时候，其实已经是在用某种形式性的、概念性的东西，来界定内容与实在本身，已经是在用“想象”“虚构”属性，论证一个“文学本体论”世界的自足性，或者说，已经用文学的“想象”“虚构”性的“审美本质”，置换、架空了现实经验的优先性：文学现在已经是一个“想象”“虚构”性的“本体”和“世界”了。这就像是在强调“地球必须是圆的”，但如果“地球”现在已经萎缩、或被置换为一个地球仪、甚至一颗小米粒，我们该怎么办？在中华文明传统当中，“惟乐不可以为伪”(《礼记·乐记》)，文学经验与文学意义，比之生活经验与客观世界的意义构成，更加不可能是“想象”与“虚构”——后者是为了让这一核心的经验和真实性得以更准确、更清晰、更全面、更“真实”地显现出来的手段，根本上服务于文学经验和文学意义的客观性呈现。“鼓天下之动者存乎辞”(《周易·系辞上》)，文学修辞鼓动与驱遣的是世界经验的客观性的存在，这表明文学经验和文学意义根本上是客观性的、现实性的世界性存在，而非文学性的“虚构”“想象”与拟制。

在此前提下，“物相杂”为“文”(《周易·系辞下》)，“弥纶天地”(《周易·系辞上》)、“错画”“交文”(许慎《说文解字》)为“文”，“经天纬地”(孔颖达《尚书正义》)为“文”，文化学术总称为“文”(《论语·先进》)，“天地之心”(刘勰《文心雕龙·原道》)为“文”，有文字著于竹帛为“文”(章太炎《国学概论》)。在文明诗学的意义上，中华文明传统当中的文学是“弥纶天地”“经天纬地”之道，是“物相杂”之文，是对于世界经验和世界意义的经纬组织、错综编织、“杂物撰德”(《周易·系辞下》)，或者说“戏剧化”的组撰、呈现，而不是康德式的审美地球仪。在这个意义上，是文学修辞让这个世界“明”亮、光“明”起来，是为“天下文明”：文学的世界，是一方逐渐明亮起来的天下江山、山河大地、生活时空、人伦性情场景，而不是一个人造的、仿制的，甚至伪造的供人摆弄的“审美地球仪”，这才是文明诗学之“文”——“明”的文学本体论观念。所谓“情深而文明”（《礼记·乐记》）一类观念，也要从这个方向上去理解，而不能理解为浪漫主义式的主体论、情感论。这样的文明诗学观念，可以与柏拉图、亚里士多德为代表的西方古典诗学观念相参证，也可以与弗莱所谓作为“调节”性的艺术观念相沟通。

这样，在文明诗学的概念系统当中，“文明”的概念，意味着某种自然性基础与自然属性。中华文明通彻的自然属性，意味着中华文明的“身体”，就像“动则循卦节，静则因彖辞”（《周易参同契·天符进退章》）的自然身体一样，可以以实践的途径，通达文明经验的自然正确性与自然整全性，并直达自然法则的最高真理性和神圣性，而非必须首先经由哲学理念、概念理性的范导、反思与中介。西方式的哲学理性与理论理性，在这里没有高于文明体系的、作为世界理念原型的柏拉图式的重要性，而是具有派生性，或者说具有一种完全不同的结构位置与作用机制：我们把这种内在于文明自然机理、自然格局当中的理性叫作“文明理性”；把这种文明整体上的自然圆融性或者自然的“自然”属性，叫作文明的诗性，或者反过来，将具有这种整体性圆融的自然属性的文明体系称之为诗性文明。文明诗学的问题性，文明诗学意义上的文学的属性、地位与机能，要在这其间来理解、寻找和定位；反过来，文明诗学意义上的文学与文学修辞，不仅仅具有情感性、虚构性、审美性，同样也分有健全的文明理性，以及综罗整全的文明经验与自然正确的文明价值判断意义上的深广的文明性格局。

在一个多世纪之前，中国现代学术体系的建立在很大程度上，参照了西方现代相关领域的观念系统与知识结构构成。然而在今天，这其中的弊端和问题体现得越来越明显，尤其是从源头上丧失了传统经学那种对于文明总体性、根本性问题的思考视野与处置能力。文明诗学希望做到的不只是简单的学术视野的扩展与学科的交叉、叠加，而是走出学术理性的抽象空转与自我合理化，在对于东方和中国文明传统的高度自觉和价值融通的基础上，重建学术理性、理论思维与文明生活世界之间的内在关联，重建能实践的、“有用”的学术理性。如果做得好的话，文明诗学式的“文明”性的问题界面，可以成为一种“新经学”视野，成为对于传统经学之整全性与根本性的文明生活秩序视野的继承或替代性选择。当然，从这个意义上讲，文明诗学只能是更加宏大的知识系统与研究规划当中的一个部分，还应该有文明儒学、文明国学、文明史学、文明礼学、文明政学……但它们相互之间，不再是互不联通的小格子间之间的关系，而应该是棱镜的不同维面的关系，或者互相交叠的花瓣的关系。

西方所谓现代性的文明方案，是一套有着重大缺陷的文明方案，中国在包括学术思想、文学诗学在内的文明价值认知与文明发展道路上，一定要避免走上简单认同和复制这种"现代方案"的路途。中华文明能够五千年绵延不绝，绝非是偶然的结果，而是源自其内在的文明机理、文明价值、文明理想的合理性。中华文明的未来，完全无须以西方那样所谓"现代"的工商业文明、消费主义文明为样板；中华文明的复兴，意味着以中华文明内在的自然正确性与高贵性，重新界定人类文明的定义与标准，乃至重新界定人与人性本身的定义与标准！这是中华文明在历史上曾经达到过的辉煌，也是中华文明在未来应有的抱负。谨将这套文明诗学书系，献给中华人民共和国成立70周年、中华文明伟大复兴破晓之际！

目 录

自 序

首先需要解释一下的，是本书书名当中所谓“文明诗学”这个概念。从西方的传统来说，文明诗学指的是与“城邦”生活有关的问题性领域，而“城邦”就是生活方式问题，也就是文明问题。这样，古希腊的哲人与诗人所关心的问题领域，大部分都可归入事关“人应该如何生活”的文明诗学的范畴。就中国传统来说，它指涉的是作为“经学之总归，六经之管辖”（廖平《知圣篇》）的孔门诗教传统所涉及的总体性问题维度。在这样的问题性格局当中，中华文明传统说到底，就是中国人的生活方式与生活价值秩序，这种生活方式与价值秩序之自然正确性与自然整全性所在，就是“文明”，就是“中国”，而将这种生活方式“文而明之”、“明”之以“文”，或许就是出自中华文明传统的文学定义，与文明诗学意义上的文学概念。在这个意义上，文明诗学的总体努力目标，是恢复被现代知识体系切割和肢解了的、带有文明根本性与总体性视野的文学学术理性界面、工作台面。

文明诗学是出自中国文化精神与文明传统的诗学，期待它是一种真正意义上的“中国诗学”，它与源自西方哲学理性和价值观念，尤其是审美现代性或“美学”的诗学视野，形成鲜明对照。在此，我所指的“美学”，是指从鲍姆嘉通与康德以来，在西方特定的哲学思想背景与社会、历史、文化条件下形成的一种艺术理论、“审美理论”，如果将“美学”当成是一般性的文学艺术理论的总称，则跟我这里的讨论没有什么关系，只是我自己从来不这样使用这个概念。在我看来，沿着西方所谓现代性传统的思想线索与文明价值格局，展开的“美学”化的、包括现代主义、后现代主义理论内在的文艺理论或诗学思路，从大方向上已经走入死胡同。在连西方人自己都翻不出花样的地方，中国人比西方人更了解“美学”是怎么回事吗？中国学者比海德格尔、德里达更有才能吗？要么就是继续制造“文艺美学”式的皇帝的新装？然而，时至今日，学术思想领域的一些人还在刻意混淆视听，把西方“现代性”传统的特定思想背景与文明价值取向，以及西方世界一个特殊的历史进程，视为人类文明的普遍性的“现代”道路与唯一“现代”出路，或者认为反思西方“现代性”就是要回到古代。其实，在西方世界内部，也不是只有“现代性”一个传统，批判和质疑现代性传统的思想与学人多如牛毛，并不是什么了不起的罪过；但另一方面，检讨“现代性”传统，也并不是因为它是一个“伪问题”——如果确实是一个“伪问题”，那倒是可以不去管它，而是因为它实实在在地、深层次地影响了中国人的现代思想方式与现代价值抉择，但它在这些方面，却恰恰是有问题的。

我本人目前从事的学术研究，大致可以分为政治哲学与文明理论、中国古典诗性文明、文艺理论、新诗等文体的研究评论等几个方面。在文艺理论方面，在眼前这本书之前，经历了一个比较长的不断认识与思考的过程，主要是完成了关于“元诗学”“元理论”“元文论”的三本书。这种“元思维”或“元思考”的思路，首先形成于以我 2002 年完成的硕士论文为基本内容的《元诗学》(大众文艺出版社 2007 年版)。不过，即便是《元诗学》写作的当时，所谓解构主义、后现代主义之类，在中国都已经成为昨日“黄花”。那时虽然还没有完全理清这其间的头绪，但我本人一开始就对这套东西不太以为然，因此那时的所想就是在一片“解构”与“后现代”的废墟之上，寻求与建立某种肯定性、正面性的东西。因此《元诗学》做法是暂时悬置“文化”的具体内容，而探求一种形式性的东西，即“诗性文化的意义机制”。这个研究路径至今也没有失效，现在仍然从事的“中华文明的诗性轴心”的题目，最初就是产生于《元诗学》，也是后者在某个层面或领域当中的展开与具体化。不过，这与人们通常概念上的“文艺理论”或“诗学”问题，距离实在是有点遥远。

因此,接下来的《理论的文化意志——当下中国文艺学的"元理论"反思》(天津社会科学院出版社 2009 年版)一书,就是对于中国当下文艺学和文艺理论各个方面问题的批判性考察。这里所谓"元理论",不是指"文学的基本原理",而是指一个"理论的理论"的问题反思层次与方式。这本书抱有一个单纯的愿望,即中国当下被人们称之为"文艺学"与"文艺理论"的东西,究竟有什么问题、有什么缺失?同时坚持一种对于"理论"态度与品质的强调,即对于"理论"本身反思,不能比理论本身更"低",不能变成情绪、随想、义气、感慨等。作为一种对于问题性的展开、审视与省察,这本书虽然没有一个封闭的、统一的结论,但它为后来将元理论思维聚拢为"元文论"的理论形态与性质,做了某种准备。而这本书当中的关于某些"皇帝的新装"的揭示与论证,可能为部分人所难以直面,但直至今天我仍然觉得是有些道理的,虽然着眼点或许已经有所不同。

在《理论的文化意志》的结束部分,就在考虑"元文论"的问题,不过 2010 年和 2011 年发表了两篇关于"元文论"的提纲性质的论文之后,这方面的研究就陷入一个比较长时间的停滞当中。这其中最主要的一个困惑,就是在带有理论及文化价值取向的"元文论"与中立性、工具性的"元文论"之间犹豫不决。之后又出版了几本书,尤其是在写完《东方传统:文化思维与文明政治》(上海三联书店 2015版)一书之后,我想明白了一个问题,即没有什么纯粹客观、中立的"元文论",这种意义上的"元文论",也不是最初出发时的目标。于是,到真正集中精力来完成《元文论》这本书,已经是 2016 年了。尽管如此,2017 年完成的这本书,仍然更多地属于一种尝试性的,也就是说并非"元文论"唯一的展开方式。而当我萌生了文明诗学的想法之后,更深切地感受到它本身的"未完成性"。

回顾这三本书的共同特点,一方面,就是它们都在力图以不同的方式(形式性的、批判性的、肯定性的"元思维"或"元思考"),偏离与跳出通常的"文学"视野、"文学"理论的观念重心与理解核心——这不只是指题名为《文艺理论》《文学概念》的一类著作,而是指当代文艺理论思维的整体性状。这么做的原因在于,如果在这一点上没有认识与知解上的转型和变动,那所有的文艺理论都是大同小异的复制品,因为人们那种对于问题性的设置本身,其实就已经包含了文学的定义与问题的答案。我们已经有那么多的大同小异的“文学概论”“文学原理”之类的著作以及相应的附属品、衍生品,而这种外在的客观语境、情境条件本身,事实上也会成为一种认知与理解格局。在这种情况下,再写什么样的文艺理论,也会被当成又一种“文学的基本原理”,那就真是多此一举了。然而无疑,在一种习惯于将一切学术问题都“小题大做”、螺蛳壳里做道场的学术语境当中,要做到“跳出”无疑是不容易的,对于“文学”问题来说尤其如此。哲学和历史的研究对象,使它们不会将自己的学术理性当成一切,但文学研究、包括文艺理论这种关于“本身”“本体”的自恋症,却似乎是渊源颇深。正如我在别的地方说过的,这种文学化的“情绪记忆”与迷离、影响的知解方式,至少是一种20世纪80年代的后遗症,而把文艺理论做这种方式的理解,也正是当下文艺理论与文学的大问题所在。

在文明诗学的意义上,文学不是物质的实体、审美的表象、想象性虚构与心理性机能,而是具有文明现实性、时空广延性的自然整全的文明经验与自然正确的文明价值。在此前提下,文学的“虚构”与“想象”作为一个具体的艺术问题,要从文明生活秩序与文明价值秩序的意义上来理解,而不是相反,即将文明经验与文明生活意义理解成“虚构”与“想象”。当然,“美学”和“审美诗学”对此自有其说法,但“美学”和“审美诗学”的“虚构”与“想象”性理解,是对文学艺术的某种手段性、局部性特征的“理论”性夸张,因而总体上反映了对于文学艺术之文明本质的“理论”性剥夺。而这种文明的“理论性”“理念性”本质,是黑格尔、尼采、海德格尔、施特劳斯等人都曾以不同方式指出过的西方文明“现代性”传统之虚无主义本质,“西方的没落” 根本上是在这种虚无当中文明生机的没落——如果对此实在没有感觉,那就安心地做一个“快乐”而“幸福”的“现代人”吧!

总体上说,目前这本书比我之前的《元诗学》《元文论》等文艺理论著作,都要具体一些,但仍然不是“文学知识手册”“文学批评方法手册”“文学术语辞典”意义上的文艺理论或者诗学理论。这还是取决于我们怎么理解什么是文艺理论,并由此间接地取决于怎么理解什么是文学的问题。本书希望的是包括作家在内的人们,能够关注本书所谓文明诗学意义上的“文艺理论”问题,进行此方面的问题关怀与问题思考,而不是再次制造关于此类问题的“知识手册”与“术语辞典”。同时，也可以由此看到，在经历古今之变之后，当代中国文学所失去的绝不仅只是一种典雅的语言，而这种缺失对于中国当代文学写作来说恰恰是根本性的——如果它不想彻底变成“手工 DIY(英文“自己动手做”之意。)”的话。

在书稿完成的最后时刻，为了论证的完善，不得不有限地重新引入以前曾经考虑过的现象学式的分析方式，引入一条现象学的线索。但我并不想将其太绝对化，因为那同样将造成一种局限性和误解。中国古人当然没有现象学的理论，但却不见得没有现象学式的体验与经验，尤其在那些文学修辞的精微之处。书中《文明诗学与中国文学传统》三章，虽然在时间上从《诗经》讲到“后现代”，却也并不是系统的中国文学史论，而只是对于文明诗学的一些基本观念加以例释。不是说文明诗学只有这些问题，或者说只能解释这些问题，但本书目前的篇幅已经不允许我无止境地阐发下去，只是希望这些比较具体的问题，能够对于理解文明诗学的基本理念有所帮助。同时，文明诗学内在地需要，或者必然带出的一个问题是诗教问题，这是真正能够彻底改写文艺理论的文化品性与文化格局的东西。只是我还没有想好在今天应该以怎样的方式，来展开和呈现诗教的问题维度，所以只能在结束语中略微提及，并附录一篇关于孟子诗教的长文，聊补遗憾。凡此种种似乎说明，文明诗学不仅仅是我曾经在《元诗学》当中的试图完成的“诗意人类学”的替代品，同样也不只是我在某个地方曾经预告的《元文论》的下半部，准确地说，应该是我前述的几个研究方向与领域的某种综合。然而，尽管如此，一本书无论多大篇幅，都不可能真正地“完备”，何况每个人心目中看重的或认为重要的东西并不相同。所以，我觉得对于一本著作来说，主要应该看它究竟写出了哪些新的东西，而不是看它没有写到什么。

中华文明是善于学习的文明。近世以来，在遭遇西方世界及其学术思想文化时，包括深受中国文化影响的日本等国在内的那些中西学养深厚的学者与翻译家，用中国典籍当中内蕴深广的词汇来翻译西方学术概念(比如“文明”“形而上学”等)，为中国现代学术概念体系的建立起了重要作用。然而，概念本身无论翻译得如何精彩，都不能阻止文明价值上的方向迷失：就像不会游泳的人穿无论多么好的泳装也无用一样，本来已经在失重当中被冲击得晕头转向、昏天黑地，却以为自己正在劈波斩浪、闲庭信步。不仅如此，这些精彩的翻译本身可能已经先天地包含了对于西方的仰视姿态，因而把西方学术的相应部分给不恰当地神圣化、崇高化了。“美学”的情形与此类似，如果当初不要把它翻译得那么“美”，而是翻译成“感性学”，那它对于中国学术的影响，或许会更加全面而客观。就此类问题而言，并不是说一定要反对和消灭“美学”这个概念本身，作为已经进入现代汉语惯用语与日常用语层面的西方学术概念，我认为比较可取的方式是，至少在作为学术话语来使用时，在参证与借鉴其问题方式与认知深度的同时，要充分意识到它的限度和适用性。在这样的过程当中，逐渐恢复、重建我们自己的学术自信、学术视野，以及解决问题的能力与方式，而非一味挖空心思地证明孔子和柏拉图如何提前两千年论证了康德美学的“真理”——这种自欺欺人的文字游戏，其实于人于己都没有什么益处。文明诗学从总体而言，是面对上述这些问题以及其中的重大缺失的一种方式。

2019 年 3 月

导论　文明诗学的问题构成与理论格局

从某种意义上说，“文明诗学”①可以看成是相对于美学化文艺理论或者“审美诗学”而言的诗学基本理念与理论建构形态②。美学与审美诗学背后，是西方近代社会历史文化道路当中产生的特定问题性，也即西方近世以来所谓“现代性”问题范式及其相应的哲学与理论解决方式。这样的美学与审美诗学范型，对于中国现代以来的文艺理论与诗学范式构成了宰制性、笼罩性的影响：中国传

①这里的“诗学”是广义的概念，指文艺理论。“诗学”这一概念，现在人们一般相对习惯的是西方式的用法，即一种比较广义上的文学、艺术理论，甚至用以统称更为广泛的理论知识与实践技艺层面的东西，比如电影诗学、雕塑诗学、建筑诗学等。但中国也有“《诗》学”的概念，指以《诗经》为中心的经学学问；同时也有“诗学”两字连用而非指经学的用法，比如唐郑谷《中年》诗中“衰迟自喜添诗学，更把前题改数联”的“诗学”，大概是指作诗的修养、能为等。就这里的三种义项而言，“诗学”基本上可以看成是一个能够会通古今中西、兼指文学艺术的理论与实践的概念。

②“文明诗学”的概念并非本书首创，据笔者有限的见闻，方汉文先生曾经就此有过系统的、富有启发性的表述（见方汉文《文明诗学：中华民族的理论创新》，《苏州市职业大学学报》2006 年第 1 期）。与方先生不同的是，本书认为，“文明诗学”不仅仅是“以历史文明为基础”的、作为一种比较视野或一种客观存在的诗学形态，及“以历史阐释，考据与文献编纂为载体”的阐释性诗学形态，中华“文——明”观念本身，就可以成立一种诗学本体论观念与整全性的诗学理论形态。它比之西方近代以来的美学与审美诗学，更能契合中国文学的文明与文化特征，具有更大的阐释空间与理论弹性，更加便利于中国文艺理论话语体系的生成。这里当然不是反对“美学”与“审美”的概念本身，但它们也不只是无辜的中性称谓，需要反思的是它们背后的理论格局的局限性，以及在有意无意间对于中国人思维与认知方式造成的影响。

统的文艺理论观念与经典文献，在中国当下文艺理论与诗学建设当中，几乎都只是佐证性的、点缀性的、断片性的存在；几乎在当下任何一种系统性、原理性的文艺理论与诗学著作当中，从观念形态到理论表述方式、引证文献，这些都是显而易见的事实，只是人们似乎已经对此没有了感觉，或将此当成了理所当然。这背后是百年来自我剥夺、自我殖民式的文化迷失与文明价值虚无。文明诗学不是要返回古代，用古代文论的具体命题与结论来解释今天的文学问题，而是一种价值格局与认知格局、思想格局，文明诗学希望能够成为以某种比较通彻的中华文明价值立场贯穿始终的文学理念与文艺理论建构范型。这么做的主要缘故，不是出于一种"保卫"传统与保守主义的原因，而是因为这样一种中国文明价值与文明诗学的视野，不仅对于中国人的生活与文学，而且对于包括西方文学在内的文学的全面本质，都具有更大的认知与实践优势。

第一节　审美现代性当中的诗学理论困境

中国当代文艺理论发展历程，在前三十年总体上是狭义的政治化文艺理论占据主导地位；新时期以后，"美学"与审美诗学成为文艺理论建构的主导范式（"文艺美学""审美意识形态""日常生活审美化""生活美学"等）。除了"美的本质"之类一般性问题探讨之外，人们在此是将"美学"理解作一个外延上比之文艺理论范围更大的、中立性的文学与艺术理论的总称。然而事实上，即使在中国语境当中，"美学"也不可能不带有其诞生的特定时代、历史背景当中的思想方式、问题方式的烙印：诸如真善美三分的意义化世界、审美主客体关系、审美"超功利"、合规律性与合目的性的统一……在无限复杂的艺术性构成与艺术实践面前，这些观念并不是放之四海皆准的"普遍真理"与文学艺术的永恒"本质"。文学和艺术在"美学"诞生之前已经存在了几千年，关于"美"的问题的讨论也是古来就有，但"美学"却是 18 世纪下半叶，鲍姆嘉通与康德等人的特定理论建构，这背后是西方特殊的社会历史问题与特定的文明价值格局所决定的"现代性"道路："现代性"不等于我们通常所说的"现代化"，更不等于日常用语当中的一般性的“现代”概念，康德等人以审美与美学的“现代性”思路，来解决哲学体系的建构难题，只是反映了对于人性与人类生活于其中的意义化世界构成的一种特定的“现代”理解方式。

从20世纪80年代至今，尽管有大量西方现代主义、后现代主义新潮理论的涌入，但西方所谓现代、后现代主义文艺理论，从总体上并没有突破美学与审美诗学的文艺理论格局，它们事实上只是对于美学背后的“现代性”问题困境的进一步极端化，而非对于“现代性”视野的超越。从20世纪90年代以来，随着中国经济社会的发展，与文学相关的文化生活领域出现了很多新的问题、新的趋向，再用美学和审美的观念来加以解释，人们感到力不从心。于是，文化研究、文化批评、文化诗学的理论与实践，着力于突破美学与审美诗学的局限性，扩充文艺理论的理论涵盖力，回应现实问题，重塑文艺理论的现实关怀与解释能力，成为一种具有广泛的包容性与影响力的文艺理论学术走向。不过文化诗学所关注与力图重新整合的审美与文化的割裂，本身正是“现代性”的理性化的意义世界规划，以及艺术与文化、理论与实践在一个纷乱的世界上各行其是、背道而驰的现代思想格局本身的产物，因此，文化研究、文化批评、文化诗学最好看成是一个集合性的问题论域，而非对于问题的系统的理论解决方式与理论重构。

近年来，在中华文明伟大复兴的历史大势面前，受到西方相关领域启发，以超越西方“现代性”视野的偏见与局限性（后者尤其表现为对于中华文明、中国文化与中国文学的认知偏见与局限）为目标，重新审理中西文明，尤其是中华文明大传统的“古典学”与“古典诗学”的学问路径，一开始就带有重构“国学”与“城邦学”的文明自觉及重新为文明奠基的努力方向[①]，引起各个学科领域的普遍关注，产生了广泛的影响。西方的古典学学派，以及具有古典学作风的学术派别（比如施特劳斯学派），都非常重视对于经典文学作品的研究与解读。因此，古典学事实上包含着一种文学观念系统与文学认知方式，它背后是关于包括文学在内的“前现代性”的整全世界观念，其核心是“何为美好生活”“人应该如何生活”的文明与政治关怀，从而“古典学”与“古典诗学”的重心，可以说就是“文明

①刘小枫：《重启古典诗学》，华夏出版社2010年版，第38页。

诗学”的维度。在此，“古典”之为“古典”，不同于我们一般意义上的古典文学、古代文论纯客观时间刻度的“古典”与“古代”之处，就在于其根本上带有明确的反思西方现代文明危机的目标意图④，就此而言，它也不同于乾嘉朴学。与小处精明、大处糊涂的审美诗学相比，“古典诗学”有助于我们认识西方文明与文艺理论自身深陷其中的“现代性”困境，摆脱对于西方视野的捆绑性依附关系，恢复对于中华文明、中国文学与文艺理论传统的整全认知，以及克服“现代”困境、解决现实问题的文化自信。

因此，文明诗学并非是要回到古代，守卫原封不动的古典传统，或者用古典文学的标准来衡量今天的文学，而是力求以谦恭、虚心的态度重新理解、学习传统当中的大智慧，反省“现代性”视野的困境与局限，回应和解决现实问题。文明诗学并非是一个全新的“发明”，虽然之前并没有这样的称谓，但就其实质而言是中西文明当中的大传统，或者说是中西文明大传统当中的诗学主流传统。只是在西方进入“现代性”传统之后，在中国文艺理论思维受到西方现代性哲学与诗学传统的支配性影响之后，才在康德式的“美学”理论格局当中被肢解。因此，这就需要在文明诗学的理论史、理论脉络的清理与发掘当中，重新整合其问题视野与理论格局。针对当下通行的文艺理论范型在理论与实践方面的一系列现实困难，文明诗学提出的一些文艺理论构想不可能解决所有的问题，但它是构筑解决现实问题的新的学术视野与学理基础的努力尝试，它是回应历史发展与文明复兴的时代大势，同时吸纳中西学术发展的新动向、新观念，对于中国文学、包括文艺理论大传统的重新发现与重新阐发。下面随便列举几个例子，说明一下它针对现实问题的学术关怀与实践价值：

1.出于中国传统文学概念，即便是比如《昭明文选》《文心雕龙》这样似乎是非常“纯粹”的“文学”选本与“文学”理论著作，都选取或者论述了大量在今天看来是非“文学”、非“审美”的文章与文体，但它们从古至今都同样被当作文学作品来阅读与欣赏，这不能看作是一个偶然的例外情况。这也并非是一个新问题，而我们就此从“美学”与“审美”的现代观念出发给出的种种解释，理由其实从一

---

④刘小枫：《古典学与古今之争》，华夏出版社 2016 年版，第 8 页。

开始就并不充分，或者说很牵强。与此相关的，是通常的文艺理论著作诗歌、小说、散文、戏剧的文体“四分法”，在20世纪50年代，就有人就此提出过系统的质疑意见[①]。它事实上只是出于“审美”和美学的“现代性”成见，肢解和扭曲亚里士多德诗学更为通达、合理的抒情、叙事、戏剧三分法的结果[②]，是迫于“审美”性的文学本质观念而采取的某种不得已的折中办法：或许只有这种兼有抒情性与叙事性、审美性与非审美性的不伦不类“散文”概念，才能处理中国古往今来大量缺乏“审美形象”[③]与“审美虚构”性质的“文章”。

2.对于当下与“非文学”“非经典”化趋向联系在一起的大量文学现象与文学现实，则审美批评、美学视野与文化批评、文化研究双方的解释都有其局限性。前者从（其实是出自某种特定观念视野的）审美本质、艺术品质出发，认为它们是低层次、低水平的，缺乏艺术品位与经典品性，而后者认为它们只是特定社会历史条件的衍生物与伴随现象，其所关注的是对于这一现象背后的经济、社会、历史具体性成因与起源的还原与考究，对于其艺术性存而不论，也缺乏这样的评价尺度与标准。面对这种困境，产生了“审美文化”的概念。不过，“审美文化”这样的概念，还是难以回避“审美”与“文化”的关系以及如何用“审美”界定、规范“文化”的问题，“审美文化”可能只是将艺术的精神性、目的性与主体的感官性、自发性之间的悖论放大与尖锐化了——这种悖论是原本存在于“美学/感性学”（aesthetic）的这个“现代”观念与理论结构本身当中的悖论，而并非是解决了问题，这只要看看当下人们对于“审美文化”的理解与认识上的分歧，以及现实当中“审美文化”两极分化的客观情形就清楚了。

3.沦陷在孤独的个体心灵当中的“荒诞”的文学世界图像，无助于人类灵魂的完善与生活的幸福，割裂的文学理论与实践，同样不仅仅是一个学术问题与

①穆旦：《评几本文艺学概论中的文学的分类》，《穆旦诗文集》第2卷，人民文学出版社2006年版。

②亚里士多德的三分法，不是今天意义上的文学体裁或文体的区分，而可以看成是一种更为深广的文学“体式”的区分。但人们显然可以说“抒情文学”“叙事文学”“戏剧文学”，来作为对于文学之“性体”与“形式”的更为全面和深层次的理解与把握方式。

③尽管当时对于文学的本质界定是“形象性”，但“形象性”仍然是一种残缺不全的美学知识，是更片面、极端的美学要求。这反过来也说明，当时对于文学的“政治性”要求，也是对于政治与文学双方的双向简化，而非一种真正融贯的、系统性的政治诗学理论命题。

作家的知识结构问题。现代主义与后现代主义的激进审美突破、审美反抗、审美表现，如果不将其引导、整合进一种有益生活的文明性价值关系与价值秩序当中，无论对于社会生活还是对于作家艺术家本人，都是破坏性的："诗人之死"、诗人自杀等现象，只是一种显在的、极端的表现与个体层次上的现象，其隐性的、日常性的以及对于整个社会生活、社会伦理的影响，都属于无法评估的范畴。更严重的是，除了情绪化的感慨、同情或心灵鸡汤式的指责，目前还没有一种真正能够就此进行客观的研究、观照的理论视野，对于此种文学艺术与此种生活、此种人生，还没有一种艺术伦理或者社会伦理给予认真严肃的考量、权衡；在一般的美学化的文艺理论当中，更是没有位置。如果文学艺术导致的就是这样的结果，那么无论它如何精彩与高明，我们是否一定还需要这种作为"蚌病成珠""坟墓后的辉光""死神唇边的笑"的文学艺术？对于这样的文学生活与艺术人生除了"尊重个体选择"这一"现代"价值视点之外，我们还有没有可以系统、全面、客观地思考与面对此类问题的理论视野？如果文学艺术的"现代性"价值选择就是这样的结果，那这样的"现代性"文学艺术与文学艺术理论、诗学理论，究竟是更"文明"还是更野蛮了？

4."现代性"和美学视野是一个"人是目的"的理论与文明价值视野，它将"人性"的标准绝对化，从而文学艺术之"现代性"焦点集中在所谓"永恒的人性"上面。然而，一种没有了参照系统与考量标准的纯粹"人性"，本身变成了一个抽象空转的观念陀螺，它可以根据不同的需要指向任何方向，这不仅使得文学艺术自身失去了思想与价值评判的尺度，而且也使得文艺失去了艺术观照的距离与间性，变成一种深度实证主义的、凝视对象的"出神"与"眩晕"状态——这是一种容易催生幻觉、走向幻觉的状态。当下，人们普遍感到日常生活当中文学性与文学写作资源的匮乏与短缺，"文学终结论""文学消亡论" 以各种各样的形式，以显形观念与潜在意识的形态，影响着人们的学术思想、价值判断与写作实践。那么文学是否确实已经到了"终结"与"消亡"的边缘，还是人们的文学认知方式、理论范式、价值标准本身的困境与局限性带来的一种连带反应？如果不是真的只能由此走向"终结"与"消亡"的话，人们还可以从什么样的价值视野出发、向何处寻找文学资源与发掘"文学性"？

关于美学的问题，以后会不断地涉及和随时提及，这里只是初步揭示它的一些似是而非的显著困境。从文明诗学的角度看，这些问题其实都是美学化、审美化的文艺理论认知视野的局限性所在，以及由此产生的问题困境，是现实问题本身对于理论范式的提醒与挑战。但这些大体仍然只是一些边际性的问题，而非问题的核心和主体。文明诗学致力于比较全方位地、彻底反思现有文艺理论范型的局限性，正面地、积极地理解与回应此类问题。文明诗学将"美学"与"审美诗学"的视野加以相对化，重新整合被西方的"现代性"视野所刻意制造的艺术与文明的二律背反，将中华文明经验与中国文学传统、包括文艺理论传统的宏伟视野，作为根本性观念与价值立场：康德式的以"审美物自体"为核心的"美学"观念，标志着人类认知的黑夜与价值虚无的黑洞，跳出审美现代性的"美学"与"审美诗学"的阈限，将文化与文明研究视野，作为积极的、生产性的、实质性的而非仅仅作为一种批判性、解构性的维度，纳入文艺理论的理论框架，建立起对于中国文学传统以及从最古老到当下的中国文学经验，具有充分与宽博的解释能力的基本理论核心与问题格局。在此前提下，文明诗学应该尽量打破文、史、哲、政、法、艺之类的"学科"的分界，希望由此不仅仅是视野上的"量"的整合与叠加，而且也能由此带来一些"具体"的新认识和新发现。

第二节　文明诗学的问题意识与问题性主旨

近世以来的西方历史表明，西方"现代性"传统是一个有着重大缺陷的文化规划与文明视野，而非牢不可破的普遍真理与普世价值所在，它更像是中国现代文明前行道路上在某些层面不小心误入的一个错乱的时空，在领略它的风景之后退身出来，还有更为广阔的天地；而它的问题足以成为我们继续前行的镜鉴："艺术哲学学者和美学教师具有把艺术作品看作是与历史的乃至社会学的现实相脱离的一个封闭而自律的创造物，只能从那个自身来理解的倾向。把伟大的艺术作品与它成立的时代的政治时事性相结合等，在他们看来纯粹是玷污了审美的美、贬低了艺术形式的真实价值，因此悲剧性的源泉就在于诗人自由而绝对的创造力之中。”[①]康德美学的“现代性”就在于，它为“现代人”许诺了一种“绝对”的“自由”，这种“自由”是如此“绝对”，以至于可以等同于艺术性的“想象”和“虚构”，而西方现代文明如果因此反过来具有一种“美学”性质，一种“日常生活审美化”的性质[②]，以及由文明本身（“想象”性与“虚构”性）的一种“美学”性质助长的认识上的蒙昧主义与价值上的虚无主义，那也丝毫不足为奇。总而言之，对于“美学”问题，首先要看到的是在其“现代性”的哲学观念与文明理念转向当中，发生的根本性的认知反转与价值倒错，而不是纠缠于“美学”当中那些似乎合理、“不外如何如何”的只言片语。反过来说，在20世纪这个西方文论史上所谓的“理论的世纪”，人们可以看到，那些形形色色的文艺理论就像现代主义小说人物的梦呓一样，抓住一点不顾其余，小处精明大处糊涂，变得日益极端、片面和不可理喻[③]，但这实际上正是将鲍姆嘉通和康德以来的美学的内在逻辑延展开来、“发扬光大”的结果。这造成了它们在总体上的某种“现代性”的迷茫与迷失，而这正是拜康德美学的观念格局与文明价值格局内在的根本性扭曲与颠覆所赐，是后者发展的必然结果——康德美学要是不发展到这一地步，那才是值得奇怪的事情。

这里涉及的不是某一种具体的“创作方法”上的问题，而是文学经验与文学意义的“本体论”层面上的构成与归属问题：“文学首先是审美的……”“文学必须通过审美的方式……”“文学就是文学……”“文学必须根据它本身的属性……”“基于文学本体论的依据……”这样的论调听得实在太多，当人们这样说的时候，其实已经是在用“想象”“虚构”属性，论证一个“文学本体论”世界的自足性，已经是在用某种形式性的、概念性的东西，来界定内容与实在本身，或者说，已经用文学的“想象”“虚构”性的“审美本质”，置换、架空了现实经验的优

①［德］卡尔·施米特：《哈姆雷特或赫库芭——时代入侵戏剧》，王青译，上海人民出版社2015年版，第40页。

②［德］沃尔夫冈·韦尔施：《重构美学》，陆扬、张岩冰译，上海译文出版社2002年版。由于美学的“虚构”性质助长的认知蒙昧，在这本作为中国学界“日常生活审美化”问题性的来源的著作上，体现得非常明显：中国学界似乎毫不理会韦尔施对于“日常生活审美化”所持的反讽态度与批判维度。

③只要对于20世纪西方文论略加涉猎，就会知道这样的评判丝毫不过分。只是人们长期以来畏惧于它的“先进”与“前卫”，对此视而不见而已，甚至觉得，要是不与其中某些文艺理论观念保持认同与一致姿态，就显得自己很落伍。这在国内的文艺理论领域，是很普遍的心态与现状。

先性:文学现在已经是一个“想象”“虚构”性的“本体”和世界了。这就像是在强调“地球必须是圆的”,但如果“地球”现在已经萎缩、或被置换为一个地球仪、甚至一颗小米粒,我们该怎么办?就文明诗学来说,不是文学提供了一种真、善、美作虚拟与想象性融合的“现代”方式、“现代”领地,而是只有进行真、善、美的前“现代”方式的融合和融会贯通,打开文学修辞之文明价值实践性的纵深视野,才能使文学具有文明诗学品格与文明经验的现实性:

> 我们可以为想念赫库芭而哭,人有时候会为想很多事情而哭,催人泪下的事物有很多,但只有在对诗人、朗诵者、观众这些参与者的全体来说,事件作为现实无可掩盖地在那时存在时,悲剧性才成立。被创作的命运不是什么命运,无论怎样天才的创作在这一点上也不起作用。悲剧事件的核心、悲剧货真价实的根源是某种无法掩盖的东西,是命中该死者想不出来的,即使天才也无法虚构……悲剧不是基于被共同承认的语言以及戏剧规则,而是基于共通的历史的现实这一活生生的经验而成立。①

其实不仅仅是悲剧或戏剧,任何文学艺术经验的核心,都不是“虚构”与“想象”出来的,都不是能够“创作”出来的,康德式的“美学”的观念,让人们把一些本来是小学生都应该知道的常识给颠倒了,而戏剧的情形是对于这一被我们遗忘了的起码常识的“戏剧性”呈现:文学经验与文学意义的世界,无时无刻不是由各种“参与者的全体”的“戏剧性”关系组织而成的文明生活具有时空广延性的现实生活世界,文学经验与文学意义,也没有一刻能够脱离这种生活世界当中具有时空广延性的真实性、具体性与现实性格局。“惟乐不可以为伪”(《礼记·乐记》),文学经验、艺术经验比之生活经验更加真实、更加不可能是“虚构”“想象”。“虚构”“想象”与“创作”都是为了让这一核心的经验和核心的真实性得以更准确、更清晰、更全面、更“真实”地显现出来的手段,而非相反。在中国传统当中,“诗”与“道”相通,因此文学修辞有“提挈天地”的力量,它能够“经纬区宇,弥

①[德]卡尔·施米特:《哈姆雷特或赫库芭——时代入侵戏剧》,王青译,上海人民出版社2015年版,第64页。

纶彝宪”,实现“天文斯观,民胥以效”(《文心雕龙·原道》)作用,因此文学是“开物成务”的“弥纶天下之道”(《周易·系辞上》),是“经国之大业,不朽之盛事”(曹丕《典论·论文》)。这些在古人看来是理所当然并且反复叮咛的道理,被视美学的现代性文明价值格局为终极真理的审美诗学严重误读。超越现代性传统长久以来的认识偏见与惯性因循,超出审美诗学的狭隘格局与作茧自缚地陷入的文化困境与文明价值格局,文学还有广阔的实现空间,文学性还有取之不竭的丰沛的资源。

文学经验与文学意义具有时空广延性的“戏剧性”结构构成,是文明诗学的基本前提与出发点。“见龙在田,天下文明”(《周易·乾·文言》),文明诗学是关于文明经验、文明价值想象与立法及文明生活方式、生活秩序建构的文学性视野,是在这样一种视野当中重新体认与考察“文学是什么”所统属的诗学问题的文艺理论格局。文明诗学认同人类作为“修辞共同体”的理念[①],并将包括文学在内的修辞实践看作是对于生活世界之意义、价值秩序的探寻、建构方式。“《易》曰:鼓天下之动者存乎辞,辞之所以能鼓天下之动者,乃道之文也。”(《文心雕龙·原道》)文学修辞不仅仅是一个畸零的审美客体与一方片段的语言织体,文学的修辞实践所综罗、包络着的人类生活世界与人性化的生存实践、生活方式,就是“道”的内容与“道”的实体,就是践行“道”之所以为“道”的实践领域,文学修辞本身就是“道”可以着手、可以触摸的经纬网络,就是“道”的本体性内容。

在文明诗学的视野当中,文学修辞不是在现代性的文明价值规划当中成为被动的、消极的审美对象,而是在人类生活世界和生存的根基处,提调、鼓动、引领、规范着某种基元性秩序的“鼓天下之动”的力量——在《诗经》与《荷马史诗》当中,这样的状况不难想象。文明诗学不否认这其间某个层面、某个维度、某个阶段上的美学视野和审美诗学问题,但从根本上超越于审美诗学所代表的、从西方文明传统与文明价值格局出发的“现代性”规划,及其对于人性与文学性构成的认知方式之外。文明诗学视域当中的文学,代表了不能化约、割裂为哲学、科学的理论认知、道德伦理实践、历史与制度理性等的文明观感、文明想象与文

①《古希腊修辞学与民主政治》,刘小枫编,冯庆、朱琦等译,华东师范大学出版社2015年版,第7页。

明经验，但文学正是以此为基础提供某种基元性的文明价值理解与文明生活规划。文学未必总要重新发明一套文明价值体系与文化价值观念，但文学修辞实践的核心要义，在于寻求人的生活与这种文明价值观念、体系的实践性、生存性关系，真确地写照从特定的文明价值规范出发的文明认知、文明经验与文明想象，以及人应如何在文明价值秩序当中生活、如何去更好地生活的问题。

这并不是说文学要简单地认同一切文明价值，恰恰相反，文学修辞保卫着从文明的自然性基础而来的文明价值整全性、正确性、本真性。如施特劳斯所说，文明的定义本身包含了一种自然性的基础①，这里的“自然”，不只是客观性的对象领域，不是康德意义上的作为知性附属品的自然②，也不只是物质与物理世界的标准，而是一种总体性、全方位、多层次的有关宇宙、世界及人世、人伦生活的秩序与规律——对于每一个中国人来说，这都是很容易理解的“道”理，因为中华文明是一种真正贯穿始终地尊重“自然之道”的文明。按照西方文明传统，探索自然、发现自然最初首先是哲学与科学的职责，但西方传统当中凭借哲学和科学理性所圈定、发现、理解的“自然”，可能恰恰包含着某种不自然，西方古典文明凭借“文明诗学”意义上的诗和诗性文化的作用，凭靠“诗与哲学之争”展开的问题性格局，一定程度上克服了这种“自然”的局限性。文明诗学综合了对于迷途不返、危机重重的西方现代性问题以及过度依赖西方现代性传统的（关于中华文明的）理解与思想方式的反思性维度，从根本上是对于文学艺术之“自然之道”的整全性的尊重、恢复与重建。

在中华文明传统当中，“物相杂”为“文”（《周易·系辞下》），“弥纶天地”（《周易·系辞上》），“错画”“交文”（《说文解字》）为“文”，“经天纬地”（孔颖达《尚书正义》）为“文”，文化学术总称为“文”（《论语·先进》），“天地之心”（《文心雕龙·原道》）为“文”，有文字著于竹帛为“文”（章太炎《国学概论》）……我们不必简单固守其中任何一个定义，但也不能仅凭康德式的“美学”理论和审美诗学，就将其全部视为落后的、错误的、功利的，而在西方18世纪后半截，“真理”突然被鲍姆

①［美］施特劳斯：《德国虚无主义》，见《苏格拉底问题与现代性》（增订本），刘小枫编，刘振、彭磊等译，华夏出版社2016年版，第105页。

②［德］康德：《判断力批判》，邓晓芒译，杨祖陶校，人民出版社2002年版，第300页。

嘉通与康德发现了？应该把“美学”看成是司空图的诗论、欧阳修的文论一样的某种特定的、相对的理论。在中华文明传统当中，在文明诗学的意义上，文学作为“弥纶天地”“经天纬地”之道，是对于世界经验和世界意义的经纬组织与“戏剧化”呈现，而不是康德式的审美地球仪。在文学和诗学问题上，不是一定要往前看，也不是一定要往后看，而是一定要往对的方向上看——除非一开始就假定古人一定是错的，现代人一定是对的；中国的一定是错的，西方的一定是对的。由于社会历史等各个方面的原因，在20世纪的社会生活的各个方面，中华文明传统、文化传统，一直都是以负面的形象、避之唯恐不及存在，外在于人们的生活，人们事实上远没有穷尽传统的内在可能性，以及传统视野当中所蕴含的丰沛的文学性与诗性可能性资源，而这样的传统其中所包含着的，或许正是迥异于西方文明的另外一种关于文学与诗性生存、关于人类文明生活之诗性格局的可能性。

第三节　文明诗学与中国文学及文明传统

中国人注重文明传统、崇拜文明传统，所谓三皇五帝，所谓祖述尧舜、宪章文武，就是被尊崇与不断重述的文明传统。“文王既没，文不在兹乎。”（《论语·子罕》）中华文明传统说到底，就是中国人的生活方式与生存价值秩序，而这种生活方式与价值秩序的自然正确性与自然整全性之所在，就是“文明”，就是“中国”。将这种生活方式“文而明之”、“明”之以“文”，或许就是出自中华文明传统的文学定义，与一个标准的“文明诗学”意义上的文学概念——这可以看成是超出美学的现代性视野与审美主义眼光，重新讲述的“美是生活”“文学反映生活”“审美意识形态”“日常生活审美化”问题，重新讲述的“文学”的故事。两相对照，至少可以看出“文明诗学”既非匪夷所思，也非无谓多事。当然何为“自然”，何为“自然正确性”与“自然整全性”，这都需要在中华文明的视野当中深入体认与重新界定——这不是几句话可以说清的，所以留待以后逐步展开。

在这里需要说明的是，这并不是从文字字面意义、字眼上来推求“文明”与

"文明诗学"的概念与理论内涵：中国文化传统当中的"文"与"明"及"文明"意涵，与源于现代西方的"文明"观念，耦合为中国人的现代生活当中的"文明"语义、定义与概念，这不仅仅是一个概念术语的翻译问题，其中包含着必然性的问题性线索，而其与诗学问题及"文明诗学"的内在关联，也不能说是无关紧要的：在中国传统文论当中，"圣因文而明道""心生而言立，言立而文明"（《文心雕龙·原道》）之类，在这里"文明"两字，并非只是在文字层面上偶然、巧合性地凑合在一起，同时也并非与通常意义上的"文明"概念毫无关系，它或许可以看作类似海德格尔的"去弊""敞开""光亮"等意味，或借此展开的某种理解进路：海德格尔在"现代性"格局当中，将西方传统进行了一次颠倒，因此可以相通于东方传统。20世纪八九十年代，这些概念在文艺理论和批评领域变成了口头禅，只是人们并未深究其中的东西方文化与文明意蕴。只要沿着这样的思路深入下去，本书这里的说法其实是顺理成章的。

文明诗学其实是中西古典传统，尤其是中国古典诗学当中的大传统，我们要做的，是重新体认与重新阐发传统的真正精神内涵，用以克服过度依附西方现代性视野与美学化的诗学格局造成的片面性与局限性。一方面，被称之为所谓"理论的世纪"的20世纪，对于中国文学来说，除了与西方共有的问题之外，又有别样的意味：沿着过度诠释的审美主义范式，将文学自我碎片化、废墟化为文明价值的颠覆者、解构者，外在化、客观化为生活世界的"审美客体"，这样，中国文学和文化与文明价值格局之间，经常就如同"理论"面对"审美物自体"的情形；与此同时，又缺乏那种将人类生活世界和生活方式整体纳入视野的通彻的问题性格局与认识深度，从而躲藏在各种片面的艺术理念与"主义"当中，理念大于实绩、主义代替实践的情形并不罕见。于是，理论大于实践，观念笼罩创作，理念规定现实，事实上并非通常的文艺理论所作的那种解释，而是20世纪中国文学文化本质当中的一种深层的"理论"化与抽象性倾向：带着"走向世界""走向未来"的焦虑心态，把西方文学，尤其是西方的现代主义、后现代主义文学当成普世性文学标准，对西方亦步亦趋的那部分文学创作，并没有赢得西方的尊重；而希望靠着现代主义、后现代主义反复描绘的"本真"世界图景与废墟化的"生存体验"，走出人类面临的各种生存困境，解决人类生活的现实问题，得到审美“拯救”,最终证明同样不过是“审美想象”而已。

另一方面,诗学或者文艺理论的问题,不仅体现于理论本身以及对于当下文学创作与文学问题的认识上,同样也影响着对于自身文学与文化、文明传统的认知。曹雪芹的《红楼梦》对于宇宙人生、现实世界具有一种通彻的总体性理解与认知图景,但按照“审美”诗学的眼光,《红楼梦》当中所有的一切,都是出自作者的“审美想象”,凡是超出可“审美”地理解的“思想性”“思想主题”之外的,都是虚无缥缈的艺术形象和艺术虚构,或者是不符合“艺术规律”的东西。于是,在这种“审美”外壳当中,现实与虚构之间的关系发生了一次“名正言顺”的颠倒:“合规律性”与“合目的性”得以“艺术”地“统一”,“无目的的合目的性”得以“审美”地生成。人们忘记了这些论调只是康德为了闭合他的哲学体系进行的凌空蹈虚的理论“虚构”,而将其奉为“美学”的不刊之论。曹雪芹可能继承孔子著《春秋》的微言大义的“索隐”精神,但总不可能是康德的信徒吧?出于康德他们的思考能力与推理能力,“美学”与审美诗学体系虽然客观上局部性地反映了一些艺术规律,但总体上是西方现代性文明价值图谱的体现。然而,经过一个世纪的激进的西式、“西学”启蒙,中国人不仅仅在文明价值认同、学术思想观念方面西化倾向严重,而且在心智方式和思维方式方面,也以我们没有意识到的程度和方式西方化了。因此,总有人觉得这些无所谓,理由是反正也找不到“纯粹”的中国传统与中国心智,甚至觉得这本身就已经是“中西会通”“中西合璧”的良好结果。但这事实上导致的不仅仅是文明与国家等方面的自我认同的困难,而且也导致中国人的问题性格局与思想方式的紊乱,从而将中国文化与文明的问题不断地延搁下来:在这种情况下,我们对于问题的提出与解决方式,以及所谓“中西会通”的结果,往往是于中、于西都不知所云、不伦不类,而今天如果仍然认为“中西会通”是件很容易做到的事情,那只能说明西化病症严重到了相当的程度。因此,在如今的情况下,无论怎么强调传统回归、文明复兴都不为过,其理由正类同于当年胡适提倡“全盘西化”时的逻辑:由于惯性的作用,无论怎么强调中国传统,最后都正好中和成为“中体西用”、中西交融的结果。

在此前提下,文明诗学不否认诗学或文艺理论问题在某些层面上跨越文明界限的普遍性,但文明诗学不会以简单地寻求文学跨文明的“普遍”规律为首要职责,更不会以此为终极努力目标。没有文明立场、文明质地的普世性(包括文学与文艺理论的普世性)是不存在的,而将西方的文明价值视为此种"普世性",更是双重的错误。然而,不能因此就说文明诗学是一种特殊主义或者特殊论,因为事实上并没有可以从形而上学式的概念上、理论上来衡量一种文明秩序与文明价值之特殊性的"普遍主义""普世价值"标准,在现实性的层面上,文明真理和文明价值是文明政治性的:中华文明不需要来自西方的尤其是西方现代性传统的理论理性与概念理性的审核,中华文明也从未以"特殊性"自居,某种内在的文明价值的普遍性是中华文明自来所追求的目标;文明诗学不接受西方式哲学、诗学、美学的"真理"标准与"真理"形态的规训,文明诗学具有一种中国人与中国文学内在的、文明性的真理性与价值普遍性。但文明诗学并不因此就是排外的、狭隘的:正因为它建立在对于文明价值内涵与文明标准构成的真切感知与深度体认之上,所以它在尊重中国文学与诗学自身文明价值标准与构成方式的同时,也尊重其他文明价值立场及其文学表达,而从知识性、学理性层面吸收借鉴其他文明的文艺理论与相关理论成果,更加不是问题。所以,"和而不同"的价值标准,正是中华文明价值与文明诗学真正的首要性的自然格局及观念前提。从中华文明立场出发,给出事关人类生活共同体与人类未来的普遍性方案,这是文学的优长之处,也是中国文学的优良传统,同时更是取之不竭的文学性资源。

因此,真正意义上的"中国诗学",一定是一种"文明诗学",源自真正的中国文化价值与文明精神:这种意义上的文明诗学,不仅仅是一种具体的文艺理论建构与诗学形态,同样应该是一种中国人文艺理论与诗学问题思考的普遍性的精神气质、思想格局、价值基底与实践场域。中国文学曾经在文学评奖标准等方面饱受西方的歧视,反过来,我们也不必为获得西方文学大奖、被西方"认可"而过度兴奋——这可以看成是文明诗学的一个浅层次的负面例证,还有很多更加精微、具体和更为关键的重大问题层次值得探讨。文学与诗学的"文明"品格不是一个外部标签,其核心要义,在于它就中华文明与中国人的生活方式建设及价值正当性护持方面,必须有所贡献。21 世纪的人们,应该在这种或许是被文学与文学性所激发、扩展乃至重新发现的真理性品质与真理性领域当中,超越种种西方“现代性”的神话(这种神话的核心是西方是一切“现代”的标准),重新体认什么是人类生活当中最重要的东西,并重建自己的文明传统与文明生活方式。文明诗学将在此种传统与现代的连续性当中,致力于重新打造中国文学的文明品格。

国内的文化研究、文化批评、文化诗学的理论与实践,在“美学”与审美诗学的局限性方面,都有着自觉的意识及不同方式、不同程度的可喜的突破。文明诗学与它们相比,首先,在诗学作为一种理论形态的真理性、本真性、正当性来源上,将其明确归之于文明性与价值实践性的,而不是哲学性、科学性、理论性的真理。其次,文明诗学明确地表明在人类生活共同体与生活秩序探寻、建构方面的肯定性价值情态,而不只是批判性结论与批判性立场。再次,文明诗学明确地以文学修辞实践与诗性文明的问题性面对世界、理解世界,而不是将文学作为客体、对象来进行“审美”,或以各式各样的理论范式、理论立场来研判分析。第四,文明诗学不认为艺术性与认知活动、道德实践必定是隔离甚至对立、冲突的,反过来,也不认为艺术性就一定是虚无缥缈和缺乏现实性的:它的现实性既不能以哲学的、科学的乃至诗学本身的理论性(真理性)来加以界定,也不能以“审美本质”的、“艺术真实”的“真理”与“真实”性质来加以界定。总的来说,如果将文化诗学的逻辑与价值取向贯彻到底,必然成为“文明诗学”,而文明诗学也力求将文化研究、文化批评、文化诗学予以“完成”,它因而是“完成”于中华文明立场与文明价值抉择的文艺理论。

中华文明被称之为诗性文明,就是因为有一种深广的诗性品质,奠基于文化与文明机理的深层本质当中,反过来说,在中国文化与文明传统当中,其实从来就不仅仅从文体与审美客体、对象的角度来认识与理解文学,所以文明诗学实际上是中国诗学与文艺理论久远以来的传统。从这个意义上讲,文明诗学只是回到了一些更为基本的文明规划与文明经验基底当中,或者说回到一种更为基础与综合性的对于文学艺术的认知、理解与实践方式当中,而非完全另起炉灶的“理论创新”。面对文学性的“剩余”与枯竭,新世纪的中国文学与文艺理论没有必要继续唯西方马首是瞻,而需要从内部消化西方文学,尤其是现代主义、后现代主义文学传统,并超越其颓圮的文化与文明价值格局。文明诗学综合上下(理论与实践)、左右(中国与西方)、前后(传统与现代),打开文学修辞之文明价值的纵深格局与实践性的时空，至少可以成为探索中国文学与文艺理论传统、充实中国文学的文明质地与文明品格、在文学性匮乏的年代里寻求文学书写资源的一种路径。

第四节　文明诗学的理论格局与基本内容

在本书这里的概念系统当中,"文明"的概念,意味着某种自然性基础与自然属性。中华文明通彻的自然属性,意味着中华文明的"身体",就像《周易参同契》当中"动则循卦节,静则因彖辞"(《天符进退章》)的自然身体一样,可以以实践的途径,通达文明经验的自然正确性与自然整全性,并直达自然法则的最高真理性和神圣性,而非必须首先经由哲学理念、概念理性的范导、反思与中介。西方式的哲学理性与理论理性,在这里没有高于文明体系的、作为世界之理念原型的柏拉图式的重要性,而是具有派生性,或者说具有一种完全不同的结构位置与作用机制:我们把这种内在于文明自然机理、自然格局当中的理性叫作"文明理性";把这种文明整体上的自然圆融性(自然的"自然"属性),叫作文明的诗性,或者反过来,将具有这种整体性圆融的自然属性的(中华)文明体系称之为诗性文明。文明诗学的问题性,文明诗学意义上的文学的属性、地位与机能,要在这其间来理解、寻找和定位;反过来,文明诗学意义上的文学与文学修辞,不仅仅具有情感性、虚构性、审美性,同样也分有健全的文明理性,以及综罗整全的文明经验与自然正确的文明价值判断意义上的深广的文明性格局:

1."文明诗学"视野当中的文学,首先具有以其肯定性的价值情态,为人类奠定文明生活的基本生存情调与生活方式之自然格局的作用。在具体的题材、主题之外,文学在深层次上具有一种肯定现实生存、肯定人性化的生活世界的肯定性价值情态:超出表层的无论悲欢离合还是愁苦哀伤,文学性和诗性在根本和终极的意义上,是对生活世界与人性本身的欢庆与赞美。无论题材、主题层面如何惨烈的悲剧情节与悲剧精神,最终展示的也是生活与生命本身的崇高与价值，因而在根本上仍然是积极性的而非虚无主义的。文学的这种价值情态，文学所反映的这种人性状况，文学所包络着的这种问题性视野，比之宗教、哲学、历史与制度理性、科学技术化的世界观，更加具有切身的现实性与穿越历史时空的恒久性，文学的这种价值情态与问题性视野，包含了人类文明生活与文明秩序的基本生存机制与生存动力性：只有一种自我肯定的价值情态，才有可能组织起好的生活方式；只有好的生活，才值得一过。就此而言，“文明诗学”犹如中国古代的地理方位图（上南、下北、左东、右西），它预设的是一个置身现实的地理问题、地理空间格局当中的参与者，而非一个作为对象、客体的地理空间的观察者（上北、下南、左西、右东），它具有一种强烈的问题的带入性：这里不存在关于生活、关于文明的超然的“旁观者”和审美主客体关系中的“客观”观看者，及相应的文学修辞格局与写作状态，这里也不存在一个理性化的“审美”中介性体制与颠倒格局，而是从修辞实践、生活世界与生活方式的连续性及联动界面，引入的直接面对人性化的生存与生活秩序问题的现实感，并由此直接置身问题性当中，将文学艺术问题与文明价值、生活方式问题一起加以参酌解决。

2.在文明诗学看来，文学以其修辞学要素与修辞实践，起着为人类的文明经验与文明生活进行价值探究与价值立法的意义。按照西方现代性传统的理解，人类生活秩序与人性化的生活方式，是一个以私人生活与个体主体为基本单元组成的世界，而个体原型的审美主客体关系是文学艺术的基本文化体制与文明价值秩序。但在“人应该如何生活”的终极问题上，文学其实与人的日常生活状态、生活经验更接近，文学修辞与文学语言，更容易存贮、组织与表述人类常态化的生活情感、生存体验与伦理情调，更容易包容和囊括参差不齐的人性状态的现实构成。在西方文明史与思想史上，有所谓“诗与哲学之争”或“城邦”与“哲学”的关系问题。这个问题的实质，是如何理解人类生活秩序的自然基础和自然秩序的问题（在西方传统当中，这个“自然”也意味着“本质”及“自然”正确性、正当性的维度）：“哲学”的观点认为这个自然性在于理性及其发现的“真理”性的普遍性秩序，而“诗”与“城邦”的观点，则是要尽可能地综合参差不齐的人性与现实的差异性；哲学认为自然包含着可以“理性”地加以度量和知解的内在秩序，而“城邦”与“诗”的观点，则认为这种不能被“理性”法则所垄断的现实秩序的具体性，才是人类“城邦”生活与生存世界的“自然”构成……要充分理解这种生活与生存秩序的具体性，被“理性”本身束缚住手脚的哲学显然有所不及，而这正是“诗”所擅长的领域：“诗”与文学的古典传统，因而具有一种整全性的文明视野与文明性问题意识，它以自身对于生活与人性的理解与思考，呈现出人世生活的价值纵深，在“雕琢性情”(《文心雕龙·原道》)、“陶铸性情”(《文心雕龙·征圣》)的同时，为人类生活进行生存价值性质的“立法”。这样一种问题性意识，在西方现代性传统当中被肢解了，但它却正是中国传统学术思想贯穿始终的自觉追求，而文学则一开始就被自觉地赋予“经纶”“弥纶”之功用与经国大业的地位：文学以对于人类生活的自然秩序和自然标准“接地气”的发现与护持之功，给出与保卫着理解人类生活世界的总体性视野，同时也为文学自身提供不竭的创作源泉。“文明诗学”在协调“哲学”与“城邦”关系的问题性当中，走向文学的自然性纵深。

3.文明诗学在理论与实践的统一性当中，打开文学思维的开阔空间。西方现代性视野的问题，就在于它是以“理性”与“理论”的标准来划定、规定“自然”的界限与属性。因此“现代性”的文艺理论，根本上包含着某种理论与实践之间的悖论性、对立性；而缺少了真正自然性的融贯视野与标准，文学也就只能在纯粹“人性”领域内部、甚至纯粹“人性的”概念体系内部自说自话、循环论证，这最终必然将走向虚无和颓废的极端。文明诗学的真理不是概念性与理论性的哲学(形而上学)性真理——亚里士多德将诗与哲学进行比勘(“诗比历史更富于哲学性”)或许从一开始就是一种误导，更不是由“美学”与文艺理论本身来批准和审核的自洽性真理。当然，文明诗学的真理性的实质，也并不因此就是简单的反理论、反学科的真理：文明诗学统合理论与实践双方的努力成果，从根本上是对于文明生活方式与生活世界之内在秩序的认知与探讨，及其价值普遍性的正当性辩护，也就是广义上的政治性真理——理念性和概念性真理在这里只是过程和手段。这源自文学这种古老艺术形式渊深的真理性品质及其丰富性、宽广度，或者说源自本源意义上的文学性对于人类真理性品质的某种重新发现与深刻改写，总而言之，是源自文学在中西古典传统当中本来具足的文明性基质与文明性格局。当人们被各式各样的理论观念与价值理念纷争包围而晕头转向时，文学与文学性告诉人们，人类生存的自然基础与自然法则，最终是要在生活世界当中寻找，并指引人们向着这种本源性的自然性靠近——后者先于哲学和政治，但最终可以支持它们对于人类美好生活方式、生活秩序的探寻与责任担当。

4.文明诗学的文学价值格局与批评标准，是一个以“纵向”（自然、人性、超越性）格局为主，来综合“横向”（真、善、美）关系的价值秩序。现代性视野解构了自然性与超越性的层面，而只是在人性内部横向地、割裂性、内卷化地形成的真、善、美的人性化与意义化领域，其实根本上是解构了价值标准本身的虚无主义：没有人性之外的参照系统，如何能建构衡量人性（文学性）的价值秩序、价值标准？一把尺子如何衡量自身？文明诗学理解的文学的意义—价值系统，文明诗学的批评标准，是在横向组合的开放性与关联性中，完成纵向意义—价值聚合的目标秩序，并将横向的差异性序列综合、保存于其间，并正因此成为文明价值体系及其机制格局的原型。在这中间，西方文明，尤其是现代性的美学视野的价值困境，及文明诗学的批评标准从中国传统当中取法的文明价值根据在于：西方文明像一座雕塑，打碎之后便是一地瓦砾，因而只能不断地“碎片化”下去；而中国文明像一条河流，浸润万物，源头永在、源远流长、“源”“流”井然。这其中的基本原因又在于，西方文明始终无法理解自然的层次性和丰富性，无法理解自然的多层次、全幅性的绽放，无法理解内在性、内缘性、内涵性地存在于这种丰裕与差异、统一与多元并存的“道”体当中的诗性，因而只能走向自然之外的极端性：绝对的理性、绝对的神性或绝对的人性，抑或就是这一类绝对性秩序瓦解之后的虚无主义。这大概就是文明的宿命，也是文学的宿命。

相应于上述四大方面的问题，就本书的基本结构而言：

（1）导论、第一、二章，相当于上述第一个方面的问题，即文明诗学的基本问题性构成与基本理念方面的问题。

（2）第三、四章，相当于上述第二个方面的问题，即进入中西方“诗与哲学之争”或“《周易》与《诗经》”之间具体的文明理性界面构成，来探讨文明诗学的问题性视野与在各自文明传统中的地位。

（3）第五、六、七、八、九章，相当于上述第三个方面的问题，也是本书的重心所在，即在文明诗学的理论与文学实践之间的基本关系当中，来展开的文明诗学的核心问题，以及从具体文学史问题与文学体式当中，进行的一些粗略检视与反思。

(4)第十章，相当于上述第四个方面的问题，即文明诗学的价值系统与批评价值标准的问题。

第一章　文明诗学:从“天下文明”到“言立而文明”

文明诗学的起点,是这样一种设问:如果说诗学作为一种理论认识方式,追求它自身认知的真理性,那么诗学的真理性根据或来源是什么?是像数学公式或自然科学式的“普遍性”的工具理性结论吗?“诗学”这个概念本身来源于西方哲学传统,那么诗学的真理性是哲学性的吗?在中国文化与文明传统当中是否具有西方式的哲学形态与哲学“真理”诉求?这不是一个概念、名目的问题,这样的问题等于:人们对于诗学问题的认知与思考,是否以像获得一枚硬币一样获取此种“真理”形态为其终极性目标?或以获得此种“真理性”为满足?文明诗学不是诉求超越生活世界之实践时空与文明具体性的、“形而上”的理念与概念化的普遍性真理,更不是诉求“知性”层面的抽象的数学公式与自然科学定理,文明诗学的真理形态不是哲学性、科学性、“理论”性的,而是文明性的,具有一种文明意义上的正当性:在文明诗学的视野当中,文学的理论与实践之间、文学修辞与生活世界之间首先是文明价值性关系,这种关系作为真、善、美融会贯通的领域,充实着文学的艺术品质与价值实践能力,而文明诗学带着对于自身文明传统与文明价值的自觉意识,从文学修辞实践出发,对于“人应该如何生活”问题性及其与此种文明的生活方式、生活世界秩序之间的关系,进行问题探究及正当性辩护。这在具体问题上与通常的美学化、审美化的文学艺术理论不一定矛盾，但它力求回到文学的整全性的文化本质当中，回到理解、认知文学的真实的文明价值格局当中。

第一节　超越关于文学“审美”化的现代性规划

文明诗学可以看成是相对于“美学”化诗学或文艺理论的一种诗学形态与理论格局。在中国当前的文学艺术理论领域，受到西方“现代性”文明传统、问题视野与学术思想范型的宰制性影响，占据主导地位的是“美学”化的文艺理论或审美诗学——这里说的“美学”，不是文学艺术理论的泛称，而是特指从鲍姆嘉通和康德以来，在西方现代性文明价值格局及其特定的哲学与文化历史背景下形成的艺术理论范式。审美诗学作为一种特定的诗学理论范式有其自身的局限性和边界，而不是放之四海皆准的终极真理。审美诗学的垄断性地位，或许反映了目前的中国文学与文艺理论，在关于人的生活方式、生活世界构成机制、格局及其价值普遍性与特殊性的辩证关系等问题上，还停留在一种“大屋顶”式的、空洞的抽象性理解当中的事实①。文明诗学不是将文学的语言与修辞性要素闭合在“审美”的玻璃罩当中，而是将它们展开、链接在人类作为修辞实践主体和修辞共同体的广阔的生活世界当中：文明诗学是从语言修辞实践与人类生活世界的角度看待文学，而不是从“审美”的玻璃罩中来看待文学修辞与人类生活。这在具体艺术命题、结论上与审美诗学不一定矛盾，但在问题性格局整体上却有着重大的、原则性的不同；反过来，能够称得上具有文明诗学品格的文学，不只是具有全幅的文明经验现实性视野被删减和阉割之后剩下的“审美”属性和“审美”功能，而是必然具有一种整全的文化实质性与文明价值格局。

事实上，审美诗学既非“从来如此”，也非“只能如此”，更非“永远如此”。审美诗学的深层格局，是西方现代性传统当中关于认知与审美、主体与客体、表象与实体、理论与实践等问题的一系列文化规划与文明价值谱系。尼采、海德格尔

①张旭东：《全球化时代的文化认同：西方普遍主义话语的历史批判》，北京大学出版社 2005 年版，第 21 页。

等哲人指出，西方的现代性传统的本质就是虚无主义，这是说它根本上将人类生活抽象化、概念化、“理论”化了。对于审美诗学来说，似乎也不能外在于这一逻辑之外。它以主客体关系或审美心理——客体表象关系为原型建构起来的理论范型，具有一种抽空诗学问题本身的文明价值内容的深层的形式主义和虚无主义倾向：

> 当我感知一棵树时，并没有一棵仅仅由于我的知觉而存在的、没有现实性的意向树和一棵我通过意向树将与之结合的现实树。意向性学说的目的恰恰是避免任何心理主义都受挫的这种毁灭性的区别。所以不应排除意向对象的现实性。①

这里不是要以现象学的观念为最终立场，如果放在一种更广泛的问题视野当中，这其中的关系是：不是因为现象学的理论视野才发现了这种“毁灭性的区别”，而是美学（包括审美心理学）的成立，恰恰深度依赖于这种“毁灭性的区别”；或者说，康德美学就是制造这种“毁灭性的区别”的理论机器，世界在此被解构为一堆“内感官”和“外感官”的表象②。这在作为世界被美学化、审美化（“日常生活审美化”）的逻辑起点的同时，美学和（审美）心理学相互配合、相互补充，在文学经验与文学意义构成的核心地带，肢解了文学的现实性。文学“本身”或“本体”，从此只能在物质实体和心理机能之间寻找：文学由此变成一种只能被消极地、“审美”性地加以认知与理解的、类似物质客体性的存在，或变成处于真善美融会贯通的人类健全心智与理性机能之外的“情感”心理性与“审美”表象性的存在。于是在这种情况下，美学和审美诗学将文学当作主体面前的一种客体、对象来理解的方式，事实上就剥夺了文学与生活世界之间全方位的文化实践关系，剥夺了文学整全性地占有人类生活经验及独立地理解、思考、处置生活

①［法］米·杜夫海纳：《审美经验现象学》（上），韩树站译，文化艺术出版社 1996 年版，第 245 页。

②［德］康德：“关于外部对象的现实性我不需要推理，正如对于我的内感官的对象（我的思想）的现实性一样，因为它们双方都无非是这样的表象，对它们的直接知觉（意识）同时就是它们的现实性的足够证明了。”见康德《纯粹理性批判》，邓晓芒译，人民出版社 2004 年版，第 325 页。

方式与文明价值问题的实践权能。此时,如果从胡塞尔的现象学的角度看,美学和审美诗学视野中的文学,只是作为物质实体之心理机能性反映(替代品)的一个文学“客体”与审美“对象”;而从主体的审美心理学的角度看,审美客体又成为作为无从把握的超验性的“审美物自体”①。

这样,在审美诗学的视野当中,与文学相关的审美活动,只能在排除认识与道德世界的纯粹“审美”领域当中展开。这其中的逻辑,是西方现代性的文明价值格局对于人与世界的一种理解方式:人性由认知、意志和情感构成,意义世界由科学、道德、艺术组成,前两者对于“审美”有一种妨害、破坏作用,会让精心营造起来的审美乌托邦的玻璃外壳破灭,因而它们之间是互相隔绝乃至相互排斥的关系。但人为什么就不能在认知与道德实践的同时进行艺术活动?前两者为什么对于艺术审美一定是妨害和干扰性的因素?它们之间为什么必须是互相隔绝和互相排斥的?或者说,为什么必须将艺术实践、艺术作品与现实生活世界隔离开来、悬搁于现实世界经验的上空,才是艺术规律与审美规律?这个康德化的世界规划和世界图景,是否就是人类的生存真相和终极真理?中华文化与文明传统当中是这样来认识艺术与生活的关系的吗?文学艺术和生活世界为什么不能是一种肯定性的、正向的链接、联动与叠加的作用关系?

当然,按照美学与审美诗学的设想,这个密闭的审美玻璃罩也能够具有某种认识意义和道德教化意义——在它作用于审美主体及其审美情感之中介的前提下,才能间接地作用于现实世界与生活实践。然而这个审美主体,恰恰是康德式的理论理性的“现代性”建构或不如说虚构:“审美主体”意味着“人是目

①从胡塞尔先验现象学的意义上讲,康德的批判哲学虽然从形式上划定了先天知识的范围,但“先天综合不是本质直观的构造而是其对象”,所以就其实质而言,其核心内容的展开,即对“先天综合知识”的理性条件的探讨,主要只能算是对于“纯逻辑范畴的特殊形式”及本质心理学内容的探究。这在包括美学上造成的后果就是,它造就的是空洞的“形式本体论”,而审美客体,如康德美学自己承认的,甚至处于“形式本体论”的概念知识之外。参见胡塞尔《纯粹现象学通论》(《观念I》),李幼蒸译,商务印书馆1992年版,第62–72页,及注释第60条。这将带来双重的空洞性与形式性,这在使得席勒关于美作为“形式的形式”的直觉获得了具体、准确的含义的同时,也使美学的理论架构趋向解体:杜夫海纳提供的(审美)心理的自然意识经验只能借助于历史主义的论证,而甚至无法使其作为“审美”心理本质得以呈现,就是明证。本书前面曾提到过“审美物自体”的说法,这个概念可以从现象学的角度,获得其更精确的含义。

的"的现代性思想方式、文化格局与文明价值谱系。西方文明的所谓现代性传统,就是根据这个作为"目的"的主体性的构成方式与心意能力组织方式,对于现实世界进行重新组织与结构,康德美学精准地反映了这样一个过程:"……对于由反思事物的(自然的和艺术的)形式而来的愉快的感受性不仅表明了主体身上按照自然概念在与反思判断力的关系中的诸客体的合目的性,而且反过来也表明了就诸对象而言根据其形式甚至无形式按照自由的主体的合目的性。"①这里的核心意思是,通过审美判断力,一个西方形而上学传统成立的预设前提得以证明,实际上是形而上学逻辑的自我循环论证:即客体对象与自然世界对于主体认知能力的合目的性,而审美判断力批判的最终目的,就是为了在自然中安顿知性能力②,为自然世界建立规范。因此,预设与剥离"审美判断力"的最终目的,根本上是为了完成现代主体的"主体性",至于这个"主体性"是现实当中活生生的人性和生存实践,还只是出于一种理论"理性"机理与概念演绎,这些就无关紧要了。

于是,在这里可以看到,现代性视野与美学视野当中,它所最为自负的关于文学艺术的核心本质的认识,恰恰是可以"理性"地传达、知解和把握的,是可以"合理化"地加以组织、安置与把握的一个领域;或者不如说,在这个审美现代性视野当中传递着的,就是某种按照"现代人"的理性能力与自我理解方式重新安排的理性化、合理化的"现代性"文明价值秩序;这也正成为理解文学的"本质"与"本体"的"现代"规范与体制之渊薮所在。然而,在这个理性化、合理化的美学理论之核当中,具有一种深层次的形式主义与外延化、外缘性属性,因为人们在这里遇到的其实是"理性"形式本身:"……这种'纯'理性的'纯',不过是人类心灵的一种产品,理性能力既不凭直觉感知任何客体,也不会产生任何东西,理性生产一般认识的形式,而不是这种认识内容,也不是已知的对象。"③因此,席勒所谓"美是形式的形式",其实就是说,所谓审美只是"纯粹理性"凝视自身之合规律与合目的之"形式"机制的自我循环论证("形式的形式")而已。到了黑格

①[德]康德:《判断力批判》,邓晓芒译,杨祖陶校,人民出版社2002年版,第27页。

②[德]康德:《判断力批判》,邓晓芒译,杨祖陶校,人民出版社2002年版,第29页。

③[美]维塞尔:《活的形象美学——席勒美学与近代哲学》,毛萍、熊志翔译,学林出版社2000年版,第162页。

尔，这种关系就被毫不遮掩地表达出来：“美就是理念的感性显现。”[①]然而人们似乎觉得，这些不过是“美学”理论格局当中某种不合理的“内核”与极端化的表述，只要像剔除苹果上的一个斑点一样把它们加以剔除，康德、黑格尔美学乃至近代以来的全部西方美学就没有什么问题了，就是博大精深、可以毫无疑义地拿来取用的理论硕果……需要加以说明的是，美学与审美诗学并没有随着现代主义、后现代主义文学时代的到来而终结，现代主义与后现代主义的文艺理论与诗学品格，并没有如它们自己认为的那样超越审美诗学格局。现代、后现代主义的文艺理论或诗学，诸如“文学本体论”、文本细读之类的理论及其批评实践，力图打造一个独立的世界、一个文学“本体”，来与现实世界抗衡乃至取而代之，代表了它们超越美学与审美关系的文化雄心，以及某种“具体化”“现实化”取向和努力意向。但它们将文学作为一个“分层次的复调结构”[②]，不过是将审美诗学的各种问题和困境带入了文学本体论的“内部”而已：这最终只是进一步将修辞、语言、意象、声韵等要素进一步相互割裂开来、孤立起来，加以审美“实体”化，并经常把将它们作为实体、客体创造出来的理性技艺，以及可以通过形式理性（知性）加以理解的细节、“深度”，视为是文学性之所在及后者可以达到的高度与水准[③]。

其实，从一个更大的视野来看，真、善、美均等、整齐地三分天下，这只是一个“理论”的图景和“理论”幻象：康德式的西方美学关注的是理性能力与世界之间相互符合的“合目的”的形式（“形式的合目的性”“主观合目的性”），审美判断力论证了理性（知性）适合认知客观世界的能力；而人们在美学中看到的只是一个关于审美与艺术的“理论”侧影。作为“理性”机制和概念性构成的“审美主体”，必然将现实与虚构（“审美表象”）、实践与理论的关系倒置过来，“……前一

①［德］黑格尔：《美学》（第一卷），朱光潜译，商务印书馆1979年版，第142页。

②［波兰］英伽尔登：《文学作品的存在方式问题》，张金言译，见《西方文艺理论名著选编》（下卷），北京大学出版社1987年版，第549页。

③参见杜夫海纳对于英伽尔登的评论：“如果站在还原的角度，那就无权像英加登那样把再现对象的他律和知觉对象的自律对立起来。事实上，英加登只是通过把再现对象从属于有自律存在的那些基础才证明再现对象的他律的。”见杜夫海纳《审美经验现象学》（上），韩树站译，文化艺术出版社1996年版，第228页。

种判断力(审美判断力)被理解为通过愉快和不愉快的感情对形式的合目的性(另称之为主观的合目的性)做评判的能力"[①],通过审美情感的"中介",美学与审美诗学由此假定了一种被目的论化的"理性"主体所主宰的颠倒关系:文学修辞作为世界的审美反映,这个审美化的客体与实体性,比现实生活和日常经验更高级、更真实,尽管这种真实与高级,是以其艺术性内容的认知内涵与道德内涵的外延化、虚拟化、想象化为代价的:所谓的艺术真实、审美反映、艺术本体,是审美"创造物"在割裂本真的艺术人类学经验的前提下,对于生活世界的外延性、形式化的("审美")评判与反映。但在现代性的艺术理解与美学理论格局当中,这种外延化与外缘性的虚拟、想象关系,通过"审美"、或被"审美"地加以合法化了。人们完全有理由问,如果文学艺术追求的只是对于这种"审美本质"与"艺术真实"的映射,那它与哲学、科学的终极目标有什么不同呢?只是因为包裹了一层艺术性和审美性的糖衣?当然有人会说,艺术是人类掌握世界的一种方式,它出自审美能力与审美心智——但这根本上仍然是康德式的现代性心智与文明价值规划:超出思想性与主题性之类的层面,文学艺术的现代性观念,从根本上不可能超出黑格尔所描述的那种概念化的形式性,以及尼采所说的现代人的"理论家"式的心智格局。

实际上康德式也承认:"审美判断力却对其对象的认识毫无贡献,因而必须仅仅被列入判断主体及其认识能力的批判。"[②]最终正因为这种"无能",在关于文学艺术的审美理论与美学规划当中,以一种双向的断裂构筑出一方悬空的"审美"飞地与生存飞地:一方面是不可认知的"审美"真实性,一方面是不可实践的"审美"现实性,艺术空间与"审美玻璃罩"成了理论与实践、认知与道德各自伸展其内部循环的逻辑以及完成其自我论证、自我合法化的殖民地,但最终是论证了理论与实践、认知与道德的"现代"割裂与悖论。因此,作为掌握世界方式的文学艺术的审美活动,最终在人类生活与生存实践的现实性门槛前止步:在关于艺术的审美式的现代性规划当中,文学艺术在人类生存与生活世界秩序

①[德]康德:《判断力批判》,邓晓芒译,杨祖陶校,人民出版社2002年版,第29页。
②[德]康德:《判断力批判》,邓晓芒译,杨祖陶校,人民出版社2002年版,第39页。

当中并没有现实的时空性位置。那么艺术活动、艺术经验不是人类真实生活经验的一部分吗？不在人类生活世界当中占据一个真实的时空位置吗？现代性规划只给“审美”化的艺术留下了一个封闭、畸形的“理论”空间，一个非现实性、非实践性、非时空性的“虚拟”空间。由此，所谓“艺术真实”、文艺作品的“思想性”“艺术道德”“写作伦理”“审美教育”等，这些概念从总体上说，不过是“螺蛳壳里做道场”，在这个规划格局内部颠来倒去、闪转腾挪，以及牵强附会地内部复制、自说自话而已，从现实的可实践性层面上是经不起深入考究的。审美本质主义的观念，根本上是理论与实践的“现代性”分裂以及理论从根本上主宰实践的“现代性”关系及“理论家”心智的反映。

这样，这种打了两次折扣的审美本质（审美真理）主义，不过是某种文明心智与文明价值残疾的后果，它与文明诗学所维护的文明人类学、艺术人类学经验的自然整全性隔了两层。美学的现代性文化规划，建立起一个以个体为原型的审美主客体关系的“理论”模型，以认知机能的悬置与实践意志的退废为代价，将艺术经验的整全性“理论”地割裂开来，并将审美心理——感性表象之外的广大领域与文明价值的纵深链接，排斥为非艺术的、非审美的“功利”世界：仿佛在审美过程当中，不是让人更加耳聪目明与生命力健全，而是屏蔽其他心灵通道与生命能力，竭力做到只有“审美器官”开通，而其他的知解方式、思维方式，则纯粹是干扰“审美”的杂音与噪音。美学对于这种“纯粹”的审美方式、审美情境的预设，差点为人类构造出纯粹的“审美器官”来，甚至将人本身变成一个畸形、放大的“审美器官”——尼采将这称之为一种反向残疾[①]，这是人们身在其中浑然不觉的现代性之病的必然结果与逻辑。审美诗学通过“超越”生活、“高于”生活来理解文学，这其中本身包含一种对于生活的理念 / 理想 / 理论化趋向，但这其中内在的“现代性”虚无最终引发感官与表象的双重膨胀、双向爆炸，走向崇拜感性 / 审美（aesthetic）神话的、生存意义与文学价值同时丧失一切标准与规范的“后现代”的相对主义。人们通过文学难道是为了否定这个世界、“超越”这个世界然后不再在这个世界上生活了吗？人们不再能够理解除了自己（审

①［德］尼采：《扎拉图斯特拉如是说》，黄明嘉、娄林译，华东师范大学出版社 2009 年版，第 239 页。

美)主观的、"主体性"领地之外的东西,虽然这是(包括诗学这样的"知识"领域在内的)现代性文明体系的综合后果,但它本身不是一个知识问题,而是一个终极性的道德问题,是一个广义上的政治问题,是文明价值与文明秩序问题。

文明诗学致力于反思和改变这种情形:文明诗学最终是通过文学来理解"人应该如何生活"的问题,通过文学来更好地生活。出于西方"现代性"的文明价值格局与世界规划,康德式的西方美学关注的是理性(知性)适合认知客观世界的能力,而人们通过美学捕获的只是一个关于审美与艺术的"理论"侧影。文明诗学综合上下(理论与实践)、左右(中国与西方)、前后(传统与现代),打开文学修辞之文明价值的纵深格局与实践性的时空:中华文明传统说到底,就是中国人的生活方式与生存价值秩序,而这种生活方式与价值秩序之所在就是"文明",就是"中国",将这种生活方式"文而明之"、"明"之以"文",或许就是出自中华文明传统的文学定义,与文明诗学意义上的文学概念。在这其中,文学修辞实践与生活世界之间,构成一种肯定性的、正向的链接、联动与叠加的作用关系,并由此直接置身问题性当中,以其肯定性的价值情态,完成对于生活世界与文明价值的内涵性、内缘性、内在性理解与诠释,将文学艺术问题与文明价值、生活方式问题一起加以参酌解决;进而以其"鼓天下之动"的力量,起到对人类文明经验与文明生活进行某种基元性的价值探究与价值立法意义。

第二节　文明诗学:从《周易》到《文心雕龙》

在中国传统当中,"文明"一词最早出自《尚书·舜典》当中"濬哲文明"的用法,孔颖达认为"经天纬地曰文,照临四方曰明";在《易传》当中,"文明"超越了对于个体品质的描述,成为一个表征卦象所反映的自然与人文秩序、生活状态的描述性概念:"见龙在田,天下文明。"(《乾·文言》)"文明以健,中正而应。"(《同人·彖》)"其德刚健而文明。"(《大有·彖》)等。《周易》的《乾》卦,六爻皆阳,代表了一个纯粹的、绝对的关于人类生活秩序、关于"文明"的自然标准与自然法则,而其余六十三卦,则是在这个标准与法则映照之下的生活方式与生活世界的具体形态,也可以说就是“文明”的具体形态:一切卦中皆有“乾”,“乾”在一切卦中,因此在“文明”的不同的层级与形态之中,始终包含着一个“自然之道”的终极基础与尺度,或者说始终是在这一基础与尺度的支持与规划之下,展开“文明”的具体形态。近代日语当中用“文明”来翻译西方的 civilization 概念,应该说是很出色的翻译——尽管日本文明未必能够领略与实践“文明”当中的“自然之道”与自然真理。现代汉语日常用语当中的“文明”概念,是来自于日语的“外来词”,它在吸收西方现代文明理念的同时,并不会、也不应该妨碍其重新兼容、或重新绽放中国传统“文明”概念的深广意蕴。

作为一部空前绝后的文艺理论巨著,刘勰的《文心雕龙》不仅全书内容博大精深,对于“文心雕龙”这个书名本身的含义,人们从各自的角度出发,也有着各种不同的解释,而对于书名的理解,反过来也影响着人们对于全书的基本性质与基本文学理念的认知。人们一般按照《序志》篇当中“古来文章,以雕缛成体,岂取驺奭之群言雕龙也”一句,来判断“文心雕龙”这一书名的基本意涵,由此生发出各种解释。然而事实上,这句话的基本意思是,文章自然是“雕缛成体”,但不能像驺奭一样以“群言”来“雕龙”,而应该以“文心”来“雕龙”,或者说,“雕龙”的本源是“文心”。因此,“文心雕龙”这个书名的基本含义,可以说就是以人“拔萃出类”的“智术”或者“文心”,来进行能够超越“岁月飘忽”、时间流逝的文章或文学“制作”(《序志》)。这样,需要进一步考量的关键问题,就是以什么样的“智术”或者“文心”,来进行什么样的“制作”。

《文心雕龙》深受儒道释各种思想源流的影响,但因为《周易》本身作为中国文化根本经典“权舆三教,钤键九流”(李鼎祚《周易集解序》)的性质、地位,所以《周易》对于刘勰的影响尤其突出,而且刘勰也似乎刻意地强调、或有意地提示这一点:比如《文心雕龙》除《序志》之外的四十九篇的篇数就是为了“彰乎大易之数”(《文心雕龙·序志》)。因此,有的学者就直接指出,“刘勰所谓道,就是《易》道”[①]。刘勰或许就是要从“文”与“文心”的角度,来对于《周易》所反映的自然法则与人文价值秩序进行一种写照与阐述——这也才符合刘勰视文章为“经典枝

①詹锳:《文心雕龙义证》(上),上海古籍出版社 1989 年版,第 1 页。

条”的基本文学理念(《序志》)。从而,对于《文心雕龙》一书的理解,包括对于书名的诠释,都不能不参照《周易》这部经典。脱离了刘勰本人着意提醒过的这一明显的思想文化语境与问题性线索,来解释《文心雕龙》书名含义与全书主旨,皆有一叶障目之憾。

《原道》是《文心雕龙》首篇,也为全书确立了一个宏大的理论纲领与问题框架,这其中处处可以看到《周易》的影子。在《原道》篇当中,在涉及“文”与“心”的问题上,刘勰开宗明义地确立了一个“自然之道”的基本序列:“心生而言立,言立而文明,自然之道也。”以此为前提,刘勰在这里讲了三种“文”、三种“心”。“道之文”是日月山川、天地自然之文;“器之文”是“无识之物”的形、声生成的“文章”(这也让我们想到语言文字的“形”与“声”);“言之文”是发自人心之“神理”的“人文”。相对于“道之文”来说,人作为“三才”之一,本身就是一种比喻意义上的“心”——“天地之心”;相对于“无识之物”来说,人又具有作为“有心之器”的器“心”;但人之为人,“道心”是人作为“天地之心”的最深层的本质,同时也是对于“有心之器”的超越与升华。这其间的关系,可以用下面的表格来表示:

表 1-1 《原道》篇“文”与“心”关系示意

“心”	“天地之心”Ⅰ	“有心之器”	“天地之心”Ⅱ,即“道心”	
“文”	“道之文”Ⅰ	“器之文”	“言之文”(“人文”)	“道之文”Ⅱ
《文心雕龙·原道》原文中相关“文”与“心”关系	“玄黄色杂,方圆体分,日月叠璧……此盖道之文也……(人)为五行之秀,实天地之心。”	“有心之器,其无文欤?”	“人文之元,肇自太极……言之文也,天地之心哉!”	“原道心以敷章,研神理而设教……辞之所以能鼓天下之动者,乃道之文也。”

因此,“道心”事实上综合了(比喻意义上的)“天地之心”,即作为人的主体性,以及人作为“有心之器”在语言修辞技艺层面上的心灵劳作。出自“道心”的文章,形式上看似乎仍然是“言之文”,但事实上这个“言之文”,已经包含了人与人的生活这一文明的主体性维度:所以,“言之文也,天地之心哉”,当刘勰再次提到“天地之心”时,这个“天地之心”已经是“原道心以敷章,研神理而设教”的、更高一层次的“天地之心”,它就是“道心”。出自“道心”,当然就是“道之文”。但同样,这个“道之文”,也不再是《原道》篇一开始提到的日月山川这样纯客观“自

然”之文，而是能“鼓天下之动”、使“天下文明”的“道之文”：道、道心、道之文，既是起点也是终点，同时还是综合这一切的总体。为什么“道”就可以如此？因为只有这样才是“道”。作为“道心”的“文心”，统合了修辞与生活、艺术性与文明性，统合文学的理论与实践：“三心”合一导致了“三文”合一，而这个合一的“三文”，包括自然与人文世界，或者说循顺“自然之道”的人文世界，以自然为基础人类生活世界。这实际上就是人类生活的文明世界。总体上看，不仅这种在“道”的总体性视野当中，由分疏到统合的思想方式符合《周易》的思维机理，而且把这三种“文”与三种“心”统一起来，把文学的修辞与生活、艺术与文明、理论与实践统一起来的，本身可以说就是《周易》或者《文心雕龙》的“文明”的观念，或者说就是一种文明诗学的文艺理论观念与理论格局。

“文王既没，文不在兹乎？”（《论语·子罕》）中华文明传统说到底，就是中国人的生活方式与生存价值秩序，而这种生活方式与价值秩序的自然正确性、自然整全性之所在，就是“文明”，就是“中国”，这是可以贯通古今中西的“文明”概念。在此前提下，将这种中国人的生活世界、生活方式“文而明之”、“明”之以“文”，或许就是出自中华文明传统的文学定义，与一个文明诗学意义上的文学的标准概念——这可以看成是超出美学的“现代性”视野与审美主义眼光，重新讲述的“文学”的故事。这并不是以今衡古或者望文生义：在《文心雕龙》式的精粹文言文当中，当然是以“字”为单位展开的思维方式与概念组织方式，而《周易》等经典当中的“文”“明”“文明”观念，当然都有其各自相对独立的含义；但《文心雕龙》对于它们的有意沿袭及分、合应用，将它们擘肌分理、牵掣映带地使用，正是刘勰的用心之所在——刘勰或许正是以此来彰显一种具有深广的文明渊源与阔大视野，但又具有其独到理解、良苦用心的“文学”观念。所以文明诗学的文学概念，比之于过去的“美是生活”“文学反映生活”“文艺美学”“审美意识形态”“日常生活审美化”“生活美学”等审美与文学艺术的定义方式，更加具有中国传统特色，更加符合中国文学内在的实践机理与理论脉络。西方传统上也有关于文学的“镜与灯”、海德格尔式的“澄明”之类的非审美的“文”——“明”观念，将文明诗学的“文”“明”“文明”等观念，会通于今天的文学概念与文学理解，不仅彰显了中国人对于文学的存在方式、传达方式与功用方式的独到理解，并且也携带有渊源于中华文明传统与文学实践传统的宽广的阐释空间与阐述弹性,便利、有助于中国文论的话语体系的生成。

通常的西方美学或者审美诗学观念的前提,是审美(艺术)与真理的割裂与背反,即文学艺术不可能通达真理性,"文"不可能"明道":文学的作用就是诉诸人的感性和情感维度,带给人们以审美愉悦,再经由文学的艺术形象或审美情感、审美经验的中介,间接地表现、反映、重构最终是由哲学和科学理性所垄断的世界真理与生活本质。因此,审美诗学与审美批评话语,其实从来都不是一套整全的、自足的话语体系,甚至"美是某某"这个认知结构本身,就决定了西方美学话语体系是镶嵌在世界本体论观念结构当中的某种断片性、碎片化的构成。"反映""再现""表现""形象""象征"……哪一个都离不开对于认知性、理论性真理的或正向、或反向的依傍。而西方的现代主义、后现代主义的文艺理论,只是从否定性的维度、以消极性的方式颠覆了审美主义观念,但却并不能对包括现代、后现代主义文艺本身的艺术性机理,给出充分的、正面的解释。就中国文学传统来说,用这种审美的眼光,不仅不能对于(比如《文心雕龙》所论列的)那些非审美的"实用文体"惊心动魄的艺术力量给出充分解释,而且其对于所谓审美性文体的解释事实上也是隔膜的。所以,最终只能把《文心雕龙》全书的性质界定为"文章学""写作学"之类,但这其实只是回避了问题。即使是现代意义上的"文章"概念也是一个含混的范畴,刘勰本人就使用"文章"的概念,而刘勰或者中国古代的"文章"概念很广泛,几乎等同于"文"本身的概念,所以说《文心雕龙》是"文章学"理论著作,等于没有解释。"写作学"的情况也大体类似。

中国传统的文明诗学则认为,文学不仅仅能够通过一种审美性、艺术性的糖衣"文以载道",同时,文学也不仅仅是像棒棒糖一样诱导人们去发现文学背后的那个"生活本质",或者像非理性的"天火"一样煽动人们无谓的激情与"感性",文学修辞实践自身完全可以洞彻、通达自然与人文的天地大道。不仅如此,"辞之所以能鼓天下之动者,乃道之文也"(《原道》),文学修辞本身就是按照"道"的标准与法则,进行文明生活与文明价值实践的引导力量与动力渊源。在这个意义上,"因文而明道"(《原道》)是一种现实的、全方位的实践可能性:这是一种比之审美更深层次的文学本质,它以通天彻地、秘响旁通的"道心"与"神理”展现的“雕琢性情，组织辞令”“写天地之辉光，晓生民之耳目”（《原道》）的作用，震撼与洞穿人身（“耳目”）、心（“性情”）两个方面自然生命。这不一定排斥审美、不能兼容审美，但却不是审美所能局限的，审美只是其旁支与表象。所以，客观情形是，即便要研究狭义的审美意义上的文学性、艺术性，也应该建立在这样的基础之上，“审美诗学”需要以文明诗学为前提，而非相反。

于是，《文心雕龙》所谓原道、征圣、宗经，并非只是指文章体式与辞句方面，同样也不是迂腐刻板的文章义理方面的主题渊源与阐述对象，而是一种出于自然、但又将人类生活的文明秩序整体纳入考量的为文之“智术”或者“文明心智”，这才是“文心”，由此才能“五礼资之以成，六典因之致用，君臣所以炳焕，军国所以昭明”（《序志》）。这个意义上的文学实践与文学修辞，即“错画”“交文”之文（许慎）、“经国之大业”之文（曹丕）、“经天纬地”之文（孔颖达），就是中国意义上“文而明之”、“明”之以“文”的“文明”性的文学概念。至于“龙”，根据一些考古学与人类学的研究，中国人龙崇拜源远流长，《周易》的《乾》卦，用“龙”的形象所代表的六爻的出处升降，来表述中国人文明生活的精神品级与价值格局，可以说是其来有自。这样，“文心雕龙”所“雕”之“龙”，也就是反映在中华民族与中国人的生活方式（“文”）当中的中华文明的精神图腾与文明价值图谱；出自文明诗学意义上的文学定义，“文心雕龙”的真正内在意涵，就是以文学修辞将中国人的生活方式与精神价值图谱“明”之以“文”，使其“言立而文明”。

第三节　重返“文明”的诗学视野：文学价值的自然正确性与文学经验的自然整全性

文学本身是一种非常复杂的社会和文化现象，它在外延上与人类生活世界整体等同，与文明等同，人们总希望能够一把抓牢的文学“本身”，从根本上说，就是整个人类的生活方式、生活世界、文明价值世界本身。因此，那些伟大的作家诗人，那些伟大的经典作品，从其“知识”结构与所涉及的“知识”形态上说，都是百科全书式的巨人与知识构成。而这些还只是一种表象或表面形态，更重要的是这背后那种总体性的世界理解与有机性的艺术表述之心智宇宙的纵深格局，及其相应的宽博、复杂程度。仅仅凭借一个文学或哲学门类下的“二级学科”（“文艺学”或“美学”），往往是有了“学科”“学术”或“学理”，却简化或脱离了文学现象本身的无限复杂性与具体性。人们经常抱怨今天的文艺理论不关注文学作品、不关注文学“本身”，事实上今天的文艺理论很可能是没有关注文学“本身”的能力。一方面，它缺乏关注文学“本身”的视野纵深与宽度：面对日益复杂多样的人类生活、面对人们不断恢复的对于自身生活世界与文明传统的全面理解，塑造“现代性”世界与文明景观，同样也塑造“美学”的那一套“现代”思想与价值体系，逐渐失去了解释能力，而美学与审美诗学本身结构性的片面性、局限性与解释困境，也就由此暴露出来了。另一方面，要关注文学“本身”，需要的不是经验与表象，而是（黑格尔和马克思意义上的）思想与思维层面上的一种丰富性与“具体性”；由于仅仅盯住“本身”而被割裂、肢解于无限细分的“学科”视野当中，文艺理论的学理与思维方式恰恰远离了具体性，或者说恰恰是一种空转、悬浮的抽象性，以及由于长久凝视一个固定目标而出现的一种“眩晕”状态、一种“越看越像文学”的幻觉，因而事实上它是无法抵近、“抵达”文学“本身”之现实具体性。

在这样的情况下，文明诗学首先需要面对的一个问题，就是文明诗学是否只是无数的文艺理论范式之外又一个通常意义上的理论“范式”？它是否仍然是从某种特定的思想或哲学背景出发的、一个特定的外部观照维度或者视角？这也等于在问，文明诗学作为某种特定的理论话语，它的命题的有效性来源或者真理性构成是什么？这涉及的不仅是文明诗学本身的理论建构，它更涉及文学与生活、文学与文明关系这样的“老问题”，也是根本性的问题——文艺理论或诗学问题之真理性，建立在对于这种关系的认知基础之上。在西方传统上，有所谓“诗与哲学之争”的问题。从“诗”观点看，生活秩序与文明秩序这种“意见”秩序，是一种不可还原的现实性与实在性，“诗”的立场是对于这种秩序的维护与技艺性、技术性的协调[①]；而“哲学”的观点则认为，最高的生活方式与最高幸福在于哲学沉思，以及对于在哲学沉思当中发现的自然律法的遵循。这二者之间

①［美］罗森：《诗与哲学之争》，张辉译，华夏出版社2004年版，英文版序言。

的争执，源于这两种生活方式、文明秩序之间无法进行价值通约，但西方文明的活力或者说西方文明生活的自然正确性与自然整全性，恰恰正在于这种“诗”与“哲学”之间的争执与张力关系本身①，西方古典哲学及古典文明诗学的智慧，恰恰在于以不同方式肯定与包容这种关系，而非对于“诗”或“哲学”立场的简单的绝对化与“理论”化持守。理论或者诗学的真理性，只是这个问题的局部性的、具体而微的呈现。而美学与审美诗学的“现代性”困境，正在于它们深度依附于认知理性与哲学理性对于生活世界的规范性规划之上——比如康德哲学真善美三分的文化世界规划，就是这种现代性世界观的一种“深刻”反映。为什么“现代性”就如此依赖于一种理性的抽象性建制，这就等于问为什么“现代性”是“现代性”。在这个问题上，黑格尔从肯定性的角度论述了这种现代精神的“理念化”特征，因此黑格尔是“现代性”的集大成者；尼采从批判性的角度指明了现代人灵魂的“理论家”特征，因此尼采挖掉了“现代性”的墙角。

文明诗学的理论视野，将意味着根本上有着某种自然正确性的文明生活方式与自然整全性的文明生活经验，作为文明诗学的某种根本性的认知、理解与把握对象。从这个意义上说，中华文明传统当中包含的各种思想、义理与文化实践系统，或“三教九流”的源流，都可以看成是在不同程度上叠合或者分歧的文明生活方式。就某种具体的传统流派而言，举例来说，比如儒家，公羊学将儒家当成一种信仰，理学将儒家当成形而上学或哲学，这在解决问题的方式上，不管是否符合儒家的原意，都有着某种根本性和彻底性。但如果仅只从价值系统、伦理纲常、政治制度的角度进行儒家研究，似乎就是把儒家仅当成一种已经完成的道德伦理范畴、一种价值观。这也就是说，它仅仅是一种既成的、过去的、甚至是“错误”的意识形态，一种柏拉图概念上的“意见”秩序。而文明诗学的视野，是将把儒家当成是中华文明传统当中最重要的、最根本的自然正确的文明生活方式。这也就是说，它不仅仅是既有的、已经完成价值观念，同时也是文明生活的自然基础和文明价值的生成源泉与生产机制。接下来需要做的，是考察儒家如

①[美]施特劳斯：《古典政治理性主义的重生》，郭振华等译，叶然校，华夏出版社 2011 年版，第 346 页。施特劳斯在这里讲的是神学与哲学的关系，不过按照古希腊文明的传统，“诗”的立场必然是包容和尊重神学所支持的、以信仰为核心的文明生活方式。

何以其文明价值实践赞助、呈现、护持这种自然正确的生活方式及其整全的生活经验,而非相反。于是,这个意义上文明诗学,将穿越哲学或其他的理论与知识系统,同时也跨越诗学或文学艺术自身的理论与实践界限,具有了某种整全与通彻的认知视野与问题的解决方式。而文学根据其自然属性,在这个视野当中具有探寻与反映文明的自然经验基础与自然价值模型的作用,或者说,它有助于人们理解、认知、恢复与重建文明的自然经验与价值格局。

在此前提下,文明诗学在涉及文学(以及相应的文学理性、诗学理性)与生活秩序、文明秩序的关系问题时,其与审美诗学完全不同的认知,是具有一种更加渊深与广阔的自然性基础与渊源——因而文明诗学并非另外一种特定“思想”范式或者“哲学”观念的投影。这在中国传统当中可以看得更加清楚。按照中国传统,从中华文明及其相应的文明诗学视野看来,文明本身当然不都具有柏拉图式的理论静观所发现的自然律法的绝对性与本真性,但在诗性当中,留有一条通往自然性/真理性/神圣性的通道,一条“因文而明道”的道路。于是,诗性本身就是对于自然法则在更高层次上的重新发挥与重新组织,诗性是对于文明的自然性在更高层面上的升华与重建。这也就是说,绝对、纯粹的自然性,或许只有“哲学”理念与理论意义,然而人类的文明生活并不是柏拉图式的理念的投影:它就像是《周易》当中的卦象一样,它们不那么“纯粹”,但却都是“纯粹”的自然法则、自然之道的具体存在方式与变体;反过来,在后者当中也都存有着程度不同的自然之道的本真性,尤其是存在着通向自然正确性与自然整全性的“道”路。如果人类文明生活都是理念的影子,那人类的生活还有什么意义?在这样无意义的生活世界当中,柏拉图哲学就算再伟大又有什么用处?难道只是为了证明人类文明构成的“意见”性与虚幻性?因此,在中国传统当中不存在“诗与哲学之争”的维度,“诗”的观念就是出自文明与“城邦”的见解,同时也就是中国思想与哲学的真理性,它们在深层次上可以沟通、也必然能够沟通。但正因此,相较于西方式的理性真理、理念真理与哲学性真理占优势的文明传统,或许这也正是中华文明作为“诗性文明”传统的反映,及其相应的“文明”观念与文明诗学观念。由此可以看到中西方的“文明”观念及理论与实践关系的认知差异,或者中国文明诗学与西式“古典诗学”的区别所在。

“现代性”的认知性文学艺术理论范型与相应的真理性构成，是对于文学艺术全方位的自然整全本质、文明本质的一次深度剥夺。而20世纪更成为所谓的“理论的世纪”或“批评的世纪”：文学艺术变成不能离开理论与批评话语的存在，深度地依赖于理论的阐释——人们其实并不知道，也没有认真思考过这究竟是值得骄傲的事情还是一种讽刺。在这样的情形下，文学性、艺术性作为反叛与超越理论的结果，将成为一种“自然”的艺术文化机理与文明格局，这在文明诗学当中将作为一个常态性、内在性的实践机制确立下来，而非艺术史的例外，或在历史长远眼光当中事后总结的“客观规律”——不过对于文明诗学来说，这样的问题只是一个起点。更重要的是通过此类问题，通过这种从现代性的“合理化”文明型构上“脱嵌”下来的问题性地带，看到现代性真善美三分格局的文化价值视野导致的对于生活经验自然整全性的肢解，以及远离了自然正确性的“审美”直接导致的现代主义、后现代主义式的虚无与颓废；看到西方美学理性—中介式的艺术把握方式，导致的艺术经验深度外延化、外缘化、外源化倾向。文明诗学将文学的真理性与诗学的真理性正向叠加，将被肢解的认知、道德与审美领域在文明的自然性基础上内在融会，汇集为文明诗学以文学修辞实践为形式的生活世界真理，或者文学的文明型真理。

文学的文明型真理不再是概念性、知识学真理，不只是主客体之间相互“符合”的狭义真理，而是在文学修辞实践当中呈现的生活世界、生活方式与文明生活的全方位、全幅性的自然正确性与整全性。文学经验不只是以一种审美的形态，形象地“反映”或者“再现”了真理性，更不是以背离自然性的姿态来确立自身的“审美”格局，文学或者诗性经验本身，就是这种自然正确性与整全性的发现与重构。“天地有大美而不言。”（《庄子·知北游》）这种自然正确与整全的文学经验，在这里并不是全盘否定了通常意义上的审美经验和美学认知，而是拓展了审美经验构成与美学背后美的认知格局：艺术与文明的背反，是“现代性”的理性主义哲学（美学）的强制性、体系性理论预设与规范的结果，“文明”本身的自然基础与自然格局，使文学修辞与文学实践超越从审美“主体”到对象化“客体”或“世界图像”之间的单向度的僵硬关系，从而在文明经验的自然基础上，打开一种具有“自然”的弹性与辗转余裕，一种多向性、生产性、立体性、实践性的艺术性构成格局;而艺术性与文明性之间的距离本身,不仅仅是“自然”的状态与属性,而且也是积极的生产性要素。这些超出了西方近代美学格局或审美本质主义,但并非走向后现代的相对主义与主观主义(艺术性取决于主体认为它是“艺术”)。因而这种天地之“大美”,其实就是从《周易》与《文心雕龙》以来的中华“文明”观念当中,贯通天道自然、“照临四方”的“文”——“明”之境:

1. “大真”才能“大美”,“大美”也是“大真”,天地大美更多具有清冷、节制的自然理性,它意味着更加冷静、清明、透彻地了悟人自身的自然生命、自然存在,了悟人自身的“自然”背后更加阔大的自然节律与法则。“经天纬地曰文”,其前提是对于天地间的自然秩序、自然法则、自然“经”“纬”本身的认知、理解、尊重与践履。文艺理论或者诗学的“真理”性,不是理论性、哲学性、科学性、知识性的一枚“真理”铸币,而从根本上是一种“操斧伐柯”(陆机《文赋》)的实践性、生活性、价值性的文明性“真理”:从根本上说,文艺理论思考的不是文学,而是生活世界与文明世界;反过来,缺乏这样的文明世界视野的文艺理论,也终将失去对于文学的解释能力,甚至构成对于文学健全本质的肢解与剥夺。在这个文明整体格局当中,诗学或者文艺理论本身“神无方而易无体”,不能诉求一种西方“现代性”哲学式的理性的实体性、实质性位置,否则必然扭曲与割裂这幅“文明”图景。但这不仅是原先文艺理论的理论与实践关系格局的简单翻转,而将是文学与生活世界、文学与文明价值之间关系的全方位重建:重建这种关系的关键,倒不在于文艺理论要如何“贴近”文学实践,而是确证关于生活、关于文明,不存在审美主客体关系中的超然的“旁观者”与“客观”观看者,以及相应的“审美”中介性、颠倒性格局——这些恰恰是西方美学的“现代性”视野的“理论”图景与“理论”塑造;文学实践的作业面是“物相杂”之文,是修辞实践与生活世界、生活方式的连续性、联动性界面,由此直接置身问题性当中,完成“经天纬地”(孔颖达)之“文”对于文明生活世界、生活方式的重新“经纬”、组织,并借此将文学艺术问题与文明价值、生活方式问题一起加以参酌解决。

2.因此,“大美”本身也就具有了某种宗教性或准宗教性的超越性与神圣性,后者并非像基督教那样依赖对于世界苦难的某种道德化解释,来确立自身的教义:“美的宗教”包含最大程度的自然“真理”和自然真性,而非掩盖后者的焦灼的迷狂与谎言的堆叠,这就使生存的焦虑从内部得以疏解,而非依靠外在地寄托于某种至高无上的存在来得以转移。中国文明传统与文明诗学或许因此内在地包含、指向一种“文明宗教”——“美的宗教”或“天地宗教”。在这里,就通向了文明诗学以人类灵魂的“自然秩序”为核心的文学价值论:这个意义上的文明诗学的“文明”概念,不仅不是牵强附会于日常语言与通常意义上的文明概念,而恰恰是对于文明概念之本然意涵的修正与回归:文明的概念正如施特劳斯所说,总是预设有一个自然基础,文学经验、诗性经验是对于文明本然的自然基础的修正与回归,而以此为基础的中国式“文明”定义,又是对于被西方“现代性”所异化了的文明定义本身的修正与回归。因此,中国人的生活方式、中国文明本身就其最高可能性而言,就代表了“作为一个神性概念的中国”①,“中国”与“文明”的生活方式本身成为生活信仰,成为文学修辞实践的超越性指向。

3.同时,这也就是真正意义上的道德、伦理和生活方式的“自然”基础和基底,而建立在这之上的中国人的生活秩序与生活方式,也就是广义上的政治性与政治秩序。这里就展开一个文明诗学的“内涵性”的文学经验论论域:文明诗学视野中的文学艺术经验构成,超越于美学式的审美中介、审美反映、审美表现等关系格局之外,在文明诗学视野当中,艺术经验来自文学修辞实践对于生活世界的内涵化、内缘化、内源性诠释与表达。这种内涵化诠释的要义在于,文学经验不是对于(诸如西方哲学与美学的)理性秩序或者(如宗教性的)超验秩序已经规划与确定好了的世界图景与价值谱系的反映与再现,而是先于这种理性秩序构成,作为一种本源性的“经纬”与错综组织,对于人类生活世界元始性的创设与规划。这里的“本源”或“元始”性,并非要回到原始文化崇拜与历史主义维度上的“诗性”的理想主义,而是恰恰表明文学经验所发现、包含或重建的自然性基础,在人类生活世界当中具有一种超时间性、超历史性的实质性、结构性、真确性位置。西方的各种现代主义、后现代主义文艺理论,其片面的深刻与整体上的虚无、迷离的成因,就在于在“何为美好生活”“人应该如何生活”这样文学本来应该具有、或理应致力重构的自然价值与自然经验问题上,确实是一

①参见赵汀阳:《惠此中国:作为一个神性概念的中国》,中信出版社2016年版。

塌糊涂。从纯粹的“知识”“学理”与“范式”工具的层面，文明诗学吸收借鉴这些理论的合理成分不成问题，不过需要从文明诗学的总体观念与价值构架当中，重新予以协调、规整与定向。

在中国文明传统当中，自然不是抽象本质(nature)，不是“神的理性”，中国文明传统与文明诗学当中的自然概念，也不能理解成通常的自然主义、山水田园的“自然”。中国式自然与文明秩序，以及在此基础上展开的中国文学传统与文明诗学，真理性、宗教性、政治性三者合一，而这正是由于中国传统当中的“自然”概念本身具有生产性、神圣性、层次性——这三者合一才是中国传统中的自然的真性，是自然的“自然”，这个自然同时也是上述这一切的总体，因此这样的自然，就是“道法自然”的“自然”，或者也可以说就是“道”本身。而这同样也是人类生活世界、文明世界与文学的基底。文学修辞之“大美”，不是已经完成的世界与人的生活本身(本体)的一个外延性、局部性、形式性的审美化“属性”，不是真善美三分世界当中的一个弧面、弧瓣，而是人类生活的天地自然之“真”性的谓词或者谓项，或者说是从生活世界内部与深处抵达自然正确性与整全性之“真”性的形容词。因此，它是在生活实践和生活世界本身的本体性、实质性、实践性参与当中，对于前者的内涵性建构与等价阐释，从而使得前者是在“大美”的余裕和舒展中重构与完成的“自然”之“真”性。而这种包括文学在内的生活实践与文明生活方式本身，也就由此具有了从内部完成超越性的神圣性光辉。文学的结构性地位，就是使中国人的生活方式、生活世界之“文”，展开其真理性的光明、艺术性的光亮与神圣性的光辉这三者合一的、“天地大美”意义上的“文明”之境。

总结本书至此为止的论述，在文明诗学的意义上，在中华文明传统当中，文学是“弥纶天地”“经天纬地”之道，是“物相杂”之文，是对于世界经验和世界意义的经纬组织、错综编织、“杂物撰德”(《周易·系辞下》)，以及“戏剧化”的组撰、呈现，而不是康德式的审美地球仪、审美玻璃罩。这可以与以亚里士多德《诗学》为代表的西方古典诗学观念相参证，也可以与弗莱所谓作为“调节”性的艺术观念相沟通[①]。在这个意义上，“鼓天下之动者存乎辞”(《周易·系辞上》)，文学修辞

①[加拿大]诺思洛普·弗莱：《批评的剖析》，陈慧、袁宪军、吴伟仁译，百花文艺出版社 1998 年版，第 446–447 页。关于弗莱的这种观念，详见本书第十章。

鼓动与驱遣的是世界经验的客观性的、自在的存在，这表明文学经验和文学意义是客观性的、自在的世界性存在，而非文学性的“虚构”“想象”与拟制——后者可以作为文学修辞的手段和效果，但根本上是服务于文学经验和文学意义的客观性呈现。就此而言，是文学修辞让这个世界“明”亮、光“明”起来，是为“天下文明”：文学的世界是一方逐渐明亮起来的天下江山、山河大地、生活时空、人伦性情图景，而不是一个人造的、仿制的甚至伪造的供人摆弄的“审美地球仪”，这才是文明诗学之“文”——“明”的文学本体论观念。所谓的“情深而文明”（《礼记·乐记》）一类观念，也要从这个方向上去理解，而不能理解为浪漫主义式的主体论、情感论。

第二章　重构理解文学的“文明”心智

中国现代意义上的诗学理论(“文艺理论”或者“文艺学”)的基本理论框架与概念体系，大致上是简单地横向移植西方现代学术体系和教育体系的产物。重建具有中华文明特色的、具备强大的中国文学解释能力的文艺理论体系,首先需要对这种“文艺理论”背后的学术理性和教育理念进行彻底反思。在这方面,中国传统的儒家经学视野,可以作为一种足资比勘的参照系统:对于文艺理论来说,需要的是在“游于艺”的生命宽度和理解余裕背后的价值表述和价值构建能力;它的本质核心不是一些不可“证伪”的知识命题和一次性的结论,而是在时间之流的“永恒返回”与“轮回”当中反复自我求证、自我肯定的价值认同体验——这正是中国传统的经学视野所构筑的文学知识、文艺理论的实质性存在方式,及其文明价值的实践性品格。文艺理论的“文明诗学”视野,不只是简单的学术视野的扩展与学科的交叉、叠加,而是走出学术理性的抽象空转与自我合理化,在对于东方和中国文明传统的高度自觉和价值融通的基础上,重建学术理性、理论思维与生活世界之间的内在关联。如果做得好的话,文明诗学的“文明”性的问题界面,可以成为对于传统经学之整全性与根本性的文明生活秩序视野的继承与替代性选择,成为一种“新经学”视野。

第一节　“天生烝民，有物有则”：重返“生活世界”的诗学理论

西方最近几十年来的各种名目和派系的文艺理论，在走出对于形而上学式的超越性理念关注的同时，超越对于文学的“本体论式”的抽象凝视，返回到对于人类生存的文明价值秩序的现实关怀当中，返回到“生活世界”的具体性视域当中，其实也算是具有一定程度的普遍性的倾向。西方现代哲学比如现象学当中的“生活世界”概念，就是在科学主义的精确性、客观性知识要求与人文主义的相对性、主观性知识取向的夹击之下，力求反思西方传统形而上学的理性主义、科学主义传统，重新为人类生活和人的理性找到一方坚实的根基。在西方各种“新潮”和“现代”“后现代”的理论神话当中，中国当代文艺理论已经离开自己的家园与存在方式太远了，重返饱含前理论的文明价值感的“生活世界”，才应该是文艺理论重建的出发点。因此，它也是当代中国文艺理论重建首先需要关注的探索方向：

（一）重返生活世界的文艺理论，是在生活世界、生活体制的整体性和文明价值秩序当中来理解和看待文学。近世以来西方学术理性和学科体系建构的基本背景，就是标举所谓“价值中立”，追求学术理性本身的自洽性，这导致的结果，就是如人们所批评的那样，道德哲学教授和制造毒气的工程师，在他们的工作同样“外在”于我们的生活的意义上，获得同样的尊重和待遇。而至少西方近代以来的美学和文艺理论，就是不断诉求将文学理解成一个外部的审美客体和实体，在对这个客体和实体的抽象凝视中，文艺理论不断内卷、回缩为自我完成的、自洽的学术理性。这其中所发生的，不仅仅是学术理性本身的异化，而且使人们的文学认知也产生了结构性的盲视和局限性：作家和读者遭遇的，首先是现代“学科”知识意义上的支离破碎的学术理性、理论观念和“批评”思维，而此种学术理性也因此尾大不掉地将自身的智识格局作为理解文学的思想边际和价值支点，深度加入文学的“本质”思维当中。在这种情况下，沿着对象和客体方向，即使将文学放到哪怕是显微镜式的观照和“细读”理论当中，也不足以理解

文学的自然真容及文学经验的文明整全性，甚至愈骛愈远、适得其反。

如果人们仍然认同“语言的边界就是世界的边界”“语言是存在的家园”的观念的话，那么，文学作为一种精神文化现象，它事实上就与人类的生活世界和生存领域一样广阔。人们会觉得文艺理论就是研究和解释文学问题、文学作品的一门学问。但其实在西方传统当中，影响最为深远的那些文艺理论思想，往往并非出自职业文艺理论家，而是来自那些视野宏阔、思想博大精深的思想家和哲人，比如柏拉图、亚里士多德、康德、黑格尔、尼采、卢卡奇、海德格尔这些“人类的导师”（黑格尔语）——他们可以看成西方的“经学”传统。反过来，作为中国传统文艺理论基本形态的诗话、词话等形式，一方面或许是人们所说的诗性思维的体现，但另一方面，更重要的，实际上也同样是力求超越自洽、自足的学术理性，以自身的“断片”和“未完成”形态，来把握作为生活世界和生存秩序整体的文学背后的文明价值关系的实践后果。然而，无论是哪种情况，一个过于“专业”化和“学科”化的眼光，看到的往往只能是文学的局部、表层和作为某种抽象性的东西，这应该是一个容易想象、并不艰深的道理。

（二）重返生活世界的文艺理论，是在中华文明脉络所规范的生活体制和价值秩序的连续性当中来思考与解释文学问题。文学和文艺理论的中国传统，不仅仅是一些可以拿来借鉴的文学经典文本，及用以进行现代承续、对接、转化的中国传统文艺理论的概念、范畴，而且也是当下生活体制和价值秩序的规范给出者和建构者本身，因而它必然深刻地加入今天中国人的生活世界。在此，海德格尔的“在世界之中存在”可以理解为，我们在建构文学和文艺理论的同时，中国文学和文艺理论的传统也在时间当中历史性地建构我们的生活秩序和生活世界。在这种交响性的、错综性的存在关系格局当中所传承的，不是一些具体的概念范畴和理论命题，而是中国人对于生命存在、生活方式、生存价值本身的理解和践履。这些是文学与文艺理论真正永恒的母题，是中国人“在文学中存在”及文学本身具体的存在方式，同时也正是我们的文艺理论思考展开的前提条件和具体语境。

因此，文艺理论的中国化不在于外部的“中国”标识和“文化”涂装，而在于内在的思想方式、认知格局和解释能力的中国化与中华文明底色。从这个意义上讲，对于争论了很多年的中国传统文论的现代转换问题来说，需要的是一种辩证的“颠倒”和认识的翻转：对于中国传统文论来说，真正重要的不是如何在具体的概念、范畴层面上与现代理论对接，也不是对之进行一种单向的、“现代”的阐释，而是如何通过传统中国文论的概念与思想方式的中介，真正地理解、接续和重建与中国文学的语言方式、文学世界联系在一起的中国人的情感模式、伦理秩序、生活世界和价值表述——这才是文学作品与文艺理论的“元认知”和“元理解”根基。文艺理论尤其是中国传统文论，关注的从来不只是文学作品本身，更不只是关注文艺理论的学术理性本身。中国传统文论的现代转换，是要在现代的文艺理论思维当中，加入中国人之为中国人的文明视野、文明格局和文明实践意志，并在这个层面上重建理论思维与文明传统的连续性。同样，在这个意义上，中国传统文艺理论也就不是概念、命题层面上的文艺理论的诸多“资源”之一，而是我们需要不断返回、不断参证的价值基元和价值锚地。它让人们在困顿中重新保有文明力量和文明勇气，在迷途当中重新找到文明航向。

在文艺理论重返生活世界的过程当中，人们努力加以寻索的，其实就是在一些更加具有可感性和具体性的秩序空间当中，去赋予文艺理论以价值实践方向和文明重量。现代学科和知识体系以一个平面性、物质实体化的世界本体论的名义，假定学科知识体系内在的“真理”品质的抽象同质性，并且以一种祛魅的、形而下的方式，假定灵魂同生活世界与生活秩序之间的“理性”同构格局。文艺理论不管在何种意义上是一个通常概念上的完整或成型的“学科”，当下人们对于文艺理论的各种无论是浪漫想象还是无穷无尽的抱怨，都是在“知识”化的现代学科体系的潜在认知结构当中展开的，甚至仍然有意无意地以之为“建设”目标。不过，对于中国文艺理论来说，一般地反对和抛弃这种学科视野也还远远不够，现代知识化的学科体系的结构性缺陷与文明本质的残疾，不是通过视野整合和进行一些“跨学科”研究本身就能够解决的。另外，就这里的目标而言，“生活世界”在此也还只是一个抽象的概念和大致的努力方向，文艺理论还缺乏内在的“文明”质感和“文明”思维内涵，由此出发的文学理解和文学概念还缺乏“文明”的具体性。因此，这里的问题路径还需要寻找更为具象的参照系统与参照坐标，进一步地加以延展与深化。在中国人的传统生活秩序及其知识构成当中，儒家“经学”或者作为一个整体概念的“经史”，具有首当其冲的重要性：如果说“史”可能代表了典籍背后的某种时空经验秩序，那么比它更为重要的“经”与“经学”，以及作为一个整体的“经史”所表征的文明价值体系，一定代表了某种之于中国人而言是温暖而坚固的生活世界核心，以及这个核心坚守和展开其自身的具体方式。而在这其中，无论是“经”“经学”还是“经史”，即使按照今天的学科体系、学术概念体系的分类标准与理解方式，其实也都离不开文学的影子。那么，从此出发，是否可以发现一种对于今天的文艺理论建构有用的、“新经学”式的文明或“文明诗学”的总体性视野呢？

第二节　在“修辞立其诚”与“曲成万物”之间持存的文学的“文明”主体性

在中国文化和文明传统秩序当中，“经学”或“经史”代表的不仅仅是一些经典著作，也不仅仅是一两个现代意义上的“学科”，同样也不意味着或等同于现代学科的“跨学科”统合，而是生活世界的文明价值秩序与真理、意义秩序。但它们不是一般意义上的秩序，而是代表了在修辞机理和修辞理性的具体性当中，来建构生命价值秩序与生活真理、意义秩序的文明实践努力。因此，它与形式主义文论或“新批评”一样，充满对于语言和修辞的虔诚和耐心：“凡《诗》之篇、章、句、字，多、寡、长、短，莫不有数。则天地变化，日月离合，原始要终，无不备矣，而犹未尽也。更为之别其同，合其异，错综参伍，加减乘除，又莫不有义焉，不亦文之至也哉！”[①]以价值信念来审视儒家经传的注疏（或佛教经典当中的名相）的“繁琐”，可以发现它们所对应着的正是灵魂的“具相”和心性的凝定，它们差一点就是诗性的，甚或本身就是诗性的——至少它们是某种文学与诗性所从出的灵魂性状。所以更为重要的是，在这个意义上，文学修辞联系着的是具体的自然秩序、法则，或者说，自然秩序与法则的具体性，是在修辞性当中激发与展开的。

①庄有可：《诗蕴》（下），见柯小刚主编《诗经、诗教与中西古典诗学》（《古今通变文集》第一卷），同济大学出版社 2016 年版，第 17 页。

因此，文中“有物”，文中“有则”：

> 人之生也，形成而声出，声出而言立。言之立也，必有物焉。有物而无方，各指所之，则其字乃滋也。滋累而不已，不可不节也，故有句以止之。止之而意有不尽，则不明也，故又更端往复，章以明之。章分而意有不属，则不文也，故必如贯珠焉，终始合一而后成篇。①

但这里的“物”不是物理学意义上的物质，“则”不是抽象工具理性法则。在“物”和“则”当中，是人性寂静的光芒和灵魂的具体性相，或者也可以说，“物”和“则”就是在这种具相和自性当中，浮现出来的自然秩序的对应物与灵魂镜像。从而，在那种似乎触手可及的“言之有物”的具体性当中，生活世界的价值秩序恰恰作为一种能够超越个体的、坚固有力的东西呈现出来，这是因为正是在这个层面上，自然作为自然正确与整全意义上的“自然”、作为自然的“自然”呈现出来。

与此相比，“新批评” 观念只是在语言和修辞的层次上复制了 “理性”——“物质”本体论：现代主义作家灵魂的“理论家”化②，现代主义文学之观念化的普遍性趋向，并不能帮助灵魂秩序的自然化和文学性相的具体化，而经常只是以一种虚矫的强辩、自我辩论的理性回旋结构和观念硬壳，来进行自我修饰与神化。在这样的抽象性当中，灵魂和心性缺乏有效的参照系统来构成自我感知和反省能力，因而将自身的七拐八叉、躁粝虚浮，当成世界的“真理”、存在的“真相”。在这种情况下，文学与诗性不能离开这个理性主义的、物质本体性的格套和基底，最多是在对之进行抽象凝视中的眼光的“出神”或“眩晕”状态，以及心性的支离与歧变。于是，人们看到了在正品和冒牌的现代主义、后现代主义文学

①庄有可：《诗蕴》（下），见柯小刚主编《诗经、诗教与中西古典诗学》（《古今通变文集》第一卷），同济大学出版社 2016 年版，第 12 页。

②正如尼采所说：“对于现代人来说，非理论家是某种可惊可疑的东西，以致非得有歌德的智慧，才能理解、毋宁说原谅如此陌生的一种生活方式。”见［德］尼采《悲剧的诞生》，周国平译，生活·读书·新知三联书店 1986 年版，第 77 页。

当中展示的世界的虚无和心灵的废墟,即便它确实就是世界的“本质”和“真理”,然后又怎么样呢?面对一个孤立、破碎的“理性——物质”世界,人们只能束手无策,难道能用胶水把它粘起来吗?作家的个体是上帝吗?怎么能够保证你的“灵魂”反映了世界的真理——哪怕只是关于世界的“黑暗”的真理?这里不是一般地反对现代主义的文学与其文学观念、文艺理论,但也不必把它当成伟大的“真理”与最后的生存“真相”。

中国传统当中“有物有则”的具体性,恰恰是对于自然性(“天”)的尊重,或者说,只有在尊重自然性的基础上,才能做到“有物有则”的生活本真性,而后者才是“理性”的来源。在此前提下,文学修辞代入、展开的是生存的自然理性与“自然”的具体性:灵魂的法则和自性的秩序,需要在具相与宁静的心灵的自然状态当中呈现;修辞和诗教梳理出人性和灵魂的自然秩序,作为生活方式与生存秩序的政制,借此从另外一个维度上,将人的生活世界、生存秩序与文明格局的自然基础沟通,从而使人类的人性化生活在大地上立定脚跟。与此相反,西方的现代性传统则将人从自然秩序中剥离出来,使人“理性化”地变得抽象、片面和极端[①]:西方现代的自由主义理念与“民主社会”,建立在臆想的“自律性”与“理性”个体之上——对这个社会的归顺和“不服从”,都只是更加强化了其背后的“理性”秩序之虚幻的臆想性质;而灵魂秩序在与生活秩序、政制秩序的“理性”同构的幻象与意识形态幻想当中,变成断面化、碎片化的存在方式。在这样的情形下,每一个看似孤独、孤绝而又“理性”的个体,包括作家、诗人的个体,由此恰恰只是在江湖化的无序冲动和大众狂欢式的潜意识语境当中,来逆向获取的写作动力和存在感。很不幸地,在中国当代文学智识对于西方现代性传统的顶礼膜拜当中,这在很大程度上也成了中国当代文学存在的现实“思想”条件和“文化”语境。

在这种情况下,文艺理论的“新经学”视野或文明诗学视野,就是通过“有物有则”的灵魂与政制(生活秩序)的自然性视窗,从修辞与语言“内部”的生活世界编织与价值秩序建构之具体性视野当中,来展开的文艺理论话语与文艺理论体

①刘小枫:《海德格尔与索福克勒斯》,见刘小枫《重启古典诗学》,华夏出版社2010年版,第180页。

系的建构方式。这是否是回到了“文学主体论”或者“主体论文论”呢？文学研究和文艺理论的“主体论”，是将“主体性”当作一个研究“客体”和批评“对象”来予以考量，或者说是将文学从“主体论”的理论范式的角度加以诠释，然而无论哪种情况，文学都只是一个外在于批评家这个诠释机器的“客体”和“对象”。由此也可以说，“主体论”几乎是将其理论“视窗”本身当作研究的客体和对象，并且其关注的重心和结论也仍然是关于“窗户”的，而非关于世界与人的生活的。这么说来并不是夸张，这个“主体性”的“窗户”，就可以看作是“专业化”和“职业化”的文艺理论当中有关“主体论”和“主体性”的空洞“理性”：它认为世界是由这个“窗户”建构完成的，没有这个“窗户”，就等于没有世界。这在康德哲学当中有着清晰的表述，而康德美学不但没有否定这个“窗户”建构出来的世界秩序，而且正是它使得“窗户”的视野得以完型，因而成其为完美的“窗户”，并将窗户上整齐、和谐的窗格排列方式当成“美”的来源。康德美学在这个意义上，将现代理性主体的自由主义意识形态的虚妄，一本正经地进行了具有漫画式的夸张的“审美”反映。

灵魂有自然的品级，生活世界有内在的自然差序和裂隙，这是文学修辞和文学语言展开的具体场所。只有在自然秩序当中，才能有圆融、整全而又具体的修辞理性与文学概念。这种内在的自然差别与分疏的消失，或者对于这种差异性的自然秩序的“理性”同质化理解，即便是出自文学“本身”的名义，也仍然会使文学经验变成抽象的：

> 一个城邦，必然就是柏拉图笔下的那个洞穴……在哲学家与这个意义上的城邦公民之间，隔着一道不可逾越的鸿沟；他们各自的终极目标，大相径庭。这道鸿沟，只有通过一种高贵的修辞雄辩，才可能得以沟通……哲学不具备提供这种修辞雄辩的能力。它所能够做的，充其量不过是为这种修辞雄辩，勾勒描绘一个大致的外形轮廓。执行这种修辞雄辩的任务，必须留给演说家们或者诗人们去完成。①

①［美］施特劳斯：《关于马基雅维里的思考》，申彤译，译林出版社 2003 年版，第 473–474 页。

"城邦"或许就是我们无法回避的生活秩序与生活方式。它作为生活秩序与生活方式的具体性,对于"修辞术"的规定和影响作用,要远远超过"现代"文学视野的理解。或者也可以说,认为人人都可以作为"自由个体",从而超越任何"城邦"生活,这正是一种非常具体的关于"城邦"生活的现代意识形态——自由主义的政制理念。城邦生活不是根据哲学的原则来建立和展开的,这也等于说,作为哲人的灵魂与任何的城邦生活和政治社会都存在根本性的冲突,哲学与哲人肯定不等同于城邦生活秩序,经常也不一定能够具有现实地建构这种秩序的能力;反过来说,或许只有真正的诗人才能理解哲人的问题性:"阿里斯托芬看到了正义的必要性,实际上也就看见了正义的局限性。换句话说,他遵从城邦的根本要求,但完全无需以城邦看待这些根本要求的方式来对待它们"①。在此,诗人的工作当然不能看成是简单的宣传、教化乃至欺骗——或许只有真正的诗人才真正整全地理解哲人的努力,以及哲学与城邦生活之间的关系。这是因为诗人的修辞理性与文学修辞当中,存在着的是对于自然秩序的真正的尊重,以及由此而来的自然的曲屈或者说曲折:真正的文学既坚持"修辞立其诚"(《周易·乾·文言》)的原则,同时在那里持存的、它聪明地处置着的,好像只是价值原则、秩序的形式以及技术性的东西。但事实上是"高贵的修辞学"能够"致曲",或者其本身就是一种"曲成"的理性与能力:

> ……其次致曲,曲能有诚,诚则形,形则著,著则明,明则动,动则变,变则化,唯天下之至诚为能化。
>
> 《中庸》

在中国古代经典当中反复强调的"唯天下之至诚,为能尽其性"以及"唯天下至诚,为能经纶天下之大经"(《中庸》),说的是总的原则;而接下来的这种"致曲"的逻辑,与《易传》当中"曲成万物""成性存存"之论相互呼应,都可以从修辞或修辞理性的角度来进行理解,或者说,它们本身就是在修辞性的"曲折"当中

①[美]施特劳斯:《苏格拉底与阿里斯托芬》,李小均译,华夏出版社2011版,第327页。

持存的对于“主体性”的认知与理解方式，以及现实的城邦生活或文明主体性。但这种“致曲”或“曲折”，不是出于圆滑和世故的原因，而是出于其对于人性化生活的局限性的认知，成城邦生活的自然之“性”、存人性秩序的自然之“存”（“成性存存，道义之门”）的文明理性目的，因而对于灵魂原则和现实原则二者，具有连接与整合的权能。在这个意义上，“诚”与“曲”不仅不互相矛盾，而且构成辩证统一的关系：不能“致曲”的“诚”就是迂腐和颟顸，不能“诚”的“致曲”，则是伪善和奸佞，二者的统一才是“化”境。

第三节　“字之曰道”：文学的“文明”修辞与“文明”实践

于是，在西方哲学无所措手、将其交给诗人来完成的问题地带，中国思想和中国哲学则善于把这种文明生活秩序内在的曲折和层次的自然具体性讲述出来，并加以恰当处置，进而使自身也成为综合诗与思的、具备“自然正确”之具体性内质的文明理性思维与文明价值实践。或者也可以说，这就是中国思想和中国文明的“诗性”特征之所在，圆融、整全而又具体的诗性质地，浸透和改写了中国思想与中华文明的核心机理：这种诗性特征，使得中国思想和中国哲学传统，没有变成论证思维的抽象同一性和循环论证的概念合理性的形而上学乃至工具理性，而是具有价值关注与价值实践处置能力的文明理性；反过来，诗性本身也不只是非理性的“情感”机制与“感性”机能，而具有内在的理性判断与法则的秩序、机理或属性。这一点，可能不仅提示我们应该如何认识中国文学的特殊性，同时也涉及应当在何种问题性空间当中，来思考文学的一般性的文明本质与文明属性。

也许有人会说，这不是“现代”的文学概念，这不是“现代”文艺理论的问题性。但所谓的“现代”文学概念与文艺理论话题，怎知不是文学的整全文明本质被种种“现代”神话遮蔽与割截而成的残留物和断面？怎知不是远离文学的全方位文明实质的、被放逐的畸零的存在与褪色的影像？又怎知它们不是与“现代人”的虚假、失重的生存状态进行的相互“阐释”与相互欺骗？作为洞穴里存在的

“现代人”,看到石壁上的影子,就能确证它必定是出自太阳的光芒?就能确证自己背后必定有一个光芒万丈的真理的太阳?同时,这也不是什么哲学问题和思想史问题,或者是从哲学角度来研究文学问题,不过,它或许可以看成是“现代”知识体系和学科体系的不同门类之间,在相互推诿与自欺欺人当中错失了的问题性基座和问题根脉:如果把这些都当作“前现代”的、有碍于将问题装进现代知识体系之“保鲜盒”当中的不合时宜的累赘,一概加以删削,那剩下来的所谓“现代”文学概念,不过是行将枯萎的无根的插花,甚至是塑料制成的假花。

上面提到西方古典传统当中的“高贵的修辞学”,与古典时代的“高贵的修辞学”相对的是智术化的修辞观念。后者并不只是将修辞看成理性工具或从概念出发来理解修辞问题,而是它同时也将修辞看成是“理性”自足的,并且因为内中是同质、同构的理性法则和秩序,因而是“理性”地可理解的、可以对于其“本身”加以合理化的理解与把握——这有点像现代人对于“科学”的理解。人们在大多数情形下,就是如此对于文学与文学修辞进行着“现代”理解。智术化的修辞学一方面是在对于“理性”的操纵、搬运和玩弄当中篡改与掩盖自然视野,另一面恰恰是对神话的“理性”化迷信:在现代社会和现代人的生活秩序当中,修辞不再有那么重要的地位,这恰恰是因为“现代哲学”以及科学理性本身以其“理性的疯狂”替代了修辞术的作用,成为建立在某种特定“自然”概念之上的、弥合差异性的意识形态[①]。当然,反过来说,西方的现代性文明与现代社会本身,据说就是按照所谓“理性”的人造秩序和法则建立起来的:个个等同的“平等”的个体,享有整齐均一的个体“权利”和“自由”,在这种情况下,人们还知道什么是自然吗?还存在“高贵的修辞”容身与呈现的自然差异性与层级性时空吗?处身于这样的生活世界和生活秩序当中,文学在这个时候并不是像苏格拉底式的古典哲学那样,坚持自然正确的自然真理视野和灵魂经验的自然秩序,而是不管如何辩解、如何“碎片化”,都是从真正的文学精神与真正的哲学精神的双向退化,都是在远离自然性之后,搁浅在种种神话式的意识形态修辞之上的观念截

①[美]施特劳斯:《修辞术与城邦——亚里士多德〈修辞术〉讲疏》,伯格编订,何博超译,华东师范大学出版社 2016 年版,第 551 页。

面和表象——至少是关于文学与文学修辞本身的“理性”神话和意识形态，或对于后者的复写与依附。

在这种情况下，文学在现代社会的作用，本来应该是让人们获得关于语言和修辞的具体性理解，在诗性修辞的具体性当中，努力重新生成面向自然之道的价值光谱和实践触角。但在各种各样的所谓“主体性”和“主体论”当中，无论如何仍然存在着那种颟顸的抽象性和对象化的同一性：所谓“语言是存在的家园”恰恰是抽象的修辞；“到语言为止”的诗歌或者文学，不过是分行排列的文字符号与物质实体。它们或许是对某种抽象性的“体验”，或者概念性地、抽象地“体验”到的某类语言经验，因而它们只是一种抽象的具体性，或者具体的抽象性。当代中国文学放逐了那些宏大的主题和话语方式，终于做到了某种轻松的“虚空”化甚至虚无化——这算是抽象的具体性或具体的抽象性层面；但只有从关于“虚空”的强迫性的抽象意识当中彻底挣脱出来，同时做到“粉碎虚空”或者“虚空粉碎”，并从此中重建圆融的文学心智以及文学整全的文明本质，才能做到“具体的具体性”。但当下中国文艺理念的主导观念其实是在同质的个体性、抽象的语言论与智术化的修辞学的死角当中来回摆荡——苏格拉底与柏拉图已经从他们所关心的、与人类的生活方式和政制秩序相关的问题格局当中，论述过这样的问题，而很多蛊惑人心的所谓“现代性”的神话，不过是这些问题残缺不全的牙慧。

不过，柏拉图的《理想国》虽然是对话、语言和理论中建立的“城邦”①，但它整体上仍然是一种与世界构成隐喻性、象征性联系的理念体系，也就是与世界之间构成意义的内在同构和同一的秩序，所以柏拉图的哲学，从总体上仍然是文学修辞机制与文明理性秩序的“一个大致的外形轮廓”，而其对话文体根本上仍然是哲学，而不是文学修辞：

> 柏拉图的对话是对世界的表现；它们自身就是一个宇宙。为了阐释它们，我们必须动用我们所有的力量像接近世界一样接近它们。对话和世界

①[古希腊]柏拉图：《理想国》，王扬译注，华夏出版社2012年版，第58页。

> 之间的唯一不同在于:对话是被如此建构起来的,以致每个部分都与其他任何部分在整体上相连;没有无意义的偶然。柏拉图像他观看世界一样再造了本质的世界。每个语词都有它的位置和意义,一旦我们不能带着确信解释所有细节,我们就可以知道我们的理解是不完备的。①

柏拉图的对话是西方哲学当中最具备文学性的所在——或许在康德美学的意义上可以看成是完全的文学性、"现代性"的文学性,但在同样的程度上它也最远离了文学性。不过,这理由却并非是因为它没有我们通常意义上的文学性要素,而是文学的文明格局意义上的。这个理由其实很简单,即在文明诗学的意义上,文学修辞从来没有、也不应该试图使自身成为一个完整的宇宙:因为如果文学是"我们必须动用我们所有的力量像接近世界一样接近它们"的一个世界,那么我们还需要另一套文学世界和文学认知方式,来重新建构文学经验的直接性与现实性,否则,我们便走不出关于"文学"的哲学权力、哲学气压。正因此,柏拉图的《理想国》修辞本身虽然同时堪称伟大的哲学和伟大的诗歌,但它所具有的无法实现的非现实性,只是说明了其作为理念、理想的超越性,却缺乏东方文明的自然理性之诗性的现实性;而尘世当中的政制秩序虽然有它粗鄙的"现实性"和"具体性",但却无法完成它原本宣称的理念、理想性质,后者与"现实"协调或被"现实"篡改,从而只成其为蛊惑人心的坏的哲学和坏的"诗歌"。这种关于"哲学"本身的文明权力体系,在西方文明传统当中形成无法超越的、压迫性的文明价值的张力格局。

同时,这也正是通过"修辞"与"城邦"(生活秩序、政制秩序)关系,映射出来的西方文明传统,尤其是西方文明的"现代性"传统当中,表现形式极其混乱的"理性"悖谬之一:"民主政治文化的写作论基于普遍人性论,由于这种人性论抹去了世人灵魂的品级差异,无论诗人还是公共知识人的写作就很容易成为自我欲望的表达,仅仅追求吸引眼球。"②中国现代、当代文学或者中国文学当中的所

①[美]布鲁姆:《人应该如何生活——柏拉图〈王制〉释义》,华夏出版社 2009 年版,第 20 页。

②刘小枫:《古典学与灵魂政治学》,见刘小枫《古典学与古今之争》,华夏出版社 2016 年版,第 31 页。

谓“现代性”传统，深度地沦陷在这种西方文化与文明的价值困境与悖论性当中。但出于中国文化和文明传统的理解方式，文学修辞的具体性或不如说具体的“具体性”，并非蜷缩回语言“本身”的内指性团块与自我指涉的修辞圈套，而是一方面连接着灵魂秩序，另一方面连接着生活秩序。这其中的关键以及文学的结构性的地位在于：诗性的修辞和文学语言以将它们二者（灵魂与生活秩序）分疏开来的方式，重新将它们联系在一起，建构起生活世界有分疏的秩序、有差异的统一。

这在中西文明的古典传统当中，曾经是只有文学和修辞术根性上的诗性技艺、性质、属性，以及诗性的文明价值立法才能完成的任务，而非程式化、工具化的理性机能与形式合理性的工作领地。不过，在中国文明传统当中，这一点尤其得到贯彻始终的、整全圆融的认知和发挥。因此，一方面是“修辞立其诚”，另一方面是“《诗》无达诂，《易》无达占，《春秋》无达辞”（董仲舒《春秋繁露·精华》），这两者并不矛盾，而是一体两面的东西。两者之间看似具有的悖论，只是提示我们：(1)《诗》《易》与《春秋》，在中国文化与文明传统的“诗性”的整体性当中，它们都在做着同一件事情，那就是广义上的“修辞”与作为安顿人类文明生活秩序、“城邦”秩序的“诗歌”技艺；(2)因此，“达”与不达，都不是一个简单的、笔直的理性意义传导、“合理性”逻辑建构的问题，在“达”与不达之间，是对于人的生活世界、存在秩序、“城邦”生活的整体性“经纶”或“大经”问题；(3)反过来说，如果在“修辞”的这两个方面之间，没有生活秩序与文明价值建构意义上的、丰富的“城邦”性内容的经纶与编织，那所谓的“诚”不过是概念性的忠诚，或者对于修辞之“概念”的“忠诚”，而所谓不达与“无达”，都不过是故弄玄虚的修辞游戏。

文学修辞不是那个物质性的语言“实体”与“本体”，而是一个能够深入触及、捕获和重建自然性的文明意义之网与价值实践方式。“呦呦鹿鸣，食野之苹；我有嘉宾，鼓瑟吹笙”，当人们以垂直于“兴”诗的眼光，透过“经”的语言和修辞织体来看待世界的时候，“兴”诗的语言、修辞结构，以旋转 90 度、垂直于纸面的方式，变成贯穿纸面的、人们认知方式的意义范型与向导：它以分别指向灵魂与世界双方的方式，将它们二者在诗性的光芒当中区分开来，而它自身在这样做的时候，不仅将诗句当中的“兴辞”、转喻（“呦呦鹿鸣，食野之苹”）与本体（“我有嘉宾,鼓瑟吹笙")联系起来,将诗句背后的自然秩序与伦理、生活秩序联系起来,同时也将灵魂与政制秩序整合为一个差序性的、具有内在分疏的统一体。在此,"诗是一个中间概念,处于哲学和政治之间,它使三者都各自保持其根本的同一性,而又不互相分离。那种分离是对人的灵魂的肢解……"[①]文学修辞在这种张力性的、似乎是离开自我的趋向当中,回到与完成了自身:"吾不知其名,字之曰道。"(《老子·第二十五章》)任何作为"高贵的修辞"的文学,并不吸引人们关注其"本身"的眼光,而是以凸显其自身非自然的、人为的实在性的方式,指示存在的自然秩序,指引人们重返自然之道。反过来说,文学作为"高贵的修辞",就像任何高贵的东西一样,都会在对于它"本身"进行抽象凝视的目光当中迷离、隐失。

第四节　文明视野当中中国传统文论的"古"与"今"

重建中国文学的文明视野与理解文学的文明心智,还需要面临的一个重要问题,就是如何面对自轴心时代以来包括《诗》《书》《礼》《易》在内的文明经典或传统文艺理论思想资源的问题。中国传统文艺理论是一个伟大的思想宝库,传统文论的现代转化以及它对于中国当代文艺理论建设的重要性自不待言。不过,实事求是地讲,在当今的文艺理论研究与文学批评领域,在有意无意之间,认为中国传统文论整体上处于当代文学实践之外、缺乏当下文学现实解释能力的认识,也有不小的市场:在当今的文艺理论研究与文学批评领域,有一种明言或不明言的相当普遍的认识,就是认为中国传统文艺理论整体上已经丧失了对于当下文学实践的解释能力;这言下之意,就是要有效理解和研究今天的文学创作实践,只能靠对于西方文论的"拿来主义"。不可否认,将传统文论用以直接面对时下的文学作品,在不少情况下确实有其实际困难和不适应的情形,人们对于这二者之间关联的认知也还有不充分、不恰当之处,但就此宣布中国传统

①[美]罗森:《诗与哲学之争》,张辉译,华夏出版社 2004 年版,《中文版前言》。

文论的整体失效，却未免太过轻率与简单。这里带来的问题，其实就是如何理解中国传统文论的当代性的问题，或者说中国传统文论意义上的“古”“今”关系、也即“古今之争”的问题。

这里首先需要摒除的，就是在不少人心中可能仍然存在着的一个等式：中国的等于过去的、古旧的、特殊的、地域的，西方的等于现代的、时髦的、普遍的、世界的，于是中、西之间的平行比照关系，被直接等同于古、今之间的时代历史落差，所以才会有这种传统文论的整体“失效论”或者“无效论”。西方学者经常有类似这样一种认识：一部西方哲学史就是对于柏拉图的注释史。这样略带夸张的认识，其实也适用于中国文化当中儒释道等伟大思想传统——它强调的是对待传统应有的态度。柏拉图、亚里士多德的一些文艺论断，仍然是我们文艺理论教科书当中的经典观点，人们不会觉得它们已经失效和无效；康德、黑格尔的古典美学著作，按其产生时代置入中国文论史序列也属于不折不扣的“古代文论”，但它们至今也还是人们热衷研究和引用的对象；美国当代著名的马克思主义理论家杰姆逊具有广泛影响的后现代主义文学与文化理论，也对于黑格尔式的思维辩证法进行了创造性的阐释，而不是简单地将其当作“死狗”、宣布其“无效”了事……伟大的原创性思想之所以伟大，就在于它包含了远远超越一般的认知高度、恒久的价值规范能力，以及几乎无限的阐释空间。这并不是说应该亦步亦趋地寻章摘句，不能越经典的雷池半步，但以敬畏之心对待包括中国传统文论在内的经典著作，虔诚地向其学习是一项基本的、起码的功课。

中国传统文论是一个丰富的思想系统，研究它首先要深入其内部，认真体会它的内在构成、思维方式、对于理论与实践关系的理解，以及解决问题的思路与方式。在认定传统文论无效的人眼中，中国传统文艺理论只是一些浮在表面上的概念、范畴，因此，如果所谓中国传统文艺理论只是一些具有中国传统色彩的概念、范畴，而这些中国式的概念、范畴既然与当今文学实践领域出现的一些观念、问题“对接”不上，那传统文论自然也就无用了。这其中的关系，就像让习惯了西医思维的医生来接受中医的理论，确实有其不适应、不习惯之处，但这正需要文艺理论研究者去进行创造性的阐释、会通、转换工作。在还没有透彻领会中国传统文论的真精神、真问题的情况下做出其“无效论”，就像是认为中医没有体温表、血压计就治不了现代人的病一样肤浅——这就将问题极度表面化了。所以，这种简单、武断结论背后的另一个问题，就是它将文艺理论仅仅当成是抽象的、形式化的文学作品释读工具，而它本身也是一种缺乏价值关怀、价值思维能力的工具性思维方式。

这就涉及一个问题，即什么是构成文艺理论真正核心的、最重要的因素。文艺理论诚然有其作品解析工具、分析模型的作用，但除此以外，更重要的，它是一种文化与文明对于世界、人生及文学的总体性理解。中国传统文论背后，是中国人与中国文学对于生活世界与生活方式的根本性认识与文明价值理念，概念范畴、理论范式、认识工具层面上的中国传统文论，也许有现实针对性和适用度的问题，但这个层面上的中国传统文论，却是不会轻易“过时”与“失效”的，也不能用“拿来”的西方文论替代：除非认为中国人以文学方式展开的世界认知、价值思考不值得认真对待，否则中国传统文论研究的首要任务，就是这方面的深入考究与深度体认——这是中国文艺理论话语体系创新的基本前提。反过来，如果缺乏这种文化与文明价值层面上的深度思考与根本认同，也很难想象能够建设真正具有原创性的文艺理论。事实上，中国当代文艺理论在创造力、原创性方面的不如人意，或许正是由于工具理性背后这种总体性的价值理会能力与价值原动力不足导致的。

受到康德以来的“审美”主义幻象或“文学本体论”观念的影响，也许有人会说，中国历史上以儒家“经学”为主体的主流思想传统，以及深受其影响的中国文艺理论传统，不是对文学有许多牵强附会的“曲解”吗？事实上，人们所期待的那个纯粹的“审美”对象，以及所谓“文学本体论”，从认知上是悖谬性的，从价值上也是一个虚无的漩涡——这些问题留待在别的章节当中展开。更何况，实践当中的错误不等于原则本身的不合理。孟子深深懂得“不以文害辞，不以辞害志”而力求践行“以意逆志”的文学理解方式；《文心雕龙》虽然以“原道”“征圣”“宗经”开篇，但并不影响它对于文学规律的深刻认知和尊重。反过来，西方号称现代、后现代的那些文艺理论当中，看似“理性”“新潮”实则荒唐不经的理论方法还少见吗？如果说某位西方理论家将第三世界文学统统当成“民族寓言”的“高论”尚属容易辨识，那么人们主动或被动接受的、潜藏在貌似抽象晦涩或无关大体的时髦文艺理论当中的各种西方价值寓言,其表现形态则要迷离和复杂得多,也更加难以分辨,人们因此深陷其蛊惑当中而不自知。这些方面的问题,也正是需要在文明的总体性视野当中,以高度的文化自信加以认真反省与严肃检讨的对象,而非将其当成理所当然的结果接受下来。

退一步说,即便传统文论在解释当今文学实践时确实存在隔膜和不适应的情况,那应该反思与检讨的,也是理论与实践双方的问题,而不是简单地直接宣布理论的“失效”与“无效”。这也就是说,需要检视究竟是当下文学创新确实超越了理论的可理解范畴,还是其“创新”与“创造”走上了歧途:并不是存在的就是合理的,文艺理论不能一味地“顺应”文学创作领域的“现状”、好话多说,而是需要确实具有自己理论上的真知灼见与价值定力。正因为(如上文所说)文艺理论不仅仅是一些形式化的批评工具、解读范式,在这种情况下,如果我们一味地拿西方文论作为中国当下文学研究、文学批评的“主心骨”,当下中国文学在此种“导向”作用下,是否无论在艺术形式上还是在文化品质上,都有沦陷为西方文论所包含的认知与价值立场之“海外殖民地”的危险?西方文论不是一个孤立的存在,而几十年来西方文论对于我们的影响,恐怕也不仅仅是“文学知识手册”“批评方法手册”“文学术语辞典”层面上的影响。这种对于西方文论的过度依赖,很可能本身就是出自在相当程度上已经“沦陷”了的文学视野——这自然是真把西方文论当成关于文学的“普遍真理”与“普世价值”了。在这种情况下,一些西方汉学家对于中国当代文学的严厉指责或许并非危言耸听,它至少有一种促使人们反省的警策作用:人们应该认真反省,这种对于西方文论的过度依赖症,是否本身就是出自在某种程度上已经“殖民化”了的文学视野?是否在潜意识当中真有把西方文论当成关于文学的终极真理与“普世价值”的倾向?

事实上,这些年来,经常“被无效”的不仅仅是中国传统文论,也时常包括“昨天”的文论。这反映了人们对于文艺理论研究远离中国当下文学实践、空洞思辨倾向的不满,但人们是否认真考量过,这样的倾向在多大程度上,本来就是脱离中国文化传统与文学传统,以各种方式简单移植与模拟西方理论的显在化的结果?而上述这一切当中包含的更大的问题,是对于理论、以及理论与实践关系的一种深度误识:文艺理论包括中国传统文论在内,不应该被看作是一种已完成的、封闭的概念、范畴体系和知识体系，而应该看作是建立在对于世界与文学本身的正确认知及价值判定基础上的、一种力求解决现实问题的理论思维。文艺理论包括中国传统文论面对现实问题的困境与不适，同样是理论思维的对象本身，或不如说正是理论思考应该着力解决的一个具体的、重要的现实问题：理论在反思自身、战胜问题当中超越自身、介入现实，同时也就是在实践、发展与完善自身，这才是理论的基本存在方式与解决问题的实践方式。人们所说的中国传统文论的所谓现代转化问题，事实上并不外在于这样一个过程或程序。

建设中国特色文艺理论话语体系，当然不是只有传统文论就够了，但由于上述理由，传统文论在这其中的重要性，实际上要远超人们的想象。概念、范畴与范式工具层面上的中国传统文论，只是思维的完成结果与思想的外在形态，而非其真正的精神与智慧之所在。就一种健康的、健全的、完善的中国文艺理论话语体系来说，不能把“中国传统文论”与“文艺理论”看成两样事物、两种东西、两个“学科”，不应该把中国传统文论看作是一个外在的、起某种装饰性作用的“概念仓库”：中国传统文论是文艺理论思维当中活跃的、积极的、规定性的东西，它从文艺理论的文化质地与理论家的文化灵魂深处，决定着中国文艺理论的文学认知、思维方式、价值判断与实践方式；同时，以此为中介，也间接地决定着中国文学的文化精神与价值取向。中国传统文论因此是人们需要时时回顾、检视、参证的不可须臾去身的东西。所以，先不忙着宣布中国传统文论的“失效”与“无效”，首先应该检视一下的，恐怕是不少人时至今日还没有得到有效清算的历史虚无主义认识与后殖民心态。

文学的“文明”心智或者说文明诗学视野，将中国文学从现代性文化支离破碎的“理性”秩序与虚无化的价值网格当中拯救出来，重建文学的总体性、本真性的存在格局、文明本质与认知视野，无疑正是文明诗学的出发点和初衷，当然更是其归宿和目的。从这一意义上说，文明诗学可以看成是对于中国传统经学式的文学观念与文艺理论思维的一种新的继承与阐发。当然，中国文艺理论文明诗学视野的重建，并非简单地复古和固守“家法”，更非回到那些迂腐和过时的教条当中去；这种重建的重点，在于重建中国传统学术当中的真精神、真情怀、真格局：这样一种称之为文明诗学的学术视野或者说文学的文明价值实践模态，是在切实地理解、靠近和尊重中国人的生活方式与文学的文明经脉的基础上，重建学术理性的文明价值感和文明实践意志，将文学置入生活世界的文明坐标与文明价值宫殿当中，从总体上重新加以定位和审度；反过来，文明诗学又以其广义上的政治性，来为中国人与出自中华文明传统的生活方式作正当性的价值辩护，并就此走向自身的文明性的真理性。

第三章 “诗与哲学之争”的文明诗学意涵

“诗与哲学之争”的问题是一个古老的问题，相对于苏格拉底与柏拉图的时代，它也已经是个“从前”的故事①。然而，或许只是从柏拉图的《理想国》开始，这个问题变得空前尖锐，这可能源于柏拉图哲学的深广思想纵深，将这个问题与城邦政治和文明生活的生活方式等牵连广泛的话题联系了起来，并把它系统化为一个事关“人应该如何生活”、具有政治哲学高度与普遍性的命题的缘故。由此，这个看起来似乎不那么难以解决的争执，具有了丰富的问题性层次与多维度关涉，以及谜一般的持久魔力。对于中华文明与中国学术思想立场来说，陷入这个问题的烦琐的西方思想史线索，或者分门别类的学科化视野，都非最好的选择。对我们来说，后世在这个问题上最有启发性的阐述，或许是以发皇“柏拉图式政治哲学”为己任的施特劳斯与施特劳斯学派：后者将这一问题放置在文明生活方式的宏大视野当中，并以其内在的文明政治性紧张与思想力度，将这一问题特有的“西方”观念属性与“西方”传统特质充分彰显出来的同时，无论是否出自其本意，也将西方文明本身的限度有力地刻画了出来。所有这些，都在指示或者召唤一种通观中西文明的视野，人们就此也可以发现这一问题的实质，

①[古希腊]柏拉图：《理想国》，王扬译注，华夏出版社 2012 年版，第 374 页。

恰恰正在于对于文明生活方式的自然整全性的寻找,与事关文明生活的自然正确性的争执。而这一古老话题探究的现实关切与当下意义,或许也就正在于这些问题地带、问题领域,所可能给予我们的启发。

第一节 “柏拉图式政治哲学”对于“诗”的征用与遮蔽

按照西方古典思想传统,诗人与哲人都堪称是热爱智慧之人,诗人与苏格拉底—柏拉图一样,将人类灵魂作为认知主题,并同样拥有关于灵魂的真知。就此而言,“诗”是灵魂学问与性情学问①,而灵魂与性情之学,不仅仅是政治的自然基础,同样也是苏格拉底以来的哲学的基本主题。在施特劳斯关于“苏格拉底问题”的系列讲座的最后一讲当中,专门处理作为“古典政治哲学的伟大竞争者”的“诗”的问题。对于西方传统而言,施特劳斯在这一问题上视野宏阔、判断精准,虽然只讲了一个大概的轮廓,但可以用作我们理解这一问题的基本线索:

> 哲学赋予诗一种从属性的职能,一种哲学自身无法履行的职能。如果没人认识到人的生活应被引向哲学,那么诗就像人的生活所显示的那样来表现人的生活。自主的诗将非哲学生活呈现为具有自主性。然而通过阐明非哲学生活之中所显示的人类生活核心问题,诗为哲学生活做了准备。诗只有从属于柏拉图对话时才具有正当性……自主的诗发现不了决定性方面……自主的诗使激情变得高贵而纯粹。但自主的诗并不知道激情的纯化必须指向的目的。②

这里描述了哲学出于深层的内在因由,对于“诗”的重视与征用关系:在最

①刘小枫:《“诗学”与“国学”——亚里士多德〈诗学〉的译名争议》,《重启古典诗学》,华夏出版社2010年版,第51页。

②[美]施特劳斯:《苏格拉底问题五讲》,见《古典政治理性主义的重生》,潘戈编,郭振华等译,华夏出版社2011年版,第252页。

好的情况下,“诗”所模仿或反映的生活内容,为作为一种生活方式的哲学认知与价值抉择,准备好了客体对象领域。但仅仅如此似乎还不够,因为哲学同样是性情之学,而且还是更加完备的性情之学——至少“诗”并不关注哲人的性情与其生活方式[①]。从而哲学对于“诗”的征用,肯定不仅仅涉及非哲人生活与人的性情这类“内容”,也涉及西方哲学(形而上学)本身的“形式”机理与“形式”机制层面的东西。

柏拉图必定深知这其中的奥秘之所在:“理想国” 作为对话与语言中的城邦,如何能够不仅仅成为瘠薄的寓言、诗性的虚影、诗意的虚构,而始终保持其为人类世界立法的哲学王权?一向极其谨严的施特劳斯特意强调,“诗”是从属于柏拉图“对话”,而不是从属于柏拉图“哲学”或“思想”:“不仅诗的主题与柏拉图哲学根本部分的主题相同, 而且两者在处理方式上具有根本上相同的特性”[②]。这或许说明一个问题,即柏拉图的“哲学”或柏拉图的“理想国”,是建立在柏拉图“对话”之诗性修辞或语言的“自然”界面之上,而从“诗”与“哲学”共享的这种修辞性界面出发, 它们二者之间的关系, 比人们想象当中要亲近得多——这与几何学或数学当中的情形完全不同, 更何况柏拉图式的哲学戏剧本来就诗兴盎然。哈贝马斯将是否具有“意义与有效性之间的连接”关系,看作判别非艺术性与艺术性(文体)的标准[③],柏拉图或许也可以看作是通过这种连接,让“理想国”这个“能指”的诗性语义学结构,保持其意义“所指”的哲学语用学有效性,从而将“诗”转换为哲学、形而上学——神学。这么讲自然不错,但如果只是这么一般地说来,对于柏拉图的理解就太流于表面了。柏拉图的哲学绝非仅仅对话形式上像“诗”,它通过对于“诗”的系统征用而建立“意义与有效性之间的连接”,也绝非只是语言形式与修辞形态层面上的,而是深层次、内在化、本质性的。柏拉图事实上分两个阶段、两种方向、两套机理,建立起这种“意

①[美]施特劳斯:《苏格拉底问题五讲》,见《古典政治理性主义的重生》,潘戈编,郭振华等译,华夏出版社2011年版,第251页。

②[美]施特劳斯:《苏格拉底问题五讲》,见《古典政治理性主义的重生》,潘戈编,郭振华等译,华夏出版社2011年版,第249页。

③J.Habermas, *Postmetaphysical Thinking: Philosophical Essays*, Massachusetts Institute Technology, 1992,p.223.

义与有效性之间的连接”的复杂机制：

（一）诗歌或文学修辞所面对的，是词语、语言联系着的生活经验的复杂的具体性，而通常的哲学家的思维，本来是寻找诸如“德性”的一个单一概念本质，但却发现了潜藏着的蝴蝶般的一群（具体化的）“德性”，因此，哲学也必须处理概念语言背后的、类似智术师及其传人提出的如下问题性：每个人根据性别、年龄、身份、行为等，都有其不同的德性的具体性相①。这样，诗与哲学都首先需要面对的，或许就是诗性语言或者哲学的概念语言，及其芜杂、甚至危险的经验、意义的日常性与具体性。在写过哲学著作和两部柏拉图式对话、堪称现代“柏拉图式诗人”的瓦莱里看来，在修辞性的界面上，每一个单词就像一块架在壕沟上或山岭裂缝上的小跳板，使人可借以跳过思想的峡谷。但是他在走跳板时，不可以重重地踏，不可以停下来，尤其不可以在跳板上试跳以试验其耐力，否则，这条脆弱的桥马上就会倾覆或者断掉。人们只是靠了把单词很快地讲过去，才互相了解和了解自己。所以，人们绝不可把重点放在单词上②，因为后者从某种意义上看，恰恰是一个漩涡和陷阱：

> 它（语词）使我们相信，它的意义比用处更多。它本来只是一种“手段”，但它现在变成了一个“目的”——一个可怕的哲学研究对象。它变成了一个谜，一个深渊，一样使思想苦恼的东西。③

简单地、抽象地凝视概念（语词）的方式，使后者成为“一个可怕的哲学研究对象”，这样的认知方式，无论对于诗人还是对于哲学家，都是一个陷阱；而以为诗歌或者哲学就是以这种方式把玩语言与修辞，无论就诗还是哲学来说，都是类似智术师式的浅陋之见。在此前提下，柏拉图需要证明的是，一群蝴蝶就其作

①［古希腊］柏拉图：《曼诺篇》，见苗力田主编《古希腊哲学》，中国人民大学出版社1990年版，第241页。

②［法］瓦莱里：《诗与抽象思维》，林骧华译，见伍蠡甫主编《现代西方文论选》，上海译文出版社1983年版，第31页。

③［法］瓦莱里：《诗与抽象思维》，林骧华译，见伍蠡甫主编《现代西方文论选》，上海译文出版社1983年版，第30页。

为蝴蝶的本质而言没有什么不同："德性亦同样：如果有许多种的德性存在，那么它们必有一个共同的理念，由于它，它们才是德性"①。柏拉图首先需要的，就是用哲学理念（语词）语用学所指的固定或强行植入，来截断、终止语义的（诗性化的）自然生殖与经验性发散、自发性蔓延。在这里，柏拉图是通过音乐类比，以音乐"节奏"随从诗歌"语言"的方式，来使概念"语言"随从理性"灵魂"。这从表面上看，是修辞层面上的诗性机理操作，似乎正是柏拉图对于概念语言的诗性处理，使得我们跨越了它作为"一个可怕的哲学研究对象"的属性，从它上面轻易地滑跃而过；而完成这一过程的，似乎是诗性语言音乐般的、类似物理性的美妙的同质性，作为"手段"性、工具性的"跳板"与桥梁，使得哲学"语用学"意义得以快速通行，完成聚合。但事实上，这里已然发生的，是用灵魂的理性德性击穿、穿透了"诗"（语言）的自然自主性，于是直接将"节奏"之类的"优美""出色"品质，与"人格思想境界"②等价同构起来，由此，将（包括修辞与语言自身的自然属性在内的）自然属性按照其需要变成概念化的隐喻，并被赋予某种了理性德性内涵：

> 这一东西，因为它把真理提供给了那些可被认识的事物，同时又把认识事物的能力分配给了具有认识的人，你就称它是美好的东西的理念……正如我们在前面合理地把光芒和视觉看作是像太阳一样的东西……我们在这里也合理地把这两件东西看作是如同美好的东西一般的东西……然而，美好的东西的本性必须得到更进一步的、更高的估价。③

柏拉图就这样跨越了自然与德性、诗歌与哲学之间的鸿沟，尽管这终究不过是一个"回声"和"倒影"的过程："可被认识的事物"所内含的"真理"，是被具有"认识事物的能力"的灵魂本身提前置入的、它自己同意的"真理"。这样一个进程是没有止境的，在这个貌似诗性与修辞性的层面上，柏拉图看起来就像诗

①[古希腊]柏拉图：《曼诺篇》，见苗力田主编《古希腊哲学》，中国人民大学出版社1990年版，第240-241页。
②[古希腊]柏拉图：《理想国》，王扬译注，华夏出版社2012年版，第107页。
③[古希腊]柏拉图：《理想国》，王扬译注，华夏出版社2012年版，第245-246页。

人一样，似乎并不关心事物贯穿性的概念、理念性本质，但这恰恰使他对于“本质”属性的收割、赋予与生杀予夺，深入到世界的客观性与事物的自然经纬、自然机理当中，从而变得优裕、“丰富”而富有“内容”：用类似后世的哲学概念之网，捕捞一堆抽象的概念性“本质”与“逻辑”关系，不是柏拉图这样的哲人要做的事情。同时，这也使这个过程变得既从心所欲、八面玲珑，又像神一样无可辩驳，从而完成了哲学收编“自主性”诗歌的第一个步骤。

在这一过程当中，伴随着柏拉图对于修辞术与智术师传统的贬斥。柏拉图的传统认为哲学家处理的是辩证法与概念，而将智术师则看成是玩弄修辞的伎俩。但即便是智术师式的“看似如此”（plausibility）的修辞方式[①]，也并非仅仅是知识理性与理念真理的影像与工具，它至少以片面与极端的方式，凸显语言的一种自然性维度，即其内在的自然差异与自然同一维度：语言当中包含多种层面上的、同一与差异共存的自然结节、自然秩序。智术师善于对自然序列当中的某个方面进行夸张或曲解，用以制造歧义、混淆是非，但正因此，自己经常也被这种修辞性秩序所欺骗与囚禁。与之相比，诗人则对于修辞的态度，更加具有“自然”的周全性与圆融度，至少不会被自己的修辞与语言的“制作”属性所蒙蔽。柏拉图如果不是建立在对于智术师式修辞与诗人修辞的双重洞察与超越之上，则非但不会有诗意盎然的对话文体，也不会有其金字塔式的理念论哲学体系。在这里，柏拉图在超越了小处机变百出、大处尾大不掉的智术化修辞的同时，利用了“诗”性的某种内卷化、内聚性、混沌性的同一化机制：他将“诗”与诗性的横向组合机理，用作理念金字塔之基础或基座，以此来保持着这一理念体系、意义体系对于存在领域与意义世界的开放性和吸附力。这是一种横向的“诗”化机制，而这个过程，是柏拉图对诗的征用的第一个阶段。

（二）建构柏拉图式的理念金字塔的过程，如上所述，包含、利用了某种诗性的机制，这种机制的核心在于，尽量地伸展诗性修辞及其维系、表征的“自主性”生活方式的自然幅员与自然纵深，以此完成对于世界有内容的、实际的“占领”。柏拉图接下来，就通过这种异质同构的类比修辞“桥梁”，迅速地将战果不断扩

①[古希腊]柏拉图：《会饮》，见刘小枫编、译《柏拉图四书》，生活·读书·新知三联书店2015年版，第286页。

大开来："绘画以及所有类似的手工艺中充满了这些，纺织、刺绣、建筑以及所有制造其他家庭用具的行业也充满了这些，直至各种躯体以及其他生物的本性；在这些事物中都存在着优雅和不雅。不雅、缺乏节奏、缺乏音调，这些是低劣谈吐和低劣性格的亲族，与此相反者则相反，它们是谨慎、高尚的性格的亲族和模仿品。"①与此同时，却从另一方向或维度上，弥合或同化其内在的自然差异性，挤压并曲解其内在的自然价值秩序、自然正当性之"自然"差序与"自然"经纬，从而取消其作为正确生活方式问题解决途径与路向的可能性。因此，当柏拉图将这种"自主性"领地的征伐与接收机制不断地延展、推演开来的时候，就像舞台上的聚光灯与演员游移的舞步之间存在一条精准连线一样，这恰恰同时论证了一个垂直纵向的理念论轴心："当你想到有另一种东西比它们更美丽，你就想得对了"②。就此而言，"诗"（及其所联系的作为经验具体性）的"美好"，不只是因为它对于"美好的东西的理念"的投影与粉饰；同时，它也不仅被对于"美好的东西的理念"进行"更进一步的、更高的估价"冲动所吸引，更主要的，它还是柏拉图理念金字塔之能源消耗的吸收、输入"端口"——由它来供给这种金字塔式的理念"更进一步""更高"的"攀升"运动以动力，并使其整体活跃起来。

这一点，也就决定了这一过程，不能仅仅停留在孤立的语词与概念层面，而需要、也必然不断放大为一个多层次、立体化的维度："有一个贯穿许多分离着的个体的理念和被包含在一个较高理念之下的许多不同的理念，有一个会合众体于一而贯穿于其中的理念及许多分离孤立存在的理念。"③在此基础上，柏拉图就以此种从德性理念出发、对于自然进行分割与压抑的方式，形成德性宰制自然的价值理念层级，从而组织化、体系化地完成了德性理念贯穿自然并返回自身的过程，理念金字塔也就由此辉煌壮丽地挺立起来。总之，《理想国》的理念秩序与生活世界之间，以及灵魂秩序与城邦秩序之间的类比与同构，建立在对于上述纵向与横向维度上的自然差异与自然序列，加以形式化、但又是生产性的组织、关联的基础之上。此种有似于"诗性"机制与"诗性"处置的结果就是，柏

①[古希腊]柏拉图：《理想国》，王扬译注，华夏出版社 2012 年版，第 107 页。

②[古希腊]柏拉图：《理想国》，王扬译注，华夏出版社 2012 年版，第 246 页。

③[古希腊]柏拉图：《智者篇》，见苗力田主编《古希腊哲学》，中国人民大学出版社 1990 年版，第 348 页。

拉图的理念秩序或者理想国的壮丽图景，不仅成为赋予存在世界意义的巨型隐喻体系，并锻造出像拉杆天线一样的价值层级结构；与此同时，它也像诗歌一样，保持着开放性的“蝴蝶”效应与意义生产机器的机能：它不仅从柏拉图的头脑延伸到哲学理念（修辞），同时也从理念层面占领了广大的存在领域与现实的“城邦”。但这恰恰使得柏拉图的对话本身，从整体上成为一个内卷化的意义漩涡——这也就是说，柏拉图不仅是为了使其成为“一个可怕的哲学研究对象”，同时也要将其变成一个“自主性”的宇宙，变成太阳下的现实世界的生产者与“父亲”。①

这样，柏拉图就以一种生产性、肯定性的方式，战胜了“诗”的生活方式带来的自然自主性，包括后者作为城邦生活方式内在的自然差异，以及智术师所张扬的抽象的、启蒙主义的自然概念，对于德性伦理与传统习俗的破坏。柏拉图在某种意义上，或真如瓦莱里所说，他要打造的是一架“诗情”的生产机器，一个具有动力性运作机制的理念体系②，而正是通过这一诗性的动力性机制，不仅仅将修辞与语言吸纳进理念当中，同时也将世界的经验现实本身，席卷与吸收进金字塔式的理念体系当中；反过来，它又可以将生活方式与生活世界的诗性的自然整全性，用作理念体系之“道成肉身”形式：柏拉图的真正雄心，或者说他对于荷马这样的诗人真正富有雄心的“模仿”，不是像近代形而上学那样构造叠床架屋的“理性”建筑体系，以及思维自我思维、自我肯定、自我论证的自洽性，而是将世界本身变成它的生产材料与思想产品。这就使得柏拉图哲学全面占领了人们的头脑，并以决定人们解决“何为美好生活”与“人应该如何生活”问题之思想方式的途径，生产作为“理念”的投影与产品的现实城邦秩序、文明秩序。从这个意义看，柏拉图说世界是理念的投影，就其本意而言，这并不只是一个隐喻或一种隐喻性的说法：如同诗歌善于使用隐喻、但诗歌的现实作用却并非只是隐喻一样，这是一种纵向的“诗”化机制，它建立在横向诗化机制之上，其核心要义在于它就此将理念体系本身，变成一种世界意义生产、加工与输出的动力性机理

①J.Derrida, *Writing and Difference*, The University of Chicago, 1978, p.86.

②[法]瓦莱里：《纯诗——一次讲演的札记》，丰华瞻译，见伍蠡甫主编《现代西方文论选》，上海译文出版社 1983 年版，第 29 页。

与机械装置。由此也说明，柏拉图哲学对于“诗”或者“美”这样的底部端口的需要，是内在的[①]。此为柏拉图对诗的征用的第二个阶段。

通过上述两个阶段，柏拉图在将“哲学”变成“诗”的同时，也就将“诗”变成了“哲学”，用施特劳斯的话说，是用取消“诗”的自然自主性的方式，将“诗”变成了“哲学”。但在这里，哲学不仅仅意味着对于生活经验内容上的普遍化，同样，它也将生活世界内在的自然层级性与差异性，形式化为思维的自我复制的空洞循环，或概念化为可以被轻松跨越和忽视的抽象性。柏拉图正是出于此种否定性的意图，对于诗所表征的“自主性生活”本身进行了反自然的同质化与抽象化处置。尽管不能以简单粗暴来理解这种同质化与抽象化，但却也只有通过这种同质化与抽象化，柏拉图才可以将“哲学核心问题”置入自主性生活秩序。这是因为，如果不是这种（建立在对于后者的自然秩序加以同质化和抽象化基础上的）那喀西斯式的镜像化机制，就不能否定如下的可能性：要么自主性生活方式当中根本就没有、或至少没有一种特定的（柏拉图式的）“哲学核心问题”，要么这种生活方式同样有“自主性”地走向并解决这一核心问题的“自然”可能性。就此而言，柏拉图对于“诗”的自主性的否决，事实上是对于诗歌修辞所联系着的生活秩序之内在自然价值差序体系的否定，这也就意味着对于这一生活秩序（在其最高层级上可能具有的）自然正确性的否定。然而，在西方传统之外，要说只有柏拉图哲学才是走向正确生活方式与正当政制秩序的唯一可能路径[②]，这听起来总让人觉得有些匪夷所思。

第二节　西方哲学传统与西方文明的限度

因此，这里真正的“核心问题”是柏拉图的哲学心智，与凭靠这一心智方式来解决事关文明生活方式的重大问题的意志决断。从而，这里事实上也包含着某种哲学道德学，或者（就其作为根本性的生活方式问题的）政治神学维度与文

①关于这一问题，见下文涉及的西方形而上学传统限度的探讨。

②［古希腊］柏拉图：《书简七》，见《柏拉图书简》，彭磊译注，华夏出版社2018年版，第59-60页。

明诗学维度:它们并非要与哲学从理论上竞争何为正确生活方式的认知,而只是为了“正确”地解决文明生活方式之自然正确问题。如果我们认为正确地解决生活方式问题,首先取决于正确的哲学和理论,那么“正确”的柏拉图哲学又是从何处产生的?从另一种关于柏拉图哲学的“正确”哲学理论?这种哲学绝对论的另一面,恰恰是含混的哲学相对论,以及对于哲学理性本身的含混信仰①。将“所有实践生活或曰政治生活本质上低于沉思生活”②的古典观念全盘接受下来的施特劳斯,把哲学当成生活方式问题,事实上只是在将哲学理性与理论本身的重要性进行不恰当的夸张的同时,也被迫将哲学立场含混地相对化了:既然是正确的生活方式,那就其正确性而言,就只能有一种,但它缘何不能驳倒比如宗教的生活方式?唯一合理的解释是,哲学与宗教都只是对于这样的生活方式之“正确性”的发现、认知与表征,而非本身就是“正确生活方式”的尾大不掉。事实上,柏拉图本人并不一定是“柏拉图主义者”与“柏拉图式政治哲学”的忠实执行者③:

> 我和你此时并不是诗人,而是城邦的创建者;作为城邦的创建者,我们有责任知道一套模式,诗人们应该根据它们讲述故事,搞创作时,不得违背它们,我们自己则没有必要创作故事。④

这里没有否认诗人认知、理解和遵循创建城邦的自然法则模式的可能性。同时,在《会饮》当中,第俄提玛提示苏格拉底,创建斯巴达与雅典政制的吕库戈

①张大为:《东方心智与中国古典文明—政制秩序》,《社会科学论坛》2017 年第 3 期。

②[美]施特劳斯:《显白的教诲》,见《古典政治理性主义的重生——施特劳斯思想入门》,郭振华等译,叶然校,华夏出版社 2011 年版,第 118 页。

③施特劳斯本人对于这一点也有认知:“他的对话提供给我们的与其说是一个对存在之谜的答案,不如说是一个对这个谜题至为明晰的‘模仿’,他的教诲绝不能成为思想灌输的主题”。见施特劳斯《苏格拉底问题与现代性》(增订本),刘小枫编,刘振、彭磊等译,华夏出版社 2016 年版,第 159 页。但他本人却未必总能避免这种教条化:在这一点上,他如其自己所认为的那样,是“学者”而非哲人。

④[古希腊]柏拉图:《理想国》,王扬译注,华夏出版社 2012 年版,第 73-74 页。中译者在注释当中提示,《理想国》结尾处依据这样“一套模式”讲述厄尔神话的苏格拉底,就是一位“搞创作”的诗人。

斯和梭伦，就像荷马与赫西俄德一样，都是孕育美好的伟大诗人。[①]这些原本应该同样内在于“生活方式”问题之诗性的自然延长线与延展域当中，只是由于柏拉图的哲学决断将其删除与压缩掉了；或者说，柏拉图是将其以变型的方式，转换为柏拉图哲学理念体系内部的一系列非“自然”、非“理性”的机理：这也就是说，柏拉图哲学的一系列哲学建筑学与构造机理，以其“诗性”引发、发动、延展了哲学式的自然理性自身之道德学、政治学、神学乃至文明诗学特性。[②]然而，这无疑使得“诗与哲学”之间的关系，越来越不像想象当中那么清晰与界限分明。而柏拉图哲学由于具备了它不断打击的这种诗性特征，反过来恰恰也让人们对于柏拉图以来的西方形而上学传统的“信任度”大打折扣，比如现代分析哲学，就直接将柏拉图以来的形而上学思想传统，视为基于语法错误的“概念诗”。如果事情真的是这样，那这一结果大概也是柏拉图自己没有想到或不愿看到的。那么这其中的问题究竟出自哪里呢？在这其间，包含着西方文明传统的活力以及柏拉图的恒久魅力之所在，但同样也可以从这个杂糅的问题地带，发现西方文明、西方哲学的限度与边界。后一方面往往被人们有意无意地加以忽视。

如果将柏拉图哲学理念与诗意的交融属性，放到整个西方哲学史序列当中，让人首先想到的就是巴门尼德。通常的西方哲学史，往往将以诗体来写作哲学著作的巴门尼德，当作西方哲学或形而上学传统的起点：巴门尼德的贡献，被认为是提供了思维与存在的同一性思想，后者成为西方两千年形而上学传统的开端与基本前提。但“作为思想和作为存在是一回事情”[③]，仍然是一个过于笼统的说法，从哲学或形而上学思维体系内部着眼，往往不容易看清其间的复杂牵涉与因果关系。而“诗与哲学之争”的问题维度，则可以提供看待这一问题的一个完全不同的维度或方式，借此也可以将西方传统与西方文明本身的边界与局限之所在，略加阐明。事实上，巴门尼德所贡献的作为形而上学起点的“存在之思”，并不像后世哲学家想象的那样，指向的是一条作为明澈的概念化真理的彻

①[古希腊]柏拉图：《会饮》，见刘小枫编、译《柏拉图四书》，生活·读书·新知三联书店 2015 年版，第 245–246 页。

②这些远非是指柏拉图对话当中那些连篇累牍的神秘的神话与隐喻，后者充其量只是这种属性的一种遥远的、外部的表征方式。

③[古希腊]巴门尼德：《著作残篇》，见苗力田主编《古希腊哲学》，中国人民大学出版社 1990 年版，第 92 页。

底的“白天”之旅：

……存在存在，而非存在乃是不存在的。

一条是存在而不能不在，这是确信的途径，与真理同行；另一条是非存在而绝不是存在。

……要么永远存在，要么根本不在。

存在的东西整个连续不断；因为存在只能和存在紧接在一起。①

巴门尼德的诗性思考，给出的不仅是作为西方形而上学原始概念的“存在”范畴、“存在的语言”；或者说，在巴门尼德那里，“存在”不仅仅是形而上学范畴，也是在时空当中在场的具体的、诗性的概念“语言”，是“语言的存在”。从西方形而上学思想史进程看，这是“思想的失败”②，而这恰恰是因为“他不能够始终维持他的原来的非感觉的思想，不能够抵抗那种诱惑，必要替‘存在’造出一些心影意像来。但是一切影像都是由感觉所供给的材料而构成的”（同上）。这些“由感觉所供给的材料”，首先就是关于概念语言的感觉材料。之所以说这是一种“感觉材料”，是因为巴门尼德恰恰对于“存在”（being）的概念语言的感觉“形式”，缺乏充分的智性反思，也因此，缺乏对于它的客观性的审视距离，与层次性的意义内涵剥离。于是，这里确实保障了某种“思维与存在的同一性”，但这种“思维与存在的同一性”，首先是哲学思维与概念语言之前反思的“同一性”：即哲学思维无法超越概念语言的分词形式（being）所规定的思维本身之“在场”（presence）的形式同一性，而这种分词形式的“在场”同一性，因此又内在地决定着、要求着它的动名词形式所代表的作为“存在者”的实体性在场。哲学思维形式与它的思维客体，因此都被要求是一种“在场”的实体性，后者由“存在”的概念语言形式自身之实体性的“同一性”，提供样板与堡垒，并且“思维与存在的同一”地决定了存在本身的“存在”属性与模态。但实际上，却只是思维决定存在的

①［古希腊］巴门尼德：《著作残篇》，见苗力田主编《古希腊哲学》，中国人民大学出版社 1990 年版，第 90–94 页。

②［英］斯塔斯：《批评的希腊哲学史》，庆泽彭译，华东师范大学出版社 2006 年版，第 40 页。

颠倒与虚构，并在这种颠倒关系当中，使思维拔离了存在的自然经验基础。因而，这种所谓的“存在”，只能是概念体系自身的悬空演绎。康德后来反复辩白认知理性能够证明的只是经验“现象”，而存在之“本体论证明”是不可能的[①]，这恰恰从反面说明，现代哲学在某种程度上，只是更加精细地、但却令人绝望地“光大”了传统形而上学作为“概念诗”的属性层面[②]。

仅以巴门尼德而言，巴门尼德式的“存在之思”，由于其“存在”概念缺乏有效的形式反思与意义分层，因此似乎不能超出“存在”概念之语言形式的“同一性”构造，以及后者所界定的内卷化思维之混沌的“同一性”的边界。但它或许正因为这种“混沌性”，可以看成具有一种“诗性”的属性：关于“存在”的概念语言内涵本身，就此成为一个空转的意义漩涡，成为一种能指的失重滑动，而正因为这样的空转与滑动，所以它没有能力使得“存在”这样的概念语言（及语言系统）本身，充分地“哲学”化、“逻辑”化——像苏格拉底和柏拉图的辩证法与理念论那样。或者更确切地说，正因为某种“可怕”的“混沌”性，巴门尼德的“存在”概念和思维方式，不能成为一个有效的、具体的“哲学”（形而上学）思维的研究对象。于是，在巴门尼德这里，西方哲学或形而上学传统的思想与思维方式，就像不能拔着自己的头发离开地球一样，被思维自身“语言”的、或“诗性”的“同一性”之纯粹形式裹束在一起——这一点，即便只是读一读上面巴门尼德式的句子，凭语感都能够直觉地感受到。巴门尼德以这样一种方式，让“诗”与哲学从此纠缠在了一起，巴门尼德的“诗意”在此，但同样，这样的“诗意”无论对于诗歌还是对于哲学，也都不能令人满意，并有可能让人透过这样的“诗意”，窥破问题的根本所在。分析哲学由此将形而上学传统全部看成语法错误的结果，也许过于夸张，因为形而上学思维只是从其起点上，过度依赖思维之语言形式这种“纯粹的存在”[③]，而非完全取决于这种作为纯形式与“纯存在”的范畴语言——这或许恰恰

①[德]康德：《纯粹理性批判》，邓晓芒译，杨祖陶校，人民出版社2004年版，第478页。

②这可以比照尼采早年的如下说法：“人在一种蓄意扯谎的自然状态中还渴望毫无保留的真实，这是颇为高贵和英雄气的”，尼采将这看作康德的“悲剧性”问题。见[德]尼采《哲学与真理：尼采1872—1876年笔记选》，田立年译，上海社会科学院出版社1993年版，第43页。

③[德]黑格尔：《哲学全书·第一部分·逻辑学》（《小逻辑》），梁志学译，人民出版社2002年版，第167页。

也是巴门尼德式的“诗性”之不确定性与含混性的后果。正因此，巴门尼德还可以在这种同一性的概念语言实体形式的边际之外，来表象作为“黑夜”的虚无，而西方哲学传统本来也可以由此选择不同于形而上学传统的另一条道路。

但苏格拉底与柏拉图接下来所做的，恰恰是建立在作为不成功的形而上学哲学家、而非诗性的巴门尼德基础之上的。如上文所讲到的，他们的哲学是在“存在”的思维形式与概念“语言”的抽象“同一性”形式基础上——即在超越经验具体性的概念性、先验性“存在”基础上，将思维（理念、范畴、概念）本身变成一个层级性、生产性的动力化体系。然而即便如此，在“存在的东西不再是无法言说也无法想象的事情”[①]这一点上，却仍然深刻地继承着巴门尼德的思维与语言方式，或不如说，仍然内在于巴门尼德式的思维与语言方式这一西方“传统”之内：人们借以做成各种事情的“各种能力是某种存在的东西”，对于这种作为“存在的东西”的实体性存在来说，能够作为“完全存在的东西”而被人认识；但所谓“不存在的东西”，事实上或许只是非实体性的存在[②]，然而，在这一传统当中，却就像眼睛看不到自身一样，无论用什么方法都不能被人认识[③]。事实上，对于巴门尼德以来的形而上学传统来说，这种所谓“存在的东西不再是无法言说也无法想象的事情”，恰恰是因为思维不能超出“‘单一’和连续性”的存在思维——概念语言之同一性“形式”（“存在”）之外的缘故。所以，这里真正不可能的，其实是“存在”之思的思维形式自身的实体性存在的不可超越，后者可以稀薄和抽象化为一种作为系动词的空洞形式（being），但却始终是思维自身的在场性存在之无法超越的现实性“皮肤”。

因此，在这样的形而上学思维与语言形式限度之内，无法真正经验作为非实体性存在的自然秩序的“现在”化、当前化、主旨化；或者说，它能够将自然秩序的某种形式同一性、同质性“现在”化、当前化、主旨化，却无法将被海德格尔称为“本体论差异”（存在论差异）的自然秩序之内在的本质差异性，真正地“现在”化、当前化、主旨化。这也就是说，即便柏拉图式的辩证性、差序性理念秩序

①［古希腊］巴门尼德：《著作残篇》，见苗力田主编《古希腊哲学》，中国人民大学出版社1990年版，第93页。

②仅就苏格拉底与柏拉图哲学来说，这种“实体性”只能由理念或者哲学来提供或保障。

③［古希腊］柏拉图：《理想国》，王扬译注，华夏出版社2012年版，第207页。

与生产性的理念思辨体系，其内在的层次、级差与差序，也是建立在某种更为基础性的同一性之上的，而这种同一性从根本上说，就是从“存在”的概念语言出发的西方形而上学的“存在”之思，不能超越自身思维形式之实体性的“有”的内卷化的“同一性”。这种思辨体系在柏拉图之后，可以不断地被繁复化与精致化，但这种从西方式文明生活与西方式生存的根基处，与西方语言形态、思维方式扭结、粘连在一起的“存在”的逻各斯，是西方传统自身无法勘破的一种迷障与枷锁。“存在之思”因此始终无法走出自身形式化、实体化的“同一性”的皮肤。

这样，对于西方形而上学思维传统来说，始终无法理解的就是“天下之物生于有，有生于无”(《老子·第二十五章》)，以及“有不能以有为有，必出乎无有”(《庄子·庚桑楚》)的道理。而且，除了不能思维从“无”到“有”的有意义、却可能并非实体性与概念化形式的“起源”问题之外，这一思想传统的最大困难，不是认识最高者与最低者这两个极端，而是认知中间性与居中者。柏拉图哲学对于这种“居中者”的理解，恰恰是最为含混的；或者说，它能够理解居中者的肯定性连接与联系作用，却无法理解它另一维度的、更重要的差异化机理或作用。相对于理性与欲望来说，血气是居中者；相对于知识与无知来说，意见是居中者；相对于作为城邦统治者的哲人与平民来说，卫士是居中者……血气作为理性与欲望之间的居中者，柏拉图使血气成为辩证的连接者，从而完成了理性秩序、或以理性秩序为终极目的、保障的世界秩序的连续性与统一性——尽管这种连续性与统一性，或许只是理念性的、理论性的。柏拉图以此跨越、摒除了在他看来是某种非理性、无秩序的自然深渊，或者作为深渊的“自然”。然而，柏拉图只能理解作为“太阳”的自然性，却不能理解作为“深渊”的自然性；或者说，只能以从“深渊”到“太阳”之间的连续性自然阶梯，来论证“太阳”的自然理性光芒，却不能理解“太阳”与“深渊”之间的差异性并置于高下级差，同样就是自然秩序本身。事实上“居中者”的问题，以及血气作为理性与欲望之间的具体的“居中者”，在两个方面都涉及“诗”，但柏拉图只能理解作为意义桥梁与阶梯的“诗”，却不能理解、至少是不能容许作为差异性的生产者与肯定者的“诗”。[①]在这一认识前

①如上文所述及的，瓦莱里这样的现代诗人，恰恰在这一点上深刻地承续着柏拉图的传统、西方的传统。

提下，我们就可以看到“柏拉图式政治哲学”及其文明认知、文明理解方式的限度所在：

首先，柏拉图式哲学的自然理性与自然概念本身，就决定它无法充分地理解“诗”。在苏格拉底与柏拉图那里，“自然”经常是作为一个区分性概念，用以反对习俗的意见秩序。然而这种“区分性”思维本身，不能保证不会在另一个方向或维度上将“自然”同质化、理念化，从而无法理解自然的内在秩序与级差；同时，它无法理解“自然”作为自然差异性机制本身的机理，更无法理解作为暧昧的居中者的“意见”秩序自身内在的自然性差序。这也就意味着这样的“自然”之思，缺乏一个将自身具体化的机理或方式。因此，这种自然理解方式肯定无法理解“诗”的作用机制，尤其是无法进入“诗”的本质内部。这具体体现，就是柏拉图对于血气的理解。“诗”在某些情形下维护习俗与传统宗教生活，并不等于“诗”只是非自然的、掩盖自然正确性的习俗化、宗法性生活方式，或对于后者的神圣化；“诗”如果只是自然法则的掩饰者与某些生活方式的因袭者，怎么可能呈现“人类生活核心问题”？因而，血气不仅仅是连接者、居中者，它作为居中者也是分离者，它不仅仅将理性与欲望连接起来，同时也将它们二者离析开来；与此构成对应关系的，就是“诗”不仅将哲学与政治联系起来，也将它们区别开来①。血气与修辞、写作的关系，或许正在于它们这种共同的“居中者”的结构性地位与功能，“诗”与血气的居中者功用，在这个意义上深刻地贯通起来：相对于哲学（理性）与城邦（欲望）来说，“诗”（血气）作为居中者，把这种差异性与层级性呈现出来，如实地呈现为不可以被理性和概念轻松跨越与抽象的自然差序（同上）。而这种内在分疏、内生差异的机制，正是“诗”的核心主旨与主题。它不仅仅肯定欲望，当然更肯定理性与哲学；在肯定最高者的同时，也同时包络与囊括最低者。它以将二者赋予有差异的统一性方式，赋予灵魂与城邦生活以自然秩序——这才真正属于哲学，至少是苏格拉底、柏拉图以来的西方传统哲学无法完成的工作。“诗”在这个意义上也是制作者与立法者，但这种制作与立法，是建立在内在分疏、差异化机制之反向制作、负向主体性基础上的文明价值立法。

①[美]罗森：《诗与哲学之争》，张辉译，华夏出版社 2004 年版，中文版序言。

其次，不能理解居中者，也就不能理解从无到有、“从没有到有”的“制作”，以及在“美”的结合中的“孕育”①；更不能走出形而上学思维实体性形式之“有”的巴门尼德式皮肤，来自己“制作”。或者说，“哲学”只能从“有”到“有”地制作，却不能从“无”到“有”地制作。这样，“理想国”作为不存在的“城邦”，或者巴门尼德式的存在“理念”，统治城邦的“哲人王”的“制作”，由此始终都有一个无法跨越的非“自然”隔断：或者制作的仍然是不存在的“理念”，或者制作的仅只是理念性的“存在”。但这二者之间，难道再不能有其他的“自然”可能性了吗？如上文所说，柏拉图的哲学要在效应上成为“诗”，它对于作为“制作”和“孕育”的“诗”与“美”的需要，就是本质的、内在的；这反过来也可以认为，是哲学内在地需要“诗”作为“从没有到有”的“制作”、以及“美”当中的“孕育”，来作为“能源”吸收与“制作”输出的端口。这从另一个角度上看，或许可以看成是柏拉图从理论上渴望延展理念论哲学自身的局限性，竭力以哲学的方式主导“诗与哲学之争”的问题性走向的终极努力。然而，如果不是沉迷在“诗”自身作为修辞技艺的空洞性与智术性神话当中，依据自然正确的价值阶梯与自然整全的生活经验，“诗”在作为文明秩序“制作者”的同时，也将哲学的文明立法之“诗性”制作机理的“制作性”本身，呈现了出来。这也意味着延展、放大了这种“制作”自身之“自然”的居中者与中性化属性，这也就是说，依据自然正确与自然标准，不排除后者作为人性化、人为性的错误与被评判的可能性——这后一方面却又未必如柏拉图之所愿。

第三节　施特劳斯的“坚果”：“美的理念”与西方诗学传统

到这里，也就可以解释苏格拉底的“写作”问题，或苏格拉底为什么不从事使用文字的书面写作问题：

> 我不得不这么说（“苏格拉底缺乏血气而柏拉图与色诺芬不缺乏”）。换

①[古希腊]柏拉图：《会饮》，见刘小枫编、译《柏拉图四书》，生活·读书·新知三联书店 2015 年版，第 236-239 页。

> 种说法或许能说得更明白点：苏格拉底更是个绝对意义上的哲人。我对这样一个答案也不满意，因为我确信，这个答案里隐藏了某种东西，但我无法嗑开这个坚果。①

苏格拉底从不写作，不是或不只是因为他缺乏血气②，更主要的，是因为他缺乏对于修辞血气进行整全理解与具体掌控的能力，像荷马那样、或者说像结合了荷马的血气理解的柏拉图式修辞实践能力。修辞血气居于理性与言辞、理念与技艺之间，“要赞美苏格拉底，诸位，我啊，打算这样子，即通过些比喻[来赞]。当然咯，这个人大概会认为这是为了搞笑。其实，比喻是为了真实，而非为了可笑的东西”。③在阿尔喀比亚德看来，苏格拉底认为比喻是为了搞笑，而作为民主政治人阿尔喀比亚德自己则认为比喻是为了真实。阿尔喀比亚德式的民主血气，不可能理解西勒诺斯神像的严肃性，阿尔喀比亚德当然不理解苏格拉底。苏格拉底式的修辞当然不是为了搞笑，苏格拉底的真实，是相对阿尔喀比亚德式的民主直白更深层的反讽性真实——否定性当中的肯定性：

> 苏格拉底描述的正义是一种简单秩序，这种秩序由血气强加，最终由哲人王沉思的理念强加给生活。然而，难道没有一种正义，既能够反映灵魂和城邦的复杂性，又能够指导人们接触变幻的环境和不同的人群？这种正义只有在柏拉图对话里苏格拉底的行为中才能发现，而不是在言辞的城邦

①[美]施特劳斯：《论柏拉图的〈会饮〉》，伯纳德特编，邱立波译，华夏出版社2012年版，第337页。施特劳斯由于其所关注的问题性维度与思想方式，导致他所注重的思想“内传”统绪与节点性的思想家也与众不同，如阿尔法拉比、迈蒙尼德以及马基雅维利、斯宾诺莎、卢梭、尼采等。这些思想家的思想史位置、思维方式乃至表述方式特征，与康德、黑格尔等典型的“西方”哲学家均有很大的不同，而施特劳斯本人对于从“外部”批判西方哲学（形而上学）传统的现代、后现代思潮，又全然不予理会，这些使得施特劳斯一直是从西方传统虽然不同寻常但仍然、甚至更其是“内部”的视野来看问题。这造成的后果，就是容易使他自己及其传人，一直停留在西方传统的“内部”视野，忽略思想的“西方”传统的行迹、机理与界限之所在。但他们却似乎并不很在意这种“内部”性，并且好像也不愿就这个问题付出太多的智识努力。然而，施特劳斯的智识与可能获取的思想资源，决定他本来应该就此问题有所发现。

②[美]施特劳斯：《论柏拉图的〈会饮〉》，伯纳德特编，邱立波译，华夏出版社2012年版，第335页。

③[古希腊]柏拉图：《会饮》，见刘小枫编、译《柏拉图四书》，生活·读书·新知三联书店2015年版，第257-258页。

及其宇宙论中发现。[①]

然而,反讽修辞所包含的理念主旨,确实也就是苏格拉底所能达到的最高修辞成就,苏格拉底本人可能确实不具备将反讽修辞的理念化硬壳疏解开来,化为更加优雅、更加辩证的修辞秩序的能力:苏格拉底的哲学爱欲直接洞穿了修辞血气,缺乏与后者建立在更加具体化的理解与区分基础上的有效交融与交织。这就使得苏格拉底的修辞血气,像一个在促狭与急迫当中追求理念统治的绝对性的僭主,缺少使自身变得“文雅”的修辞能力(同上)。于是,《会饮》当中苏格拉底的修辞血气,只能到第俄提玛神话格局为止,阿尔喀比亚德与“聚饮狂欢者”部分,是柏拉图式的理解,它或许代表了柏拉图对于血气与爱欲的贬低,但这种贬低,仍然是柏拉图哲学的一个部分[②],不过却不一定属于苏格拉底这“更是个绝对的哲人”的思想主题[③],因为苏格拉底无法将这一部分,辩证地、戏剧化地加以主题化与主旨化。然而,柏拉图式的真实,却是“反讽”修辞所连接起来的两边、多边的整体真实。柏拉图的伟大,如前文所说,或许就在于他在最大可能地综合哲学与诗、理念与现实二者关系上,达到了西方文明的某种极限。不过,柏拉图尽管能够肯定性地理解“反讽”的差异性机制,但他仍然不能根据这种差异性机制本身,来理解诗性的内在分疏化与内生差异性。所以,施特劳斯声称无法嗑开的“坚果”,事实上只能是西方文明经验与文明价值机制本身的“坚果”,是施特劳斯与苏格拉底、柏拉图共同“分有”的西方文明的限度本身之所在。

这样的情形,在西方传统的现代批判者与颠覆者那里,也并未轻易终结。尼采号称倒转了柏拉图与西方传统,是对于柏拉图式的诗与哲学之理念化与超验化的深层诉求取向的否定。但由此构造出来的自在之物与现像世界的对立关系,其中仍然有着一个柏拉图式的理念化核心:“诗的境界并非象诗人头脑中想象出的空中楼阁那样存在于世界之外,恰好相反,它想要成为真理的不加掩饰

①[美]尼科尔斯:《柏拉图〈王制〉中的血气与哲学》,刘小枫、陈少明主编《血气与政治》(《经典与解释》第18辑),华夏出版社2007年版,第30页。

②[美]施特劳斯:《论柏拉图的〈会饮〉》,伯纳德特编,邱立波译,华夏出版社2012年版,第328页。

③[美]施特劳斯:《论柏拉图的〈会饮〉》,伯纳德特编,邱立波译,华夏出版社2012年版,第337页。

的表现……这一真正的自然真理同自命唯一现实的文化谎言的对立，酷似于物的永恒核心、自在之物同全部现象界之间的对立。”[①]这样的真理性的自在自为的“直接性”与“现实性”，其实仍然是思维与概念自身超验的形式同一性的“具体化”与“道成肉身”之体现，或者是其投影与镜像。它虽然是西方传统当中诗性修辞一直向往的、隐秘的柏拉图式诉求之所在（关于这一点见下文），但其实诗与哲学都做不到。在这个意义上，这种同一性，最终仍然是一个理念化结核的幻象。

尼采之外，海德格尔式的“存在之思”，也总让人联想到巴门尼德，并且让人想到中国传统当中的思维方式。这或许也可以说明，海德格尔对于“诗”的认知，似乎确实也有其不同于柏拉图以来西方形而上学传统的独有会心之处：

> 语言乃是作为世界和物的自行居有着的区分而成其本质。[②]
>
> 语言说。语言之说令区分到来。区分使世界和物归隐于它们的亲密性之纯一性中。[③]

这种表述方式与类似的思维方式，好像在后期海德格尔的表述当中随处可以见到。“诗”不应该仅仅是意见秩序与存在的自然秩序的盲目赞美者与肯定者，它更主要、更“自然”的工作，是发抉与肯定这种秩序背后的自然价值阶梯与差序格局本身。“诗”以使差异成为差异的方式，进行这种工作。然而，在西方传统的末世时代，所谓虚无的“黑夜”，已经不只是存在世界不能被约束在概念理性当中那么简单；而在一个彻底历史主义化的存在论“洞穴”当中，在一个相对主义无限蔓延的世界当中，这种神秘主义的差异性与差异化机制的呈现，终究让人不知所谓，也不知它究竟应该指向何处。

尽管如此，西方的后形而上学思想不同于柏拉图、更不同于康德美学的地方在于，如果说尼采曲折地指明了诗性（“诗的境界”）的现实性构成与真理性价

①［德］尼采：《悲剧的诞生》，周国平译，生活·读书·新知三联书店1986年版，第30页。
②［德］海德格尔：《在通向语言的途中》，孙周兴译，商务印书馆1997年版，第20页。
③［德］海德格尔：《在通向语言的途中》，孙周兴译，商务印书馆1997年版，第22页。

值的话，海德格尔非同一般的洞察力，就体现在其展示了构成“诗”与诗性之本质核心的，或许正是一种内在的分疏化与差异化机制。这是“诗”与诗性的自然本性，也是“诗”对于自然秩序、自然价值、自然正确性的发现、理解、护持权能：“……诗人……将人事不仅理解为在律法或既定道德看来的人事，而且理解为人事本身之所是。”①“人事本身之所是”，正有赖于诗性对于人事本身之自然“自性”的呈现，而这又依赖于诗性对于“人事本身之所是”与他物、他性的前概念性、前哲学性的“区分”与差异化。若非如此，“诗”就不可能“像人的生活所显示的那样来表现人的生活”，更不可能“阐明非哲学生活之中所显示的人类生活核心问题”。正是在事关此种自然本性、自然秩序、自然正确之价值体系的、处于“最高处”与“最低处”之间的坐标系统当中，“诗”看到与此分疏、区分开来的“像人的生活所显示的那样”的人类生活的自然情状。后者虽然不具备哲学与哲人式生活方式的绝对自然理性与自然正当性高度，但也有其不同程度的、内在的自然合理性。否则，人间生活与人性化的生活，除了作为论证“理念”光明的阴影、匍匐于神性面前的蝼蚁之外，没有任何意义。

这也就是说，“诗”同样致力于关怀和理解“最高处”与“最底处”。但“诗”是出于解决居中者的问题，才关怀“最高处”与“最底处”，至少“诗”像关怀“最高处”与“最底处”一样关怀居中者，并把后者作为具体的问题性来加以处置。在“诗”的观点看来，“居中者”本身，就是具有内在差异与差序的、具体性的问题性领域：“意见”秩序、“城邦”秩序、人的灵魂状态，以及它们相互之间的关系与关联，都具有无法还原（为理念性“本质”与概念性“真理”）的自然自性与内在的自然差异性，都是内在地歧义百出的具体性问题领域本身，而非只是抽象的“非真理性”与“意见”统一体，或真理与无知之间含混、暧昧的“中间状态”之抽象性。这也就是说，它们并非因为“最高处”与“最底处”才存在，或作为“最高处”与“最底处”之间抽象的连接通道、反向论据与存在佐证，才构成问题与问题性领域。而这也就意味着，“诗”就其自身而言，并非由于“为哲学生活做了准备”，或者为

①［美］施特劳斯：《苏格拉底问题五讲》，见《古典政治理性主义的重生》，潘戈编，郭振华等译，华夏出版社2011年版，第247页。

了“哲学”才具有存在的意义——“诗”本身也具有解决“人应该如何生活”问题的意愿、方式与能力。否则，就会得出缺乏西方式哲学形态与哲学理性的文明传统，都生活在幽暗的“意见”秩序当中的荒谬结论。

正是在这一意义上，在柏拉图那里达到巅峰的西方哲学或者形而上学传统的限度，某种程度上就可以看作西方文明本身的限度。这一哲学与文明传统的基本特征，就在于它要为这个世界的客观存在，给出一种出自人的理性的存在理解与理由，这并非全无可能，也并非全不可取。但将这一点推向极致、加以极端化之后，便得出正义即是哲学、美德即是知识的“西方”式理解方式与“哲学”结论，但却意识不到这一理解与理由本身的限度，意识不到这些根本上只是一个柏拉图式的、关于“哲学”的寓言：“以天为有所以为天，则天之体孤矣；以圣人为有所以为圣，则圣人之德私矣”，所以，它所无法理解的正是“凡天者皆其所以为天也”与“凡圣者皆其所以为圣也”（王夫之《诗广传·周颂二》）的格局本身，不一定是人的理性能够完全理解与决定的。因此，在西方形而上学哲学的理解方式与思维方式当中，这一作为被理解的“理性”秩序本身，其实只是人类理性、哲学理性自身的某种“理性”秩序的投影，而存在领域内在的自然差序、差异则被泯灭、闭合，自然本身被割裂、肢解、置换，最终被屏蔽于抽象同质化的“理解”与“理性”秩序（的同语反复与循环论证）之外。这最后也导致人的生活世界与文明秩序本身（尤其是在后来所谓的“现代性”传统当中）的观念化、抽象化的极端性与片面性。

于是，在柏拉图式的哲学传统当中，以及施特劳斯对于“柏拉图式政治哲学”的阐释当中，诗性的自然视野，确实是一个被苏格拉底—柏拉图式政治哲学所挤压和抽象化了的视野[①]：“柏拉图某种程度上主张，人的自然本性，以及某种程度上整全的自然本性，就是爱欲。”[②]所以，即使是柏拉图的古典式“自然”理解，也是一种典型的西方式理解，而所谓“诗与哲学之争”的问题性，也是建立在这种西方式的、对于“自然”或正向或反向的“理解”基础之上的：

①这让我们想起韩愈在《原道》当中，对于佛、老两家的自然视野的挤压与简化。

②[美]施特劳斯：《论柏拉图的〈会饮〉》，伯纳德特编，邱立波译，华夏出版社 2012 年版，第 14 页。

《会饮》是关于哲学与诗之间的冲突的对话……《会饮》的主题是政治事务的根基——自然事物。在某种意义上，自然事物与爱欲，诗与爱欲，有高度一致性……诗人似乎尤其擅长表达爱欲，而爱欲似乎也需要诗艺的对待。[①]

古希腊的智术师与近代启蒙主义者，某种程度上也包括尼采，作为其思想出发点的自然，已经是一个片面的自然，甚至是反自然的自然；而柏拉图与亚里士多德的作为区分性、批判性的自然概念与自然正确视野，如前文所说，同样也缺乏“自然”的整全性与圆融度。建立在这样的“自然”基础之上，并与此构成纵横交叉关系的，就是“诗与哲学”之间的分裂与对立。在上述这种十字交叉的割截、压迫与逼挤之下，西方诗学传统与诗性文明传统，片面和褊狭到何种程度可想而知。正因此，以城邦不可还原的自然性为出发点，对于这样一个柏拉图式问题维度的反拨，构成亚里士多德《政治学》的基本出发点之一[②]，并同样构成西方诗学传统的另一脉系。

出自西方与柏拉图传统的哲学与诗学视野，无法理解无论“天”与“圣”也好，还是“诗”或“美”也好，它们的存在根据与价值，首先在于其自性之“自然”，而非首先在于人对于它们的哲学认知、理性理解。所以，柏拉图提供的，无疑只能是一种绝对性、理念论的“诗”学与“美”学视野：“如果两者真的是美的，那么它们肯定是凭借两者共有的本质才是美的，而并非各自分开才是美的”[③]。美在于分有“美的理念”本身，“美的理念”又组织在柏拉图哲学理念体系的金字塔与理论“智慧”阶梯当中。从而，在这样一种问题格局当中，当人们一旦看到“那神样的单一形象的美本身的话”，如果不采取康德式的现代“美学”的审美自主性

①[美]施特劳斯：《论柏拉图的〈会饮〉》，伯纳德特编，邱立波译，华夏出版社2012年版，第14页。

②[美]施特劳斯：《古典政治哲学引论——亚里士多德〈政治学〉讲疏（1965）》，扎科特整理，娄林译，华东师范大学出版社2018年版，第58页。

③[古希腊]柏拉图：《希琵阿斯前篇》，王江涛译，见王江涛《美事艰难：柏拉图〈希琵阿斯前篇〉义疏》附录，上海人民出版社2018年版，第181页。

路径,“美”最终就只能成为“美的理念”本身的形容词与谓项(属性),成为对于理念本身的“本体论”证明方式。于是,柏拉图的“诗”学与“美”学,根本上只能被归结为道德理性与神学的工具:

> ……由于这美的东西对用此[灵魂能力]去看它的人是可见的,他[爱欲者]才不会孕生德性的虚像——因为他没有被某个虚像缠住,而是孕生真实的德性——因为它被真实缠住。于是,基于他孕生和哺育的是真实的德性,他[爱欲者]才成为受神宠爱的人……①

柏拉图对于修辞学的贬低,是将其贬斥为反证哲人灵魂高度的低级价值序列,是将其作为外在的反向论证阶梯;而柏拉图对于“诗”与非理念性的“美”的贬低,则如前文所说,是将其用作理念体系的内在动力系统。就这样,诗性与美,最终被吸收、消耗与消失在为理念金字塔的世界意义生产与价值生成机制提供的源动力当中。在柏拉图的意义上,这成为《法义》当中“诗”与“哲学”最终合一的缘由与理据。但也恰恰正因此,在柏拉图哲学或被柏拉图哲学垄断的西方文明、西方思想传统当中,要在对于“美的理念”的分有机制当中,保持、拱卫、呈现“诗”或美所内涵与内在的自然价值阶梯,成为不可能的事情。

这种不可能,非但没有因为古典传统的终结、“现代性”传统开始而有所改变,反而更加危机重重、迷途不返。在西方传统的这一彻底历史主义化了的“现代性”洞穴当中,美的民主化,正在于使自然差序的分离或海德格尔的“区分”机制本身变成了抽象性,也就是说,它是一种作为概念性的抽象分离与“区分”:鼓吹原子化的个体性与差异性的“现代性”价值,与“现代性”的“美学”一样,并非分离开来的事物本身不能具有美的属性,而在于分离的“概念”性和“哲学”性,不可能具有美的自然属性。正因此,所谓“诗比历史更富于哲学性”的说法,在“现代性”传统的晚近时期或所谓后现代主义阶段,达到一种新的程度或方式的表现形态:即哲学真实地具有了“诗”与“审美”的属性,或者说,某种程度上所谓

①[古希腊]柏拉图:《会饮》,见刘小枫编、译《柏拉图四书》,生活·读书·新知三联书店 2015 年版,第 251 页。

的“现代性”传统，正在于鼓吹哲学的概念理性和哲学本身的“美学”建制的合法性，这被称为“日常生活的审美化”或“认识论的审美化”[①]。恰恰正是它们，不仅使“诗”与“美”本身变成了抽象形式机制的自我循环，一种“人性的、太人性的”自恋性的内部循环，而且使其深刻的内在分离与“区分”机制变得含混而抽象，从而将生活世界与文明秩序的自然性视野彻底掩埋掉。

第四节　中华文明与文明诗学问题视野中的“诗与哲学之争”

然而，这还不是最糟糕的事情。对于西方诗学传统与修辞实践来说，就像柏拉图哲学对话当中包含了“诗”与“哲学”的双重机理一样，在柏拉图哲学征用“诗”以完成其哲学理想国的同时，“诗”本身也被深度地柏拉图化了，在这二者的相向而行、错综交织当中，锁定了西方文明本身的基本格局与宿命：在西方文学的修辞实践界面之上，一直笼罩着一种柏拉图式的理念金字塔的阴影。这与“现代性”的哲学与美学颠覆古典传统的进程并不矛盾，因为即使是在康德、黑格尔以来的现代美学与艺术“自主性”格局内部，也同样演绎、展开着一种柏拉图化或“柏拉图主义”的进程。然而，即便是对于西方的“现代性”视野自身来说，这也是一种褊狭而极端的走向。康德美学当中的艺术形象作为理念“副本”的观念[②]，以及黑格尔美是理念感性显现的论点，只是现代美学的这种柏拉图化取向较为直白与质朴的形式，或对于柏拉图缺乏“新意”的沿袭。但沿此路径推进到所谓现代主义、后现代主义诗学与美学阶段之后，便呈现为一种更加精细、但也更加虚妄的形态：

> ……如果诗人能够设法创作出一点散文也不包括的作品来，能够写出一种诗来，在这种诗里音乐之美一直继续不断，各种意义之间的关系一直

①［德］韦尔施：《重构美学》，陆扬、张岩冰译，上海译文出版社2002年版，第33页。

②［德］康德：《判断力批判》，邓晓芒译，人民出版社2002年版，第167–168页。

> 近似谐音的关系，思想之间的相互演变显得比任何思想重要，辞藻的使用包含着主题的现实——那么人们可以把“纯诗”作为一种存在的东西来谈。①

《理想国》当中的音乐类比再次出现：“一直继续不断”的“音乐之美”、“近似谐音的关系”的“各种意义之间的关系”或“思想之间的相互演变”，就是要表述一种类似乐音之物理属性的“纯粹”意义或者诗性的存在。然而，这除了作为理念化的“纯粹”性投影之外，着实无从设想。对于追求思辨力度与逻辑严整性的艺术理论传统与思想方式来说，音乐可以从不同角度看作是理念（意志）之直接或直观的“肉身化”“具体化”呈现的情形，确实有其激发隐喻性联想的思维诱惑力。所以，在西方美学史上，用音乐类比诗歌与其他各种艺术形式，本身也构成了一个传统，但瓦莱里却达到了这一传统的某种极端与极致：这里包含着的，不再仅只是一般性的理解偏差与歧义，而是某种作为文明宿命的诗与艺术的“柏拉图化”格局。出于这种理解上的方向性错误，与柏拉图相距两千年的瓦莱里，跨越整个西方文明史，得出两点“柏拉图式”的诗学结论：

第一，诗人的任务，是创造与实际事物无关的一个世界或一种秩序，一种体制。因此，诗的效果是使我们感觉到一个世界的幻象，或一种幻象。这种诗的世界或诗的幻象，只是与梦境十分相似。

第二，由于语言的实际或实用主义部分，由于习惯和逻辑形式以及词汇中的杂乱与不合理，使得作为“绝对的诗”的“纯诗”不可能实际存在，而只是一种理想或虚构状态的概念，是一个达不到的类型，是诗人的愿望、努力和力量的一个理想的边界。

这几乎就是柏拉图用以表述“理想国”的性质时的语言与表达方式，这种在柏拉图与瓦莱里之间构成（一个观念矩阵）的对角线的关系，锁牢了西方文明的基本观念形态与价值格局：瓦莱里想做的事情，是用一个彻底肉身化、物质实体化的诗歌，打造一个纯美的“理想国”，但这恰恰正是双重的虚妄。这是因为，如

①［法］瓦莱里：《纯诗—— 一次讲演的札记》，丰华瞻译，见伍蠡甫主编《现代西方文论选》，上海译文出版社 1983 年版，第 29 页。

果“诗”仅仅是呈现自发性的灵魂性相与生活的“自然状态”，却不知道“何为美好生活”“人应该如何生活”的真理性内涵，那它就仅仅是将灵魂的莽荒状态与生活的“意见”秩序，给合理化甚至神圣化了——这在“现代性”传统，尤其是康德美学所规训的审美自律性、超功利的文学艺术传统来说，是尤其突出的问题；而到了瓦莱里这里，曾经帮助柏拉图的理念体系“道成肉身”的“诗”，本身成了“语言中的城邦”，“纯诗”本身成了“达不到的类型”与“理想的边界”，成了“概念”“理论”或者“理念”。于是，这里就出现了康德美学之“无目的的合目的性”与“超功利”审美的“二次平方”：它通过以“肉身”置换“理念”的方式（“辞藻的使用包含着主题的现实”），彻底消解了任何意义上的理念性存在；然而同时，这种“肉身”性本身，却又似乎仅仅只是一种无法抵达的理念性与概念性的虚幻存在，从而缺乏任何现实经验的、时空的具体性：“阿喀琉斯如果想到了时间和空间就不能战胜乌龟”①。这样的“诗”或者“语言中的城邦”，作为审美现代性观念双重性的、二次平方化的虚无与虚妄性的体现，不但再没有柏拉图式的哲学“理念”指向与“目的”指引，同时也不承认还有理念性、精神性的存在层面与价值关涉，因而最终一定是尼采所说的“末人”的城邦。因此，这种“纯诗”的“纯粹”性，与“后现代”的直白的、全方位的虚无主义，不过一层纸的距离，或者说根本就是一体两面的关系。而沿着这一不知何为正确何为错误、何为伟大何为渺小、何为高贵何为卑微的社会学与心理学的诗学路径，所谓的现代主义、后现代主义文艺，只能进一步呈现出灵魂的废墟化、荒漠化、垃圾化情形。

施特劳斯在“柏拉图式政治哲学”路径当中总结、描述的“诗”与诗人的性相，有其直接的理论意图和现实目的，尽管它对于“诗”的本性与作用机理进行了深刻揭示与高度肯定，但总体上仍是“柏拉图式政治哲学”的一部分，不能将它直接等同于“诗”本来的属性与机制：有很多种诗和诗人，诗性本身也有很多个面向，而诗人对于“自然”的发现、肯定、表述与借力本身，可能也有其各自特定的目的和意图。这些都增加了问题的复杂性。仅以施特劳斯的“柏拉图式政治哲学”阐释而言，便制造了诗人与哲人、诗人与智术师、诗人与自然科学家、诗人

①[法]瓦莱里：《诗学第一课》，见瓦莱里《文艺杂谈》，段映虹译，百花文艺出版社2002年版，第308页。

与诸神等各种对立与结盟关系，这恰恰说明了诗性本身的多种维度和可能。施特劳斯对于《会饮》当中阿里斯托芬讲辞的阐释[①]，以及对于苏格拉底与阿里斯托芬关系的专题研究，似乎也并未将这些可能性过度简单化。就以阿里斯托芬的《云》为例，它对于苏格拉底的谐剧式呈现，即便以苏格拉底本人也擅长的反讽修辞的理解机理而言，也并不否认或不如说是在提示一种苏格拉底式的政治哲学转向，或一种更为健全的哲人生活方式转向。谐剧诗的意旨或主旨，不是字面的、直义的语义学内容，同样也不仅仅是其反讽性意义指向。[②]诗的意义机制与哲学语言的意义表征本身就很不相同，而诗人对于这种诗性意义或者诗性主旨发挥作用、产生影响的方式与路径的多种可能与全面效应，显然会有着更深的体会和把握。就此而言，现实当中的诗人阿里斯托芬，很可能根本就不会反对，也不只是在“讽刺”苏格拉底式的哲学生活方式，至少他缺乏近距离地反对这种生活方式的充足理由甚至技艺手段。阿里斯托芬所指涉的，或许是不同问题层面或向度上的更广泛的话题。

将西方传统与中国文明传统及文明诗学的传统比照地看，会使问题更加清楚。中国文明传统与思想传统当中的“自然之道”与自然价值秩序，不仅包括人的自然本性，甚至也承认“道在屎溺”。非如此，不足以认知与思考自然的整全性、丰富性与层次性，从而也就不可能是按照自然本身的质性与机理，来认知、理解与接近自然，不可能是自然地体认“自然”，更谈不上对于“自然之道”的体认。但承认“道在屎溺”，不是要用“屎溺”来解构“道”的崇高，不等于“道”与“屎溺”的等同与和解，更不等于将“屎溺”神圣化，而只是意味一种将“屎溺”考虑在内的、关于“道”的自然秩序与自然视野的整全性。在西方哲学传统当中，即便苏格拉底与柏拉图式的哲学视野，也无法将“屎溺”作为被思维的“道”的问题而加以主题化，从而最终只能在内在的理智挣扎当中，将“自然”视野不断地加以肢解、贬低、抽象化，并将其视为神圣之物与高贵价值的压抑、限制对象与对立物。因此，如果不能走出柏拉图式的西方“哲学”寓言与神话语境的魔圈，就不能理

①[美]施特劳斯：《论柏拉图的〈会饮〉》，伯纳德特编，邱立波译，华夏出版社 2012 年版，第 233 页。

②[美]施特劳斯：《苏格拉底与阿里斯托芬》，李小均译，华夏出版社 2011 版，第 7 页。

解真正的自然与“自然之道”,也就无法真正理解、公正对待中国思想与中华文明传统。这事实上,也就无法真正理解与正确面对文明的“自然”本质本身。

但与柏拉图式西方传统不同的中国传统,并不意味着一种“存在先于本质”式的智识关系与价值秩序的颠倒。“自然之道”意味着自然与人性、理性与直观、认知与道德、存在与本质之间的某种前理论、前知识、前本质的自然平衡、自然通观、自然秩序——中华文明的“诗性”属性,就在于它给予了此种领域、此种机制以实现空间及基础性的重要性。中国传统是用“诗与哲学”来培植、襄助、理解与维护自然性(“赞天地之化育”),并将文明生活建立在这一自然基础之上,而非相反,即由“诗与哲学”的构成,来决定与规范自然及文明生活方式本身。从而反过来,在中国传统的诗性与诗教当中,保持着关于自然价值与自然之道的整全层级与序列;甚至毋宁说,只有在诗性当中,才使自然价值差序和层级关系,获得清晰而完整地呈现出来的空间和余裕,这也才有“自然之道”的全方位呈现:

> 君子之心,有与天地同情者,有与禽鱼草木同情者,有与女子小人同情者,有与道同情者,唯君子悉知之,悉知之则辨用之,辨用之尤必裁成之,是以取天下之情而宅天下之正。
>
> 王夫之《诗广传·召南三》

“同”与“异”之间,正是天地万汇、物我人心的自然秩序与自然性状,后者通过“君子之心”的感应呈现出来:“天地感而万物化生,圣人感人心而天下和平。观其所感,而天地万物之情可见矣”(《周易·咸·彖辞》)。在这里,“感”不是现代意义上的感官情感、感觉知觉:“感”为“咸心”,“咸”可以认为是“同”,但不是简单的等同和抽象同一,而应该是“感应以相与”的意思(同上);或者说,“感应以相与”的前提,正是天地万物、伦理纲纪的内在自然差序。因此,所谓“天下和平”,正是“和而不同”或“如心为恕”。在这里,有施特劳斯所看到的“诗”之生活方式的基础作用与认知价值,但圣人和诗人的作用,就在于在明了“万物之情”的基础上,使万物各正其“自然”性命之“正”:这其中有人的主体性作用在其中,但却并非完全由人本身的力量所决定，更不是人的理性、思维与理念所能决定，或者由哲人来代理性地加以决定；同时，“感应相与”“天下和平”的“性命之正”，也并非是违背自然的非自然、反自然，而是更高层次的“自然”，是自然的“自然”，是作为“道”的自然。认为自然本质、自然正确是由理念论哲学来垄断，这未必符合真正的自然；而背着不能“各自分开”的理念装甲，用“柏拉图式政治哲学”来探寻“何为美好生活”“人应该如何生活”的问题，则犹如陆地行舟。对于这样的问题，中国思想传统的思想方式，更多的是“操斧伐柯”（陆机《文赋》）式的展开，但即便是“操斧伐柯”，对于“随手之变”的精微曲折之处尚“良难以辞逮”（同上），理念论哲学的思维与修辞方式，有的只能是更加尾大不掉的笨拙。

对于西方传统来说，“诗与哲学之争”问题给予人们的启示或许就是，只有将哲学的修辞与“诗学”要素纳入视野，才能整全地理解西方哲学的努力，及其致力的“自然”本质理解与“自然”正确性认知；而诗人所缺乏的，似乎是一种将自身的世界认知，内在地加以彻底澄清与有效护持的技艺性工具（比如概念理性工具、辩证法等），并因此造成其认知思维的粘连与自然视野的暗蔽。这种技艺性手段的缺乏，不仅仅使其在表述与辩护其文明主旨与文明职责时歧义百出，而且也常常为其他理念系统与文明机制侵占与虏获。这又恰恰是因为西方文明传统内部，缺乏诗性机理与技艺的通彻价值流通渠道与充裕的实现空间；或者也可以说，缺乏文明的诗性格局与诗性逻辑的整全性和圆融性，来将生活方式与相应实践技艺的自然法则贯彻到底。西方文明传统当中的“诗与哲学之争”问题，尤其是它们二者在分歧当中呈现的问题本质，可以成为我们认识中华文明与这一文明传统当中的诗学问题的引线。但需要说明的是，这并不意味着这里反对西方传统当中的“哲学”立场，而沿袭与尊奉西方传统的“诗”性立场——相较东方与中国传统而言，两者都是片面的，只是由于这里选取的进入问题的角度与展开论证的方式，使得我们似乎在批判“哲学”而更多地维护“诗”。事实上，在中华文明传统以及其“文明诗学”传统当中，这两者与文明秩序整体之间、以及它们相互之间，都具有完全不同的关系模式，而绝非这种西方式（柏拉图式）诗与哲学，以及它们与文明之间关系的简单翻转。中国传统最完整的自然理解与“自然之道”，事实上保存在《易经》与《周易》当中，《周易》与《诗经》提供了最为完整的自然理性、自然理解与自然价值秩序。因此,《周易》与《诗经》同时也是最具自然正确性、整全性的文明生活的自然理性界面与文明诗学修辞实践;其他的中华文明经典与文明修辞实践方式,则都不可避免地有其具体的指向性与视野的限度。而离开了这样一种自然正确与整全的问题视野和问题性前提,所谓"修辞立其诚"之类,无论如何理解,都显得片面与褊狭。这是我们在下一章要探讨的问题。

第四章　中华传统之文明理性与文明修辞界面

不同于西方在“诗”与“哲学”，或者宗教与哲学的悖论与冲突当中奠定的文明格局，中华文明传统具有一种“文明”理性与“文明”修辞的界面，作为其基本的、主体性的、核心性的构成方式。在本章当中，将通过对于《周易》与《诗经》这两部基本的文明元典的比照来呈现这个文明的基本面。这自然也有在呼应上章有关西方“诗与哲学之争”的问题性的同时，展示完全不同的文明构成与文明价值模式的意图在其中，这是不言而喻的。将《周易》与《诗经》进行一种比照研究的前提，就是不仅仅将它们看作思想主旨、文艺创作的文本性记录与文字表达，同时也从它们所反映、所结构、所规定的中华文明之轴心性的文明模式建构机理与文明价值实践机制的角度予以考量。它们当然不是中国文化与文明时间上的源头，但却是中国文化与文明轴心性规范的给出者：中华文明经过它们的塑造与型构，形成了自身的独特面貌、质地与机理，思想性、艺术性的内容也要凭依这种结构性的构造机制来生成与发挥作用，而不是相反。廖平称《易》与《诗》同为“天学”“古学”[①]，如果从这一角度讲，可以认为它们规定了某些类似先天的（“天学”）、时间上先在的（“古学”）属性与机理，而后世的文明与文化历史实践，

①廖平：《知圣篇续》，见《廖平选集》（上），李耀仙主编，巴蜀书社 1998 年版，第 243 页。

循此充实与展开其具体的内容。因而,从现代的学术与学科视野看来在性质上大相径庭的它们,可以进行比照性研究的基础,就在于它们的这种基元性、典范性的文明机制与文明价值层面上的奠基与范导作用,及对于文明本身的“经纬”、结构意义。当然,就眼前的讨论目的来说,这种比照研究可不能面面俱到,只能提取若干节点性问题来展开。

第一节 “自然—道体论”的“诗性”总体性视野

(一)中华文明的“诗性”整体性与“诗性”的总体特征

西方人常用“诗性”这个概念来描述一种原始文化的特性,一种原始人的文化人类学、人种学特征,并赋予这个概念以一种与现代文明相对的负面的、否定性的意涵。但中华文明却将“诗性”发展为一种正向的、整全性的文明价值机理与文化意义机制,并以此实现了中华文明之轴心突破,成为最为辉煌、最为发达的人类文明体系之一,并且一直延续至今。因此,这里可以区别于西方理性—宗教文明的构成与机理,以“诗性文明”来命名一种具有通彻的自然视野与自然价值标准的总体性的文明体系,而非将后者当作一种含混不清的规定性或具有“原始”属性的文明特征。这并不意味这里要设置或重新设置一种东西方文明之间的二元对立,恰恰相反,我们这里首先要做的,就是扭转只有比照西方文明将中华文明进行某种大而无当、二项对立式的概括与界定,才能展开研究视野的简单与偏激做法:西方文明是黑,中华文明并不一定就是白,它或许是灰,或许是蓝,或许是其他无法界定的色彩,也或许根本就是无法用这种“色彩”谱系概括的存在。所以,这里“诗性文明”既不是“哲学”性的理性主导的文明机理,也不是“宗教”性的神性核心的文明体系,更不是“文学”性的感性优先的文明格局,而或许将是这些融会贯通于一体的某种整体性的特定的文明机理,因而是化解了各种文明要素畸轻畸重的片面与偏颇、达到圆融和谐的一种文明格局——这事实上是成熟的、高级的文明特性,但这样的认知视野,只有彻底超越对于西方文明视野后殖民式的或正向、或反向的捆绑式依赖才有可能。

也只有从这种角度出发，才能找到将《周易》与《诗经》这两种在现代“学科”视野当中看起来判若云泥的经典，进行比照研究的共同学理基础。这种共同性、总体性的问题性关怀与思想格局，在传统中华文明视野当中是显而易见、不言而喻的，但却消失在“现代”的学科化视野当中。在这样的状况下，勉强从事的比照研究与整体研究也终究不得要领。这种情况，自然也不只是发生在《周易》与《诗经》这两部经典之间，人们因此失去的不只是对于几种经典的全面理解与认知，而是通观整个文明化生活与生存世界的总体视野与认知格局。《诗经》对于诗性文明起到的枢要性作用，并非因为它是一部“文学作品”或者“诗歌总集”，反过来，探讨《周易》的诗性特征，也不是探讨卦爻辞的语句多大程度上就像诗歌一样，运用了诗歌式的修辞手法来进行说理，而是探寻它们当中所包含的文明价值模式与文化意义机制的规范性作用，探讨它们起到的从源头上共同塑型中华文明基本意义－价值模型的作用：“每一种语文学活动都应该被一种哲学世界观所环绕和限制，在其中，任何单独的或个别的东西，都应被视为是应该受到谴责的，而让其蒸发消失掉；留存下来的唯有整体和统一。”[①]过去虽然也有种种类似“诗性文化”的说法，但或者对于这个概念的涵盖性与阐释力量信心不足，或者受制于其借鉴与参照的某些理论范型、解释范式的局限性，或者仅只将这个概念作某种文学性、艺术性特征的理解，因此事实上并没有真正对于这种诗性文明体系的内在机理特征，进行系统合理的、能够经得起推敲的科学阐释与全面重建。

（二）具体化的“本源”认知与“本体论”思维方式

这种诗性文明的首要特征，或许就是拒绝将世界的本源追溯为某种超验的、孤立的本体与实体性——这种对于西方传统来说是强迫性的认识惯习，并不是中国文化与文明传统的思想方式与思维习惯。《周易》作为中华文明历史上最为根本性的经典，从起点上就拒绝了这样的思维方式与思想传统：世界的经验性、现象性存在整体，就是“自本自根”的终极性视野本身（《庄子·大宗师》）。

①［德］尼采：《荷马与古典语文学》，见尼采《荷马的竞赛：尼采古典语文学研究文稿选编》，韩王韦译，上海人民出版社 2018 年版，第 25 页。

《周易》从其起源与发生来说，就已经贯穿并建立于此种中华文明之基元性的认识方式与思维方式之上："近取诸身，远取诸物，于是始作八卦，以通神明之德，以类万物之情。"(《周易·系辞下》)。而这种认知与思想方式的具体展开，仿佛是一种在手边的、可以不断搭建与重建的思想实验或认知实验，"拟之而后言，议之而后动，拟议以成其变化"(《周易·系辞上》)，因此避免了那种概念理性的先验预设与悬空演绎。但这不仅仅是《周易》本身的认知方式与思维方式，它作为一种全方位的文明意义构造方式与文明价值构成机制，作为生活方式本身，可以通之于《诗经》中的比兴，"类万物之情者即比，而通神明之德者则兴也"，反过来说：

> ……在古代思想中，道家有庄周，儒家有《易》，其所陈精义，尤多从观物比兴来。故知《诗三百》之多用比兴，正见中国人心智中蕴此妙趣，有其甚深之根柢。故凡周情孔思，见为深切之至而又自然之致者；凡其所陈，亦可谓皆从观物比兴来。[①]

这样一种悬置抽象的终极"本体"与超验秩序的思想方式，这种从人的生活世界内部、从生活世界与生存领域的内在经验或者内涵性、内缘性、内源性经验的层面上，将理念与现实、神性与人性、律法与道德、理论与实践、经验与智慧等等融汇、总合在一起的特征，或许就是一种文明与文化层面上的"诗性"特征[②]。从这个意义上讲，"诗性"不仅不是原始蒙昧的认知水平的代名词，同样也不是一种含混杂乱的前文明状况；对于中华文明传统来说，"诗性"在这个层面上，不仅代表了一种健全的认知与思维机理，同时也是贯穿始终的文明属性、文明特

①钱穆:《中国学术思想史论丛》(一)，安徽教育出版社2004年版，第134—135页。

②程朱理学强调"人人有一太极、物物有一太极"(《朱子语类》卷七十五)，好像也是对于这种超验终极本体与"本体论"思维方式的解构。但他们这样做的原因，恰恰是要将"天理"植入每个人的心性与万事万物，使其成为先天属性与先验本质，建立起由"理先气后""体用一源"的"天理"组织起来的宇宙论、本体论的形而上学体系。因此，对于这个形而上学的概念思维体系来说，《周易》是"卜筮之书"，是个"空的物事"，是个"无情的物事"(《朱子语类》卷六十六)。但这恰恰可以反证《周易》充满了无法被形而上学地加以概念化的丰富智慧与"诗性"经验。同时，也可以由此看到理学在何种意义和多大程度上，远离了中华文明当中轴心性的传统格局。而通常人们接受的往往是这个被改写了传统，并以此来作为衡量轴心时代的"标准"。

质及文明价值建构与实践方式。

于是,“神无方而易无体”(《周易·系辞上》),说明易道本身并非一个超越的理念,不是一个抽象的“本体”与“本体论”的存在,也不是一种强制性的、由外而来的外部的规范性,而是内涵于生活世界、人伦世界的自然总体性当中;“易与天地准”(《周易·系辞上》)说的是《易》道本身的实践性模式及其规律与法则,与这个世界总体同体、同构、叠合在一起,从而《易》道其实不过就是动转不息的生活方式、生活技艺本身,是文明生活与价值世界的意义、价值秩序本身。因此,《周易》这部经典的核心意图,从根本上就是力求把握这种与生活世界经验结合在一起的、有规则而无定则、既是观念的又是实践的具体的生存智慧与生活仪轨本身。《诗经》同样或更加体现出其“无方”“无体”却“与天地准”的属性:《诗经》作为中国文明传统当中的最基本经典,它的崇高与关键性地位,是因为那些终古长存的天籁,就是“周情孔思”的生命实践典范的展开本身,就是“观物比兴”的源始性认知—生活事件本身,是自然性、艺术性、神圣性相互贯穿在一起的本质性、也是根本性的呈现。但《诗经》是通过艺术化的具体生活表象与鲜活生活场景,对于中国人与中华文明当中的生活方式、生活样态与生存价值的一种总体性的具象写照与组织。因此,《诗经》既是起点也是终点,“诗性”既在最高处,也在最低处,既是具体性的,也是总体性的。

“见龙在田,天下文明。”(《周易·乾·文言》)《周易》把这种文明机理以文明价值与文明实践模型的方式,组织与构建出来,《诗经》则以一种本源性的生活方式、生存秩序的形态加以示范与展现。它们传达出来的是文明价值秩序本身的声音,是文明机理本身的组织化的呈现,文字经典意义上的《周易》或者《诗经》,只是这样一种中华文明机制与文明机理特征的反映与回响,同时也以其举足轻重的重要性,进一步固定与规范了这样的特性。历史上有各种各样的分别认为《周易》或《诗经》是六经的本源或中国文化、中华文明的根本经典的说法,它们都各有其道理:这在现代人的心智方式与学科建制当中最为分裂与对峙的两个极端,其实原本就是一体两面的东西。另外,这两部经典也没有对于这种文化与文明价值机理,作过于具体的规定和设定(比如像《三礼》那样),所以它们具有近乎无限的发挥与阐述的可能性,这也是它们作为根本性经典的一种缘由。反过来说，后世对于儒家经典以各种方式进行的超验性、概念化、本体论化的解释，虽然也有其独到的见解与特色，但总体上讲，都不同程度地偏离了中华文明的轴心性机理特征。

（三）“自然”视野的层次性与综合性

“维天之命，於穆不已”（《诗经·周颂·维天之命》），中华文明的思想传统当中，在这种文明的“诗性”机理结构当中，终极性的“本体”或者“实体”是自然本身，是一种具有层次性与综合性的具体的自然总体性视野。但中华文明当中的这个“自然”，是“自然而然”，是自然的“自然”，是“自然”本身的持续不断“自然化”，是对于先天与后天、时间与空间、主体与客体、理念与现实本身的整体自然化。在这种持续的自然化过程中，将带来对于过度人为化与人性化的世界格局的重新组构，恢复“自然”的天真与本然，恢复“自然”的本来秩序与整全视野。然而，这其中并没有任何超越的神秘性，同样也没有任何固定化的理性认知程式、认知结构可以不经“自然”视野的反照与考量。因而所谓“於穆不已”的“天命”，不过是可以自己生长、自建标准、自动恢复的动转不息的自然秩序本身而已：“言维此天所为之教命，於乎美哉，动行而不已。言天道转运，无极止时也”（孔颖达《正义》）。反之，就只会将这种终极性与基础性，概念化为一个冥顽不灵的思辨当中的抽象物。或者也可以说，只有消解了对于终极性“本体”或者“实体”思维的概念强迫症，这种具体性、基础性的终极“自然”视野，才会呈现出来。

这个总体性、综合性的“自然”视野，由此具有了丰富的内涵与内在的曲折与层次：“与天地合其德，与日月合其明，与四时合其序，与鬼神合其吉凶，先天天弗违，后天而奉天时。”（《周易·乾·文言》）中国概念当中的“天”（乾）或“自然”，不仅仅是一个客观的物理自然，它包括“天地”“日月”“四时”“鬼神”，同样也包括“先天”“后天”的维度：对于“自然”的理解，由此展开一个富于实践性的纵深与开放性的余裕的维度，“自然”概念与生活世界之间是具有时空延展度的连接面、作业面，而不仅仅是一种从概念性发出的抽象法则与规范性。如此循顺自然之道的“大人”，就是人们生活实践法则的总和与极致。“乾元用九，乃见天则”（《周易·乾·文言》），其实不仅仅是“天”或《乾》卦，整部《易经》都应该用这种分层次、分维度，但又综合性、“通观”（“用”）性的方式来加以理解，这才能得到一种整全的理解与思维方式，同时，这也才是中华文明当中的“自然”概念的丰富性所在。它所带来的不仅仅是理解上的圆融灵透与思想上的生动丰裕，而是从整体上影响了中华文明之认知、价值实践格局的构成。

这种具有内在的分疏与差异性，或者说这种内在分疏与差异化的文明体系的总体特征，就是中华文明之“诗性”的内在构成方式与具体组织结构：总体而言，诗性一方面是自然性本身的不断的精炼、升华与重建，它是自然视野的综合性与总体性；另一方面，它反过来也维护和保卫着这种自然内在的层次、曲折性，护持着自然的活跃性、积极性、生产性。这样，自然性一方面不会蜕变为粗糙的原始性与低级本能，另一方面也不会概念化为“理性”本质与“理念”投影。于是，这种“诗性”使得自然性同时融通最高层次与最低层级的存在，自然既是存在本质也是文明机理，既是起点也是终点，因此这种作为自然的“自然”的自然性，实际上代表了一种最高层次上的自然，也就是作为“道”的自然，或“道法自然”的自然。诗性、自然与“道”在这里一气相通。但这不仅是道家传统的传承，同样也是儒家传统未经言明的、或较少言及的自然基础与中华文明的基底性格局。人们将其误识为一部分文明传统的特性，恰恰正是由于丧失了通透而又整全性的玄览“自然之道”的眼光，与整体圆融的“诗性”思维方式所致，而失去这种“自然之道”基础与诗性的圆融，文明本身迟早会面临“内外无主，内迫情性，外逼礼仪”的窘境[1]。因此，这个“诗性”机理或者机制的总体性的协和与内在智慧，正是中华文明绵延五千年仍然保持勃勃生机的深层原因，同时也正代表了这种文明本身“照临四方”的光辉与光彩。

第二节　充实与虚灵的统一：生活世界界面的内在分疏与意义的内涵性生成机制

（一）弥漫的经验及“道体”的内在充实

这种文明的诗性机制，由此实际上是对于自然本身的解放与释放，这使得

[1]王先谦：《诗三家义集疏》引《鲁诗》说，吴格等点校，岳麓书社 2011 年版，第 136 页。

自然成为一个具有内在层次与曲折的丰富性、丰裕性的“自然”理解空间与“自然”思维方式。所谓“充实之谓美”的“充实”，并不是量的叠加与死物的堆叠，而是从概念化的僵化、理性的切割、外在的羁縻、功利化的局促当中，解放出来的生活经验与生活世界本身之“自然”的全幅性的丰沛、丰富与充裕。或者说，后者本身得到了“自然”的解放与释放，但这不是导向启蒙主义式对于人性本身的生物自然与自然欲望的无限放纵，而是使自然本身“自然”化，成为真正自然的“自然”：经验由此得以内在地涣释与“充实”，成为“道”的具体之“体”与实质性的展开内容。这个问题，常常会具体化或涉及一个问题，即人们经常探讨的“象”的问题：“凡可状，皆有也；凡有，皆象也”（张载《正蒙·乾称篇》），《周易》和《诗经》都涉及一个“象”的问题，《周易》是象数、卦象，《诗经》是意象、形象。“象”的问题的实质，其实并不是“象”自身的问题，是如何看待“象”所联系、所表征的经验内容之性质、地位的问题：“故人心营构之象，有吉有凶，宜察天地自然之象，而衷之以理，此《易》教之所以范天下也”（章学诚《文史通义·易教下》）；或者说，是通过如何认知与界定“象”，来看待它所联系、表征着的经验内容之性质、地位问题。这就需要一种更通达、全面的视野与方式，来理解与认识“象”的属性和功能。

《易》道作为“成性存存”“开物成务”的基本秩序，决定了它是肯定经验而非否定经验，是内在于经验而非超越于经验。[①]正因此，《周易》对于“象”的需要，是生存经验构成之存在论（本体论）层次上的，而不是认知工具或认识论层次上的。对于前者来说，“象”是不可剥离、不可取代的，而后者“象”则是可以替代的工具化、符号性存在。王弼“扫象”恰恰就是因为他将“象”看作符号，将《易经》看作一个符号系统：既然“象”是指示性、指代性的符号，那就是工具性、临时性的，是可以替换的；“立象”是为了“尽义”，意义既已明、已尽，那表征意义的符号自然就可以抛开。在这里，意义是目的：“义苟在健，何必马乎？类苟在顺，何必牛乎？”（王弼《周易略例·明象》）作为符号，一开始就具有可替代性，或不如说正因此才是符号。然而事实上，《易经》充满“马”“牛”之类的象，不是因为《易经》的思

①这与王弼式的剥离经验、将经验抽象化的玄学思维完全不同：将玄学的形而上学思维看成是可以贯穿、穿透生存经验的生活世界组织原则，说明认知理性开始占据了某种更加重要、甚至核心的地位。这是中国思想史和文化史上的某种变局的开始。

维还停留在原始人式的“形象思维”程度上，而是《易经》所秉持的意义与价值实践模式的体现：它提供了一个横向维度的“触”类——“旁”通的经验综合与意义推求线索，而非纵向维度上的经验与意义的抽象化、符号化的“本质”萃取与表征机制。所以作为“近取诸身，远取诸物”的“拟议”过程，它不是强调主观的、主体性的意志，而恰恰是尊重物、我双方之间的距离，它是小心地旁敲侧击、仔细推论、往返求证，而非简单地直下断语。于是《易》道强调的是“成性”“成务”之“成”的机理，而这种“成”，是“曲成万物而不遗”的“曲成”（《周易·系辞上》）：“曲成”尊重物理、物性，以物（自然）为主，而非强物就范，是随物婉转、与物徘徊，而非从超验的本体、抽象的本质、空洞的符号当中，居高临下地推导出“物”的法则与规律来。正因此，《易》道范围天地、无远弗届，但也是在手边、在身旁的“道”，可以“百姓日用而不知”。

同样从“象”的角度来看《诗经》，《诗经》当中的“兴象”似乎简陋而又笨拙，比之审美诗学视野中看重的“意象”，“兴象”在此看似没有多少饱满的“意味”“意蕴”凝结其中。但这或许只是在提示人们，《诗经》的意象—意义机制不能用“个体”的情思与心理学内容来解释，而要从文明人类学的修辞实践与文明价值组织机制来解释。这就需要以一种超出文学审美的视野，来看待《诗经》当中“兴”（比兴的“兴”）所表征的“类万物之情”的关键性文明意义机制和价值实践模型。历来的诗学理论都意识到了“兴”的极端重要性，如果将“兴”放置在诗性文明和诗性生存秩序的整体视野当中，就可以看到“兴”的本质，就是在对于完全异质的经验内容的肯定性综合的勇气当中，在两种并无内在意义关联的“象”与“义”的错综组织当中①，建构出崭新的意义、价值统一性；但这种新的统一性并不掩盖、泯灭内在的差异与层次，而毋宁说更加尊重、保存并呈现出这种差异和层级性。因此，“兴”之“诗性综合”的文明价值结果，就是“和而不同”，“和而不同”是从认知思维层次上对于这个文化体系和文明实体的认知与理解，但在它背后，本身就是一种不能被认知思维和思辨理性简单地击穿、穿透的生活世界

①张大为：《“兴”：诗性书写与诗性文化的意义机制》，《文艺理论研究》2006 年第 5 期；以及《论比兴与忠恕》，《社会科学战线》2010 年第 2 期。

总体与价值实体:“兴诗”“兴象”是林中的空地与小径,它内在于生活世界及生活秩序的内部,让人们去真切地认识与理解生活的丛林本身;审美“意象”则是从外部拍摄的树林的“照片”,它被人们赋予一种确定的比喻和象征意义之后,才被镶嵌、置入诗行。前者处于敞开的、葱郁的经验构成过程当中,后者则是闭合的、已完成的理智结核。从语言机制及意义表述机制上讲,这正是《诗经》“兴”的手法当中的意义构成机制:它是在不侵入、不干扰被“拟议”对象的前提下的一种类比性的、寓言性的表达(“以类万物之情”),其目的是“以通神明之德”,它是开放的、活络的、充满生机的推敲考索与生活内容本身,而非圈死的结论、固定的隐喻。

(二)占筮与修辞:实践性牵连的生活世界之内涵性意义诠释

如上所述,在中华文明传统当中,认识论、知识论的维度并不具有特出的显著位置,而是内涵于生存性、实践性的存在界面:认知理性、知识理性本身一般不会脱离生存经验质料与生活实践内涵,远距离地进行形式演绎、抽象架构、外延化伸展,一种实践性牵掣的、存在论层面上的认知关系与诠释方式占据主导地位。因此,这里所谓的内涵化,指的就是“内涵”、内在于概念理性的抽象性外壳,“内涵”、内在于事不关己的客观“观看者”、旁观者态度,“内涵”、内在于“超功利”的审美“态度”及审美“距离”。由此,在这个层面上,诗性就可以看成超越概念理性形式与先验范畴体系的中介,通达以自然性为基础的文明意义 - 价值秩序整体的“自然”经验本身。这种对于世界与生活事件的理解与表述方式,必然需要一种相应的认知方式与诠释方法,同时,在这样一种文明与思想传统当中,认知理性与认识论机理也必然有其特定的属性定位与构成方式。

有一种常见的观点认为,中国缺乏逻辑思维传统,中国人的思维方式是缺乏理性、缺乏逻辑性的简单、幼稚的低级思维,要么就是具有模糊不清、朦朦胧胧的文学艺术化的“诗性”特征。按照这种“逻辑”,就需要将西方式的形式化、概念化的“逻辑思维”带入这个内涵性的生存与阐释领地,来克服这种文化与文明的“缺陷”以及思维方式的“缺陷”。但实际的情形恰恰相反,中国传统很早就发展出了一套更加优异、更加复杂与微妙的“逻辑”与“阐释”方式方法,来对于这种稠密、精微的生存体验进行内涵性理解与阐发。与黑格尔式的正、反、合的三段论相比，《周易》错、综、复、杂的思维方式或逻辑思维，可以说是“八段论”甚至“十段论”：

> 这是告诉我们看事情，不要看绝了，不要只看一面，一件事情正面看了，再看反面，反面看了，再把旁边看清楚，同时旁边亦要看反面，这样四面都注意到了，还不算完备，因为内在还有变化，而内在的变化，又生出一个卦了。除了乾、坤两卦外，别的卦把中心拿出来交互，又变了一种现象。这现象的本身，又有综卦，又有错卦，这就是八面看东西，还要加上下一共十面，所以把老祖宗拿来和黑格尔这些人比，简直冤枉得很。[①]

占筮不同于哲学式的概念思辨，它不是将认知对象推到一个客体性的地位上，而是认知主体与被推求的事项，共处于一种“吉凶与民同患”的关系情境当中。除去关于占筮的神秘化解释外衣，实际上，正因为有了这种内涵、内在于生活经验质料、肌理、皱褶内部的认识方式与思想方式的精密、复杂，使得它仿佛具有了某种类似神异的“预知”、预测能力，而实际上却不过是一种更加精微、更加贴切、更加“具体”的实验性推理与理性思维的结果。

在中西古典文明传统当中，对于诗乐教化的作用都相当重视。从现代视野出发，会将此看作某种不切实际的迂阔与理想主义。但这只是一种表象，事情的本质仍然正好相反，古典传统对于诗礼教化、诗乐文明的倚重，正出自于一种非常“现实主义”的态度，即对于人性自身局限性的冷静认知：人性本身长短不齐，并不像现代人理解的那么“理性”，将人性理解成同质化、原子化的均匀、齐整的个体性集合，恰恰是将人性概念化、理论化了；而超越性的理念、坚硬的概念与整齐的先验范畴体系，却都无法深入人性与生活领域内在的肌理间隙与生存的幽微屈曲；但这些让寻常的认知方式、思维方式无所措手之处，正是未被命名、未完成意义化与意义综合的幽暗领域，也才是真正的生活与生存领域的现实

①南怀瑾：《易经杂说》，复旦大学出版社2011年版，第40页。

“内涵”与实际“内容”[①]。正因此，修辞术“是对于人类缺陷的让步，不是对不正义(的让步)”[②]。《诗经》的诗歌修辞与诗性教化，不仅仅如上文所说是中国人认识方式与思维方式的基础，同时也是一种直接连接实践智慧和实践维度的层面，而只有一种实践性的具体的整体性、一种具体的意义综合，才是能够顾及人性与生存领域的内在凹陷、曲折与泥泞的理解方式。放大视野来看，这最终成就一种“言自近者始”(《春秋公羊传·成公十五年》)的诗性经验逻辑，它有着从内在认知内在、从内在确证内在、从内在检验内在的“内涵性”的文明认识论与价值诠释机理，由此建构起广大的文明认知与文明实践的时空秩序。由此，所谓的“至大无外”的“天下”秩序，才不是一种蒙起眼睛的精神胜利或者主观自大。同时，在这样的情况下，也可以防止外在与外部的世界成为“物累”，或扰乱与迷惑内涵性的生活世界价值与人内在心性的东西。

人类生活世界与人性化生存，不是一个已经完成了的意义实体，不是一个概念化的齐整的理性秩序，不是一个在范畴体系与抽象思维观照下的闭合的客观性与客体对象，而是在一种具体的、实践性的理解与诠释当中存在的意义构成与价值内容。反过来说，意义与价值的完成，标志着生活世界的完成，也标志着后者的实体化、形式化、理论化、理念(理想)化，主体与世界之间变成了一种抽空了经验内容的主客体对象化关系中的形式关联与外在关系。所以，一种文明价值构成与文明意义之内涵性诠释机制的前提，就是承认人性化生活与人类生活世界的有限性或者局限性，承认人性本身的参差不齐的现实构成：意义的诠释与价值的建构，都是出自文明主体的自觉的实践，它内在于被诠释与被建构的对象或者秩序本身，诠释与建构实践在后者当中具有一种结构性的实质性位置，并深入生存格局内在的肌理间隙，弥合由于人性的长短不齐而造成的生

①但将此理解成“美学”的领域和只有艺术体验才能反映的内容，同样是片面的——这只是大而无当的西方“现代性”思想自身的问题症候，而正是由此出发，才将中国文化与中华文明理解成文学化的“诗性”文化与文明。事实上，通常意义上审美性和文学概念意义上的“诗性”，最多只是这种文明总体性的诗性的一个维度和一种表现方式。

②[美]施特劳斯：《修辞术与城邦——亚里士多德〈修辞术〉讲疏》，伯格编订，何博超译，华东师范大学出版社2016年版，第216页。

活世界的撕裂与对峙；反过来，主体性本身同样充分地意识到自己被构成性，主动地留存一个被建构的主体性层面或时空。因而，这种内涵化诠释与建构所指涉的，也就不是客体对象本身的外延性、外缘化属性，而是内在地牵掣、引动与完成其本体性的、实体性的内容，这才是内涵性之为内涵性的真实意涵。反过来说，保卫《周易》与《诗经》的内涵性思维方式与认知方式、阐释方式，就是保卫中华文明的内涵与疆域。

(三)"负的主体性"机制下的文明价值构成与意义表征

从文明比较的视野当中看，所谓"内涵化"与"外延化"或许只是文明构成机理上的一种程度性的差异；从文明实践的现实结果看，也不能说西方文化与文明格局当中，其理论与实践所涉及的都是世界的外延性品质与属性，但东西方文明机理及其意义—价值机制构成，在这样的层次上，确实具有基本的、原则上的不同。这抽象地讲来似乎有些大而无当，但在这些背后，如上文已提及的，确实有着支持与保障这一切的相应的世界认知、意义表征与价值建构的文明主体性机制，这种主体性机制或许可以称之为一种"负的主体性"。所谓"负的主体性"可以看成这样的一种主体性机制：它在一个阶段、一个层次上排空自己，保持为虚灵化、差异性的主体性，以此在另一个阶段、一个层次上实现为充实、圆满的主体性[①]。老子所谓"反者道之动，弱者道之用"(《老子·第四十章》)的机制有点类似，不过老子的讲法已经比较多地强调了"反"与"弱"本身的负向维度与负向属性，失去了《易》道文明轴心之中和、正大与光明、积极精神，把握不好容易误入为"反"而"反"、为"弱"而"弱"的阴暗歧途；或者就是将其纯粹减缩为一种局域性、艺术性、审美性的机理("庄子的哲学是美学")。而就《易》道与中华文明精神之诗性的整全性来说，"负的主体性"恰恰是一种全方位的文明意义—价值实践机理。

①冯友兰先生在《新知言》一书当中，曾经讲过诗作为"负的方法讲形而上学"的方式，英国诗人济慈曾讲过作为一种"负的能力"(negative capability)的诗人能力，那么相应地，一种诗性文明体系具有一种"负的主体性"机制也就不难理解了，此种类似的机理格局是可能的。当然，过多地强调这一点，也容易产生误导的作用。所以，如本书一再说明的，不能从文学、艺术性意义上，来理解这种文明体系的"诗性"特性，或者认为它只是文学艺术意义上的"诗性"或个体思维方式的简单放大与扩展。

《周易》的《同人》《大有》两卦，正是主体性作为这种东方式的“负的主体性”机制的生动展示：纯粹的、刚强的主体性“乾”(☰)，只是一种概念性的抽象物，现实的主体性权能或能量只能是“离”(☲)之类，必然是阳中有阴，刚中含柔；而如果执着于概念和概念化的纯粹性，那到最后只能得到相反的东西(⚋)，即纯阴性、负性元素。所谓“负的主体性”，可以标示这种主体性自身的结构构成(☲)。但不仅如此，更重要的还不在于究诘这个主体性结构本身，而是这两卦呈现出来的主体性的现实构建、展开过程和运作机制，这也就是从“同人”(䷌)到“大有”(䷍)的过程：现实的主体性是概念和现实的统合，主体性的现实核心，由虚下应物、兼容并蓄的“同人”，到登高临远、以虚御实、四方归附的“大有”，深刻地阐释了这种主体性内在的运转程序。这不是倚重概念思维的西方哲学、西方文明所能把握到的东西，而对于主体性结构进行纯粹静态的探测也没有意义。这在今天给予我们的启示其实是，一方面，要从价值上坚守自身(☰)，另一方面，也要在对于自身及外部世界清醒认知的基础上，来展开主体性自身的现实建构：不要因为这种主体性的“负性”构成机制本身，就对于文明价值产生负面看法、负性评判，“负的主体性”恰恰是一种更加明智、更加合理、更加坚实、更加通达的主体性，而非相反。与此相关，圣人人格也可以说是一种“负的主体性”：圣人无常心，不蓄小德，所以圣人心胸无所不包，智慧无所不达，与天地合德，所以圣人虚静空明而又充实圆满，但圣人人格主体超越了个体性，可以看成是这种文明主体性之“人格化”的理想性呈现①。

作为文艺创作机理意义上的“虚静”说，就是艺术上通过类似圣人式的“空心人格”状态，来穿越现实经验当中的差序与距离，扭转意义构成机制与类型，实现诗性意义关系的“感通”；而卓越的创造性人格与艺术心智，就是艺术化的“圣人”，或圣人人格的“艺术性”维度。圣人人格广大，因此也可以说它本来就包含了这一个艺术性的、诗性的维度，圣人人格本来就具有一种诗性的、艺术性的弧面与性质，由此代表了一种诗性的或艺术性生存的最高可能与整全性相，因而也就代表了整个中华文明某种总体上的本质属性。“王者之迹熄然后《诗》亡，

①张大为：《圣人的理想人格与〈周易〉的价值系统建构》，《社会科学论坛》2013年第9期。

《诗》亡然后《春秋》作”(《孟子·离娄下》),《诗经》不仅主题内容上是王道政治与伦理道德的理想,它的想象力机制也具有现实的政治意义[①]。诗之比、兴尤其是兴,就是艺术化的“拟议”,诗性在总体上,则就是艺术地肯定与内在于生活世界经验的“充实”性。就此而言,它的文化形态与文化质性本身,正代表某种文明格局及其价值理想上的饱满形式和圆满状态。然而作为被写照内容的王道政治,后世诗歌不能进行历史追溯,不能事后模拟,因此,同为“天子之事”,圣人的删述行为与语文学实践本身,也有其文明本源意义上的差异:《诗》是“删”,《春秋》却只能“作”。但这不仅仅是修辞与艺术创作法则的反映,也与圣人人格的历史身位、历史职责、历史实践的具体性扭结在一起:通过这种诗性文明或文明之诗性的“负”向、“正”向实践方式与实践权能,以及“正”中之“负”或“负”中之“正”的主体性机制,儒家道统与文明理想之存亡继绝的关键时刻,以及这一诗性文明超越历史性境遇的巨大适应性与渊深的内在力量,也由此体现了出来。

第三节　流转的形式机制

(一)形式组合与意义、价值建构

《周易》与《诗经》所共同反响与锁定的那种文明机理,是中华文明的轴心性文明机理与文明价值机制。在漫长的历史长河当中,它们发挥作用的最核心方式,不仅仅是其思想内容;它们作为中华文明永远无法超越的地平线,恰恰因为它们不只是某种具体的思想主旨、观念内容与价值规定,而同时也是这一文明体系的意义构成机制与价值实践模型,是中华文明展开其文明理想、建构其文明秩序的具体实践路径与方式。在这个意义上,思想观念层面的东西,其实践展开与发挥作用要受到很多方面的客观条件限制,而形式机制超越历史时空具体性的普遍性与穿透性,则要强上很多。可能正是因为它们以不同样态表现出来的似乎贯通一切具体生活形态与文化类属的、超越历史经验具体性的形式机理

①陈桐生:《史记与诗经》,人民文学出版社2000年版,第75页。

与形式化属性，产生了从各自方式或角度，都可以将这两部经典看作中华文明之根本性与基元性元典的论点。

这种形式化的意义机制与价值模型，不仅如前所说是中华文明大部分理论与实践领域的轴心性机理格局：它本身不仅仅是作为被遵循的规矩、尺度的“絜矩之道”(《礼记·大学》)，甚至也是被“信仰”的对象。作为被信仰对象的形式机制，达到了这一机制本身的最高级形态。以经历了“神无方而易无体”的中国文明机理洗礼的佛教禅宗为例，禅宗作为宗教信仰，它信仰的与其说是任何超越性的最高存在、意义实体与价值理念，不如说它是对于某种“无方”“无体”的诗性意义构成机理本身的信仰，是对于中华文明当中某种轴心性的意义、价值机制的信仰；或者说，它信仰的就是一种意义价值构成形式与机制本身，所谓“禅机”，就是在某些特定情境当中，这种形式机制的瞬间呈现，及“信众”对于它的直观顿悟。这其中有或许“玩弄精神”的一面，从佛教自身的精神形态来说也是一种巨大的蜕变，但从中华文明与中国文化的内在演变理路来看，它也是一种内部逻辑的延伸：从佛教到陆王心学，再到文学领域比如《沧浪诗话》等，都从禅宗这里找到了某种意义的出口，并由此卸去了文明秩序担当与文化价值的重负，变得轻灵、“自在”，回到“个体”心灵的解脱与超越。禅宗的语言、意义方式与“兴”类似，是一种解隐喻、解中心化的意义构成机制，可以看成中国诗性文明与文化价值机制对于原始佛教解宗教化的结果。这是中华文明第二次的解宗教化。但这同样也可以说是一种缺失，由此标志着中华诗性文明轴心的某种变局的开始。

不过，由此也可以反证一个问题，即先秦礼乐文明与《诗经》当中的“兴象”，并非宗教意味、宗教情感“积淀”或遗存的结果；恰恰相反，“兴”对于宗教性具有稀释、消解的作用，诗性与礼乐文明是对于通常意义上的宗教与宗教性进行反动、解构的结果。中华文明也和世界上很多文明一样，都经历过一个神性崇拜与宗教性炽盛的阶段，但由于其内在的价值构成取向和特定思维与认知方式，它很早就开始了过渡到遵循自然之道、关注普遍性的人性与理性的文明化过程。通过一个简单的事实，就可以理解这一过程：如果人们承认周代以来的文明，是殷商时代的神巫文化与宗教氛围逐渐淡化、人文理性精神兴起的结果，那么，“兴”如果是宗教精神及其象征符号的孑遗，那它就应该更多地出现在《颂》与

《大雅》当中，而非更多地出现在时间上更晚近的《小雅》和《国风》当中。而“兴”所代表的异质综合、内生差异的文明机理，既是这个文明化过程的原因也是其结果，它是宗教与神性的替代物，却非宗教性的遗存。因此，“兴象”并不是一种已经内在地完成意义综合、内聚的“审美经验”，以及“超功利”、超时空的“审美”静观与释读对象。在这里，不能先于诗篇修辞方式与组织形式来理解与解读“兴象”：修辞实践与及其背后的文明实践之具体的整体性本身，就代表一种世界本质理解与生存情调，而后者同时就是中国人的生活世界与中华文明的诗性“本源”与“本体”之所在。《诗经》最初具体而系统地观照、捕获与展现了这种文明生存之诗性的展开机制与修辞实践方式，因而《诗经》是中国诗歌与中华诗性文明的母题性与公式性的东西。后者决定了这一文明体系之“诗性”的本质构成形态，及与其相应的（迥然不同于西方形而上学—神学的）思想、认识、理论传统。

（二）形式的辗转流变

不仅如此，这种文明价值机制与文明意义组织形式本身，不是固定不变的框套，而是流转不息的过程与程式。举一个并非偶然的例证来说，《周易》的爻变与《诗经》当中那种经典的“一唱三叹”的修辞方式，有着某种形式上的惊人类似性：《周易》各卦当中，某一爻的变化，导致此卦变为彼卦，或者说，不同的卦之间，经常只有或阴或阳的一爻的区别；而《诗经》尤其是《国风》当中，也经常以每一节只变化一个字的方式来重复三次。做这种比照对观的前提，或者说这种“变”背后的连续性关系或内在关联性在于，这种“变”与其说凸显了差异性，不如说更加确证了这一差异背后更为基础、也更为厚实的共同性或普遍性；它与其说指向了某种抽象性，不如说更加引发与凝聚起某种具体性。因此，就这种“变”来说，首先是“变”中有“恒”，并在这种“变”当中，持守其必须持守的东西；其次是“变”中有“物”，我们在其中看到的是某种浓稠的、质实的质料涌动与内容在场。正因为它是内容性、内涵性的“变”，所以它是普遍而又具体的“变”，它能够宛转渐变、辗转流变，而非抽象、外在形式的“变”，即经由概念性规训或者理念性秩序的范导，一下子抽象切换、断然裂变为他物、他性。

具体来说，《周易》本身讲的就是“变”的道理，是“变化之总名，改换之殊称”（孔颖达《周易正义》卷首）。从前面所说的文明价值与文化实践模式角度讲，这就意味着这种变，其实是主体与客体、内容与形式、理论与实践、结构与机能等同时、共同的变革。同时，这样的变革出自具有自省能力的主体性、“负向主体性”，在掌握主、客观复杂的具体情势下主动选择的结果：“是以君子将有为也，将有行也，问焉而有言……叁伍以变，错综其数，通其变，遂成天下之文。极其数，遂定天下之象。非天下之至变，其孰能与于此”（《周易·系辞上》）。经由这样的思想实验与反躬自问，恰恰表明其主体对于“变”本身的掌控、把握能力，不仅不失主体之为主体的地位，反倒更加体现出其返本开新、睿哲明敏的主体性高度：“《易》穷则变，变则通，通则久。是以自天佑之，吉无不利”（《周易·系辞下》）。若非如此，则只能视为某种非常态、过渡性、中介性的阶段，比如“中体西用”；而完全脱离内容的变，通过形式来产生、规定内容，或者通过外在形式的扭曲、畸变来得出的内容与意义内涵，就是为变而变，是“变”本身的歧路：以《周易》而论，“至东汉，口传一失，所有《易》象大都不知，而浪用卦变，不变不能得象……无情无理之卦变爻变，直同儿戏，又何怪王弼等之扫象不谈！”[①]汉儒在以象数解《易》当中滥用卦变，像这种“无理无情”的卦变、爻变，以牵强附会的方式来得出其需要的卦象，只是为变而变。这就走到了“变”的反面。

同理，《诗经》诗篇的那种流变与流转组织，代表的其实是一种与生活方式构成错综、叠加关系的生存价值格局—艺术时空秩序，“具体”地穿插、盘桓于人类文明生活世界当中的现实性与直接性，它落实为诗性修辞实践，并完成对于生活秩序的内涵性（内容性、本体化）诠解。“兴象”本身是一种具体性的修辞实践成果，同时也是文明意义建构与文明价值展开的具体实践方式：那种“拙笨”的修辞句法，就是在固执地强调其自身展开的时间之流、时空秩序的“现实”格局，而那种在修辞的复沓性当中顽强持存的肯定性价值情态，代表了中华先民对于文明价值轴心的“具体”理解、坚持及组织、安排。在这其间，借助于“兴”的机制，一种现实的时间性、同时也是向现实敞开的时间性，被真实地、具体地综合进来：这是一种“横向”的、时间化的综合，被综合进来的是无法用“审美”与“审美实践”涵盖的人们的生活方式、生活秩序、生活实践本身。因此，这与发生

①尚秉和：《焦氏易林注例言》，见尚秉和《焦氏易林注》，九州出版社2010年版，第2页。

在审美意识与审美表象层面的意义萃取/反映/再现(representation)全然不同:它与其说反映了审美理念、审美观照维度当中审美客体的覆盖性的统一性,不如说是更进一步地展开与呈现了错综并置的人性化世界与生活秩序本身长短不齐的自然质性与生态。于是,《诗经》那种与现实生活秩序穿插、交织在一起的纯净、绝对而又是本源性的、茁壮的诗性,一种“物相杂曰文”(《说文解字》)、“天下文明”的澄明时空,几乎是强制性地出现在文明的初始地基之上,构成华夏文明的内涵化、内缘性诗性之体系性、组织化的“渊源”,及其修辞实践的范型。同时也从修辞实践格局的现实性层面,宗罗、包含与确立了华夏文明当中关于生活方式的“自然之道”,及其展开、接受与理解的“具体”秩序。

(三)形式与内容的牵挈映带与相互转化

将理性视为光明的、秩序的世界,而理性光照与覆盖之外的领域则被视为黑暗与虚无,这是西方文明传统当中一元中心的形而上学—神学的认知与价值秩序,它无疑颠倒了生活与理论、人性与自然、主观与客观之间的关系。理性机理与理性秩序本身有它的限度,并非理性不能涉及与覆盖的领域,就等于幽暗、杂乱与虚无——这样的认知本身出于一种对于理性化世界的简单颠倒与反向推论,因而恰恰是非理性的。谦抑地、反身性地承认理性的限度,客观地看待理性的功能,这才是真正的理性,才是符合自然的理性或理性之“自然”本质。就此而言,中华文明虽然并无西方形而上学传统那样尾大不掉、一元中心的封闭性理性思辨体系,但并非就是原始文化式的粗粝与野蛮,而是恰恰体现了一种更加精密、更加圆融、更加富有层次和质感的自然理性秩序与自然之道:

> 《易》有变,《春秋》有时,《诗》有际。善言《诗》者,言其际也。寒暑之际,风以候之;治乱之际,《诗》以占之……迎之也必以几,报之也必以反。知几知反,可与观化矣。
>
> 王夫之《诗广传·大雅二十六》

《春秋》之“时”,也是出于中国传统的自然理性,对于自然秩序、自然之道的努力贴身把握,这本身就已经反映了中华文明与中国思想不同于西方的基本特征。但不仅如此,《易》之“变”,《诗》之“际”,更是对于诸如“内容与形式”之类通常西方(哲学或美学)概念当中的理性秩序与认知形态无法涵纳的领域(“不变”中的“变”、“变”中的“不变”、“治乱之际”等),进行的一种系统的主旨化、主题化,这是《易》教与《诗》教共通的至深本质与基础作用之所在。它们所隐含、所带出的认知视野与文化价值机制,以及由此被重新界定的“内容”与“形式”一类关系,构成一种文明机理与文明体制性的东西,后者从根基上定义、建构与规范着中华文明系统内在的文明经验与价值取向,拓展、改写着人们在“现代性”——“西方化”观念的隐秘主导下建构出来的文明格局构成与文明价值谱系,因而是对于后者的形式—理性机理所无法涵盖与表征的内容、主题,进行的整全性的努力表征与再现。于是,在中国诗性文明传统当中,从这样一种关系来说:

(1)这首先再次说明,不能仅仅从通常的哲学思想与文艺作品的内容与形式范畴,来理解《周易》和《诗经》这两部文明元典。就如同《易经》的《乾》《坤》两卦与其余六十二卦之间的关系,或如同《诗经》诗篇一唱三叹的组织形式一样,其流转的形式机制本身回归基质性的内容;反过来内容本身也是被形式化了的,或潜在地、先天地具有自我完型的形式化潜质:这样的一种关系格局,如果只是纯粹理论性、概念性地讲来,可能会被认为是概念上的空洞循环、抽象拉锯、同语反复,但如果落实到文明型构与价值实践层次,则并非循环论证,而是更加接近于世界本身结构、构成的“自然”状态与“自然”格局。

(2)这进一步说明了中国传统当中诗性智能的认知与实践优势,并彰显了一种“诗性文明”之为诗性的本位属性。由此,这也就带来一个维度,那就是形式与内容二者的互相延展、边界融通与关系拓宽,以及它们之间的相互转化属性:在形式上的坚持与“耐心”,恰恰说明形式不仅仅是形式,形式就是文明生活与文明价值本身,而内容则内源性地生成这种文明生活规范机理与文明价值构成机制。这种形式与内容的相互构成、相互转化,恰恰反映了能够看清自身、照亮自身、警醒自身、把握自身、运转自身的文明之内在理性机理与理性秩序——这当然是一种更加生动、健全,更加符合自然之道的内缘性、内源化理性。

(3)最后,更重要的是,上述这一切不是一种偶然的、临时性的过程,而是一种常态化的机制,它根本上仍然出自内容与形式本身都内涵性地渊源于生活世界与生存领域的意义建构，并同样内缘化地分疏、分立开来的形成机制：因此内容与形式本身从一开始，就内在地、积极地包含了对方的因素在其中，这是它们承担各自职责以及进行相互识别、相互生产、相互转化的基础。如果从这样一个角度来看待比如像书法这样的艺术形式，在对其内容与形式关系的认知上，可能就会有完全不同的认识，而从通常源自西方近代美学意义上的、"审美"观照与"审美"客体意义上的"内容与形式"关系理论出发，则可能很难做到贴切的理解。对于文学这样内容与形式构成关系更为复杂的艺术形式来说，尤其如此。

透过《周易》与《诗经》的比照研究显示出来的中西文明之间的构成机制与价值格局的差异，或许没有如想象中那样具有"理论"上的严整、斩截的"外观"，与令人触目惊心的效应，但这恰恰是中西文明的自然差异、自然对照关系，而非出于"概念"性、"理论"性的远距离、后殖民主义眼光的结论，或者出于擅长"概念"和"理论"的西方文明思维体系的认知机器与价值滤镜制造的"知识"产品。通过这些，与其说反映了由中华文明本身的诗性特征决定的卓越、全面的理解能力，不如说反映了中华文明认知视域内在的"诗性"的余裕、弹性与宽阔。所有这一切，都进一步充实与塑造着文明的基质与机理本身，而从后者的内在规定性弘扬开来的中华文明系统，也就具有了诗性文明的总体属性：儒道释各家在价值理念上或有彼此的差异，但它们之间互相补充、互相生发、互相延展的关系恰恰说明，这种中华文明的内在意义格局与价值机制相通相融，在各家传统中都能找到大体类似的形态与机理。但这种内在融贯的文明之"诗性"总体属性，却与西方近代以来的真、善、美三分的"现代性"文明价值格局决然不同：自然性、真确性、神圣性在诗性的圆融当中展开与完成自身，而"诗性"也同样内在地彰显与笼罩着整全的自然性、真确性与神圣性，"自然之道"的总体性由此得以圆满与完型，它贯通于中华文明的整体当中，并为后者奠定基础。

反过来说，在这种文明的"诗性"的自然性当中透发出来的，可以说是一种"文明理性"[①]。文明理性介于哲学与诗之间，它不同于哲学理性以洞穿文明生活

①这种不得不然的翻来覆去的反复界定与表述困难，正反映了很多人或主动或被动、或自觉或不自觉地陷入其中的中华文明价值，乃至概念语言上的结构性困境。

的价值秩序的方式,来探求与矫正文明价值与文明经验的自然性“本质”,不会在文明的贯穿性伤口当中,寻求理性自身的自我确证与同语反复的价值确定性,但也绝非通常意义上感性至上的“诗性”观念,以及解放人类生物性的“自然”的近代“美学”观念。文明理性意味着人与自然之间某种完全不同的关系方式与作用机制,诗性要从这里得到界定与展现,而非由通常的感性与生物性意义上诗性的“自然”性,来界定文明及其内在的理性品性与理性秩序。而如果从这种文明理性出发,内在其中的诗性机制与诗性修辞的属性与功用,也要重新以一种“文明”性的视野来加以定位。这些问题本章已经初步地涉及一些,以后会结合具体问题进一步展开。总之,在这种文明理性与文明修辞的界面上,并借助这种文明理性及文明修辞所内在的文明机理,中华文明在离开自然的同时,又在更高的层面上、在“自然之道”的层面上重新回归自然,这是认知与理解中国文明诗学传统以及文明诗学现实展开的前提和工作台面。

第五章 自然—道体论修辞与文学对文明生活的内涵性诠释

文明诗学的思想或哲学核心，如果用中国思想传统当中的概念系统来表述,或许可以称之为是一种“自然—道体论”的视野。在这种“自然—道体论”视野当中,文明本身具备一个低处的“自然”的基础,同时具有企望(诸如《周易》《老子》当中发皇的)“自然之道”高度的“自然”正确性与“自然”价值性诉求;与此同时,这二者之间的人类文明生活秩序本身,是处于不同的自然价值阶梯之上的“道”之“体”或“本体”,而非“道”之“用”或“道”之“属性”,更非作为理念的“道”的影子。因此,在文明诗学的意义上,不能舍弃文明生活与文明理性秩序去寻找“道”,并从此出发来理解文学与修辞,文学修辞只能是一种具有文明格局与文明理性的修辞。于是在这里,文明修辞即是“自然—道体论修辞”,而“道体论修辞”就是“自然—道体论修辞”的简称。道体论修辞不仅仅是将生活世界与生活形式看作修辞形态与修辞领域,同时,修辞理性也深入生活的内涵与本质,从而让生活本质、世界本质(“道”)通过修辞性展现出来。这也就意味着,道体论修辞不仅展现修辞之修辞性,同样呈现修辞之非修辞性,并在接纳这种修辞之非修辞性的前提下,仍然重视修辞的意义:道体论修辞是对于修辞之修辞性的自觉,也是对于修辞之非修辞性的自觉。这两个方面一起展现与完成了文学修辞的全方位的文明性本质,但这都非仅仅盯住修辞“本身”的过程。

第一节 自然视野的消解与文学的“现代性”虚无

西方文明传统近世以来形成的所谓“现代性”视野，解构了人性之外的价值标准，使得现代性自身缺乏一种自然视野，所以，它不仅始终看不清自己，也无从在自然的总体性当中找到安顿自身存在的位置与方式。超出现代性的种种自恋幻象来看，整个西方现代性传统的历史，其实就是这个主体性自己生产自己、自己证明自己、自己与自己纠结与战斗的历史。因此，在文学传统的现代性转向当中所发生的问题，将是一个无从以概念逻辑性的、理论性的简单原因来加以说明的综合性后果，从某种意义上，或许只能归咎为西方现代性传统当中文明力量的枯竭与“现代心灵的没落”，以及这种没落在文学问题上的反响：“这是一个巨大的实验工厂，在那里，有些东西成功了，分散在各个时代，大量的东西失败了，在那里，不存在任何秩序、逻辑、联系和约束。”①而西方现代心灵或现代心智“没落”的关键所在，在于它企图将心灵和智性空间之主观的、个体的秩序，变成客观化的、公共性的文化秩序、价值安排与生活世界格局。但它恰恰因此将心灵与智性秩序本身，排除在文明价值秩序的自然整体性之外，并企图在与后者隔绝的前提下，以背离后者的方式重构一个纯粹的人性化的、智性决定的生活世界与文明价值。在这种情形下，现代心灵在获得空前的、但事实上虚幻的“自由”度的同时，实际上也以过高地估计了自己的力量的方式，割断、隔绝了自身力量的来源。

这种情形在康德美学以及人与艺术之间的“审美”关系当中，合围为一个价值论上的闭环式的循环与同义反复，于是，这里形成的就是包含在康德式美学当中的自由主义意识形态。这其中发生的事实是，在审美领域与美学当中，现代性完成了自身同义反复的合理性论证，尼采所说的现代人的“理论家”心智②，在疯狂地原地转圈之后，终于咬住了自己的尾巴，从此，自然经验与自然视野，必

①[德]尼采：《重估一切价值》（下卷），维茨巴赫编，林笳译，华东师范大学出版社 2013 年版，第 538 页。

②[德]尼采：《悲剧的诞生》，周国平译，生活·读书·新知三联书店 1986 年版，第 77 页。

须经过这个审美主义的“现代”文学心智本身的中介，才能以扭曲和破碎的形态，变成审美“对象”或审美“表象”。“绝对人性化”的现代性生存“洞穴”，在审美领域和审美关系当中，几乎要穿透洞顶上的岩层，直接敞露于“真理”性的天日之下：现代心智在审美领域当中，似乎摆脱了在理论认知与道德实践领域当中的机能性负担，超越了来自自在之物与超验领域的“边界”性束缚，从而成功地创造出似乎纯粹心灵化的“世界”和“客体”；反过来，世界似乎也在审美当中达到某种“完满性”。但事实上，审美客体、文学艺术作为几乎纯粹的心灵与心智的产品——在上帝创世意义上的“心灵”与“心智”产品，它因为其神话般的起源与超越性、而现代人却终究不是上帝的原因，变成不可理喻与把握的“审美物自体”。因而在“审美关系”当中发生的，只不过是现代性的文明与文化主体性在理论认知与道德实践两个方面双向的“脱力”[①]：世界因为其作为主体无从掌握的“物自体”之“审美化”转换，而作为一场现代理性主体“凯旋”的喜剧，完美地合上了剧幕，后者在当代甚至发展为一个叫作“日常生活审美化”的新的命题、新的境况。但是，在美学当中发生的这一切，美学的文明价值内涵，终究只不过是现代心灵的致命的孤独、乏力与残缺的反向镜像与虚幻满足：

> 人相信世界本身充满了美，——他忘记了自己是美的原因。恰恰是他把美送给了世界，啊！在我看来，这不过是一种人性的、太人性的美……从根本上说，人把自己投射在物中，又把一切反射出他的形象的事物叫作美的事物：“美”的判断是其物种虚荣心……他把世界人化了：仅此而已。但是，没有任何东西，绝对没有任何东西向我们担保：只有人才是美的模型。[②]

于是，美与审美的领地，成为现代理性主体展示其“不在场的存在”的合理化领域（“无目的的合目的性”）与形式机制（“心意机能的和谐”）。人类心灵与文明心智的自然整全性，变成审美化的割裂与抽象性：与审美“无关”的知识理性

①［美］维克利：《论源初遗忘——海德格尔、施特劳斯与哲学的前提》，谢亚洲、杨永强译，华夏出版社2016年版，第116页。

②［德］尼采：《偶像的黄昏》，李超杰译，商务印书馆2013年版，第65页。

和道德实践能力打横过来，徘徊在审美主体与艺术客体的“主客体关系”的外部：康德将它们之间的和谐关系，当成是审美愉悦的来源[1]；而作为一个整体的自然视野在黑格尔那里没有地位，艺术美被黑格尔认为只能存在于人性化世界之“合理化”的内部秩序当中，而除此之外的自然世界，则被认为是“浅近的”“有缺陷的”低级存在[2]。文学艺术的现代心智，从此只能从自身生产出审美“客体”和“对象”，变成纯粹智性的自我观照，变成自身的旁观者和观看者。美学作为“现代性”的产物，鲍姆嘉通的美学建构的初衷，似乎就是要沿着西方文明的基本价值格局与思想路径，补充和完善人类感性领域的合理化组织与认知格局。但美学的“现代”性质恰恰就在于，它彻底改变了在不同程度上作为古典形而上学与神学基础的自然视野和自然标准，改造了西方文明心智机能或多或少存在着的自然经验、自然理性的组织方式。这样，在美学视野当中，或者因为美学视野对于人类心智功能的改造，自然彻底消失了。

作为一个现代学科的“美学”，以及审美主义的、学科化的文艺理论，并没有随着现代主义、后现代主义思潮的到来，而被“后结构主义”“解构主义”的文学艺术理论真正地超越和颠覆；同时，它也并非只是一个游移于大学的哲学系和中文系之间的“学科”，而是代表了关于文学艺术的“现代”认知方式及其背后的文明价值格局的基本型构。从现代主义审美乌托邦式的“拯救”僭妄，到后现代的“审丑”式的反动，从在颓废与绝望中仍然不忘寻求“深度模式”的现代主义美学套路，到后现代的语言分析式的“元美学”路径，并没有超出这一美学与审美主义的形而上学思想模式，以及现代性的“理性化”的文明价值格局。而无论是美学的形而上学路径，还是对于“艺术型的原始人”（尼采）的反文明推求，都在人类文学心智的“现代”重构当中，割裂了文学艺术心智的自然整全性。

或许有人会说，即便美学的理论确实如此，作家作为创作实践主体的“能动性”及其“强大”而“自由”的艺术心灵则不一定是这样。其实，这其间的基本关系是，不是因为有了“美学”才割裂了自然心智，而是因为现代心智的康德式

①[德]康德：《判断力批判》，邓晓芒译，杨祖陶校，人民出版社 2002 年版，第 25 页。
②[德]黑格尔：《美学》（第一卷），朱光潜译，商务印书馆 1979 年版，第 149–150 页。

的割裂，才有了美学和文艺理论这样的“现代”学科：“这种‘纯’理性的‘纯’，不过是人类心灵的一种产品，理性能力既不凭直觉感知任何客体，也不会产生任何东西，理性生产一般认识的形式，而不是这种认识内容，也不是已知的对象。”[①]这也就是说，人们在“美学”当中看到的不过是“纯粹理性”本身而已，它们作为现代性的生活秩序与文明价值秩序内在的“分离”——“统一”的戏剧化过程，作为逐渐抽离生存的自然根基、以求完成同语反复式的合理化论证的结果，变成了现代性生存体制内部的自我复制和循环论证的虚无主义，因此，它们不过是现代理性主体和现代心灵自身的那卡西斯式的、自欺欺人的虚幻镜像。

由此，文学艺术一方面，变成了纯粹心智的形式附属物和未完成产品。美学和专业化的文艺理论，出于它的“现代”视野与理性主义逻辑，将作家诗人的头脑，想象成充满了“表象思维”与“自己也不理解的艺术形象”的那种认知方式，是从“理性的”现代主体心灵出发进行的某种逆向推论：“由于他不能把握艺术家的真正特性，他就按自己的趣味幻想出‘艺术型的原始人’……”[②]站在文学“视窗”的面前思忖世界，这并非意味着，这里具有一种诗意的、浪漫的世界认知方式和文学心智：文学心智也许不同于哲学家的逻辑化和概念化心智，但也绝不只是满脑子的“审美表象”“艺术形象”与“生存体验”，没有一种具有思想的纵深和智性的协和的心智结构，便不可能将世界总体纳入自身的视野。当代中国相当多的西方现代主义、后现代主义文学的模仿者还没有理解：诗性修辞背后的自然理性、自然心智、自然逻辑，虽不是直接就等同于哲学与概念理性，但也绝不构成其对立面，而是艺术能力的一部分。因此，他们的此类作品，其实还只是一堆缺乏依靠理性和思想的不断加入、以求锻造亚里士多德概念上的作品“形式”的艺术质料与主观性的心理废墟。

另一方面，文学又变为对象化、客体化的畸零的客观性，以及将世界与文明生活的存在方式和价值实践的实质性内容不断空洞化的抽象范型。这一切的成因，首先就在于一个被忽视的致命的盲区，即现代性文明主体的文明心智本身：

①［德］维塞尔：《活的形象美学——席勒美学与近代哲学》，毛萍、熊志翔译，学林出版社2000年版，第162页。

②［德］尼采：《悲剧的诞生》，周国平译，生活·读书·新知三联书店1986年版，第82-83页。

就像眼睛看不到自己一样，它不仅将人类生存彻底拖入了柏拉图式的洞穴，误解与遮蔽了世界的自然总体性，同时也误读了自身；不仅扭曲了认识论和伦理学，也割裂并虚无化了现代文学艺术与“审美”本身。由此，人类生活世界在名义上、在理论上被重新打造了一遍，或更准确地说，是被“理论”性地重新打造了一遍。这种类似“创世”的现代性神话，在西方近代美学当中达到了高潮和顶点：在康德那里，审美被当作合目的性和合规律性的统一，在审美领域，现代性“提前”达到了自己的目的，它犹如浮士德一样，在其生活世界的自然时间与自然经验停止下来、或不如说被理性的抽象化“抽空”的时刻，现代性的孤独的文明价值灵魂走向自身的“圆满”，达到上帝般的自给自足的“神性”。康德自作聪明的先验哲学体系庞大艰深、烦琐抽象的建构，究其实质而言，不过是这套“现代性”神话的意识形态叙事。然而，上无理念性高度，下无自然性标准，文学在康德的美学格局当中，根本上成为“物种虚荣心”的循环论证的智术化修辞，一种根本上建立在文学修辞“本身”的存在理由之上的、作为“文学本体论”的内卷化的虚无主义漩涡。

第二节　回归“美”之内涵性领地与自然价值阶梯

在现代条件下与西方美学视野当中，在文学的问题性格局与认知边界上发生的“现代性”转折，不是一个偶然的、局部的错误和偏差，而是一种根本上的颠倒和逆转。从研究的“客体”与“对象”角度看，可以对于文学的“问题”或“学科”领域进行个个均齐、等同的无止境的细分，但这样的研究只能让人越来越不知所云——这正是现代“美学”与审美化的文艺理论、文学学科研究范式，及其背后的现代性生活体制引导人们去做的。在此前提下，人们出于某种通常意义上“文学”定义，排他性地划定某种问题领域，不仅灭裂了这样的问题领域出于某种具体的理论预设这一起码的前提，而且也排除与割裂了文学的整全的文明本质。当这一切到了所谓“后现代”的语境条件下，被谦虚地称之为一种“范式”的时候，表面上看是缓冲了这样的“本质主义”的理论困境，但从根本上却是更加模糊了存在于这其中的理论与实践的颠倒的文化与文明本质。这种颠倒，在事关文学的现代性神话当中，不仅仅是一种概念性错误，同时也更是实践上的错乱，因此，文艺理论的此种“现代”错误，不仅要为理论负责，同样也要为实践负责。当这种错乱或者错误大面积出现的时候，仅仅谴责文艺理论与文学批评已经完全不得要领，更不能解决问题，甚至会适得其反地被更深层次地误导入歧途当中。总而言之，表面上看，美学似乎只是传统形而上学的延伸：“……凡是具有无上价值的事物，定然另有其自身的源头——它们决不能生于这转瞬即逝、充满诱惑、虚幻和卑微的世界，决不能生于这妄想和贪婪的大杂烩！它们乃是生于存在的怀抱，生于永恒，生于隐匿的神明，生于‘自在之物’……”[①]但康德美学与学科化的文艺理论，教给人们的不仅仅是其形而上学的源头，与一个由表及里、由低到高、由外到内的认知途径和方向，更是一种根本性的文明价值的“现代性”的虚无视野。

在古典传统当中人们自然也思考“美”，但这不等于“美学”。在柏拉图这样的古典哲人那里，实际上已经涉及现代“美学”话题当中大部分的有意义、有内涵的内容。尽管这些个内容的前提还是笼罩在理念论当中的，但恰恰因此，这个领域有着更为整全性的人类生活的自然视野与自然经验。毋宁说，正是在“美”当中，人类生活的自然视野才更为完整，自然经验才更为饱满，而对于人类生活的理解与处置才更为充分。在这里，“美”非但不是审美物自体的自律性与认知能力空洞游戏的抽象性，也绝不意味着从根本上属于喜剧式的人性（理性）乐观主义，古典之美甚至更为“残酷”和“广阔”，“美”是将文明主体与世界整体共同纳入其中的“命运”，同时，“（爱欲）在美中孕育和生产”，美是“美”之内涵性孕生：“一旦到了某种年龄，我们的自然就欲求生育。不过，不会在丑中生育，只会在美中生育……可是没有合适的，这些就不可能发生；丑就是在所有事情上对这位神来说不合适，而美就是合适。所以，对于生产来说，卡洛娜[美]就是命运女神和助产女神。”[②]在古典传统当中，美恰恰不是“超功利性”的游戏，不是自

①[德]尼采：《善恶的彼岸》，魏育青等译，华东师范大学出版社 2016 年版，第 3 页。

②[古希腊]柏拉图：《会饮》，见刘小枫编、译《柏拉图四书》，生活·读书·新知三联书店 2015 年版，第 239–240 页。

足、自律的，不是无目的的合目的性，而是结合在全方位、具体化、立体性的生活世界关系与文明价值关系当中来讲的。由此我们可以看到，在古典传统当中，对于美的理解其实比康德讲得更有内容，也更为周全，康德所自以为是的东西，即那个关于审美的颓废的道德论与无能的认识论的“理性”架构之自我纠葛、自我陶醉，只是柏拉图作为“命运”与“助产”的“美”的自然经验格局与生机的颓废与单面性影像。而这种颓废与单面性，终究是西方传统当中所谓“现代”哲学理性与现代文明价值本身的虚无主义的体现。

与古典哲人类似，像古典喜剧诗人阿里斯托芬，同样关注一种自然整全性①，但这种自然整全性恰恰忽略了比如自然的机运属性②，因此属于“一种对于问题本质的不充分理解”③。然而，柏拉图事实上同样没有阻止、或不可能阻止他的“哲学”神话，被当作(修辞性背后没有深度“本质”性内容的)转喻与寓言来理解，被当作诗来理解。这样，当柏拉图的理念论被作为诗性来接受，在“诗”与“哲学”二者之间，将恢复其大部分的自然视野与自然秩序。康德以来的现代哲学没有理解、也不可能理解柏拉图的转喻和寓言，只是把他作为隐喻和象征来接受，当作形而上学来接受。但作为康德哲学一本正经、费尽心机所处理的核心问题的“先天综合判断”问题，却恰恰被尼采视为是一个转喻式的修辞游戏④。尼采的出发点是再一次回到前苏格拉底与柏拉图的古典诗人，所以尼采当然又走向另一种偏激……西方传统由于其自身的构成，始终无法“自然”地审视一个自然的视野，与安顿自身的自然性基础。但这其中的根本性困境，就来源于巴门尼德的那次致命的背离，以及在这种背离当中，发生的某种失重的滑动⑤。总体而言，在古希腊文明语境乃至整个西方文明传统当中，是《会饮》当中苏格拉底与柏拉图的“美的阶梯”，而非阿里斯托芬的自然阶梯，更非现代美学视野，最能够接近自

①[美]施特劳斯:《论柏拉图的〈会饮〉》，伯纳德特编，邱立波译，华夏出版社 2012 年版，第 200 页。

②[美]施特劳斯:《论柏拉图的〈会饮〉》，伯纳德特编，邱立波译，华夏出版社 2012 年版，第 201 页。

③[美]施特劳斯:《论柏拉图的〈会饮〉》，伯纳德特编，邱立波译，华夏出版社 2012 年版，第 200 页。

④[德]尼采:《哲学与真理:尼采 1872—1876 年笔记选》，田立年译，上海社会科学院出版社 1993 年版，第 79 页。

⑤这种背离指巴门尼德式形式化的“存在之思”，对于自然基础的背离，并就此滑入形而上学之形式化与内卷化的思维传统。参见本书第三章。

然的“自然”,或自然之为自然的属性:

> 从这儿这些(生生灭灭的)美开始,为了那个(自本自根的)美总是不断上升,有如把这儿这些(生生灭灭的)美用作阶梯,从一个(身体)上到两个(身体),从两个(身体)上到所有美的身体;从美的身体上到美的生活方式的追求,从美的生活方式的追求上到美的诸学问,从诸学问最终圆满上到那个学问——不外乎就是那个美本身的学问,而且,最终圆满就在于认识何为美本身。①

文学修辞的作用,在于将这个自然价值阶梯展现开来,并将现实当中的人性裹挟、纳入这个自然序列格局当中,使其自然地攀缘而上。于是,在文学的自然心智与文学整全的文明性本质当中,与现代性的“审美”理论与美学视野相比,自然之为自然,有着完全不同的结构、构成方式。在这里,文学的自然心智指的不是那种拙朴的自发性,也不是指代任何通常美学与艺术理论范畴内的“自然主义”和“自然审美”主张,而是指其背后的自然标准、自然视野和自然格局。人性化生存的自然秩序,以本身属于“自然”的方式,顺序穿透与覆盖文学心智及文学的文明格局:出自自然心智的文学修辞,并不执着于生活世界或文学经验的普遍性的“本质”,而是展示修辞织体背后人类生存之“自然”的高处与低处、连绵与断裂、阳光与暗影、白天与黑夜……或者不如说,这种文明生活经验的自然整全性和自然关系格局,只有在文学修辞的自然理性与“文明”理性格局当中,才得以完整、具体地疏解、展示、释放出来。

这其中的关系,打个不太严格的比方,就有点类似中国古代的地理方位图:中国古代的地理空间方位图是上南、下北、左东、右西,这预设了观察者置身于地图所标识的时空格局内部的体认、感知“身位”;而源自西方现代“科学”视野的地图方位,则是人们所熟知的上北、下南、左西、右东,这则表明观察者是立于地理空间格局的外部,将地理空间和地图当作面前的一个对象和客体来进行认

①[古希腊]柏拉图:《会饮》,见刘小枫编、译《柏拉图四书》,生活·读书·新知三联书店 2015 年版,第 249-250 页。

知的。这二者之间的关系,可以作为一个简易与简化了的观念模型,标示中西两种文化与文明传统的思维和认识方式的基本特性:前者观察者自身也是地理空间的一个部分,而后者的空间关系,却只是观察者外部的一个与己无关的认识对象、知识对象;后者并不必然割裂自然视野的总体性,但如前面所说,西方现代性传统与现代文明的起点,正是摒弃自然视野和自然标准,将人性化的领地作为一个自我复制、循环论证的理念性与概念性的绝对性。于是,西方传统当中的现代人性观念与现代性文明秩序、文明价值,乃至人性与人性化的生活世界本身,由此变成了一个悬浮的浮标,它可以指向任何方向,也可以漂向任何地方。

就此而言,一方面,中华文明可以认为从根性上就具有一种有利于文学性与诗性发生、成长的内在机理和价值机制,但不能由此从西方"理性主义"和"科学"文明传统的标准出发,将中国传统描述为一种迷离恍惚、神秘离奇的"诗性"的原始性与低级文明,不能用狭义的、文体意义上的"诗性"或者文学性,来对于中国文化与文明传统作"东方主义"的后殖民想象:中华文明的诗性特征只是一种比较性、区分性的特性,虽然不同于西方的"理性"和"科学"标准,但它同样有着自身内在的、整全的理性秩序和法则。另一方面,也由此可证,西方传统当中那种对象化、客体化的认知关系,如果在别的领域(比如自然科学领域)、在某些情况下尚具有一定合理性的话,那当它蔓延和复制到文学问题、文学认知与文艺理论领域,其后果就将是致命的:以心理表象——审美对象的主客体关系为轴心的"现代"美学,及其主导下的文艺理论和文学认知、文学思维方式当中,所发生的就是对于文学文明本质的根本性的割截与删改。反过来说,中国古典文论当中虚怀纳物、澄怀观道的"虚静"论,既不是一种作家心理学和"创作论",也不是由此产生的空灵、静穆的文学风格的暗示,而是一种文学的文明本质观念和文学修辞背后的文明本质的构成格局。从而,它们不仅仅是美学和文艺理论,更主要的是人类生存的存在论和生命构成方式,这与美学及西方文论当中,将作家主体当作一个创造意义秩序的原点和浪漫主义式的、饱含"激情"的文学主体性,有着本质的但并非属于文艺理论与美学范畴内部的区别。这从另一个角度,也让人们重新思考此类所谓"美学"与"文艺理论"领域及其相应的认知方式,在中华文明与中国人文明生活总体格局当中是一个什么样的位置。

将文学的心智维度揭示出来，或者说，文学的心智构成之自然格局，恰恰说明文学不仅仅是心智的结果，至少与西方现代概念上的哲学、文学相比，它更加不仅仅是心智的结果。从形式上看，文学当然是一个“境由心造”的世界，文学的世界当然是一个心灵和心智的“造境”，但“造”不只是主体的“创造力”与天赋，文学所内涵与关联的东西，并不是心智本身的附属物和产品；同样，也不是任何的文学心灵和心智都具有同样的高度与力量，任何的造境都具有同样的诗性的、文明的价值。文学的“问题”与“边界”出自人类的文学心智，但这种文学心智，具有不能减缩为个体性、学科知识与概念化的对象领域的人类生存之存在论起源与文明价值的纵深格局，因此它是这个心智宇宙网罗、包络的内在“问题”空间，与由此组织起来的生活世界的“边界”构成。而源自西方现代性传统并作为其某种“完成”形态的“现代”的美学化、学科化的文艺理论，诱使人们将这个问题空间客观化、对象化为一个地球仪式的存在，并将这个问题空间的“审美化”的表层区域与客体对象性格局，当成文学的“问题”与“边界”，而这个问题性球面上的“经纬线”，则成为文学的“问题”与“边界”之客观性、科学性的证明——文学的现代性心智由此进入迷乱的无穷复制与循环论证。事实上，文学心智的整全性，从来不是审美“对象”“客体”领域上的扩大与广阔无边，而是在“创作心理”“生存体验”之外，文学心智本身具有的全幅的、通彻的生存领域的认知、理解的融贯视野与全方位的、协调性的心智机能，以及对于生活世界具有进行总体上的文化组织与价值安顿、立法的权能——这就是中国古典文论所反复强调的文学的“经纶”“弥纶”之功，以及文学作为“经国之大业”的真实意指。但这却不是现代意义上的文艺理论知识与学科体系所能探究的领域。

第三节　文学修辞对于文明生活自然格局的内涵性诠释

在今天的人类知识型构和学科体系当中，一般地提及亚里士多德以政治学作为“最高主宰的科学”，因而“政治学”成为“让其余的科学为自己服务”的“最有权威的科学”[①]，似乎没有太大的说服力。不过，这或许正代表了亚里士多德不同于柏拉图的“现实”眼光，即人类生活秩序、生活世界的连续性与对于美好生活的追寻，是人性化生存的第一义的大问题。在今天的智识条件下，一般地提及文学的“问题”与“边界”话题的实际意义其实有限：在人类生活秩序的自然整全性和自然视野，被现代“专业”和“学科”知识弄得面目全非的情况下，在“专家”知识经常被证明比普通人的常识更加荒唐可笑的时候，还有谁会相信诗人、作家们的“生存体验”与文学批评的“专业黑话”？在此情形下，我们得到的无非是自说自话的管窥蠡测与进退失据的迷离混淆罢了。因此，重建文学问题性的整全格局，不是通过一种概念性的外延和边界，来圈定一块文学研究和“文艺理论”领地，并以此“理论”指导“实践”地划定文学的“问题”领域、进行“边界”守卫，而是使文学对于人类生活世界与人性化的存在方式具有总体性的观照和处置能力，对于人类的生存图式具有根本性的价值立法与阐释意志。文学本身作为一种生活方式和生活世界的属性，应该具有文明价值和文明法则的实践权能：文学必须保有将自身对于生活的理性认识与价值筹划变成现实的勇气，而不是满足于为人们提供一种诗情画意的审美幻象与审美乌托邦式的“拯救”托词——现代主义之后的文学，其最大的问题，正是这个维度上的文化颓败和精神塌陷。当然这前提是，文学有能力冲破人类的文化喧嚣和文明积累所形成的各种实践成规与价值蔽障，开拓与刷新人类生活的存在阈限和意义秩序，因而确实能够体现出自身的生存理性和实践智慧。

文学的现代性传统对于文学心智与文学问题性领域的割裂，可以归结为文学观念的一种激进“智术化”的结果。这种“智术化”的核心，在于割裂和扭曲自然视野，以及对于文学修辞与生活世界的自然整体性的双重误读：“智者们严重误解了政治技艺，因为他们将之简化为了修辞术。事实上，他们同时也误解了修辞术，因为智者们认为：起到政治效果的行动和起到政治效果的演说都要求人们认清演说能力的极限。”[②]试图仅凭认知理性与哲学理性来把握自然的整全

①[古希腊]亚里士多德：《尼各马科伦理学》，苗力田译，见苗力田主编《亚里士多德全集》(第八卷)，中国人民大学出版社1992年版，第4页。

②[美]施特劳斯：《修辞术与城邦——亚里士多德〈修辞术〉讲疏·编订者前言》，伯格编订，何博超译，华东师范大学出版社2016年版，第3页。

性，就已经误入歧途，何况还是以智术化的“启蒙理性”与“工具理性”？智术师对于政治与修辞的双重误读，恰恰基于对于“启蒙”理性与修辞技艺本身的非自然的迷信，而这种非自然迷信，在于它不能把握人类生活秩序与人性构成本身“具体”的自然法则与自然本性，或者说它不能将理性与修辞结合进后者的自然具体性当中来进行理解。在这个意义上，即便是在亚里士多德那里，自然的概念化割裂与抽象属性也已经在蔓延，但正因此，亚里士多德把握自然整全性的努力在哲学与理论上的清晰性，反倒让人们更加容易看清自然之为自然的“具体”属性：

> 亚里士多德的自然权利学说大致可以这样表述……：存在着一种“地板”(flooring)，它是社会的最低要求……但是这种地板会以许多方式发生变化，因为环境各异。另一方面，还有一种天花板(ceiling)，这就是最佳政体，自然地最佳政体……就其本身来说，它应该在所有地方建立，但是不会在所有地方都可行。所以事实上，政体形态各异，具有可变性，你们不可能指明一种绝对有效的特殊情况，但可以指明最小和最大的条件。①

亚里士多德的自然权利学说，乃至关于“自然”之本然的见解，在讨论修辞术的语境当中得以澄清，这并非偶然和牵强附会的结果。修辞术的视野，代表了人的生活世界与“城邦”生活的那种不可还原，也不能被抽象地、哲学地、对象化地处置的整全性的自然秩序与自然具体性：“修辞学描述的是那种只有在语言中才能被思索的东西”，思想和语言的先天关系，在这里不仅先于修辞术本身遭遇的“智术化”的理解，也先于文学与哲学的分野(诗与哲学之争)，因此，“文化、社会和传统正因为有修辞学的品质，才使思想充满了生机。”②因而，在西方的古典视野当中，修辞术不仅代表了那种以人类生活与人性化生存格局的高贵与尊

①[美]施特劳斯：《修辞术与城邦——亚里士多德〈修辞术〉讲疏》，伯格编订，何博超译，华东师范大学出版社2016年版，第199–200页。

②[德]阿多诺：《否定的辩证法·导言》，见《法兰克福学派论著选辑》(上卷)，商务印书馆1998年版，第291–292页。

严，立定于天地神明之洪荒力量与神圣尺度面前的整全视野和崇高气象，也与即便是现代概念上的文学有着先天的亲缘性、交叠度。借此，可以让人们重新体认文学总体性的自然格局与文明本质。

与古典传统不同，对于修辞术的智术化理解，使得修辞术在理论与实践、手段和目的、主体与客体、表象与本质、认知与审美等关系当中，被撕裂为人类生活世界之外游移无根的客体对象、审美表象、工具手段、表面文章、说谎方式……上述这些二项对立虽然大多能够在古典时代找到其思想根源，但无疑在现代性传统当中，它们才成为修辞术的灭顶之灾：文学的现代性传统，特别是现代主义以来的文学传统、审美主义传统，不仅由此瓦解了文学本身的深广的自然根脉与思想根基，而且以其自我对象化、无穷客体化、虚幻审美化，再现了文学在存在总体性面前的那种精神颓败，以及文学修辞的自然基础和自然视界被不断肢解、不断遮蔽的文化迷思与困境。在现实的情形当中，当然不能要求每一个作家、每一部作品都具有文明立法层面上的认知与实践自觉，但如果一个时代的文学观念和文明本质，都随着支离破碎的“现代性”体验一起被割截肢解的话，人们为什么非要去欣赏那些颓废的心理能量和废墟性的心灵垃圾？反过来，古典传统当中对于文学修辞的要求，不是从专门领域与专家知识的角度，而是从文学所应该包含的事关人性化生存的职责和荣光角度提出的：真正有抱负的作家和文学研究者，应该时刻对此加以温习，以此对自己进行警醒，它们并非是不合时宜的迂腐陈见，而是神志清明的古人比自认为居于“洞穴”当中的局促、偏激的“现代人”，在这方面有着更为通透的理解与认知。现代主义、后现代主义文学当中呈现的，并不是人类生存真相的全部，更非永远只能如此。不应该仅仅执着于现代主义以来的文学观念，执迷于个体性的心理内容与主观化的生存体验：那些强迫性、偏执性的洞穴化的迷思，以及出自作家、诗人们的所谓“深度经验”与其中包含着的生存之“深层秘密”，放到人类生存的更宏大、更长久的视野格局当中来看，有相当的部分不过是些徒费精神的语言修辞的“专业化”杂技和专业杂耍，而从此出发的文学研究，不过是专家们一时之间的谋生工具。它们都没有理由抱怨其“边缘化”与被冷落的无足轻重。

重建文学心智及其文明本质的自然整全性，关键是重建文学修辞“在世界中存在”的、对于生活世界的生存性、肯定性、内涵性把握的基元性格局。在任何时候，文学所需要的，都不仅仅是审美性的、艺术性的体验，更不仅仅是“体验”本身，从文学接受来说是如此，从文学修辞主体维度来说尤其如此：文学需要以整全性的问题性领域和人类心智，打开其与世界沟通交流的幅度、频率，而只有当文学的智识格局和实践能力健全时，文学心智与文学修辞才是具体的和有内容、有层次的，这其中，当然包含了创作与接受两个向度。文学在此，以一种诗性的、肯定性的方式，建立人与世界之间的意义通道，以及理念（理想、理性）与现实之间的自然阶梯与差序格局，构筑生活世界与文明秩序的自然价值基础。这当然不是对于每一部具体文学作品的显在“主题”上的要求，但“……指导筹划的最高原则总是潜在地处于某种张力之中”[①]，文学修辞当中应当持存着“天花板”和“地板”之间的问题性张力：在任何优秀的文学心智、文学作品乃至文艺理论话题当中，应该内在地具有同文学的“文明”问题与“文明”边界之总体性格局连通、联动的文明意志与文明价值冲动。这也就是说，文学的文明本质，持存于文学修辞基于自然视野、自然秩序之总体性，所综罗的文明生活关系与文明价值关系的现实性当中，持存于文学修辞内涵的“天花板”与“地板”之间的文明张力关系当中：

> 有物混成，先天地生。寂兮寥兮，独立而不改，周行而不殆，可以为天下母。吾不知其名，字之曰道。强为之名曰大。大曰逝，曰远。远曰反，故道大、天大、地大、王亦大，域中有四大，而王居其一也。人法地，地法天，天法道，道法自然。
>
> 《老子·第二十五章》

“字”不是“名”，不是概念，而是“道”的修辞性与语言性“边界”。“字之曰

①［美］施特劳斯：《修辞术与城邦——亚里士多德〈修辞术〉讲疏》，伯格编订，何博超译，华东师范大学出版社2016年版，第200页。

道”，在这里仿佛能够听到“字”的实体，在太初的石头般的空寂与意义空场当中摩擦、滑动的声音；反过来，“名”带着“字”的物质化、肉身化的自然质地与重量，便不能作纯粹思辨理性的抽象盘旋。而在“道”与“大”之间，是诗性机制的原始发生处，发生作用的是诗性机理，而非概念理性：这也就是说，在“道”与“大”之间，是凭借“字”的实体和修辞性方式，沿着水平的方向将“道”的真理性内容攘夺过来的并在修辞性的劳作实践当中进行转喻性传递的过程，而非凭靠理性思维跃起于“道”的上空，对其“本质”进行外延性、形式化的（隐喻性）概念理性演绎的机制[①]。“大”“逝”“远”“反”，这是文明之诗性的浓郁绵长的内涵性展开，而非对于生存领域与生活世界之“存在”根据的本体论式概念演绎，以及形而上学的理性化建构过程。这样，将道、天、地、王四者，以自然秩序组织起来的，同样是“大”之自然差序的诗性呈现和诗性组构，由此确立了中华文明的根本性的自然律法：“人法地，地法天，天法道，道法自然。”

按照中国传统，自然之为自然，并不以划定边界、形成概念与“本质”抽象的形式，来发生作用：与西方传统相比，“道”只是“字”的实体性连接着的空无，“天下之物生于有，有生于无”（《老子·第二十五章》），“道”是有、无之间的界碑，而非概念性的形而上学范畴。因而，在对于“道”之诗性的修辞演绎当中，没有可以作为概念性的坚固、抽象的规范形式来持存与把握的“地板”和“天花板”，而是从内容与内涵性层面上，触发、提挈、牵动着的由“道”所标示出来的存在领域整体。事实上，在中国传统当中，“地板”和“天花板”从来都不是概念性的存在与本质性的抽象，也不是形式化的程式合理性与外部规范，而是最广义上的修辞性存在：按照中国传统，人类生活秩序的“地板”和“天花板”，事实上来自诗性的修辞劳作或修辞之诗性机制的设定与展开，并一起被带入修辞的内缘性的演绎当中，并使之始终内在于这种向心性、内缘性的总体性张力当中。在这其中，修辞背后的诗性的自然理性、或者说文明理性所联系与给出的，是实践性的生活世界的总体性，而非抽象的外部规范与合理性领域的形式割裂。因此，“反者，道之动”，人类生活世界是漂浮在“无”的托举当中的生存领地与诗性存在领域整体。

①张大为：《元诗学》，大众文艺出版社 2007 年版。

这样，一方面，中华文明的诗性机制，在生活世界和生存领域当中承担起更为关键的基础性职责；另一方面，文学性或者诗性背后的自然法则，或者说“自然而然”“自然之道”本身之诗性，更为融贯地渗透于生活秩序与文明体系的整体性当中。

第四节　自然—道体论修辞：从“字之曰道”“玩辞”到“道之文”

就此而言，《老子》的“字之曰道”，或许也包括《周易·系词》当中的“玩辞”观念，意味着包括中国思想与文学传统在内的中华文明之文明理性的修辞性自觉。后者作为与世界构成本体论层面上“并生”“为一”(《庄子·齐物论》)关系、作为“修辞立其诚”(《中庸》)的自然—道体论修辞方式与修辞属性，最终成就了《文心雕龙》所谓的“鼓天下之动”的“道之文”。这一文明统绪，不仅仅是思想与文学内部的事情，同时也代表了它们具有自然纵深、自然宽度的文明之立体化的自然经验、自然格局，以及此种经验格局当中彰显的圆融的自然之道。反过来恰恰因此，它们进入了文明之自然秩序、自然之道的内部与内涵性领域。《文心雕龙·原道》篇，是刘勰统合儒、道、释哲学视野，以缜密的逻辑思维综合和总结前代文学本源观念的主旨宏大的论著，也可以说是从“文”的角度，对于世界和人的生活进行的哲学思考，展现了刘勰非凡的理论雄心与通达的理论见解。纪晓岚、黄侃等人都曾明确地指出，“原道”之论绝不同于后世“文以载道”的“载道”说，刘勰所思考的是文学与人的生活世界的关系、文学的存在方式这样的根本性问题。西方传统文艺理论思维的主轴，是人与世界之间的主客体关系、“审美”关系模式，再由这种“外部”观照的主客体与“审美”关系模式，正向或者逆向推演出本体论、作家论、创作论、接受论等。中国传统当中的文学思想与思维方式，不会被那样一种外在的“思维”关系所绑架，并从一开始就展示出完全不同的认识关系与认知格局。

“字之曰道”意味着一种转喻性关系的开始，一种修辞与世界存在、自然总体性的水平性的转喻关系的开始。文学性或者诗性根本上是转喻性的，如是才能填平尼采所说的理想与现实之间的鸿沟①。如果它是隐喻性的,则只是对于理想与现实两个方面的再现、复制或者理想化,因此只是复制、再现或理想化了理想与现实之间的断裂。文学性是自然价值正确性与自然经验总体性的转喻,是"离开"中的在场,"断裂"中的联系,"差异"中的综合,因此建立在这样基础上的,是一种深沉的肯定性情态,融贯的总体性视野,整全的自然性格局。这就是文学性或者诗性。《原道》篇开篇第一句话"与天地并生者何哉？"②就让人想到《庄子·齐物论》当中的"天地与我并生,而万物与我为一",这种设问方式,或许就已揭示出刘勰、其实也是中国传统文学观念的核心,首先在于"文"与自然之境是"并生"关系,并在这种"并生"关系当中,构成世界的总体性之"一"。这种"并生""为一"的关系极为重要,这表明自然并非经由人的理性赋予形式,并成为实体性的客观性,才能进入人的生活秩序与人性化的存在领域,或者说,自然并非从客体性方向,变成人性和人类主体性的认识对象,以及对象化的生活实践的客观性场域。这样,人性与自然之间,始终是连携、映带、联动的关系,而非简单的对象化的主客体关系。同时,这也表明时间与空间并非先验的感性形式,对于时间、空间的自然形式与自然经验质料的逆向、反向追溯与把握,始终的可能的、存在的,从而时空不会简单地成为过去的、空洞的形式,而始终作为"并生""为一"的、在"旁边"的现在的经验"质料"而存在和在场。于是,这里存在着的,就是自然与人性、形式与质料、主体与客体之间,不断展开的"侧身"性、"转身"性的转换与"转喻"性的连接与融通。③

在这种情况下,具体来讲,"文,错画也,象交文"(《说文解字》),意味着"文"或文学就在于人性化生活、"人文"世界与自然之间错综编织、参互映照,并在这

①这种鸿沟,体现为尼采所说的诗与谎言之间的对立关系:"诗的境界并非像诗人头脑中想象出的空中楼阁那样存在于世界之外,恰好相反,它想要成为真理的不加掩饰的表现……这一真正的自然真理同自命唯一现实的文化谎言的对立,酷似于物的永恒核心、自在之物同全部现象界之间的对立。"见尼采《悲剧的诞生》,周国平译,生活·读书·新知三联书店 1986 年版,第 30 页。

②见《文心雕龙·原道》篇,本节当中下引《文心雕龙》只注篇名,除注明外均出自此篇。

③就此而言,转喻或许可以分为两种:一种类似中国传统当中比兴的"兴",是一种积极性的转喻,它让理性主体性"侧身而立",让自然秩序透现、映射进来;而消极性的转喻,则成为人性化的机巧与玩世不恭的工具,成为尼采所说的说谎的工具。参见本书第七章。

种参合性与综合性当中，仍然保持着内在的自然性的差序与差异。因此，这个“一”，不是观念、思维和概念层次上的“本源”或“本体”，而是包括文学与人的生活在内的、作为“道体”的总体统一性，由此展开一种与西方传统迥然不同的“内部整合”的文学本源观念和存在论图谱：这种整合的“道体”与世界总体性本身，就是文学的“本源”或者“本体”，而不是将被思维割裂、捆绑的文学经验乃至思想、理念本身，当成“本源”和“本体”。道家的自然视野和自然标准，或许也因此成为刘勰开发与重构文学之“文明”价值基础与“文明”价值格局的取法之所。然而，客观的天地物理世界符合“自然”容易，刘勰的难题却在于，如何将人的因素和纯粹是人为性的文学，纳入自然之道的范畴，同时将“道”的丰富内容和高妙境界纳入人的生活、“人文”和文学内部，打开文学修辞之文明性的自然秩序与自然价值的纵深格局。

为此，刘勰首先对于天、地、人“三才”这种纯粹外在观照的“客观”模式进行了重新组织，转换为“道”“器（物）”“人”这种已经具有“人的维度”的观念系统，并以此作为文艺理论问题探讨的基本范畴：在“道体”的统一性层面上，包括的不仅仅是客观性的、超越于人的经验之外的“自然（道）”，也包括“器（物）”和“人”。反过来说，也只有这种扩展、整合的视界，才是整全的“自然”，出自这样的“自然”视野，才是圆融的“自然之道”。人的生活，因此与自然是一种内在的相互依寓、共生、参证的关系。在此前提下，“文”的存在和文学总的原则，是出自“自然”：“道之文”“器（物）之文”“人（言）之文”，都是“夫岂外饰，盖自然耳”。这从根本上奠定了“文”作为“道体”本身的自然呈现而非外在的装饰、同样也并非“道”的承载容器的基本属性。“文”因此并非观念载体（“言志”），也不仅仅是孤独个体的单纯抒情（“缘情”），而是“自然之道”从三个层面上的“自然而然”的呈现，并以此合同、共契于“道体”的总体性：

第一层次，从“道之文”的层面上，“三才”之一的人，“为五行之秀，实天地之心”。因此，在这个层面上，有人则有“文”：“道之文”是自然之道作为天地日月、山川地理之“文”的现象性存在，通过人的活动和人的心灵而得到辉映、写照。同时，在这样的关系当中，自然也被人的存在、人的生活所不断地激活和延展，因而是自然与人的生存领域统合的生动整体。这样，“文”就不是“本体”或者“本源”的现象化反映、再现，也不是“主体”面前的审美“客体”：“惟人参之”，“三”故能“参”，“参”即是“三”，“万物并育而不相害”(《中庸》)，自然、文、人构成相互澄明的共在、“并生”关系，而非相互遮蔽的“主”“客”附丽和从属关系。由此，展开一个阔大而又自然的人文世界、一个“文”的存在和生成空间——尽管此种意义上的“道之文”，总体上还是一种并非由人自觉地提挈和掌握的客观化存在。

第二层次，上述“道之文”的层次包括、但又可以加以区分的一个“器之文”的层次是，人同时又是“器”和“物”层面上的存在。与一般器物的不同之处在于，人是“有心之器”，“心生而言立，言立而文明”，于是相应地，“器之文”由此诞生。这同样是出自“自然之道”的一个层次：“道之文”“天地之心”是自上而下讲，“器之文”“有心之器”是自下而上讲。“心”的比喻，在此间得以延续和传递：从这个层面讲，作为“有心之器”的人的生命结构与存在方式，叠加在人作为所谓“天地之心”的存在格局之上，使得世界整体上也被器物化了。“器物化”并非是贬义，它将道体之为道体的存在充实和具体化了，而不是仅仅使其停留于一种空洞的和观念性的存在之上，同时，也将“文”的存在本身落实于“器”的层面。当然，相对于器物世界，“天地之心”在此彻底变成一种比喻性的说法。

第三层次，使得这个比喻不再是比喻的，是人作为“道心”的存在，或者说“道心”通过人，在人身上的呈现、显现。“道心惟微，神理设教”，所谓“道心”，不是简单地回归自然性，而是在自然的“内部”，凭借自然的同时，对于自然法则的总结、提升、掌握和践行。“天地之心”笼而统之，人作为“道心”的存在，使得作为“天地之心”的人，与作为“有心之器”的人二者得以统一：作为“天地之心”的人循道而行，则作为“有心之器”的人，其行必然中规中矩，其心必然澄澈、灵明，此“行”与此“心”既已统一，则“道心”是如“天地之心”比喻性地指代人本身，还是经由人自身的“器之心”觉悟、体现出来“神理”与自然法则，这两者之间的区别不再重要，因此最终使“天地之心”和人自身的“器心”叠合在一起。“道心”以一“心”合三“心”，三“心”合一，又是“道心”在更高层次上的展现。而“人之文”乃至人的生活世界本身，由此都成为自然与人叠加、互动的结果。

但这三层的自然性，即便交融、统一，也是如同契合、交叠的花瓣，或像折扇或抽屉式的层层递现，而非熬成一锅粥式的混沌性。通过人的存在的三层“自然”性的层层展现,“三心”合一,“道心”呈现,而这最终导致的是“三文”合一:“道文”“器(物)文”“人(言)文”三者的文明性统一。这使作为“道体”的自然视野得以圆融、统合:这时候,不仅仅“天文斯观”,文学的“内容”是“自然”之道的反映,而且这种“三心”统一、“三文”交叠,才是更为根本和宽广的“自然”领域,是升华、融汇为“道体”的自然,是“自然之道”的真正层次化、立体化的展现。文学由此无往不“自然”,无处不合道:在这样的“自然”视野之下,不仅“缘情”是自然,“言志”同样是自然(《明诗》),天籁之声是自然,讲求声律同样也是自然(《声律》),修饰允当即是自然,刻意雕琢、词不达意才是不自然(《丽辞》),遵循文学自身的规律来认识和理解文学即是自然,胶柱鼓瑟才非自然(《夸饰》)……此时,自然作为自然舒展而充实地全面绽放开来,万物有灵,诗意盎然,是真正诗性的存在场景和文学景观。于是,“文”在这里不仅仅是作为载体,反映自然之道的“内容”,而且其存在本身,就将人的生活和天地自然之道弥纶、整合为一体,使人的生活世界与自然之道谐和、共振、合拍:“鼓天下之动者存乎辞。辞之所以能鼓天下之动者,乃道之文也。”通常意义上的文辞之文、“人之文”,在其作为“道体”的意义上,与日月山川意义上的“道之文”取得了同等的崇高地位和同样的“自然”属性。“文德论”被认为是刘勰的一个理论贡献,因为刘勰之前的文德论大体指的是人之“德”,自刘勰开始,文德才被指称文本身的“德”。但刘勰的文德论,文之所“得”(德),在于“文”分有了“道”之一体,合同、协同于“道体”,其理论前提在于道之“文”亦是道之“体”本身。因此,刘勰的“文德论”,远非后世“文以载道”意义上的道德说教。在这里成立的,其实就是文学与文学修辞的文明诗学格局。

这种统一的“自然—道体论”的修辞视野或者文明诗学视野,拒绝了对于文学以及它与人的生活世界之间关系的任何简单理解和狭隘认知,是一个具有宽博的解释空间的文学本源观念和强大的思维综合能力的文艺理论架构,它可以整体刷新由西方近代的“审美”观念所主导的我们惯常的文学观念,它使文学的存在即体即用、道器不二,可以囊括和解决文学的存在论、本体论等方面的一系列理论难题:因为文学本身总体上就是作为“道体”的组成部分,这样,“道沿圣以垂文,圣因文而明道”就不仅仅是从思想和义理的层次上凭借和依赖于“文”,

同时也必须从生命价值和文明生活方式的整体上因文而明道;它不仅仅是思想观念上的提高或者改进,而且也是对于宇宙和人类生活的秩序、法则的全副生命投入和融通,以及全身心的体悟和践履。所谓为文"征圣""宗经",为的就是达到这种"文"与"道体"之间的全方位的契合和协调:"鉴周日月,妙极机神,文成规矩,思合符契。""繁略殊型,隐显异术,抑扬随时,变通会适。"(《征圣》)真正的"道之文",需要从深心处体悟这样的要求,也必须能够做到这一切。佛家讲"即心是佛""一念三千",不管刘勰在此是否受到佛学思想观念的影响,刘勰《文心雕龙》以人和"人文"来统合天、地与客观自然意义上的"道文""器文",又用既有分疏、又能统一的"三心""道心"涵括道、文、人,最终又合同于"道"的"如如"之"体",这也许并不是人们随时能够通过理性认知和经验观察发现的客观知识与存在真相,但却是通过文学修辞理性与诗性的境界,透现与表征出来的宇宙实境与世界真理。

"原道"之辞,过去有观点可能认为它只是出于某种立论的必要程序,或者认为它大而无当、敷衍拼凑,甚至自相矛盾,这样的一些看法是不符合事实的。《原道》是刘勰确定文学在自然和人的生活世界当中的位置与存在方式的理论纲领,它不仅仅是《文心雕龙》自身的理论基础,而且也展开了一个渊源于中国文明深层机理的文学观念模式和文学实践图谱,正是在它的基础上,才有《文心雕龙》这样空前绝后的巨著的诞生。但另一方面,也正因此,《文心雕龙》对于理论思维本身的限度有着清醒认识,全书正文四十九篇,符合"大衍之数",刘勰认为其作用仅在于"位理定名":这不仅因为"言不尽意,圣人所难;识在瓶管,何能矩矱"(《序志》),不能用思维和理念绑架现实,同时也必须将文艺理论思维当作认识的工具和中介(如同占筮所用的四十九根蓍草),"逐物实难,凭性良易。傲岸泉石,咀嚼文义"(《序志》),使其从"内部"隐伏、统合于自然"道体论"的总体性视域。这种对于理论思维始终保持的谦抑的自省意识,同样是"自然—道体论"的题中应有之义,是文明理性之地位与功能的恰当体现。

总之,在这样的"道之文"的视界当中,恢宏无碍的修辞心智与文学心智,由此得见生活世界的自然根基的整全性,识得无言的天地大美("天地有大美而不言"),得见"天地之心"——这些概念在审美主义的"现代"文艺理论当中,自然都已变得面目全非：

> 孔子曰：诗者，天地之心、君德之祖、百福之宗、万物之户也……集微揆著，上通元皇，下序四始，罗列五际。
>
> 《诗纬·诗含神雾》

在中国传统经典当中，这样的一类说法实在太多，古代圣贤不厌其烦地反复叮咛，似乎正因此反而成了人们从来不去认真对待的理由[①]。在文学修辞当中，人们得以一窥"天地之心"，这不是对于天地自然的文学性的拟人化，而是在文学的问题性边界与文明本质当中，得以展示出来的自然秩序、自然之道：

1.文学的问题方式和问题领域，正是"天花板"和"地板"之间的"生活时空"与文明生活世界，并以此来对于"天花板"与"地板"的自然标准、自然秩序进行内涵化的诠释。"故诗者，持也"（同上），在文学修辞当中所持存的，不是"天花板"和"地板"的理念和概念，但也不只是这二者之间的无聊日常生活的琐碎情节，更不是没有任何的"天花板"和"地板"存在的纯粹的修辞游戏，而是以内在于这两者之间的方式，以内在于文明秩序与生活世界的内涵性领地的方式，澄明和敞开的"天地之心"。

2.文学修辞由此不是超越于文明格局与生活世界之外，以超越性的理念和神性的价值标准，来对之进行外延性、形式化的评判和阐释，而是在同"天花板"和"地板"的摩擦与摩荡当中，沟通人性化生存背后的自然根基，给出生活方式与文明实践的自然法则，展示文明价值范型。它是作为修辞共同体的人类文明生活秩序建构、生活实践的智慧与灵感来源：只有在诗性当中，才能有一个融贯的自然的整全视野，在文学当中持存着的，就是人类文明生活的实践图谱与实

①王元化先生在《刘勰的文学起源论与文学创作论》一文当中，就将同样大讲"文实天地之心"的《文心雕龙·原道》篇，当作是"拼凑"之作："《原道》篇的理论骨干是以《系辞》为主，并杂取《文言》《说卦》《彖辞》《象辞》以及《大戴礼记》等一些片段拼凑而成……《文心雕龙》一书的体例同样露出了这种拼凑的明显痕迹"，见王元化《文心雕龙讲疏》，上海古籍出版社 1992 年版，第 53 页。

践智慧之诗性的自然格局,或者此种自然格局之诗性。

3.在此,文学性(诗性)具有一种几乎不可定义的总体性:它同时是起点、过程、境界、目标,它是按照自然本身方式来理解、接近、抵达和持存的自然,它是自然的“自然”,因此,它就是“道”①。按照中国文明传统的理解,“诗”与“道”通,这里的“诗”不是具体的文体意义上的诗歌与文学修辞的定义,但它在西方的现代性传统之外,在“美学”与学科化的“文艺理论”范型之外,确立为中国人理解和考量文体意义上的诗歌与文学的认知框架、价值图式与实践时空,延展为中国人的文学的“文明”问题格局与“文明”边界构成方式。

这样,文学性或者说诗性对于世界的内涵性诠释的结果,根本上是对于自然性在更高层次上的重建,是自然的“自然”,是自然之道的“自然”,是道法自然的“自然”。反过来说,文学性或者诗性建构出来的是世界意义本身,而非审美意义,并正是在这个意义上成为“经天纬地”之文与“经国之大业”。现代美学与审美文学在对于世界进行阿喀琉斯盾牌式的对象化、实体化描摹与观照的同时,也自己把自己绕进了审美“主客体对子”的循环论证的漩涡当中,自己把自己关进了所谓“审美”的监牢当中:“知性”“判断力”“理性”的铁条,封闭了监牢的窗口,于是审美主体把自己盯着窗外发呆的幻觉,即作为心智能力的和谐的审美愉悦本身(康德),当成了美感,而忘记了窗户和铁条之外,还有一个完整的《荷马史诗》的恢宏世界。当然,不只是康德,即便是柏拉图和亚里士多德,包括施特劳斯对于西方古典政治哲学的阐释本身,也不可能达到中国传统当中自然之道以及诗性与文学修辞在这其中的作用机理的自然通彻性与圆融度。这或许就是文明本身的限度,或文明机理对于真正的文学性或诗性的限制。

因此,这里涉及的不是关于文学与诗性构成的两种理论观点的区分;人们在这里遭遇的,是西方文明自身的边界、限度,以及中西两种文明特质的差异性。从此种关系着眼,结合文体意义上的诗歌与文学的情形,将“诗性”称之为中国文明传统本身的某种标志性特征,也仍然是恰当的:(1)这种诗性,是中华文明传统本身总体上的某种突出的机理特性;(2) 然而具体到文体意义上的文学

①张大为:《东方传统:文化思维与文明政治》,上海三联书店2015年版,第101页。

的诗性来说，则它不仅是中国的文学与诗性的机理，也同样是西方文学的诗性机理之所在；(3)只不过，对于中国传统而言，它具有更为深刻和深广的“文明”渊源，并弥散为中华文明整体性的特定机制与属性。对于今天的文学实践来说，这不是说要全面恢复古典时代文学在社会生活当中的文明地位，以及文学的文明形态和文明本质，但如果今天的文学修辞与文学实践彻底成为康德式的“美学”观念的俘虏，没有了文明生活世界与艺术时空内部的自然差序格局与自然价值阶梯，完全取消了心灵在其艺术性心智与文明经验的自然整全性诉求之间的张力关系，那种直观性审美表象，以及那点废墟化的心理体验与消极性心灵能量，并配不上文学这种艺术形式自古以来的高贵的荣光。

第六章　“具体的具体性”：自然—道体论修辞的展开

文学修辞的最高境界，打一个比方，就好像《周易参同契》当中证得金丹大道的“情合乾坤”（《周易参同契·性命归元章》）的“大罗金仙”：它代表了作为最高的自然之道与自然法则的观念性、真理性、价值性存在，同时又是与凡人同型同构的具体、完整的通体光明的肉身与身体性。就此而言，对于观念、真理与精神价值层面来说，文学修辞代表的就是一种“自然的自然性”意义上的“具体的具体性”，而文学修辞之具体性或者说“具体的具体性”，从真理性意义与精神价值层面上是“向上”的攀升，而非“向下”的堕落。对于沉浸在各种根本上源于西方“现代性”神话与意识形态封闭性当中的文学修辞来说，这当然是无法梦见的境界，更无从脱胎换骨。因此，就中国当代文学修辞而言，即便是那些天天鼓吹语言本体论、身体写作的文学实践，其实也经常是停留在各种“现代”神话之断崖式的抽象性当中，并且会把这里探讨的问题性，当成是“主题思想”层面上的问题与“思想性”要求。这种抽象性与发源于西方“现代性”传统的文化机制与文明价值格局有关，现代主义、后现代主义诗学观念将它们推向某种极致。本章这里要做的，就是反思这种诗性修辞实践的抽象性观念格局的来源与形成过程，以及探讨不是“抽象的具体性”与“具体的抽象性”，而是一种可以称之为“具体的具体性”的诗性修辞实践的展开机制。与此相应，这里将诗性本身的“本体”

性、“实体”性存在，定位于诗性修辞实践层面，因为诗性修辞实践是一个将人、世界及语言连接在一起的联动界面，它由此沟通内部与外部、时间与空间而同生活世界交织在一起；它诉诸人性和灵魂的整体性，内在地贯穿着理性与情感、思想与艺术，因此它实际上也贯通诗人与哲人的智慧、古典与现代的传统分野。这样或许可以避免将任何一种孤立因素，视为诗性“本体”“本质”“本身”所在的“现代”的、极端的观点 。

第一节 文学现代性修辞的“抽象性之墙”

在现代社会或现代人的认知与观念当中，人们将诗歌与哲学、诗人与哲人看成是两种截然不同、甚至完全相反的文化类型与心智类型。但在西方的古典传统当中，诗人和哲人倒是很接近的，他们的共同特征是富有智慧，而智慧则是来自于“具体”的思考：“所谓哲学家，一个简单的定义就是，他可以具体地思考，无须借助抽象的规定。”①古代哲人关心的问题或者说其智慧都很具体，他们哲学思考最核心的问题是“人应该如何生活”的问题；而真正的诗人对此不会有异议。苏格拉底式的智慧，就是从来不用抽象的概念与理念来说服别人，而是用“辩证法”的“具体”的思想与修辞过程，来引导对话者通过自己“具体”的思考得到正确的结论。就文学与诗学问题而言，在西方古典传统当中，最有深广度与影响力的诗学理论恰恰首先是由哲人（比如柏拉图与亚里士多德）提出的，这不是因为他们擅长理论思考，而是因为他们擅长“具体”的理论思考（真正的诗人也作“具体”的思考，但却不一定能“具体”到诗学理论领域当中来）：

> 每个人都能从摹仿的成果当中得到快感……人们乐于观看艺术形象，因为通过对作品的观察，它们可以学到东西，并可就每个具体形象进行推论……倘若观赏者从未见过作品的原型，他就不会从作为摹仿品的形象中

①［美］布鲁姆：《文本的研习》，见布鲁姆《巨人与侏儒（1960–1990）》，张辉等译，华夏出版社 2011 年版，第 327 页。

获取快感——在此种情况下，能够引发快感的便是作品的技术处理、色彩或诸如此类的原因。①

"现代人"不以为然的亚里士多德的"摹仿说"视野，首先是一种贯通哲学与城邦（这个关系引发著名的"诗与哲学之争"的问题性）、认知与实践，同时贯通文学艺术的起源、创作、接受诸多环节的文明人类学与文明诗学之内涵性的整全视野，仅这一点，其实就为康德以来绝大多数的美学与诗学理论所不具备。缺少这种整全性，不仅仅是现代理论缺乏真正的彻底性与"完成"性的体现，而且也决定了这样的理论必然是由拼凑各种互不相干的"理论资源"而来：因为真理是一个"具体"的思维的整全与整体性，这些"理论资源"如果是真理，必然是一个真理思维的"具体的整体"；而要像拼七巧板一样，拼合这些互不相干、相互抵牾的"理论资源"，必然需要肢解其具体的整体性，使其变成某种"深刻"的片面性与"真理"的抽象性。

这里并不是要奉亚里士多德的诗学观念为尊，而是由此来考察古典传统的诗学问题格局构成。像康德这样的"现代人"认为，即使是在诗艺与艺术的理解上，他自己也比柏拉图与亚里士多德更聪明。古人浑朴的、具体的大智慧，其实完全是被"现代性"的视野、被康德式的"美学"和审美诗学视野扭曲和误读了，这种误读的结果就是智术化与工具化：以智术与工具化的思维思考诗学问题，将诗性修辞实践问题作智术化与工具化的思维与认知。按照康德式的"美学"观点与现代义主义、后现代主义的诗学观点，可能觉得亚里士多德的"摹仿说"才是智术化与工具论的诗学观念，但所谓智术化与工具化，不是不能使用智术和工具，而恰恰是源于抽象地理解"智术"和"工具"，这时，这种抽象思维与抽象观念本身，就形成一道阻挡自己思想与实践的具体性的墙：失去参照与联系"原型"、"就每个具体的形象进行推论"的世界理解与修辞实践的具体性，因而将这种"智术"与"工具"本身当成一切，陷入其作为抽象观念的封闭性当中。而文学的诗性修辞被工具化、智术化，意味着人与世界的全方位关联的割裂，意味着修

①［古希腊］亚里士多德：《诗学》，陈中梅译注，商务印书馆 1996 年版，第 47 页。

辞实践从生活世界的有机性当中退出,意味着对于世界的一种放弃:按照亚里士多德,抽象性不能算作诗艺与艺术,无论它是抽象的思想还是抽象的感性(“格律”)[1],也无论它是“抽象的具体性”还是“具体的抽象性”,“具体”的“思想”、“具体”的认知内容与认知快感,乃是诗艺与艺术构成的本体性内容和基本动力机制;而按照“美学”与审美诗学理论,主体的认知机能与实践意志在“审美”的玻璃罩当中失效与被悬置,主体只能以审美性的主客体关系模式,来与世界建立某种联系,占有某种世界经验,于是就此放弃了整全性的世界视野,与对于世界经验的全方位的内在性、内涵性、内缘性的占有与诠释关系。

这就带来一系列认知上的倒错与混乱。好像有一种说法认为,世界的本质在于它的表面,其言下之意就是那种自发的日常意识、日常思维就足以理解这个世界,而此种日常思维与日常生活化的“具体”认知方式,则是文学的专长;相反,那些“抽象”的哲学思考则不足以接近与理解世界存在于表面与细节当中的“具体”性、“真理”性,那些“抽象”的诗学理论也不足以理解如此“具体”的文学。然而,这背后其实已经是“现代性”视野当中的表象崇拜的感性/审美(aesthetic)神话。在这个问题上,黑格尔虽然是个现代人,但在强调辩证法作为“具体”思维的意义上,他继承了真正的哲人的智慧、哲学的智慧。黑格尔在一篇《谁抽象地思维?》的妙趣横生的随笔当中指出,抽象思维恰恰更多地发生在人们的日常生活、日常意识当中:

> 在凶手身上,除了他是凶手这个抽象概念之外,再也看不到任何别的东西,并且拿这个简单的品质抹杀了他身上所有其他的人的本质……这就叫作抽象思维……(一个卖臭鸡蛋的、骂街的老太婆——引者)她这就是在抽象思维,仅仅因为女顾客说了一句她的蛋是臭的,得罪了她,于是她就把女顾客全身上下编派了一番——从围脖儿、帽子到衬衫等等,从头到脚,还有爸爸和所有其他亲属,一切都沾上了那些臭鸡蛋的气味……常人又要搞抽象思维了,他对仆人摆架子,把他只当作仆人看待;他牢牢记住这个唯一

①[古希腊]亚里士多德:《诗学》,陈中梅译注,商务印书馆1996年版,第28页。

的名称。

所以，事实上“恰恰世俗的日常的意识才可能是抽象的，也就是片面的，而且大多数实例正是如此”①。因此，真正的哲人实际上从来不作抽象的思维，作抽象思维的通常是人们日常生活当中的日常意识与“感性”，是那个卖臭鸡蛋的老太婆，是心灵鸡汤，是脑筋急转弯。不管是哲学还是文学，如果将自身的思维水准定位于日常意识与“日常生活”之上，那它便只能被囚禁在这种观念性的、概念性的意识形态封闭性当中；反过来说，一种有效的意识形态运作，必然需要征用和调遣这种抽象的一体性与闭合性的整体化能力——无论它是以“日常生活”还是什么样的“感性”样态与命名出现。

这似乎与“现代人”的观念天差地别，但这恰恰说明“现代人”不理解什么是真正的哲学，反过来因此也未必理解什么是真正的文学：现代性文学观念将哲学理解成抽象的思辨体系，那它自己就是具体的吗？或是说对照着它所理解的“抽象”的哲学思维，它自己的“感性 / 审美”与日常意识化的思维就是具体的吗？②当然，需要说明的是，诗学与文明观念层面的问题，与文学写作实践层面的问题并不完全对应，具体的艺术实践和艺术成就还需要具体分析，不能一概而论。就观念层面而言，“现代人”从他所认为的具体性与抽象性、情感与理性、实践与理论关系来认识文学与哲学，或许恰恰包含了对于双方的误读：现代文学观念将哲学理解为抽象的概念体系，这不仅并不比一般人的日常意识、流俗意识更高明和富有智慧，而且，当将这一点用于其对于自身的文化本质、文化身份的理解、设计与辩护时，其中就包含了对于现代文学观念自身某种根本性的文化与文明本质残缺的掩饰与辩白。因此，“现代人”的诗学见解，与其说是将哲学理解为抽象的，不如说是在抽象地理解“哲学”，正如其抽象地理解眼前的世界

①[苏联]古留加：《黑格尔传》，刘半九、伯幼等译，商务印书馆 1978 年版，第 64-66 页。

②本章这里的“现代人”“现代美学”的“现代”概念，与西方的“现代性”传统的“现代”同义。在这种“现代”意义的前提下，特别着重现代主义和后现代主义文学，因为诗学观念与文明价值观念方面的极端性主张，在现代主义与后现代主义文学中体现得尤其突出；与此对应，所谓“美学”与“审美诗学”也不是至康德而止，现代主义与后现代主义的诗学观念，同样内在于美学与审美诗学的问题格局当中。

一样——这是它常常会犯的错误；或者不如说，它时常并没有能力对于包括哲学与文学本身在内的世界，进行“具体”的理解，从而它对于现代文学修辞的“具体”理解其实同样是抽象的，或恰恰因此而是抽象的。

于是，种种关于“现代性”的神话、关于“现代性”文学与修辞的神话，支持着一些看似相反的表象，支持着现代性的文学观念的自负。尼采说，“现代抒情诗好像是无头神像”[①]。“无头神像”或许代表的就是一堆冥顽不灵的诗性质料和素材，“他们的思考未曾深入深渊：所以他们的感情也不能深入根底。一点性欲快感和百无聊赖：这便是他们最佳的思索”[②]。尼采的话表面上看似武断，但从根本上讲实际不武断。神像的“头颅”的缺失，不仅代表现代诗歌与文学缺乏一种精神的高度，同时也代表一种精神上的、文化及文明价值上的可辨识性与具体性的缺失，因此它让人迷失。现代主义、后现代主义的文学与诗歌，则不仅缺乏“头颅”，而且连躯干也打碎了，并且不断地“碎片化”下去，或者说，试图以这种不断“碎片化”的姿态，来构筑自身对于世界的理解格局与文化身份。但这并没有使它在智慧高度上超过之前的诗人、超过古代诗人：打碎一个世界并不比塑造完成一个世界的智慧更高，虽然这个过程或许令人“触目惊心”。在今天，我们完全没有必要再用仰视的姿态来看待现代主义、后现代主义的那点艺术技艺，而应该用平视的眼光，来看待它们背后的文化本质与文明价值格局的残缺。

“抽象性之墙”当然是一个含混的提法，但之所以使用这个说法，也是因为所谓“抽象性”事实上包含多种情形，需要具体分析，不能一概而论；同样也不能制定一种量化的标准来加以衡量、鉴别。然而，无论是哪种情况，即使只凭知其然不知其所以然的直觉也可以感知到，文学走向抽象性其实与真正的诗性智慧无关，也与真正的哲学思维、哲学认知无关，而是与文学和作家的“具体”的思维和“具体”的修辞实践的终止有关。在文学艺术的接受体验当中，当人们感到修辞实践停止下来的时刻，事实上这里有两种可能：一种就是一个完整的艺术性时空在修辞秩序内部被聚合与组织完成，艺术性由此走向完成。后者的这个艺

①[德]尼采：《悲剧的诞生》，周国平译，生活·读书·新知三联书店1986年版，第59页。

②[德]尼采：《扎拉图斯特拉如是说》，黄明嘉、娄林译，华东师范大学出版社2009年版，第223页。

术性的时空与我们生活世界的时空以一种新的关系叠加、并置，它让我们感受到二者之间的某种差异与错综格局，但或许正因此，在更加渊深的层次上，感受到一种基元性的、肯定性价值情态，感受到二者之间的肯定性同构。我们的生活世界，我们对于生活所持的态度，或许将由此发生某种改变。再有一种情况就是，文学走向了抽象性，被某种“抽象性之墙”阻挡而停止下来——这是劣诗与未完成的文学写作与文学修辞当中的情形。这时候，修辞即使表面上仍在进行，但实际上已经是在延展其抽象性，是在“抽象性之墙”上平面化地蔓延和攀缘：当诗性修辞实践脱离包括对于其自身的“理解”的具体性与“实践”的目的性，就成了某种按照惯性、程式、“理性”技艺，机械地、平面地展开与蔓延的东西，这实际上就是“抽象性之墙”作平面化的延展。于是在这其中，修辞就在不一定自觉的情形下被智术化、工具化了。

这其中发生的事实是，这个“表面”化、“平面”化的美的外壳，这些“作品的技术处理、色彩或诸如此类的原因”，通过让人认为它具有一种专属“审美”的属性、“审美本质”，变成阻止人们前行和实践行动的抽象性之墙。一个简单的事实是，艺术作品并非处置只有“审美”属性的生活内容，艺术创造并非出于只有“审美”机能的主体心智——现代主义对于这道“审美”的窄门似乎有所感悟：“野蛮人是全能的，而文明人则被局限在专门化的无限小的范围内。为不再因舍弃和衰落而感到痛苦，文明人杜撰了有关进步的哲学……”[①]然而很不幸是，现代主义不仅自己也置身于这个“专门化的无限小的范围内”的神话当中，而且还在一种更加彻底的洞穴化的文明格局与文明视野当中打造了新一轮的“美的神话”：“诗的本质不过是，也仅仅是人类对一种最高的美的向往……这种热情是完全独立于激情的，是一种心灵的迷醉，也是完全独立于真实的，是理性的材料。因为激情是一种自然之物……”波德莱尔或者他所评论的爱伦·坡是既不“真实”与全无自然“激情”地生活在这个世界上吗？或者说，波德莱尔或者爱伦·坡的诗歌之所以卓越，是因为它们既不“真实”，又毫无“激情”吗？是因为它们与对于世

①［法］波德莱尔：《再论埃德加·爱伦·坡》，见《波德莱尔美学论文选》，郭宏安译，人民文学出版社 1987 年版，第 197 页。

界的自然整体性及自然的整全性理解毫无关系吗?在现代主义的文明价值格局当中,连康德化的文明格局与心智格局的“自然”视野也被摒弃了,那么,那与自然的“真实”也与“激情”隔绝的这种“最高的美”与“心灵的迷醉”,究竟是什么呢?它是一个柏拉图似乎讲过的神话的倒影化版本与反向镜像:因而它只是在一个不断向着地底延伸的、比之康德化的“文明”洞穴更加狭隘的“洞穴”的绝望的幽暗当中,显得格外具有“辉光”而已,用波德莱尔自己的话来说叫“坟墓后面的辉光”①。它所具有的,其实只是表述现代主义自身文明价值困境的寓言故事与商品广告般的抽象性。如果我们简单地、抽象地理解它,就进入了现代主义的神话与意识形态的抽象性当中,或者进入它自己挖掘、自身沦陷的不断向下的文明洞穴当中。如我们所见,到了所谓后现代、后工业时代,在一个所谓“日常生活审美化”的世界里,在一个“原型”被彻底遮蔽,乃至没有“原型”的仿像与仿真世界当中,“美的神话”成为廉价的工业化产品与日常消费品,人们当作神话崇拜的美的表象、美的“表面”,使达到极致的表象崇拜包围、闭合了我们生活世界与日常经验,使后者成为一个密闭的空间——在其中只有“末人”式的蹦蹦跳跳,思想成为多余,痛苦成为奢侈……这不仅仅是世界认知与真理的无力,而且也是一种文明价值全方位的虚无、失重状态,文学与艺术标准的失范与崩溃,只是一个局部的、顺带的结果。

综上所述,总而言之,就今天文学修辞来说,可做的事情首先,或尤其在于理解这个世界,而且是具体地、智慧地思维与理解这个世界,这一点对于文学与哲学来说并无二致。但如果要理解这个号称“平浅化”的世界的“表面”与“平面”,就不能仅仅停留在“表面”“平面”之上——此种理解视阈既不能可与“自然”无关,也不可能与“真实”及“激情”无关。这就需要超出现代主义诗学观念构造的神话性或意识形态性的抽象封闭性,超出其观念的内部循环的抽象同一性。当然,正如前面提到的,现代主义诗学、包括接受其影响而展开的中国当代文学写作,其观念与实践并不一致,或者说,比之之前的诗学观念,它尤其具有

①[法]波德莱尔:《再论埃德加·爱伦·坡》,见《波德莱尔美学论文选》,郭宏安译,人民文学出版社1987年版,第206页。

理论与实践上的错位与不一致性质。而现代主义诗学观念对于中国当下文学写作领域的影响，怎么估量都不为过，但这恰恰说明，当代中国文学修辞实践尤其必须超越现代主义的神话，超越现代主义诗学观念比之以往更甚的抽象化与闭塞性的文明价值认知格局，重新理解世界，重新理解文学。反过来说，如果理解不了这个世界，实际上也不可能真正理解文学（以及哲学）“本身”，或者说如此强作解人的理解，其实也不值得信任。

第二节 文学修辞实践："具体的具体性"的展开机制与构成方式

包括文学的诗性修辞实践在内，人类生活在一个可以视为“修辞共同体”的文明价值体系与世界意义、符号体系当中。从文学所使用的材料、手段，文学所要企及的目标以及它与世界的关系来看，很难对于文学“本身”进行某种实体化的、理论静观式的把握。于是，亚里士多德就将诗术与修辞术归入“制作”类知识。但这样的“制作”知识，与现代视野当中的纯技术性、工匠性的手艺不同（下文会讲到现代主义作家、诗人对这种文学“制作”技艺的“现代”的、抽象化的曲解）：“实践的知识和制作的知识都具有政治性质，或者说都与城邦生活的德性相关，静观的知识则可以与城邦生活不相干。”[①]一旦脱离“制作”实践的具体化的条件、环境、目的等方面的规定性与参证系统，无论文学“本身”还是它所处置“城邦”（生活世界）的经验，都容易被“观念”的单面性占领，被“理论”的透视性视野减缩与物化为外在的“客体”性与“实体”性，总而言之，都容易被种种抽象性撕裂与肢解成畸零性、截面性、断片性的单薄存在。因此，一种真正对于诗性修辞与文学的尊重与全面认知是，打破“审美”的窄门造成的视野蔽障与“理论”性的抽象化，把它看成一种人性化、文明化生存的总体性、全幅性的实践努力的结果，把时空性、特别是时间性的实践因素作为一种积极内容整合进文学理解与解释框架当中：修辞之旅乃是一条实践的征途，修辞乃是一个实践的时

①刘小枫：《古典的政治学与性情学》，见刘小枫《古典学与古今之争》，华夏出版社 2016 年版，第 34 页。

空、一个实践的涡旋,它不断将人类的知、情、意能力全方位地投入其中,“经纬区宇,弥纶彝宪”“雕琢性情,组织辞令”(《文心雕龙·原道》),不断地将生活世界乃至作家对于后者的知解方式错综编织、席卷进来,直到某一时刻,修辞借此整全地理解了自身、完成了自身、超越了自身,修辞由此完成某种聚变,变得透明起来。

这里有着一个只有从最“具体”的、“具体的具体性”的实践层面上,才能抵达的翻转、聚变与突破过程。波德莱尔用击剑来比喻这个修辞实践过程,就是指其无法被理性地预知与规划的全方位、全领域的实践的具体性与现实性。诗性修辞实践作为“具体的具体性”的展开方式,用一个比较形象化的比喻,就是我们需要将文学设想为一种垂直于纸面的立体化时空,修辞实践在它内部延展开来,以此来抵达“事物至深的真正本质”①:首先,根据出于修辞实践的对于世界的“具体”理解,以“具体”的修辞,完成对于世界视域的修辞化组织与编码;其次,这种修辞实践性的组织体系,不仅理解眼前的世界,也借此理解了自身,它从而能够全角度、全过程地理解并掌控着自己所进行的工作及其实践性效果,它由此达到“具体的具体性”,一个艺术性时空得以完型。这个过程,类似于佛教从对“顽空”自身的抽象性固守到了悟……“虚空粉碎”或“粉碎虚空”(将对“空”本身的执着打破)的过程,类似于歌唱从“声中无字”到“字中有声”(沈括《梦溪笔谈》)的过程,类似于从康德的“范畴表”到黑格尔“思维的思维”的辩证法过程。“具体的具体”是就修辞而言,对于艺术时空的成立而言,它却是某种“升华”的顶峰。然而,文学修辞只有整全地占有与理解世界经验,才能穿透这个世界呈现给人的种种片面、孤立、零散的抽象性,才能创造具有诗性理解的明晰与认知的透明性的、“不隔”的艺术时空的直接与现实的具体性②。后者绝不仅仅是纯粹审美心智与艺术境界,某些现代、后现代的诗学将这个诗性修辞过程当成是凝视语言“本身”的手工技艺,或者将修辞过程本身呈露、展示出来的“元修辞”与

①[德]尼采:《悲剧的诞生》,周国平译,生活·读书·新知三联书店 1986 年版,第 78 页。

②王国维讲到所谓“隔”与“不隔”问题,并没有进一步说明原因,可以认为是这里所说的抽象性的一种情形,或者可以从这种角度来加以解释。但在现代文学修辞当中,修辞中的“抽象性”情形,要比古典诗歌当中的诗歌情境、情理意义上的“隔”涉及的因素更复杂,或者说是一个更深广、更严重的问题。

“元文学”实践，乃是皮相之论——如果不仅仅把这当作某个跛脚的比喻，而受到它的实质性影响，那就进入了某种观念的“物化”的抽象性当中。

从现代的“审美”观念、艺术观念来看，《诗经》当中那种经典性的一唱三叹的修辞格式（经常以每一节只变化一个字的方式，来重复三次），似乎简陋而又笨拙，而比之于审美诗学视野中看重的“意象”，在此看似没有多少“意味”、意蕴凝结在其中。这或许说明，《诗经》的意象机制不能用“个体”的情思与心理内容来解释，而要从文明人类学的修辞实践与文明价值组织机制来解释。在这里，意象并不先于那种“音乐性”之具体的整体性所代表的“具体”的世界本质理解与存在情调，但这其中持存的可能恰恰是尼采所说的那种音乐情绪的原型①，是“具体的具体性”的修辞实践成果：“兴象”并不是“超功利”、超时空的“审美”静观与释读对象，以及一种已经内在地完成意义综合的“审美经验”，借助于“兴”的机制，一种现实的时间性，同时也是向现实敞开的时间性被具体地综合进来，同时也从修辞实践的现实性层面，综罗、包含与确立了华夏文明当中诗性的生产、接受与理解的“具体”秩序②。于是，《诗经》那种与现实生活秩序穿插、交织在一起的纯净、绝对而又是原始、茁壮的诗性，几乎是强制性地出现在文明的初始地基之上，构成华夏文明之内涵化、内缘性诗性的体系性、组织化的“渊源”与修辞实践格局的范型。因此，那种所谓“音乐性”，代表的其实是一种与生活方式构成错综、叠加关系的生存价值格局—艺术时空秩序，“具体”地盘桓于人类文明生活世界当中的现实性与直接性，它落实为诗性修辞实践，并且完成对于生活的内涵性（内容性、本体化）诠解：那种“拙笨”的修辞句法，就是在固执地强调其自身展开的时间之流、时空秩序的“现实”格局，那种在修辞的复沓性当中顽强持存的肯定性价值情态，代表了中华先民对于文明价值的轴心性的“具体”理解、坚持、组织、安排。《诗经》最初系统地、具体地捕获、落实与展现了这种文明生存之诗性的展开机制与修辞实践方式，《诗经》因而是中国诗歌的母题性与公式性的东西。

①［德］尼采：《悲剧的诞生》，周国平译，生活·读书·新知三联书店 1986 年版，第 18 页。

②张大为：《“兴”：诗性书写与诗性文化的意义机制》，《文艺理论研究》2006 年第 5 期。

百感衷来不自由，角声孤起夕阳楼。（具体）
碧山终日思无尽，芳草何年恨即休。（具体）
睫在眼前长不见，道非身外更何求？（抽象）
谁人得似张公子，千首诗轻万户侯。（具体的具体）

杜牧《登九峰楼寄张祜》

这首诗前四句，是从诗人自我的角度，对于眼前情境、胸中块垒直接性的“具体”抒写，但这种“具体”，因为只是诗人一种无从在参证当中得以具体化的、纯主观的表达，因此它其实只是一种“抽象的具体性”。接下来的两句，是诗人或联想、或顿悟的抽象的“道理”，这种道理，与之前的主观情绪其实并无必然因果联系，可以说是一种“具体的抽象性”。而最后两句看似俗套的客气话，实则是此诗修辞格局完成的关键之所。“谁人得似张公子”将“我”与“张公子”联系起来，它携带着一种将“我”引向“张公子”，向其致敬、学习的指向性，“千首诗轻万户侯”一句总结了“仕”与“隐”、“道”与“身”、“进”与“退”的关系，这其中交错着几重关系格局：(1)“张公子”如此胸襟，似乎应该是“我”学习、效仿的对象；(2)自己也是“张公子”一般的诗人，于是便也隐隐有自诩和自负的意思在其中；(3)那作者是否完全真心要以“张公子”为样板呢？恐怕也未必，从而“谁人得似张公子”就不完全是谦虚，同时也有自己未必完全愿意如“张公子”那样行事的意思在其中。这些复杂的情调况味，在这一联当中，作为一个整全的世界从修辞秩序内部聚变、引爆和具体化：因此，胸中之感、日暮之怅、碧山之思、芳草之恨，仍然纵横交叉、郁结盘亘其间，滂沱而下；远、近、内、外，仍然莫知所守……但所有这些，具体化为律诗起承转合的修辞布局，其中有一种荡人心魄的立体化、回旋性、组织化的明晰的时空节律感，与全幅性的修辞实践意志和实践共通感，因而它并非真的茫然失措或一无所指。或许有人会说，这其中不过是七言律诗的基本格套，但对此进行的“具体”理解是，这首诗的“形式”与修辞的“具体的具体”的组织方式，不是七言律诗的格律，而是这其中那种矩阵般的修辞势能之立体化的"具体"搭建、组构与协调——因此,如果没有这种七律的体式,或许杜牧根本就不会写这首诗。在这里,诗人既没有走向理念化的宁静,也没有走向超出尘外的解脱,所有者,无非是独立于苍茫混沌之间的一种磊落豪迈之气,以及从此继续慷慨前行的浩渺襟怀。诗歌的主旨,诗人的修辞态度与世界观感或许要从这其中寻求,但这里并没有抽象的东西的指涉,只有向着生命存在之本然情状的不断降落与还原而已。然而诗歌修辞作证,一种人与世界之间关系的新的理解、新的秩序,在这其中被整全地、肯定地、坚定地确立、或重新确立下来。

横看成岭侧成峰,(具体)
远近高低各不同。(抽象)
不识庐山真面目,(抽象)
只缘身在此山中。(具体的具体)

苏轼《题西林壁》

苏轼的这首诗看似简单,但它的"具体"机理在于,它不是借着生活经验讲述、讲解了一种道理,完成了某种"哲理性"的推演,而是同样完整地经历了从具体到抽象,再到"具体的具体"的修辞实践过程:"只缘身在此山中"既是生活,也是理趣,既是经验的,也是艺术的,生活与理趣汇聚、叠合、缠绕在一起,完成了某种层次性、涡旋性的艺术时空组织。在这其中,某种阶段性的、相对的抽象性是允许的,但这个"理趣"的得出过程,整体上始终是内嵌在生活经验的脉槽、涡流当中完成的,它作为一个结果,以层次分明的时空转换,内缘性地将生活时空与艺术时空同时转化、同时完成。这至少比之某些理学家的诗(比如朱熹的某些诗),用某种生活图景来诠释预设的、先行思考完成了的"哲理",来得要高明。

它的目光被那走不完的铁栏
缠得这般疲倦,什么也不能收留。
它好像只有千条的铁栏杆,

千条的铁栏后便没有宇宙。（具体的抽象）

强韧的脚步迈着柔软的步容，
步容在这极小的圈中旋转，
仿佛力之舞围绕着一个中心，
在中心一个伟大的意志昏眩。（具体的具体）

只有时眼帘无声地撩起。——
于是有一幅图像浸入，
通过四肢紧张的静寂——
在心中化为乌有。（“具体的具体”之“具体”–“客观化”呈现）

里尔克《豹》

这首诗的三节，可以分为三个层次。第一节是一个寓言性的层面，是一个“具体的抽象性”层面，或者直接看作是一种抽象主旨也可以。很多人可以从这里分析出现代人的“生存困境”之类的寓意和主题来；也有很多诗歌以为（或最终无非是）用一堆隐喻、象征或寓言性修辞指向诸如此类的一个主旨性话题，就算是诗歌了。但在里尔克这里，这种看似肤浅的寓言性表达的外指性，为这首诗规定了一个“现实”的语境或阐释、理解的指向性。第二节的核心主旨是“一个伟大的意志眩晕”，将之前三句象征性的描写，加以强行“解题”，或强行将趋向完满和回环的隐喻与象征性主旨的加以破坏，相应于第一节的寓言性表达，这种解诗意的散文化、反讽化，仿佛具有一种被“现实”之手撕开、撕裂的具体性：从“强韧、中心、力、伟大”到“眩晕”，修辞秩序仿佛被“现实”本身撕开一个口子，但这恰恰走向一种修辞与现实错综、纠葛当中的“具体的具体性”。在这里，这个“伟大的意志”的“眩晕”本质，仿佛向我们直接敞露出来，这就是接下来的第三节的内容：“现代人”的心灵就像工具理性囚笼里的“豹”一样，变成了一个纯粹被动的反映屏幕、一个“客观性”的容器，它没有任何的行动能为，在虚妄的“现代性”神话表象之下，只能通过一种无能的痉挛（“紧张的静寂”），将伟大的文明意志、实践意志化为虚无主义。但正因为里尔克本人没有像“现代人”一样、像“美学”所要求的那样，放弃卓越的、整全性的世界思考与理解能力以及修辞实践意志，所以他才能写出这样的杰作，让我们得以一窥“现代”的真容。作为现代主义诗艺的特征之一，就是某种“客观化”的呈现与描摹，里尔克这种将“现代人”心灵的“客观性”结合进现代主义诗艺的“客观化”手法，恰恰体现了里尔克对于“现代人”的“具体的具体性”理解，而这种“具体的具体性”的修辞手法，使得这首诗的内容具有了仿佛可以触摸的时空化的、雕塑化的具体性，这使其更加成为一种直接的、实践的“具体性”。这不是一开始就从“诗人”的理解与修辞出发可以做到的。

> 人群里忽隐忽现的张张面庞，（具体）
> 黝黑沾湿枝头的点点花瓣。（具体的具体）
>
> 庞德《地铁车站》

这首诗看似从“具体”到“具体”，但实际上中间省略了一个过程。这个省略的东西，既是现代主义诗歌的艺术手法的体现，也同时是对于现代生活当中那种被“现代性”的文明价值加以“理性化”与“合理化”地组织、但实则是虚无化的生存秩序（“地铁车站”）——那种幽暗的、无根的、泥泞的、脆弱的生存的表征。因此，它是一种省略，但也是一种更深沉的表达：这种从“具体”到“具体的具体”的直接穿越与跳跃，如同在幽深的隧道当中行进的地铁一样，两端的极其具象的修辞，仿佛更加映衬与凸显出二者之间那种可以“理性”地、“合理”地抽象推导与算计，但终究是莫可名状的“现代性”生存之深渊般的虚无；而从地铁车站突然涌现出来的无数面庞，如同一段没有生机的枯枝上的点点繁花一样不真实。庞德式的“意象派”被认为与中国古典诗歌有某种联系，但如果说这首诗作为“意象派”代表诗人的作品，与中国古典诗歌有什么共同之处的话，也并不在于意象的突出地位本身：意象完全可以是“立言以尽象、立象以尽意”（王弼《周易略例·明象》)的抽象化、工具化、智术化的应用方式(比如图解概念的说理诗同样可以大量地、精确地运用意象),因此王弼这两句话经常被当下的文学理论著作引用,用以说明文学意象的“审美”属性与创造方式,但其实本身是一种一厢情愿的误读①。庞德诗歌的诗性机制在于,它犹如《诗经》当中的“兴诗”,其以两组意象群整体上的远距离、时间性的外部横向组合,剧烈地改变工具性的抽象语法、改变现实的逻辑线索,由此改变了“意象”的悬空、非时空化的“审美”品质以及人们美学式、审美式的“意象”理解方式架构,以人们从现实时空秩序出发能够直观的具体性,来几乎是生硬、强制性地错动、进入的诗性意义时空的强烈叠合、聚变:那种巨大的、黑暗的虚无,由此不仅仅是我们的“审美客体”与修辞表象,仿佛也是笼罩着读者身体的现实时空。而这恰恰是“具体的具体性”修辞之“具体性”核心与“具体性”效应所在;反过来说,这种“兴”的修辞机制、意象机制(而非修辞与意象本身的“形象性”或审美表象),就具有诗性修辞之原型机制的地位②。

以上是随便举出的几个例子,用以说明一下所谓“具体的具体性”的修辞实践过程。在中国文学的各个领域和各种体裁当中,有许多这方面的正、反面的例证,限于篇幅这里就不再多举例了。通过这些例子可以看到,“具体的具体性”修辞可以有多种多样的抵达途径与表现形态,但最终一定是回到对于“原型”,也即我们生活的这个世界的或更“高”、或更“低”、或更“大”、或更“小”、或更“远”、或更“近”……视野的整全、深入的具体性理解。或者说,这不仅仅是一个“理解”的过程,通过这种“理解”,确立起来的是一种人与世界之间的新的价值关系或实践关涉,人与世界之间的关系变得复杂、多维、立体起来。在这里,修辞通过让这一关系领域在错综、参照当中“具体”化为一个时空化的世界而超越与完成自

①王弼对于“象”的性质、地位的认知前提是:“义苟在健,何必马乎?类苟在顺,何必牛乎?”(王弼《周易略例·明象》),依此逻辑,我们可以接着问:何必八卦乎?何必六十四卦乎?在这样逻辑推论当中导致的结果就是,诗性经验的具体性其实是被架空与抽象化了。因此,在作为将中国思想传统形而上学化的王弼式的玄学思维当中,意象其实只有一种抽空了经验依据的工具性、符号性的地位。这对于诗性与文学性来说,是恰恰致命的结果。

②张大为:《“兴”:诗性书写与诗性文化的意义机制》,《文艺理论研究》2006年第5期。

身，并成为这个世界的见证、引线。杜甫诗云“篇终接混茫”，这里的“混茫”并非混沌一片，而是一种“混沌初开、乾坤始奠”的清新感，与因此而一开始显得有点晃眼般不真实的、明媚的具体性（“意惬关飞动”）。

第三节　“具体的具体性”当中文学意义的自然性与客观性

这里讲的不是文学作品内部的谋篇布局，而其实是一种诗性修辞开启一个艺术时空、最终也是一个世界时空的终极境界：当诗性修辞实践达到“具体的具体性”它也就“具体”地理解了自身，它会在自身的艺术时空当中留出出口，最终翻转、回归到现实当中；或者说，它让人们在与现实“原型”的具体参证当中，抵达“具体化”的、也是艺术性的顶点，它由此变得具有透明的明晰性与直接性，与现实经验叠加在一起。这个过程就像一个烹饪的过程，经历的不仅仅是物理变化，同时也有化学变化；不仅仅是理性的和技艺控制的过程，同时也有机运的成分。本章开头时用道家丹道比喻文学修辞，恰好“鼎炉”“火候” 等也是丹经经常使用的比喻，后世如江西诗派也曾用“夺胎换骨”之类来比喻诗歌写作与修辞，而西方现代诗人则用盒子扣上的“卡嗒”声响①，来比喻诗歌“完成”的那种瞬间……在这个瞬间所发生的，是观念与物质、主观与客观、理性和情感、内部与外部等等，经过长时间的烹煮煎熬之后，整体上走向“成熟”：

> 当诗人说“这里有水果、花朵和枝叶”，这并不比萨蒂的《梨形的旋律》或巴赞的一幅静物画更能在我心中唤起某种植物的形象。在这里，具体的不是意义，因为它会变成想象性的；而是意义的呈现：意义从词中获得一种强度和厚度，它无限发展成一个世界，一个在我们的印象中不是我们构成的，而是给予我们的世界。韦莱纳诗中的水果和枝叶是具体的，但不是因为它们出现在我们眼中，而是因为它们把我们领进某种并非是意义的客观领

①［爱尔兰］叶芝：《致威雷莱斯夫人》，见王家新编选《叶芝文集》（卷三），东方出版社 1996 年版，第 3 页。

域的气氛。①

这里不一定要完全遵照现象学式的意识经验分析，更何况杜夫海纳的“审美经验现象学”模式还是有些问题的。但现象学的“具体性”思维与“具体性”分析至少可以告诉我们，就像菜肴的鲜香一样，意义、哪怕是审美意义和诗性意义，它也不是出自虚幻的、主观的想象，不是心理功能的结果，而是有其客观性的现实性存在。这种客观性粉碎了（现象学意义上的）“自然意识”以及这种“自然意识”所决定的“美学”——“心理学”的概念理性框架，回归到更加自然、真正自然的意识经验构成上来。于是，在“意惬”的“篇终”，文学修辞的完成，仿佛是将世界的“内囊”翻卷出来，旧有的世界意义格局的内壁像幻觉一般土崩瓦解，从而内在即外在，本质（意义）即现象，语言即世界。所以，总体而言，作为五味调和、活色生香的佳馔，文学修辞实践不是一个反对自然的过程，而是回到更加自然的“自然”，更加高级、更加积极的“自然”的过程②，这个“自然”当中，停伫着世界从内在涌现和升华出来的、包含着人们对于生活的理解的目击道存、自然直观性的本质，并以此重新结构人们的生活经验—意义格局与文明经纬。

重复一遍，艺术的现实性，不在于它构筑一个超出现实的幻影和幻境，而在于它最终让艺术体验、艺术经验成为真实的生活经验、实践经验的一个部分，这是尼采用那种本源性的“酒神音乐”（或其他将“音乐性”视为一切艺术之本质、

①[法]杜夫海纳：《审美经验现象学》（上），韩树站译，文化艺术出版社1996年版，第247页。

②可以比照宇文所安对于杜甫《江南逢李龟年》一诗的分析方式：“通过这条途径，语词把想象力的运动引导向前，也是在这条途径上，语词由于无力跟随想象力完成它们的运动，因而败退下来。这些特定的语词使失落的痛苦凝聚成形，可是又作出想要遮盖它们的模样。这些词句犹如一层轻纱而徒有遮盖的形式，实际上，它们反而更增强了在它们掩盖之下的东西的诱惑力。”见宇文所安《追忆：中国古典文学中的往事再现》，郑学勤译，生活·读书·新知三联书店2004年版，第6页。宇文所安所描述的语词的屈伸翻卷的修辞过程，可以印证本章这里所说的“烹饪”与“鼎炉”之喻，不过他所说的“轻纱”，似乎是出自西方视野自身的“轻纱”：中国文学当中，“字之曰道”的“语词”，比之宇文所安所说的更加积极、更“自然”地筑入存在时空与文明经纬当中。这似乎与他对中国文学的时间性问题的误识有关：中国文学的“时间性”问题，源于一开始就进入修辞实体的内部的时间性（参见上引著者论“兴”的文章），或者说，中国文学不仅不是“审美客体”，也并非外在于时间性的、被观照的修辞（语词）实体，从而只有一种历史性的“追忆”的时间性。见宇文所安上引著作，第2–3页。

本源的艺术理论)所要表达的艺术经验的直接性与现实性含义——在对这种经验的地位、性质的解释当中,“美学”和审美诗学最多只能算是“现代人”的理解方式中的一种。反过来说,“一切都为了结局”[①],那种陷入抽象性的文学写作,有种种问题,但归根到底都是一个问题,即无法抵达“结局”的未完成性:一种未完成的片面性、单面性、断片性、畸零性。其外部的、直观的特征,就是缺乏一种“篇终”“结局”的与现实错综、扭结在一起的实践性的时间脉动感,及文明价值纵深链接的空间扩张感。这与作家被自己的抽象性观念所屏蔽、隔截,不能以全方位的实践心智能力与实践意志理解整全有关,与作家不能体会艺术实践的具体的直接性与现实性有关,于是它撞在了自己的“抽象性之墙”上面,徒劳地挣扎与攀缘,或许能够发出种种令人侧目的尖锐刺耳的噪音,但终究无法具体地理解、组织与综合自身的经验,因而无法将自身具体化,并“具体”地走出与完成自身。

从一种文明诗学的视野来看,文学意义的自然性和客观性,不是孤立的东西,而是连带着对于文明生活、文明价值秩序本身的理解;不能理解这种自然性和客观性,在这方面的理解上出了问题,也同时意味着对于文明法则与文明价值本身的理解出了问题。人只能看到自己能够看到的东西,发源于西方文明传统的“现代性”视野、“美学”与审美诗学的视野,不是一种无辜的理论“范式”,给人们以某种似有若无的参照系统,而是深度地规范与决定了“现代人”的文明价值格局、认知格局以及艺术观念格局。通过上节内容可知,诗性修辞实践的“具体的具体性”,有着很多比我们通常的审美诗学认知视野当中更为“粉碎”、也更加浑然的具体性形态:即使瞬间的懈怠与偶然疏忽,也可能让我们的理解进入抽象性(比如关于杜牧七律的形式的“具体性”与里尔克的“客观性”手法等)。但包括中国当代文学写作在内的,尤其是号称现代、后现代主义的文学写作,其诗性修辞实践当中的“抽象性之墙”,并不是一个偶然的错误,而是从现代性的文学修辞自身深受影响的“现代”文化观念与其背后的“现代性”文明价值谱系当中生发出来的,因此某种意义上是现代性文学自身文化身体、文明本质当中体

①[法]波德莱尔:《再论埃德加·爱伦·坡》,见《波德莱尔美学论文选》,郭宏安译,人民文学出版社 1987 年版,第 203 页。

系性地存在的东西。至少从理论上或理论层面来说，审美诗学观念规约与范导下的文学写作走向尼采所说的“理论家”化（以及现代主义、后现代主义的碎片化）的抽象性、虚无化，在某种意义上是具有系统性的必然性的：

> 现代哲学著作也许会证明我们的逻辑推理机制，证明我们有一部分超验的生命既无时间性，又无空间性，因而是不朽的……[①]

“美学”与审美诗学则以审美的艺术性的客体和实体方式，完成于生活世界的外部，完成于对于后者的外延性（形式性、属性化）的品评。这样做的背景，是“现代性”的智识格局对于世界作出的“合理化”规划与解释体系的“经纬线”。这个“阱架”性的“现代性”规划，它为现代人的生活规定好了一切。在这样一个尼采和海德格尔都将之归结为虚无主义的世界认知与文明价值格局当中，一个经典的审美诗学命题，就是“作家自己也不理解他的艺术形象”，并且隐然将这当成了成功的艺术创造的标志。在艺术创造实践当中，这种情形或许是某种瞬时、局部性的事实，但即使是对于作家个体创作过程而言，它也把作家的心智方式片面化、神秘化了：它从认知、意志、情感三分的、机械的现代人性构成观念与“美学”的理论理性立场出发，将作家逆向推导为“艺术型的原始人”[②]。这其实是暴露了所谓“美学”的理论图式，只是主客体间的一瞬间的静观与相互观望的纵剖面、空间剖面。但问题不仅如此，从更大的视野来看，这个命题在“美学”与现代艺术理论当中具有一种深刻的象征意味，它其实渊源自“美学”与现代艺术理解的深层核心：它想通过这个狭隘而又脆弱的连接点，将人与世界、认知与意志、理论与实践联系起来，重新赋予一种世界理解的整体性。但它所能达到的，最多是某种理论上的“抽象”统一：席勒以作为诗人的直觉，认为美是“形式的形式”，他其实说的是“美学”的终点，才是艺术的起点，“美学”描述了艺术实践活动所具有的理论理性、理论图式的构成性价值——“美学”真正关注的，人们通

①［爱尔兰］叶芝：《幻象——生命的阐释》，见王家新编选《叶芝文集》（卷三），东方出版社 1996 年版，第 304 页。

②［德］尼采：《悲剧的诞生》，周国平译，生活·读书·新知三联书店 1986 年版，第 82 页。

过“美学”看到的，是包裹着艺术实践的玻璃罩上的“理论”经纬刻度线。

因此，这实际上是把艺术创造过程，变成了一个没有实践性的时空纵深与文明价值延展度的“理论”图式，现代文学修辞的很多问题，都是“理论”化的问题，都可以找到“理论”性的原因。在审美诗学范畴之内，作家与世界的遭逢，变成了两颗作“审美”式互照的行星，在二者遭遇的瞬间，将各自的审美与艺术性的“弧面”展示一下……但如果作家做不到“目击道存”，如果作家的“深度体验”其实并没有什么深广的价值，这时所谓“审美体验”与“艺术形象”，不过就是“侵入”里尔克笔下的豹子眼中的“一幅图像”。当然，现代主义作家可能自认为自己的理解能力很强，但现代主义以来的文学和艺术实践，似乎不仅论证了这个世界的“残缺”与“绝望”，而且也从根本上放弃了理解这个世界的意愿。这说明现代主义和后现代主义，只是将康德式、美学式的“现代”格局进一步变小与虚无化了，而谈不上超越它。因此，现代主义虽然有一种以文学修辞打造一个完整的文化世界与文明体系的雄心，它似乎具有古希腊悲剧那种创造高度精神化的文明神话、书写文明价值谱系之普遍性原型的努力意向[①]，但那种普遍性，不是仅仅回避个体情感就可以做到的。艾略特在《传统与个人才能》对于个性化与个体情感的抨击无疑是深刻的，但仅仅是一种片面与抽象的“深刻”性，从而当艾略特说“诗歌是一种集中”，是把一大群普通感情和经验集中起来，去表达并不存在于实际生活与诗人个体经历当中而只存在于诗歌当中的、非个人感情的时候[②]，这是一种既“具体”又“抽象”的表述：

> 但丁，作为纯粹的诗人，既不信仰也非不信仰托马斯·阿奎那的宇宙论或关于灵魂的学说：他仅仅利用了这个理论或学说，或者说利用了他开始时的感情冲动和某一学说相结合的产物，来达到创作诗歌的目的。诗人制作诗歌，形而上学家制作形而上学，蜜蜂制作蜂蜜，蜘蛛分泌线状物体；你

①[美]伯纳德特：《情节中的论辩——希腊诗与哲学》，严蓓雯、蒋文惠等译，华东师范大学出版社2016年版，第153页。

②[英]艾略特：《传统与个人才能》，见《艾略特文学论文集》，李赋宁译注，百花洲文艺出版社1994年版，第10–11页。

很难说这些制作者当中任何人相信或不相信:他只管制作。[①]

现代主义的诗学理论思维与现代主义文学心智一样,某种更加逼仄的“合理化”“理性化”格局,让它在某个思想断面上更加“深刻”,但同时也更加抽象、简陋与拙笨。上述这样的表述,之所以说它“具体”,是因为它讲述了文学修辞实践就像粉碎机一样粉碎一切抽象性的思想,也粉碎一切抽象的感情(如前文所说的那种个体的,但恰恰是“日常意识形态”化了的抽象感情或感性)的“具体的具体”的操作机制;但说它“抽象”,是因为只有忽视“制作”关涉的全方位的具体内容与实践性的整全视野,从一个抽象的“制作”概念出发,才会将诗人、形而上学家、蜜蜂和蜘蛛的“制作”及其内在机理全部等量齐观,而只有从蜜蜂和蜘蛛的心智机能与“制作”机理出发,才会将文学的“制作”理解成一个不需要全幅的心智能力介入的纯手工劳动、纯“感情”沙拉的搅拌过程,才会把诗人和作家的作用理解成一种化学催化剂的作用[②]。这是“作家自己也不理解他的艺术形象”的进一步演绎,也是“美学”的必然逻辑。因此,现代主义文学当中那种不知何处而来的“感情”,其实与康德美学的产物一样,是理性的“制作”品,只不过由于它比之康德美学持一种更加简陋,但更加极端的理性与感情的二元论[③],从而比康德美学的审美心智更加退废、更加破碎。于是,现代主义无法辨析的那些所谓“普通感情”,其实也同样统治着现代主义作家的“制作”心智,其抽象的封闭性,在外围牢固地锁闭着现代主义创造的那些宏伟的文学象征符号、意义体系。现代主义作家对于世界的理解方式,是一块纪念碑对于世界的理解方式。

这其中的原因,正在于它不但不相信作家、诗人对于成体系的思想与哲学系统的信仰,而且也不相信思想与哲学系统的“具体”思维,对于包括文学修辞在内的世界构成与人们生活的“具体”认知与“具体”理解作用。但这恰恰出自对

①[英]艾略特:《莎士比亚和塞内加斯多葛派哲学》,见《艾略特文学论文集》,李赋宁译注,百花洲文艺出版社 1994 年版,第 165 页。

②[英]艾略特:《传统与个人才能》,见《艾略特文学论文集》,李赋宁译注,百花洲文艺出版社 1994 年版,第 6 页。

③[英]艾略特:《莎士比亚和塞内加斯多葛派哲学》,见《艾略特文学论文集》,李赋宁译注,百花洲文艺出版社 1994 年版,第 164 页。

于思想和哲学、同时也是对于文学自身的一种“抽象”认知与理解，因而它只是看到了某种很狭隘的片面性：但丁可以不信仰阿奎那，但但丁是像一只蜜蜂或一只蜘蛛一样来理解这个世界的吗？或者说，如果只像一只蜜蜂或蜘蛛一样理解世界，但丁别说书写伟大的诗歌，他能在这个世界上维持起码的普通人的生活吗？于是，现代主义既崇高又鄙俗只是表象，它创造的文明价值图谱，其实也只是语言符号和意象组织的顽石般的抽象块面：在这面“抽象性之墙”面前，它自己也不清楚语言符号体系后面是什么，以及能够如何走向语言和符号体系的背后。因此现代主义文学虽然很“深刻”，它讲出了世界是荒诞的、价值是虚无的、人性是脆弱的，但它没有、也不可能告诉人们在这个世界上“人应该如何生活”的问题，因为它自己确实也不知道。所以，从一个更高的标准来看，现代主义也被自己身体当中的“抽象性之墙”挡住了去路，即使是那些伟大的现代主义诗歌与诗人，最多只是完成了它自身的文化雄心、文明理想的一半。

第四节　中华文明价值格局当中的“自然—道体论”修辞

在任何时候，都不能将修辞实践看作一个凝视自身的纯粹技术化的过程，看作一种语言工艺或者“手艺”。恰恰相反，对于世界作内涵性诠释的前提，就是通过知、情、意的全面发动，全幅性地占有与理解世界经验，它需要将修辞看作是全方位的、无限的实践能力，看作是能够整全性地通达、阐释与组织世界经验整体的能力，而不是分隔、剥离出“审美”的、“艺术”的心智弧面、弧瓣，站在世界的外部与对立面，在罩在审美玻璃罩当中的审美“客体”与“实体”的面前，占据一个“审美”与“艺术”观看者的位置——现代主义文学批评经常将诗人作家比作上帝或魔法师之类，或许也有这样的意思在其中，但在前提上已经误入抽象性的歧途：因为它们在很大程度上确实像它们自己认为的那样，它们的认知天空，已经走不出文学修辞“本身”与文学本体论的“本体”。这里可以以中国当下诗歌写作领域为例，进一步说明一下这种修辞的抽象性的情状，以及相关的认识误区。很多人可能都会以不同方式认同这样一种看法，即与 20 世纪 80 年代的不同,也与20世纪90年代有异,当下中国诗歌写作领域弥漫着一种无力的空乏之感。人们对此有各种各样的解释,我们这里的看法是,这种无力感、空乏感是由于当下诗歌写作与诗性修辞实践陷入了某种抽象性当中——这似乎与表面的情形或人们的观感印象正好相反。这里所说的抽象性与“抽象性之墙”,指的并不是那些标语化、口号化的诗歌,也不是那种很直接的图解概念的、徒具诗歌形式“寓言诗”“理论诗”之类,同样也很少是以纯粹的说理形式、理念化形态出现的——这些都是尽人皆知的问题,它们和诗性无关,也未必和哲学有关,这一点常识人们还是知道的;但它们往往是以“抽象的具体性”或“具体的抽象性”形态出现的,这包含在繁复、复杂的现代诗歌技艺与诗歌修辞当中,往往令人难于辨析。事实上,它所涉及的领域要比人们通常理解的广泛得多,下面简单地罗列与归纳这方面的一些情形:

1.包括朦胧诗的很多名篇在内的一批当代诗歌,其实只是用一大堆或复杂的、或优雅的隐喻、象征意象堆砌,传达与“具体化”了某个理念性的东西而已,时过境迁之后,除了一种历史的、技巧上的意义之外,人们很难再被这些诗歌触动。这里说的并不是那种一看就是概念化的抽象理念表达,但即便不是语言与修辞意义上的玄言诗,从根本上也仍然不过是具象化了某种理念或抽象性而已:在这里,修辞自身的边界是一堵“抽象性之墙”,它不知道如何走出自身、“走过”自己,只能攀附在它上面,作平面化的蔓延,用它的具象,给这个抽象性的墙面包裹上一层繁复的意象、“审美”表象的外壳,在其光滑坚硬的表面上堆塑形成一层隐喻、象征的浮雕。但无论后者多么晦涩艰深与令人眼花缭乱,也不能改变其背后那种内在的、顽固的抽象性属性。

2.再有就是“个体性”。当代诗歌当中,有多少是借着一个“个体”的范畴、“个体”的壳子,组织起一大堆毫无意义的、缺乏层次性的主观观感与小感受,恐怕多到数也数不清。琐碎的“个体性”、琐碎的生活“细节”,以及沦陷在其间的日常意识、日常思维,正如我们上文讲到的,这其实不是诗性的具体性,而是一种抽象性:它们只是印证了这个“个体”与“个体性”毫无“个性”的抽象化、概念化了的生活方式与认知、观感方式,或不如说,它只是反过来印证了“个体”与“个体性”本身的抽象概念。

3. 这种抽象化情形在当下的另一种表现，就是可以称之为“思维的短路”的“心灵鸡汤化”的倾向。心灵鸡汤之所让人们讨厌，就在于它虽然表面上摆出一副高姿态，但实际上只是上引黑格尔随笔当中“骂大街的卖臭鸡蛋的老太婆”的“抽象”思维水准，以及笼络“众人”“大多数人”的逻辑，来凌虐他人的阴暗心理。当下很多诗歌以这种方式写出自以为高深莫测的小感触、小感悟，然而只不过是在“世俗的日常的意识”的抽象性、贫乏性当中翻腾而已。这用黑格尔的逻辑就能解释：感性是最贫乏的，日常思维是真正抽象的。

4.还有就是可以称之为“脑筋急转弯化”的倾向。很多当下诗歌写作，占据其核心主旨的，是某种纯粹修辞性的机巧、修辞层面上的智性翻转。破解这其中的隐喻性机关虽然也能带来一种快乐，在某种意义上或许也很有趣，但除此之外并不能给人更深层次的触动与启迪；这其中或者表达了某种顿悟式的“智慧”和“聪明”，但实际上并没有作者自己认为的那么耐人寻味、意味深长，而只是随处可见的小聪明、一眼望穿的小机智而已。所有这些，之于真正的无论诗性还是理性（哲学）的智慧都不沾边。

5.正如人们曾经指出的，从总体上看，当下诗歌个体的“个性”恰恰构成整体的无个性、同质化状况，而同质化就是抽象性。这种状况也可以通之于诗歌批评。这其中包括的批评家的责任就是，如果一个批评家本身不能以足够广阔与宏深的视野，来辨析这里的诗歌的具体性与抽象性的关系，这个批评家从事诗歌批评即便不是出于人情世故，即便他是一个耿直的批评家，也会在这其间的价值辨析当中迷失，陷落于关于当下诗歌的同质化的抽象“共识”“基本共识”当中，陷落于抽象的、同样无个性的程式化与“专业化”的阿谀当中。

6.虽然不能一概而论，但那种以解构性、批判性、颠覆性为尚的诗歌写作，很多时候都具有某种抽象性的特征。这也就是说，随着它解构与批判的对象的消失，随着历史语境的具体性的改变，或者随着这种具有一定的合理性的历史努力成为人们的普通常识，其中剩下的只有某种姿态和立场，而任何的“姿态”与“立场”，都没有它自己认为的那么具有真理性、正确性与恒久性，于是它那种“意见化”、片面化、断面化、极端化的“抽象性”，很快就会暴露出来。这种意义上的“抽象性”诗歌，经常并不比上述几种情形更好，甚至更差，人们对于它的品质的认同，也会因此而大打折扣。

修辞整全地、“具体”地占有世界经验，恰恰不能待在修辞的“本身”与“本体”当中：“我们通过模仿别人进行学习，在想象的意象中获得愉悦。我们扮演角色又保持距离，既是演员又是观众。我们的社会性是我们相互仿效的一种机制，我们的愉悦就在我们所好奇的各种意象中。各种模仿的技艺因此将人固有的求知欲和人作为政治动物的本性搁在一起，但没有真正将它们统一起来。”[①]在亚里士多德式的文明诗学当中，“社会性”是通过作为修辞共同体的人类修辞实践来界定的，而不是相反：它因此将“既是演员又是观众”的圆融的世界经验与艺术经验叠加在一起，将哲人式的求知欲与政治动物的本性叠加在一起，这等于将审美诗学密闭的内囊翻转出来，大大地扩展了修辞实践与艺术经验的组织方式与关联阈限。如果不是预先把康德式的“审美玻璃罩”罩在眼上，这并不一定与艺术实践、艺术经验矛盾：

> 文学似乎把人类所有内在的各自有别的领域全都具体化了，甚至也把人同自然的区别具体化了。甚至是决意要抹掉自我和动机的尝试……诗的概念是通过存在于人的内在世界的东西与出现在人的外在世界的东西之间的区别来限定的。即使是最完美的透明度，也会使那块清澈的玻璃出现在我们眼前，调动我们的注意力，向内去测度潜在的可测度的东西。[②]

“那块清澈的玻璃”不是现代文学创造的闭合—否定的“审美”关系、“审美玻璃罩”，而它的“清澈”“透明”，也并非与修辞及意象层面上的朦胧、晦涩是同一个层面上的属性。这个比喻代表了一种在文学修辞及其存在方式方面的全然不同的文化本质观念与文明价值格局：文学创造的艺术时空与生活世界的关系，就是这块“清澈的玻璃”与世界的融通性关系，而一种被整全地把握、占有和

①[美]伯纳德特：《情节中的论辩——希腊诗与哲学》，严蓓雯、蒋文惠等译，华东师范大学出版社2016年版，第164页。

②[美]宇文所安：《追忆：中国古典文学中的往事再现》，郑学勤译，生活·读书·新知三联书店2004年版，第152页。

理解的诗性经验，无论其表层的语义与修辞技艺是否艰深曲折，必然具有一种整体上的诗性的明晰度，一种“具体”的透明性，它叠加在我们的世界视野之上，因而具有一种深层的肯定性价值情态。它映射出的七彩霓虹，并非是闭合在“审美玻璃罩”内部的审美幻象，而是来自生活世界的真实阳光：它不只是像放大镜一样，在一个局部上让人们看得更加清晰（这种局部性的“放大”效应与整体性的迷思，是现代文学修辞与现代艺术常用的手段乃至本体论的存在方式），而是生活世界的全方位扩张，指向这个世界多维的、立体化的时空与意义构成格局。这种双重的视野、双重真实性理解叠加在一起，构成我们对于生活世界的“具体的具体”的理解，它能“晓生民之耳目”，能鼓天下之亹亹，能让人更好地生活。

延续上文的话题，仍然举中国当下诗歌领域的例子，诗人郑敏曾经在一篇《诗的内在结构——兼论诗与散文的区别》的著名文章当中，讲到诗歌内部给读者带来“豁然开朗的顿悟”的、决定诗歌的展开与运动方向的诗歌“内在结构”问题[①]。这篇文章非常具有启发性，从结论上说，我们在相当程度上赞同其中的一些基本论断，并且可以用以支持本章的某些观点。不过本章与之也有着一些基本的不同之处，通过阐述这些不同之处，可以借此进一步具体地阐明一下本章的观念：

1.这篇文章的基本立场，仍然是（康德式以及现代主义、后现代主义的）“美学”的、审美的立场与认知格局，即将诗歌看作眼前的一个艺术客体，将诗的结构看成是这个艺术客体“内部”的构成；本章则是一个修辞实践的文明人类学的、文明诗学的视野，修辞实践垂直穿过艺术“内部”，并将之展开、链接在作为“修辞共同体”的人类生活世界整体当中。正因此，这篇文章对于“诗的内在结

①郑敏：《诗的内在结构——兼论诗与散文的区别》，见郑敏《诗歌与哲学是近邻——结构—解构诗论》，北京大学出版社 1999 年版，第 23 页。需要顺便加以说明的是，“诗歌与哲学是近邻”这个说法，当然不是郑敏先生一个人的认识，它与本章所说的古典传统当中的诗歌与哲学的关系不同。它是一种典型的“现代”认知，或者更准确地说，是一种基于“现代”（哲学）认知之上对于现代诗歌本质的一种误读。因此，就这种意义上的“哲学”来说，歌德要求“必须将之排除在作品以外”，见叶芝《诗歌的象征主义》一文，王家新编选《叶芝文集》（卷三），东方出版社 1996 年版，第 149 页。

构”的判断标准，仍然是“内部”的、美学的；本章则认为，修辞实践创造的艺术结构、艺术时空不外在于修辞实践活动，它与生活世界不是对立的，不是相互隔绝、相互外在、相互否定的关系，而是肯定性的相互叠加的关系，诗性修辞具有一种渊深的、源自人类生活世界的存在情调、生存情态本身的肯定性价值情态。

2.就本章的问题性来说，这就决定了：即便一首诗具有一种“内在结构”，因为它的标准仍然是诗歌审美的、“内部”的，所以并不一定能够保证它就是一首好诗，尤其不能保证它不具有本章这里所说的那种抽象性。以郑敏先生本人的诗作来说，比如《渴望：一只雄狮》这首诗，可以说它具有郑敏先生在这篇文章当中所说的那种超现实主义的高层结构，但它根本上仍然是很生动形象地诠解了一些现代心理学式的观念与理念，在那些或许确实堪称是“个体化”体验与精妙修辞背后，仍然让人感到一堵观念性或理念性的“抽象性之墙”堵在那里。它被一种“具体的抽象性”包裹，但没有突入这种抽象性“粉碎”之后的浑灏的化境，所以它不能归入郑敏先生最优秀、最成功的诗歌之列。

3.正因为根本上仍然持“美学”立场，所以这篇文章将论述范围限定在体制短小的诗歌领域。但本章认为，诗性修辞实践的问题维度，不但适用于我们当下意义、审美意义上的“文学作品”，甚至也适用于那些一直都被我们当作文学作品来阅读，却无从对于其“文学性”或“诗性”加以美学上的解释与界定的文章，比如史传散文、论说文章及中国古代各种的“实用文体”。它们未必有审美化的皮壳与表象，但却能够“写天地之辉光，晓生民之耳目”，它们能够让人们更好地生活。“鼓天下之动者存乎辞，辞之所以能鼓天下之动者，乃道之文也。”（《文心雕龙·原道》）没有人规定诗性就是审美意象，就是隐喻象征，怎知“道之文”不是更深层、更根本的诗性？至少海德格尔不就是这么认为的吗？

之所以能够如此，是因为在这种文明人类学或文明诗学的“外在性”的、诗性经验之“具体”的直接性与现实性背后，是与西方式的，尤其与康德式的“现代性”心智格局完全不同的心灵机制与文明机理：“中国人从未远离过核心的心灵事实，因此从未迷失于对单一心理机能的片面夸大或过高评价。也正因如此，中国人对于生命的悖谬和极性一直都有着清醒的认识。对立的双方总能保持平衡——这是高等文化的标志；而片面性虽然总能提供动力性，却是野蛮的标志。”[①]但这不仅仅是荣格所认为的心理学事实——电视机所播放的节目内容不能用电子元器件的“事实”来解释，而是宗罗各种精神能力去理解整全，并且始终保持这种整全而又具体的张力性的修辞实践关系的文明意义—价值机制：这一诗性的修辞实践关系格局（“字之曰道”），奠定了中华文明的基本经纬脉络，决定了中国文化与文明传统的诗性（文化与文明）之为“诗性”的总体特征、属性，它们使得“天人合一”与“自然之道”所包络的思想与实践的双重，乃至多重的具体性，成为一种整全性的文明视野与文明价值的实践格局。

本章当中似乎较多地列举了诗歌方面的例证，这只是出于论述方便与论证线索的缘故，所以尽管有这些举证，本章讲述的仍然是原理性的东西，不应将其理解为关于文体意义上的诗歌的“诗学”[②]。在这其中，超越文体与文学范畴的诗性智能与诗性智慧，既是前提也是结果，而文明诗学整全而又具体的融贯视野与这种诗性智慧或智能互为表里：“诗人具有双重任务——理解他期望表达的事情，理解与之对话的听众。他必须知道真正永恒的人类问题；否则他的作品就会无足轻重、短暂易逝。在他所言说的东西与他的观众所最关切的东西之间会有某种对应；舍此，其作品就不过是贡献给了对其技巧的艺术鉴赏了。”[③]这里所说的“听众”，具有文明诗学视野中的文明生活之本体论意义，它不是指眼前的“读者”，不是读者反映批评当中那种自以为是的“读者”，世界上也不存在“理想的读者”“理想的读者”、预设的“读者”，都只是抽象的概念：为“理想的读者”、预想的“读者”写作，乃至不为任何读者写作，只为自己写作，为想当然的日常意

①荣格、卫礼贤：《金花的秘密——中国人的生命之书》，张卜天译，商务印书馆 2016 年版，第 19 页。这里的表述是对于一种客观事实的描述。但在本书当中，人们还是能够看到两种文化与认知方式在根本性问题上的深层次的格碍难通：荣格从心理学层面出发，其实完全没有读懂道经（《太乙金华宗旨》），他把道经对于宇宙最高自然法则的表述，以及丹道对于这种法则的效法与修持，当成是“心理学”机能与“心理学”效应，这就等于是把电视节目内容当成了电视机内部的电子元器件的机能和效应。所以他的认知，也只是讲出了一个朴素的、外在的“心理学”事实，他事实上并不真正懂得所以然的原因，以及这种“高等文化”真正“高等”到了何种地步。

②接下来的第七、八、九章，在“文明诗学与中国文学传统”的视野内，结合中国文学史的具体情形，从各个方面展开这种文学修辞之“具体的具体性”机制的阐述。

③[美]布鲁姆：《政治哲学与诗》，见布鲁姆《巨人与侏儒（1960–1990）》，张辉等译，华夏出版社 2011 年版，第 55 页。

识、“日常经验”写作，说到底都是在为抽象概念或概念化的抽象性而写作。世界上存在着的只有具体的、现实的人和人性；反过来说，诗人与作家如果理解不了读者与“听众”，其实根本上就是理解不了这个世界和整全的人性，从而也就不能在整全性与具体性的参证关系中，粉碎以任何形式出现的抽象性，来展开“具体的具体”地思量与处置生活经验的诗性修辞实践。所以，它也不会知道我们应该与怎样在这个世界上生活、生存下去。无论其表面形式、形态如何，这样的诗性修辞与文学写作，必然随时搁浅于某种抽象性当中。这也就是不能理解文学经验与文学意义之“戏剧化”的文明性结构、构成之反作用的结果。

第七章　文明诗学与中国文学传统(上)
——自然之思与文学沿革

“子在川上曰:‘逝者如斯夫,不舍昼夜’。”(《论语·子罕》)孔子的这一声感叹,在《论语》绵密的人伦道德教诲当中,确实显得很特别。孔子不一定像尼采所说的那样,将儒家伦理秩序置于变化的河流之上[①],但人性与自然之间的天人秩序及天人视野,在孔子那里是始终存在的。孔子不怎么谈论“性与天道”(《论语·公冶长》),也很少谈论“利与命与仁”(《论语·子罕》),但孔子并非仅仅关注人性化领域与人伦的世界。人性可以很伟大,但失去了天道与自然标准的人性,也容易成为一个失去方向的空转的陀螺,走向迷失、腐朽、变质。因此,通过孔子的慨叹,程颐看到的是“道体”与“天德”[②],戴望看到的是“正朔三而改,文质再而复”的今文经学义理[③]。这结果,就是自然之道或者天道自然,贯通儒释道、穿透真善美、立法天地人,成为一种全方位的文明价值底盘,奠定了中国文化与文明的基础:在这里,自然不仅是文明和人性的基础与起点,同时始终是文明和人性的标准与法则,最后还是文明和人性的完善与完成。这种总体性、全方位、多层次的“自然”,才可以称之为“道”,也即与中华文明的伟大传统

①[德]尼采:《扎拉图斯特拉如是说》,黄明嘉、娄林译,华东师范大学出版社 2009 年版,第 198 页、第 364 页。
②见朱熹《四书章句集注》引程颐言,中华书局 1983 年版,第 113 页。
③郭晓东:《戴氏论语注小疏》,华东师范大学出版社 2014 年版,第 156 页。

相表里的整全的“自然之道”。

第一节　文学思维的文明理性:自然与人性的修辞缝合和诗性综合

在中国文学当中,自然同样不只是一般意义上的“自然主义”和山水田园之类,后者最多只是阔大的天道自然视野与坚固的自然价值标准的一种投影与表象。或者说,中国文学具象的“自然”写照,可能就是以文学修辞方式对于天道自然的求索、礼敬或一种艺术宗教实践,中国文学的“文学性”,就是这种整全性的自然本源与自然价值的升华与重建。因此,中国文学艺术关注的从来就不仅仅是现代认知当中的文艺“本身”。而将“登山则情满于山,观海则意溢于海”(《文心雕龙·神思》),理解为纯粹主观性的艺术想象力与审美移情,不是中国传统文艺思维的本来面貌:“我才之多少,将与风云而并驱矣。”(同上)“神思”乃是一种与风云并驱的时空观感、思维能力,在这背后,是与艺术思维错综交织在一起的一种自然直观、思考、解悟能力。后者在中国文化传统当中是与“道”相通的,本身是论道、悟道、循道的具体实践方式,而非仅仅是艺术想象与艺术审美。文学艺术的优胜之处在于,在最理想的情况下,它是一种“目击道存”的直接、简捷的接近与了悟“道”的方式。

《诗经》正是这种清明、健康的自然生活秩序的写照与构建。透过璀璨通透的人性化生活,仿佛能让人看到生活的自然底纹及与人性连接在一起的、在人性当中流注的神圣性与天道自然。这些不是空说的,《诗经》之文明经典、文明元典的地位,有其内在的根据。在本书前面引述过的一篇文章中①,著者曾经将比兴的“兴”,看作具有一种转喻与寓言性的性质修辞,而“兴”本身也代表了一种具有文明人类学意义的“意义对流与诗性综合”的文明理性机制②:

①这篇文章的更完善形态,见《元文论:基本理念与基本问题》第四章,天津社会科学院出版社 2017 年版。

②张大为:《元诗学》,大众文艺出版社 2007 年版。

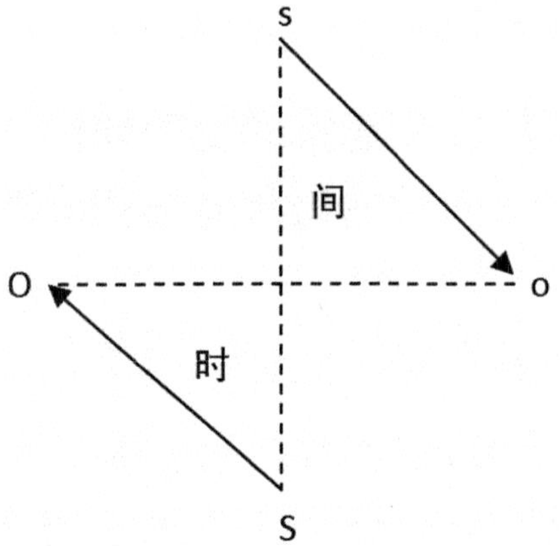

图 7-1 “兴”的修辞缝合与意义综合图式

图中 S 与 s 表示主观、主体(subject),O 与 o 表示客观、客体(object)。形而上学的意义模式,都只看到了纵向聚合的意义化功能,而忽略了横向组合与形式并置的意义化功能,也就是说只看到了隐喻—象征的意义化功能,而没有看到转喻—寓言的意义化功能。在上面的图式中,两个方向交错的箭头所代表的意义对流,保证了经验质料本身最大程度的差异性与丰富性。在此种错位关系中,“转喻”的也即形式上的呼应关系(O-o,S-s)的达成背后,产生了一种不同经验质料之间内在的、整体性的意义化的动力性。于是,在虚线交错的时间性漫过的经验场中,不同的经验形式从各自原初的意义化动力的出发点出发,通过偏离于自己本来的努力方向之外的方式,而走向整体的同一化,即意义化综合。意义对流的基本方式,是意义的经验化与经验的意义化。在这个过程当中,由于对于语言的外在性特征的正面认知,并且“内在”地、正面地应用了前面说过的语言在意义构造当中的核心作用,从而使这样的意义构造机制始终保持在经验的层面上,避免了意义脱离经验的抽象化、玄思化与形式化;这反过来,又使贯彻这种意义构造机制的哲学与文化整体上带了诗性特征。在中国传统经典《诗经·国风》的“兴诗”当中最普通的语言结构中,非常质朴但又极其清晰地保存着这种诗性的意义机制的踪迹:

桃之夭夭,灼灼其华(O(S))→(兴、转喻)←之子于归,宜其室家(s(o))

“O(S)”表示客观的主观化、经验的意义化,“s(o)”表示主观的客观化、意义的经验化:前两句由于是客观的主观化与经验的意义化,所以在看似纯粹的客体表象与能指符号中,实际已经被主观化注入了意义;后两句由于是主观的客观化与意义的经验化,所以看似纯粹的人事议论实际上已经被拉开了客观的意义距离。而这期间的“兴”与转喻的意义关联,表明一种在时间中的、外在性的意义化合的可能,这也就是一种不可还原为单一主体与单向意义传递的、文明性的“类”存在之意义化的基本可能性。

文学的艺术真实性,是这个虚线覆盖的时间性地带的真实性,它通过《诗经》的“兴诗”表现出来,只是表明诗经和“兴诗”本身在中华文明传统当中的元文学的本源性与象征性意义。它在错综、错动当中粉碎了审美主客体关系的理性化硬壳,在时间性与空间性当中重生。这是杜夫海纳用“审美经验现象学”这一仍然成问题的理论框架,含混地表述过的东西:

>……真实性也必须显现。但审美对象的真实性只能出现在感性之中,出现在自然的直接定在之中。所以,这种与审美对象的出现有绝对联系的、与它的表象相互关联的真实性立即有了时间性:在智力的天空中完全没有它藏身之处。审美对象就其形式而言是没有时间性的;但因为它的形式是一个躯体的形式,所以它是奉献给世界和时间的。[①]

审美主客体关系的理性机制,既然已经在现象学具体化的“经验”分析思维当中破产,那么“美学”或“审美”以及有关理性、意志、感性的概念框架,也就根本站不住脚了[②]。这一艺术经验现象学之所以还被保留着“审美”或“美学”之名,

①[法]杜夫海纳:《审美经验现象学》(上),韩树站译,文化艺术出版社1996年版,第200页。

②参见杜夫海纳的如下说法:“主体的世界不是一个主体化的世界,而是主体在其中并在其上与其他众多主体协调一致的世界,因为主体不是不可分割的主体性,而是一种‘给予存在自身’的存在。所以这个世界要求给予客观的对待,使它作为共有的世界出现,并驳回唯我论的‘我思’的要求。”见《审美经验现象学》(上),韩树站译,文化艺术出版社1996年版,第228页。美学的审美主客体关系框架内的关于审美的“自然意识”,恰恰是不自然的“主体性”。

是因为杜夫海纳不仅没有勘破、甚至主动“绝对”化了审美主客体关系的“这一对子”[①]:“用审美经验来界定审美对象,又用审美对象来界定审美经验。这个循环集中了主—客体关系的全部问题”[②]。杜夫海纳的“审美经验现象学”效法的,主要是胡塞尔的本质现象学,也就是说,他有意不对审美意识进行现象学还原(先验还原),或不如说,他就是有意要保留审美意识结构的自然化构成,即主客体关系的“这一对子”。但这主客体“对子”的逻各斯,即便是只是作为对于美学问题进行探讨的一种方便的策略性考虑[③],其实也没有杜夫海纳设想得那么美妙:保留了主客体关系这一现象学意义上的“自然”化思维与“自然意识”,就保留了美学的基本理论与思维格局,从而带着审美经验与艺术本质的“现实性”与“绝对性”跌落、进入“人类学”视野,并不能真正走进现象学要求的主体间的“生活世界”,不能对于审美经验与艺术本质从内涵与外延两个方向给出更多的富有新意的解释,而只能在这些问题上基本保持美学的认知方式和基本结论。

更主要的是,它没有改变西方形而上学传统的一系列基本的颠倒秩序:“综合判断根据事物的结果描述事物,把本质与结果等同起来,是一个换喻……因此换喻是综合判断的核心。这就是说,它是一个虚假的等同。”[④]尼采把西方传统形而上学的哲学真理机制称之为“转喻”(“换喻”)式的谎言[⑤],这是因为尼采在转喻当中看到了一种因果倒置:本质与结果、原因与后果的倒置[⑥]。而这又是

①[法]杜夫海纳:《审美经验现象学》(上),韩树站译,文化艺术出版社1996年版,第4页。

②[法]杜夫海纳:《审美经验现象学》(上),韩树站译,文化艺术出版社1996年版,第4页。

③胡塞尔意义上的现象学,主要仍然是一种关于普遍性本质的知识学(本质现象学),以及对于有关这种本质普遍性的先验意识构造(先验现象学)的研究。然而,康德美学承诺“审美对象”给予人们的,既非知识和概念性本质,也非关于本质的先验意识结构:如果不是事先被确定为“审美对象”,那么如何在现象学式的意识经验之流当中,确立“审美对象”的被给予方式及其“审美”意识的特殊性,这正是胡塞尔现象学的难题;同时,也正是这一点,促使杜夫海纳选择绝对化这个循环论证,来作为解决此种难题的“策略性考虑”。但这种论证方式本身并无成效,杜夫海纳(也包括海德格尔、萨特)等人号称现象学的“美学”研究,事实上只是经由它而依赖于历史主义与习俗主义的无法避免的相对主义(见下文)。当然,如上文所说,这反过来也可以说是美学的理论框架根本站不住脚的证明:如果说就一般的先验哲学领域而言,现象学只是证明了其“形式本体论”式的空洞的形式主义的话,那么,对于美学来说,现象学则是从内部根本上瓦解了它。

④[德]尼采:《哲学与真理:尼采1872—1876年笔记选》,田立年译,上海社会科学院出版社1993年版,第79页。

⑤“转喻”和“换喻”是metonymy这一概念的不同译法。

⑥[德]尼采:《偶像的黄昏》,李超杰译,商务印书馆2013年版,第33页。

因为包括“美学”在内的西方形而上学哲学思维，作为概念思维主体的一种认知程序与知识秩序，是自然经验与自然客观性的镜像化，这作为一个认知过程和知识界定程式或许难以避免，然而如果将这种程序或秩序绝对化，必然会导致因果倒置的幻象。但要走出这种幻象，在西方形而上学传统的内卷化与形式化的思维体系当中[①]，不能靠主体自身蒙昧主义的自我颠覆与解构，也不能仅凭主体性主观的自以为是的自我反思——它们效用与彻底性都是有限的，而是必须真正逆向地回溯这种认知程序和知识秩序的自然经验基础。[②]审美经验本来可能提供这种反溯性的基础与参照系统，但按照杜夫海纳的论证方式，在最理想的情况下，适足以为西方传统形而上学的幻象体系，重新奠定一种坚实的“审美经验”的基础。

其实，杜夫海纳所说的“用主观性来回答主观性”[③]，事实上代表了现象学思维与“工作方式”的一种相对于传统形而上学思维的具体化路径，但这不能用单一向度的主体性维度内的现象学“世界”来理解：在主客体关系图式当中，根本无法走出形而上学的主体性世界的内卷性领域，无法走出意义与本质认知的主观性领域。因此，必须把它展开在文明生活的自然秩序，即错综性的主体间世界当中。而真正的主体间性，一定是一种错综性的、相向而行的主体间性：只有一个相向而来的主体性，才能自外而内、自下而上地勘破单一主体内卷化的(形而上学)思维镜像与意义漩涡，重构主体间的意义与价值的客观性与自然性。上述图式事实上是这一基础性、终极性关系的反映，但它出现、体现在中华文明元典《诗经》当中，绝非偶然，而是充分代表了这种“文学”经典深广的文明渊源，以及这种文明根基处的“诗性”属性。同时，这种图式也使这一文明本身真正能够建基与汲取其自然根基处的自然正确性，并以此来矫正历史性的缺陷与错误。这也根本不同于杜夫海纳的历史主义、习俗主义论证方式事实难以避

①参见本书第三章的相关论述。

②这就像镜子中的影像一样，这种镜像式的倒置和颠倒关系，是人类理性，乃至人性本身的局限性，但不能因此就将镜子打造成一座思维镜室乃至镜子迷宫(形而上学)，也不能走向相反的极端，即将镜子彻底打碎(解构主义、后现代主义)。比较可取的理性的办法是，将镜子当作镜子来使用的同时，意识到它的局限性，并使用各种办法，尽可能地还原这种镜像所反映的现实经验的客观原貌。

③[法]杜夫海纳：《审美经验现象学》(上)，韩树站译，文化艺术出版社1996年版，第234页。

免的相对主义[1]。亚里士多德曾经意识到这样一个矩阵或矩阵性关系的存在,并且有可能从这种关系中看到了修辞理性、修辞经验的时空广延性,但他仅仅将此当作两组孤立的修辞关系的同向并置:“所谓‘类推’,指的是这种情况:当b对a的关系等于d对c的关系时,诗人可用d代替b,或用b代替d。”[2]阿威罗伊在注疏《诗学》时提示,这是在更广泛的意义上解释包括转喻和隐喻在内的成因[3]。但只要还是在主客体关系“对子”当中来解释修辞理性,那就无法解决尼采所说的形而上学思维与西方式的哲学理性的因果倒置问题。

这个矩阵从根本上反映的,是一种在自然时空思维与自然经验的开放性当中,完成世界意义、文明经验与文明价值建构的方式。这其中自然也包括文学思维与文学的经验与意义构成。《文心雕龙》首篇《原道》,第一句话“与天地并生者何哉?”即化用《庄子·齐物论》当中的“天地与我并生,而万物与我为一”的名句,这并非无谓。它要接受的就是“文”与天地自然之道“并生”“为一”的关系。而“兴”的这种意义综合结构,将这种关系从“文”或文学修辞的内部进行了贯彻与落实。这表明的是这样一种修辞理性或者文明理性:自然并非经由人的理性赋予“形式”,成为客观性的实体,才进入人的生活秩序或人性化的存在领域;或者说,自然并非从客体性的方向与方式,变成人性与人类主体的认识对象,以及人性化生活的对象化的客观性场域。这表明人性与自然之间,始终是连携、映带、联动的“引譬连类”的关系,而非单向的对象化的主客体关系。这也表明,时间与空间并非先验的感性形式,对于作为经验质料的时间与空间逆向、反向追溯与把握,始终是可能的、存在的。因此,这里不是康德式的“先天综合判断”式的“转喻”,但过去的时间性同样是真实的、理性的经验,而非想象中的、虚幻的艺术构造,这里发生的是人性与自然、主体与客体、概念与经验之间的相互校准、相互规定。也正因此,时空不会简单地成为过去和外在的空洞形式,而是始终以“并生”“为一”的方式,作为现在的经验质料而当前化地存在与在场。自然时空与自然经验,始终是一个开放性的、发散性的经验内容领域,而且正因为这种错综性

①[法]杜夫海纳:《审美经验现象学》(上),韩树站译,文化艺术出版社1996年版,第14页。

②[古希腊]亚里士多德:《诗学》,陈中梅译注,商务印书馆1996年版,第149-150页。

③[阿拉伯]阿威罗伊:《论诗术中篇义疏》,刘舒译,华夏出版社2009年,第49页。并参见该页英译者注释第12条。

的关系,使它们成为真实的、可经验的实质性内容与意义质料。这不仅仅是文学的经验方式,而且具有文明理性的奠基性意义。它并不否认康德意义上的概念理性的作用和意义,但它不认为经验的实在性基础与人类认知的确定性,能够从人类理性机能的内在构成当中得到保障。而在时空的现实广延性当中,文学经验是实在的,文学意义是本质的,它们具有文明的自然基础性作用,这是文学的文明性的自然构成与自然属性。

《诗经》之后,《楚辞》是中国文学传统当中的一个奇特的存在。它制造了一个瑰奇神异的隐喻和象征性体系,这不仅仅是文学的想象力和修辞手法的问题,同时也代表一种特定的理解与认知世界的方式,一种特殊的文化和意义体系:这也就是一种设定意义内在符契的闭合性(隐喻和象征)的意义体系,这必然封闭自然经验与自然思维,走向与西方传统类似的形而上学和神学。正是在这个意义上,刘勰看到了《楚辞》与纬书的本质联系,因此在《文心雕龙》开篇论述"文之枢纽"(《文心雕龙·序志》)的五篇当中,《正纬》之后才继之以《辨骚》[①]:纬书本身作为一种神秘主义的超验神学体系,它建立在对于神迹(祥瑞、灾异)的隐喻、象征性的意义解释与价值等级序列的基础上。而这也正是纬书的辞彩与文章想象的力动力来源,或者本来就可以将纬书看作一种广义上的、文明诗学意义上的文学修辞:"若乃羲农轩皞之源,山渎钟律之要,白鱼赤乌之符,黄金紫玉之瑞,事丰奇伟,辞富膏腴,无益经典,而有助文章",正因此,纬书成为"后来辞人"写作"采摭英华"(《文心雕龙·正纬》)的源泉。谶与纬之间可以有不少区别,但从纬书(隐喻和象征性)的认知方式和思维方式上讲,是对于谶的延续与继承;纬书不一定继承《楚辞》,但它与《楚辞》有着类似的生成的文化氛围与思维方式、思想环境。但这样的特殊文化体系、意义方式,在后世其实难以为继,所以其连带反应是,真正继承《楚辞》的隐喻、象征("比")的思维方式的,其实是处于"赋""比"之间的赋:"若斯之类,辞赋所先"(刘勰《文心雕龙·比兴》)。就此而言,《楚辞》究竟是"诗"还是"文",其实还是一个未曾论定的问题(刘勰应该是倾

①人们通常"谶纬"并称,谶产生较早,而纬书一般认为形成于汉代,自然是在《楚辞》主要作品之后。但作为一种文化传统和思维方式,它不可能是突然产生的,所以刘勰的论述方式,即使作为历史顺序也不为过,何况刘勰讲的本来就不是历史次第。

向于将其归之于文，或诗、文分类之前的特定品类）。

汉魏以降，像《古诗十九首》这样的杰作之所以为后世文人之作所难以超越，就在于它保持了《诗经》“兴”诗“兴”象的自然时空与自然经验的开放性：“浮云蔽白日”“青青河畔草”“冉冉孤竹生”究竟代表什么并不确定，也没有固定下来隐喻和象征意指。人性与自然精细、耐心地组纂、编织在一起，但并不是“情境交融”，不是所谓“意境”，而恰恰是像丝织物的经纬线一样，各自保持其分明、练实的本色与自性。但正因此，一种人性生活的旷古的伤感，在一个更阔大和更本源性的自然价值天幕当中，直白而又沉痛、旷达而又深刻地展现出来。人世生活的面前，像放置了一面能透视其本质的自然之镜，一切都显得纯净而透明，似乎一切都在表面，但又通彻本源。这确实不是个体的才能所能达到的境界。而在曹操那里，“日月之行，若出其中，星汉灿烂，若出其里”的“沧海”，本身被赋予了日月星辰贯穿与轮转其中的“自然”时空景深，同时，它作为人世生活与心灵的转喻，或正因为这种将“自然”差异化并置的转喻性关系，被赋予了作为人性价值思考之“自然”价值尺度的立体化层次。从而所谓“古直悲凉”，恐怕不仅仅是审美表象意义上的艺术风格，同时也是在浩瀚的天道自然之大化周行面前，对于人性生活与生命价值倔强地予以重新丈量、重新体认的悲壮。到了六朝时期的“雕缋满眼”的艳丽诗歌当中，被改变和浅薄化的不仅仅是修辞与辞藻，而且也包括日益凝聚到诗歌修辞之物质实体性与“审美表象”上来的心性和眼光。诗歌声律等方面的发展，应该是这种眼光的结果。

第二节　自然时空经验的塌陷与轮回

如果从一种中西比较的视野出发，来看待中国文学当中这种自然时空经验与自然思维，更容易看出其区别，但前提是要有不带有意无意的偏见的澄澈的眼光。宇文所安对于中国古典文学的研究有其令中国学者汗颜的精彩之处，但也有着对于中国文学根本性的误读：“引起记忆的对象和景物把我们的注意力引向不复存在的完整的情景……中国古典诗歌始终对往事这个更为广阔的世界敞开怀抱:这个世界为诗歌提供养料,作为报答,已经物故的过去像幽灵似的通过艺术回到眼前。”[①]这些看似只是无害的艺术性的分析,实则优雅的批评言辞背后是一种带着有色“文明”眼镜的歧视性的“文明诗学”话语。这里可以仍用宇文所安分析过的杜甫的《江南逢李龟年》为例:

岐王宅里寻常见,崔九堂前几度闻。
正是江南好风景,落花时节又逢君。

按照宇文所安的说法,这首诗表现的是由于文学修辞无法完整地呈现过去的经验,从而使得“‘寻常’成了异乎寻常……记忆力使他们意识到自己失去了某种东西,由于这种失落,过去被视为理所当然的东西,现在有了新的价值”[②]。然而,过往的经验之所以被当前化,正是因为它有着不能被减缩为审美想象与艺术观感心理的现实时空当中的经验实在性,或者说,它正是呈现在“兴”之经验错综与当下综合当中的生活世界之时空现实性:这首诗前两句述说了过去时空中的某种经验,而后两句,从语言和修辞结构上都类同《诗经》中的“兴诗”,正是在这种“好风景”“又逢君”的修辞缝合、空间并置当中,重新建立起一个自然与人性错动、活跃和意义化了的诗性经验之具有时空广延的现实性。在这其中,作为一首以“相逢”为题的诗歌,它没有直接说到时间性的主题,这恰恰是因为它要激活的,正是一种现实的时间性体验与时间经验。后者作为一个未被直接提及的、非主题的主题,在从被文学修辞组织起来的意识经验中洞开的内在世界界面上,过往与当下之间的时间距离,被作为一个并非语义和意象层面的“具体”的主题性,复活在这种具有时空纵深的生活世界之活跃经验当中。但这种文学经验与诗性意义不是作为“幽灵”过去,并且凭此达成对于过去的超越时间的“永恒性”、也即虚幻性的“审美”掌握,而是过去作为现实的、真实性的诗性意义与文学经验构成而当前化地存在。

①[美]宇文所安:《追忆:中国古典文学中的往事再现》,郑学勤译,生活·读书·新知三联书店2004年版,第3页。
②[美]宇文所安:《追忆:中国古典文学中的往事再现》,郑学勤译,生活·读书·新知三联书店2004年版,第6页。

这其中的关系在于，就像我们不能把在书法的提按顿挫当中的时空认知、时空思维与时空经验，以及舞蹈动作当中的时空关系，当成是审美心理学意义上、依附于心理机能与功能而存在的“意象”或者“想象”一样，不能让文学修辞当中的时空经验和时空意义，被吸收进修辞的物质实体与心理机理当中[①]。当然，文学修辞的构成要比书法线条、舞蹈动作复杂一些，而且具有更容易被混淆的性质；另外，文学中的时空经验与时空意识不一定都需要现象学\或类似现象学式的分析，但现象学意识经验意义上的时空分析可以作为底线，保障文学的时空经验，乃至一切文学经验，不被“美学”大而无当的空洞性和抽象性所肢解，并消失在主客体关系循环论证的概念性与抽象性当中。而这反过来，可以保障文学经验具有没有被递次装入、消弭在审美表象或意象、语言实体（心理或物质）的实在性当中的时空广延性与有效性——这是文明诗学或者文学之文明诗学意义的前提。这里可以接上第六章中的话题，即所谓文学修辞的“具体的具体性”，并非（像宇文所安所说的那样）以将修辞变成物质实体性为代价，来“反向”表述与指示一种时空经验或意义的具体性：修辞像被烹饪的菜肴一样，其“成熟”的标志，并非是变成另一种更加简单、更加特异的物质实体性或其他属性，而是它将更加切近、贴切地进入主体的经验与意义体验范畴的透明性，从而就此打开一个新的世界意义之门。这时，它或许像被烹熟的食材一样形质俱变，但却并非被物化，变成一个仅仅作为简单的（“文学本体论”的）物质实体性的指示标志或符记，而是在更高的层面上回归、展现食材的“自然”本质与“自然”属性，从而更加呈现出文学修辞经验与文学意义的立体化、全方位的“自然”的多义性、层次性和有效性。

上述这些，在具体的文学作品的理解上似乎不会造成很大的区别与严重后

①按照通常的“美学”观念，书法被当成是“形式艺术”或“空间艺术”，而舞蹈被当成“形体艺术”或“表演艺术”，那么，其包括某种现实的时空经验关系自然不足为奇；但文学作为“语言艺术”，则不可能包含这种具有时空现实性的经验。然而，除了上文已经讲过的现象学意识经验与意义构成的时间性维度之外，本书前面讲过，戏剧是对于文学经验构成情状的“戏剧化”呈现，通常被认为“内在”于没有时空延展性的审美表象和文学修辞当中的文学经验与意义，如果超出美学对于单一的审美（创作或者接受）主体心理机能的抽象凝视，如上面的“兴”诗的意义综合机制所体现的，在这种戏剧性关系当中，同样呈现出其构成与结构的生活世界的时空现实性。文学经验与文学意义，不是单一主体心理机能的结果与附属物。

果,但这种对于文学的理解方式,事实上本身有着重大的文明意识关涉与文明价值视野的不同。宇文所安的文学研究也延伸到了文明的视野,但恰恰在这里,暴露出这种研究的背后,仍然是对于中国文化与中国文明的后殖民主义的眼光:

> 要真正领悟过去,就不能不对文明的延续性有所反思,思考一下什么能够传递给后人,什么不能传递给后人,以及在传递的过程中,什么是能够为人所知的。只有在世俗的传统里,人的行动才会具有永久的价值和意义……①

这些话说得似乎不错,但其前提是对中国文明传统的一种习见的、根深蒂固的偏见:即中华文明缺乏(比如从“自然”的哲学思维或者“超自然”的宗教思维方式出发的)自我反思能力,因而中华文明价值体系只有一种“世俗的”上的层面“永久的价值和意义”。然而,在宇文所安看来这终究是一种虚妄的主观愿望:“在中国,古代周朝的氏族礼法没有被哲学探求和功利的考虑取代,也没有借助超自然的力量转化为法规;它作为一种历史的可能性而存在,人们抱着恢复它的希望,保持和研究记载它的断简残篇。”②反过来说,这种“追忆”历史过往的主题与愿望,似乎只是一种合格的文学主题,或者只能成就一种还算精美和完善的艺术成就。但尽管它成就了一种别具魅力的文学品格,中华文明理性与文明价值追求,仍然只能是一种文学式的想象与虚无的希望,只能成就一种在文学式的虚幻当中延续的文明传统。或者说,人们只能从文学性的意义与价值,以一种“美学”“审美”的属性,来理解中华文明的伟大传统。而宇文所安的文学研究话语,他研究中国古典文学有意无意的“目的”,就是从这种眼光、这种“理论”格局当中生发出来的。

当然,这不是说中国文学传统不会有它的问题与危机。为人们津津乐道的盛唐诗歌的辉煌,以诗性意义机制“充实”与饱满的《楚辞》化(隐喻化、象征化的

①[美]宇文所安:《追忆:中国古典文学中的往事再现》,郑学勤译,生活·读书·新知三联书店2004年版,第18页。
②[美]宇文所安:《追忆:中国古典文学中的往事再现》,郑学勤译,生活·读书·新知三联书店2004年版,第16页。

内在化与封闭化)为代价:盛唐诗歌就像一个隐喻性意义的气球或者灯泡。而这结果就是如通常人们的看法,"兴"的诗法最晚至唐代已经死亡、绝迹,不再被人们使用。对此,可以这样来理解:在浑成圆融、高度成熟的唐诗中,"兴"作为一种元始性、根本性的文学修辞之自然理性与诗性意义机制,已经彻底地在诗歌语言当中内在化、内卷化、隐喻化了,它从此只是在诗歌中无名地、默默地得以保存为一种"以此物比彼物"的诗歌修辞。当皎然讲"取象曰比,取义曰兴,义即象下之意"(皎然《诗式》)的时候,虽然对于"兴"的意义机制的直接性有所洞见,但已彻底将"兴"纳入"比"、将转喻纳入隐喻的深度性意义框架("义即象下之意")。由于隐喻和象征式文学思维与意义机制的普遍渗透及被广泛接受:"日用乎比,月忘乎兴,习小而弃大,所以文谢于周人也。"(刘勰《文心雕龙·比兴》)其结果就是打造出了言—象—意的日趋内卷化的、凝固的隐喻式关系机制。在这种情况下,自然时空关系与自然时空经验、时空思维,真正变成了尼采所说的知识性"隐喻"的存在[①]。

在这种情况下,文学思维与文学经验当中的自然时空关系、时空经验的现实性就塌陷了。在晚唐的诗歌当中,人们能够看到人性与自然之间对等的一种象征主义式的所谓"主客观的平衡",相比于西方的象征主义文学,人们不禁要惊奇它早熟的神奇。晚唐诗的魅力,也正在于在经验与意义压缩的内聚性与复合性当中,达到的丰富意义含蕴。但这里的代价,就是在成就一种文学的神秘主义魅力的同时,截断了自然之思的时空经验的开放性与发散性,闭合了文学的自然时空经验能力与思考能力。那种所谓的"平衡"关系,使得文学变成了外在的精致的文化产品,却失去了它自《诗经》以来一直具备的文明理性与教化作用——这在中国文明传统当中是一个异数,但历来对于这种"异数"发出的指责,并不像人们通常认为的那么不合理。晚唐诗是唐诗与宋诗的一个中介,宋人不过用思辨与理性化的内心求证,取代了晚唐诗当中的意义闭合循环的、象征主义的内在的意义应合与象征主义语言及意象实体。这种诗歌"辞赋"化的本质,是刘勰早就看出的对于"兴"的自然思维能力与自然经验的遗忘问题。而将

①[德]尼采:《哲学与真理:尼采1872—1876年笔记选》,田立年译,上海社会科学院出版社1993年版,第72页。

此理解为“以文为诗”“以学问议论为诗”所造成的结果,可谓皮相之论。

在所谓深沉内敛的宋代文学当中,在前代文学辉煌成就的压力之下,宋人普遍感到了一种文学上的深层的表征困难。但这种表征困难,并非通常意义上的文学才华或语言修辞才能的问题。面对日益“辞不达意”的传统文学体式,对于那些最优秀的作家来说,“辞至于达，足矣，不可以有加矣”(苏轼《答王庠书》),“辞达”已经是一种终极性的目标诉求,这是因为他们深知“辞达而已”并非只是语言文字层面的事情。他们为此付出了恢复与重建通过文学的自然观感与自然之思,以文学修辞解悟、通达天道自然之能力的努力:

苏子曰:“客亦知夫水与月乎?逝者如斯,而未尝往也;盈虚者如彼,而卒莫消长也。盖将自其变者而观之,而天地曾不能一瞬;自其不变者而观之,则物与我皆无尽也,而又何羡乎!且夫天地之间,物各有主,苟非吾之所有,虽一毫而莫取。惟江上之清风,与山间之明月,耳得之而为声,目遇之而成色,取之无禁,用之不竭,是造物者之无尽藏也,而吾与子之所共适。”

苏轼《前赤壁赋》

这段文字包含了苏东坡对于世界人生的总体观念与价值认知,同时还有认识论、方法论。初看起来,这些给人的感觉似乎是过于艺术化和诗意化的东西,然而同时又出自某种看似不着边际的“学问”和“议论”,这一矛盾情形,正反映了苏东坡的一种认真和严肃的态度:前人关于自然的艺术造境不能令其满意,而那种只能在变成纯粹艺术境界的自然当中寻求人世价值根据与心灵超越的方式更是虚幻,苏东坡要做的,不是找到一个新的题材领域,艺术性地游戏笔墨,发发感慨,他所关心的,也不仅仅是文艺问题。“客”的悲伤在于从物是人非的景观当中,发现人生的短暂、人世的微妙。作为物我直观比照、时空关系简单比量的结果,这是很初级的一种自然经验观感,及由此而引起的伤感情绪,在任何时代都不难看到大量此类题材的泛泛之作。这种伤感之所以清浅,就在于它其实是空洞的,它并没有将人世与人性具体的、复杂的内容组织进去,而只是一种空泛比况之下的外在伤怀。只有将人伦与人类生活的秩序嵌入天地自然之间,这个世界或许才真实。然而“蔽于人而不知天”同样是问题,从轴心时代“人的觉醒”开始,文至秦汉、诗至盛唐,一切好的文章都已经写完。这可以理解为,沿着人性化价值标准与人伦题材路径,传统文章体式的各种潜在可能已经开掘殆尽。苏东坡作为各体皆能的文艺全才,对于那种写无可写、艺术思维空转的乏力与绝望感,一定比任何人都体味得更加深切。同时他也一定知道,这肯定不仅仅是文艺内部、文艺本身的问题。宋代确实到了中国文学内部大变动的前夜,文章体式上的变化,只是这种变动的表面结果。而人们对于宋人诸如以学问为诗、以议论为诗的一类指责,将这其中的关键问题给混淆、遮蔽了。这其中问题的实质,也可以本书这里的观念进行一种解释:无论是空乏的人性化题材,还是真的以才学议论为诗,都是封闭了自然观感能力,与直观天道自然的穿透性的诗性思维能力,将文学变成了纯粹人性价值的失重空转,及知识性与概念性的堆积。

苏东坡论诗论文都崇尚自然,但这个自然不仅仅是题材与风格,而是包含了苏轼对于世界与人世的整体理解及相应的思想方式,因此它是在随物赋形、自然天成的修辞当中,“归合于大道”(《答陈师仲书》)、重新贯通天地自然之道的境地。苏东坡特意启用一种号称是“赋”的文体,根据古来“登高必赋”的文体使用传统,它似乎有着一种对于开阔的自然观照及相应自然经验的“强迫性”的带入感。借助这种文体营构的特定思想与艺术氛围,苏东坡似乎在进行着某种大而无当的迂阔议论。宾客所发的水、月之喻并非很贴切,苏东坡也不过承接前面的话题,引起议论而已。苏东坡给出了两个参照系:“自其变者而观之”是“天”的视野,是刚健流行的天道,是四维的宇宙之流,具体的物质自然意义的“天地”与人世,就像是一段快进的视频录影,瞬息而逝;“自其不变者而观之”是“地”的视野,是直方贞定的地道,是三维的空间秩序,在排除了时间之流的维度里,在主客体空间凝视当中,当然“物与我皆无尽”。人总不能一上来就被那种清浅的少年式的伤感打败,但如果只是空洞地讲“变”与“不变”,给出“变”与“不变”之间的静态时空比照,就成为一个完全绕开人性化生活的纯粹物理相对论,其实也并没有多少说服力。然而,苏轼并不是要简单地回归一个天长地久的空寂的自然宇宙:“变”与“不变”两个维度,事实上是要将板结的人性化世界一撕两半,或者说,只有将被前人写得溜光打滑的人性化题材的硬壳给拆解开来,才可能将更大的价值坐标与艺术视野置入其中。

因此,在这篇赋当中,苏东坡要做的是在天道自然秩序当中,来重新反观和返照人伦与人世。苏东坡看似不着边际的“才学”“议论”,正是为了刻意重新构筑起一个超越于人性化生活与人伦价值之外的自然视野,引入佛、道教义是这一意图的结果,而不是原因。“惟江上之清风”以下,有道家目击道存的意味,或许也有佛教境由心造的含义。佛、道当然不是什么新的思想资源,但走向佛、道,对于佛、道视野的进进出出,对于苏东坡来说并非是希望走向心灵解脱的虚无之境,而是在自然之道的浩渺天幕上,对于生活意义“拣尽寒枝不肯栖”的重新寻觅。苏东坡将人性强行拉回天道自然的大视野当中,因而这种寻觅的路径,其实是再次走向熟烂的人伦秩序背后的自然法则,走向迟暮的人世生活深处之自然价值实境的努力。在苏东坡这里,包括他所引介的佛、道视境与认知、体验方式,希求的不再是一个作为外部的客观性与外在的艺术境界的“自然”,而是一个可以从其内部延展开来的世界,是一个可以憩息、栖居其间的纵深性的生命价值时空。不仅如此,苏东坡同样也力图将这种自然视野,通过比如各种不同文体与文艺形式的试验,重新注入艺术性的自然直观与天道之思当中:或许正是这种类似艺术宗教性寻索的目的,使得苏东坡在《念奴娇·赤壁怀古》明朗豪迈的历史性抒情之后意犹未尽,又写下了对于历史人生内部恒在的自然价值法则进行考索的前、后《赤壁赋》。

在这个意义上,苏东坡所关心的,显然并不仅仅是艺术问题。他的诗词文赋,只是他世界人生思考与探寻的一种方式。苏东坡可以将人生困顿、价值寻索、艺术努力,整体再现为仍然光彩夺目的文学作品,这种成就的取得,可能正是因为苏东坡部分地恢复了艺术思维当中的目击道存、直观天道自然的自然思考能力与自然价值视野——这或许与苏东坡的个人心性与才能有关。但或许是他对于佛、道思想资源本身的认知方式限制了他,或许是时代历史还没有足够的衰朽,因而让他看到在文艺生活之外彻底重建历史理性与政治秩序的自然正确性的必要性,所以佛、道的自然之境总体上也只是使他在艺术境地内部,完成一种更加真实、更加开阔的生命价值实践。所以,对于苏东坡来说,他既非忠实的佛、道信徒，而佛、道的自然之境也只是帮助他那惊鸿舞鹤般的超妙艺术思维走向闭合与完成："目击道存"终究停留于文艺思维的形态，"境由心造"依旧止步在艺术造境的境地，苏东坡的重返自然之旅因此也只是完成了一半，"雪上偶然留指爪，鸿飞哪复计东西"，这使他不能像前人（比如李白之于诗歌、张旭之于草书）一样，在文艺当中倾注并实现全部生命意义，找到人生价值的真正根据，也不可能安住于它们的世界当中。苏东坡借助佛、道义理展开的自然视野，也只是成就了一种文艺本身的风格品质：苏东坡留下了一个"惊起""起飞"的绝美身姿，但那令人惊心动魄的艺术性背后，却仍然是彻底的空幻与虚无（《后赤壁赋》）……总体而言，就苏东坡所经营的每种文艺形式（诗、词、文、书、画）来说，既让人景仰其天才绝伦，但同时又总给人以某种大成若缺的感觉，总似有未尽之义、未尽之才，这种苏东坡本身的"未完成性"与"空缺感"，构成苏东坡无尽魅力的一部分，或者说，是苏东坡的天才将这种"未完成性"和"空缺感"本身，转化为一种令人神往的艺术境界与艺术魅力，但它根本上是时代历史的断崖式困顿与苏东坡本人人生意义的未完成性的再现。这些可能正恰恰说明，文学的传统形式及其艺术思致，已经不再能够容纳大的时代历史经验与人们的灵魂诉求。

第三节　自然之思：文学修辞、文章体式与文明理性的重建

苏东坡超越历史的自然时空凝思，其中的变与不变、缺失与圆满、悲伤与欢喜，让人很容易想到尼采的"永恒轮回"：

> 你现在和过去的生活，就是你今后生活。它将周而复始，不断重复，绝无新意，你生活中的每种痛苦、欢乐、思想、叹息，以及一切大大小小、无可言说的事情皆会在你身上重现，会以同样的顺序降临，同样会出现此刻树丛中的蜘蛛和月光，同样会出现现在这样的时刻和我这样的恶魔。存在的永恒沙漏将不停地转动，你在沙漏中，只不过是一粒尘土罢了！①

①［德］尼采：《快乐的科学》，黄明嘉译，华东师范大学出版社 2007 年版，第 317 页。

尼采哲学的中心线索是“现代性”批判,而西方“现代性”问题的核心,就是在“现代”生活秩序当中,人性之外的价值标准被消解了,人性本身成了绝对性的自我循环、自我论证的标准。永恒轮回类似某种神秘的意识状态或心理体验,仿佛是另一个时空直接链接与降临此在时空的情形,它将人们通常的时空秩序和世界理解方式给销蚀和折叠了。初看起来,永恒轮回的情境,像是被尼采痛斥的更为显著的对于自然的“拟人化”与“人性化”,但事实上,就一种力图摆脱“拟人化”与“太人性化”困境的自然秩序来说,只能如此理解自己、表象自己,即便它只是作为一种“高贵的谎言”与文学化图景来发挥效用:它强制性地让人性化的“时间”序列弯曲,让人性化的“时间”自己吞噬自己,其实就是强行摧毁人性化的论证循环,终结直线化的历史观与进化论。相比于无论是伟大还是渺小的人性化的漩涡,永恒轮回就是对于人性的强行的再次自然化。

从根本上说,自然秩序其实无所谓循环不循环、轮回不轮回,天道自然本来如此,运转无穷,不舍昼夜,它只是让日益遗忘了自己的自然起点与基础的人性,不断地回到本来的原点与基底之上。就像人们看到天上的星空围绕着自己旋转的“美妙”图景一样,“轮回”与“循环”的表象,只是凸显了从人性化的认知原点出发所产生的错觉与幻影——它们恰恰出于自然秩序不能足够“人性化”地围绕着人性旋转的缘故。所以,所谓“循环”与“轮回”,其实正可以看作代表了自然秩序之自在、自足、自持的深层逻辑,也只有如此,才是真正的自然。永恒轮回实际上是对于人性之自然秩序的努力表征与重建:它购销了人性化的“成就”与“功业”,矫正扭曲的价值与迷失的人伦,重建自然的、健康的生活秩序。在中国文明视野当中很容易理解,这样的自然生活秩序,根本不是返回原始人式的粗野与莽荒状态,而是返回自然之道或天道之自然,这也才是“天德”。

然而,面对西方现代文明积重难返的内在颓废与虚无,尼采式的永恒轮回,召唤的是撕开、截断现代性问题之“太人性”化的漩涡的一种强横的自然力量,在强力意志当中高扬其作为“最高自然”(朗佩特)的生命力量的“超人”[①],就是

①[美]朗佩特:《施特劳斯与尼采》,田立年、贺志刚等译,上海三联书店、华东师范大学出版社 2005 年版,第 109 页。

其代表。但这种力量,人类脆弱的自然生命与精神弓弦是否能够承受是个问题,因此它也是使人趋向疯狂与自我毁灭的力量:“我说着我的言语,我也因这言语而粉碎”[①]。这种毁灭总体上可能并非悲剧性的,而是自然性的,或者说,在这种“毁灭”的意义上,永恒轮回是自然性的,是“现代性”的“自然”被强迫性地返照、返回自身时的自我理解与展开方式。在现代主义以来的文学作品与文艺理论著作当中,毁灭、轮回、循环都是原型性的重要主题,它或许可以看作是现代主义文学以其自己的方式,对于生存之自然价值根据与自然正确(natural right)性的努力寻找:

> ……当我漫步于奥古斯都和台比留斯曾漫步过的峭壁,我明白了这种似乎进入了一切可见与有形事物的强烈感情,并非来自智慧的反作用,而正是智慧本身……我感觉到从蓝色间落下的温暖的阳光,默默低语,像我无数次低语过那样:“我永远是它的一部分,也许无法摆脱,忘记生命,又回归生命,不断轮回,就像草根里的一只昆虫。”[②]
>
> 叶芝《幻象·献辞》

叶芝这样的现代主义诗人,写作《幻象》这样一部神秘主义哲学著作的目的,出自其对于一种“思想系统”的渴望:“我渴望一种思想系统,可以解放我的想象力,让它想创造什么就创造什么,并使它所创造出来或将创造出来的成为历史的一部分,灵魂的一部分”[③](同上)。如果我们将这种自动化的神秘“思想系统”,看作是中国传统当中那种诗性的自然秩序或自然秩序之全幅性的诗性,以及类似中国人对天道自然“目击道存”的穿透性的直观顿悟能力,就很容易理解,现代主义诗人寻找的就是在神性隐失的情况下,人性化生活与人伦法则背后的自然价值秩序。而不少人却将现代主义诗学仅仅理解成对于人性内在的曲折隐秘的探险、展览,甚至将由此引发的灵魂的动乱与废墟化,看作是文

①[德]尼采:《扎拉图斯特拉如是说》,黄明嘉、娄林译,华东师范大学出版社2009年版,第364页。
②[爱尔兰]叶芝:《幻象·献辞》,见王家新编选《叶芝文集》(卷三),东方出版社1996年版,第229页。
③[爱尔兰]叶芝:《幻象·献辞》,见王家新编选《叶芝文集》(卷三),东方出版社1996年版,第227页。

学的“力量”。

过去人们对于现代主义文学作出“颓废”与“虚无”的评判,这确实出自一个很狭隘、陈腐的视野,但仅就结论而言,却也不一定完全错误。无论是“郑卫之声”还是现代主义、后现代主义末流的精神雪崩,它们的问题可能正在于一个字:“淫”,也就是过度,用尼采式的话语来说,就是在更大的价值参照系统缺失,或者被颠覆的情况下,一种过于“人性的、太人性的”价值的内部循环。这样的诗歌或文学感性,远非世界的终极真相,它既不能告诉我们“人应该如何生活”,也不会让无论是作为诗人还是民众的个体更加幸福,更不能指向一个更加良好的人伦秩序与生活世界。如果仅仅从素材、题材的角度考量,让人觉得所谓“乐而不淫,哀而不伤”“思无邪”是一个很难把握的尺度,但所谓“淫”与“邪”,其实就是一头钻进了人性化情愫内部寻寻觅觅的浸淫与邪曲:当文学失去了深入生活的肌理褶皱, 提升与重建人世生活之自然价值秩序的视野及作用机制以后,如果只是在人性化的世界内部悲悲切切,在“卑微”“扭曲”“渺小”的人性涡旋当中兜兜转转,那它从根本上不过是一种装饰性的东西,甚至是多余的附赘悬疣,它只会起到煽动人性内在的各种畸形与极端性的作用,这样的文学也就不再是必需的。

然而,在五百年后,杨慎将苏轼《前赤壁赋》当中的那段话,进行了新的演绎。或者更准确地说,正是将《前赤壁赋》的自然观照与天道考问,接入《念奴娇·赤壁怀古》的人性化的历史抒情格局:

滚滚长江东逝水,浪花淘尽英雄。是非成败转头空。青山依旧在,几度夕阳红。

白发渔樵江渚上,惯看秋月春风。一壶浊酒喜相逢。古今多少事,都付笑谈中。

杨慎这阕著名的《临江仙》当然极具“才情”,从美学与审美的角度讲,非但没有毛病可以挑剔,而且几近“完美”。但这首词给人的总体感觉,就像一个做过无数遍的旧梦,我们并不知道它要表达什么,也不知道它能给予我们什么。它既没有比苏赋有新的视境上的开拓，其实也没有了《赤壁怀古》豪壮的历史抒情格局，这些不仅仅是情调的变化与境界的缩小，而是前者的艺术格局整体上被转换成了一种“太人性”化的内涵：“青山”太过妩媚近人，“夕阳”轮转成为人世生活、人性化生活的伴随与见证者，而秋月春风，不过是人世的凄冷繁华的通俗隐喻。它们尚且不如苏东坡中秋节的“明月”具有清冷自持的自然法则的明晰性，总体上是从具有内在的意义纵深与层次性的自然视野，收缩、抽紧为纯粹人性化的情感结节、盘郁，自然秩序被深度地拉入这种浓重的情绪郁结当中，山河风物都变成这种情绪的忠实俘虏。青山、夕阳、秋月、春风都有着极其明艳的色彩，却像现代派绘画一样让人分不清层次与边界，因为它们不过是“太人性”化了的历史感叹的虚幻、含混的符号，或者是某种模糊的背景。“白发渔樵江渚上”似乎还有点苏东坡的白色月光当中清冷的自然理性，但它与柳宗元《江雪》当中，迹化入漫天白雪、天地自然中的孤舟钓翁那石头般的坚冷刚毅全然不同，所谓惯看秋月春风，所谓古今多少事都付笑谈中，不过是强作解人、故作超然，因为人们读这首词，并没有感到有多少真正可以喜乐的实感与可以托付的希望。

因此，这首词表面上的旷达解脱，构成的只能是“夕阳西下，断肠人在天涯”的末世性情调，它本质上是一种深透骨髓的寒意与惨恻的绝望。当然也可以反过来理解：正因为看不到现实当中人世的出路与历史的未来，所以才故作旷达，但也不过是“惯看”历史空洞循环的旁观者的无奈与苍老心态而已。用尼采式的概念来说，如果苏东坡那里无尽的自然时间之流与尼采的“永恒轮回”是一种“积极的虚无主义”的话，杨慎就是一种“消极的虚无主义”：因为前者指向的是在一个更大的价值视野当中对于人性化生活的反省与重构，而后者则是彻底的放弃与绝望。这种消极的虚无，也直接体现到其艺术构成与组织方式层面：杨词通篇整体来看，上片的历史感慨甚至可以说只是一幅浓墨重彩的铺垫、手段和背景，而下片白发渔樵的沧桑老境，才是整首词着重要传达的情愫的核心与重心。然而，当这种情愫表达自动过滤掉凄厉惨烈的自然情感烈度，变成像一坛陈年浊酒一样、具有只能让人回味过往岁月的“醇厚”时，这种文体写作上的词不达意不再是个体才能问题：一种仿佛已经从读者和社会接受层面反馈和周转回来的、预支的公共性阅读体验，一种几乎是技术性的惯性与自动化的心理学机能,主宰了这首词的写作机制,但这种文学经验的窄乏流通与修辞技艺的程式化空转,正充分地体现了"末世"之为"末世"的情调,及其相应的文学生产的社会文化机理。

关于所谓"一代有一代之文体"前人论之已详,这里主要是就这种文体转换的内在自然动因与自然价值根据进行一种解释。一种文学体式,经过文人在漫长历史当中的揉捏把玩,不仅写作技艺上形成了圆熟的程式,读者对于它的接受心理、社会文化语境对于它的理解模式也都已经程式化,同时这两个方面也是相互作用、相互影响的。在一种文体的"末世",人们对于它的接受心理其实是欣赏古物"包浆"的心态,这时人们欣赏的其实不是文学本身,而欣赏自己那种"苍老"的心理自足、满足感。在这种情形下,文学作品本身的艺术品质并非是最重要的,它仅仅是一种"召唤结构":文学接受的文化机制,成为由这一"文体"所触发、牵引的一种"人性化"的自我循环,这是这一文体的最后一季生命。这不能说明社会生活当中没有需要发抒的情感内容,或者这种不合时宜的文学形式背后,不存在堆积、壅塞的有待表述与再现的社会历史经验,但如果它"召唤"出的是一种大面积的空洞而同质的苍老意绪,则说明它不仅仅代表了文体的"末世",也遭遇了社会历史的"末世"。浸泡在这种作为社会化存在的末世意绪当中,杨慎的这首词可以说是末世文学的原型性与经典性作品:作为预先已将这种意绪内化入自身的自动化写作机制,很完满地体现了这种文体的末世与时代的末世相互作用、内部循环、相互叠加的"老"境,以及其相应的文学生产方式。

尽管如此,大多数人知道这首词,恐怕也主要是因为毛本《三国演义》将它用作卷头词。它从《前赤壁赋》化来,这个功用倒也算是贴切。但与其末世迷思与历史迷茫相比,小说开篇所谓"话说天下大势分久必合合久必分",尽管是说书人的俚俗套话,却总让人觉得有着更多的"永恒轮回"式的质朴的自然理性。这种自然理性超越于"太人性"化的历史沟渠之外,但却并未、或不如说恰恰因此而承担起新的生活秩序寻索与建构的职责:这种发自"自然老人"的令人嫌弃的"陈词滥调",絮叨着的正是一种自然理性的智慧,它提醒人们不仅不要沉溺在小说的故事情节当中,而且也不要沉溺在人性化的历史情节当中。它在小说结束的时刻再次出现:"自此三国归于晋帝司马炎,为一统之基矣。此所谓'天下大势，合久必分，分久必合’者也”，或许正是这样的自然理性，支持了《三国演义》浩瀚的历史叙事：“纷纷世事无穷尽，天数茫茫不可逃。鼎足三分已成梦，后人凭吊空牢骚。”在传统的文学体裁变成贫乏空洞的空自嗟叹时，历史演义小说耐心地叙述了历史的大时代、大政治。

历史演义综合了说书人的话本艺术成就，依傍正史展开，号称七分真实、三分虚构。在做这种历史的演义性重述时，其生产方式与生成过程，恐怕不仅仅是“礼失而求诸野”的问题，“王者之迹熄然后《诗》亡，《诗》亡然后《春秋》作”（《孟子·离娄下》），宋明之际的文体演变序列与文学史格局，恍如重演了一次尼采式的“永恒轮回”：长篇历史小说从底层生活与民间文化形态当中，对于生活的自然法则的重新寻找与重新发现，或许同样有着《春秋》重构生活秩序的努力。所以，尽管“天数茫茫不可逃”，尽管首尾同样笼罩着虚无空幻之感，这种历史叙事本身，却可以看作同样是“天数”所支持的自然理性的顽强伸张：“我欲托之空言，不如见诸行事之深切著明也”，作为中国传统社会末期主流文学体裁的开山之作，《三国演义》比前、后《赤壁赋》和《念奴娇·赤壁怀古》多出来的，恰恰就是厚重的百年历史叙事。无穷无尽的“纷纷世事”，硬生生地撕开杨慎式的末世悲鸣与小说结尾惯性化了的空幻历史伤感，重构出一种具有“自然正确”性与自然整全性基础的对于历史的理性表述与叙事能力。苏东坡式的刚健、豪迈的文学风骨得以转世重生，它起到以新的方式重新寄托与承载人们的生活理念与生活想象的作用，并从文化心理上反映、延展着一种新的历史道路寻索。这些都提示人们，历史和文学由此已经开启了一个新的时代。

第八章　文明诗学与中国文学传统(中)

——中国传统叙事文学的文明渊源与价值诉求

根据康德以来的“美学”观点,从作家的“审美想象”出发的“审美虚构”,是文学的本质特征。对于诗歌或者戏剧文学来说,即便将这一观点不假思索地接受下来,似乎也没有什么令人困扰之处,因为没有人将诗歌或者戏剧当成是“非虚构”的作品与“写实”的艺术。但对于叙事文学来说,虚构与写实、艺术与现实的关系及边界,从来都是一个令人困惑的重要的界限。如果用“虚构”与“想象”的艺术性来界定文学的本质,这将意味着会有古今中外大量的叙事性作品,被排除出“文学”的范畴。这对于中国人的文学传统及中国人的文学经验模式来说,将造成格格不入又惨不忍睹的后果。然而,如果跳出视“美学”及审美诗学观念为关于文学的普遍本质与普世价值的神话,就可以看到,所谓“审美想象”与“审美虚构”问题,充其量只是一个现代性的“美学”问题:即便它是一个真实存在的艺术创作技艺或手法问题,但它是否因此即等于考察中西叙事文学,尤其是中国古典叙事文学传统的根本着眼点,或者说它是否因此集中体现了叙事文学作品的本质属性与核心价值之所在,却是值得考量的。

第一节 “三易”时空观念与中国叙事文学的修辞理性及文学本质认知

中国文化与文明传统当中的叙事文学渊源深广、自成体系，不需要比照西方的史诗、小说等叙事文学与文体观念来加以比附性的考量，更不应该削足适履地用西方所谓的现代美学概念，来割截其整全文明本质、文学经验构成格局与相关价值诉求。事实上，无论是在古往今来各种文学作品选本、各个层次的文学教育当中，还是从人们的接受习惯、接受效应上讲，实际上被纳入叙事文学范畴的，比如史传“散文”、说理性“散文”以及各类“实用”文体等，都远非今天意义上的审美虚构性叙事文学概念所能范围。但人们就此从“美学”和“审美”观念出发对于它们的“文学性”给出的解释，例如诉诸一些局部性情感性、形象性、想象性、虚构性因素的解释方式，事实上很难令人信服。时至今日，这不是说明应该给予其更加充分的“美学”解释，而是需要考虑这种解释维度是否从起点上就是成问题的：总体上说，一方面，中国传统叙事文学从中国人与中华文明的生活经验与文明价值模式当中产生，由于这一文明生活模式的特殊性，所以导致那些即便是按照“审美”视野属于“非文学”的叙事文体，也比西方同类写作有着更多的“诗性”自觉与“文学性”价值，或者说中国传统当中的此类文学体式，本来就具有源出于“诗性文明”经验系统、饱含文明价值关怀意义上的深广的“史诗性”属性；另一方面，也可以反过来说，正是这种文章体式与修辞理性方面的“诗性”或者“文学性”自觉，让人们重新思考关于什么才是文学的本质属性的问题，并就此事实上延展了人们对于文学，尤其是叙事文学的认知视野与认识深度，而非仅仅纠结于所谓“想象性”与“虚构性”来理解文学性。

这样，中国传统叙事文学就深度扎根或者渊源于中国人的文明生活模式与文明价值观念当中。当然，所有的文学体式或文化产品，似乎也都可以这么说，但由于叙事文学本身构成的复杂性，至少比之通常比较简短的抒情文学，这种关系可能更为具体和内在：叙事文学的基本特征，就在于它讲述的是一个具体的时空当中、有着一定的时空广延性与经验纵深性的事件，因此，包括叙事文学自身的叙述行为、叙事过程本身在内,在与时空经验大面积、长时段的牵涉与叠合下,比较集中地、复合性地体现了特定文化传统与文明生活当中的时空观念与时空经验模式,这似乎是合乎情理的。在这样的情形下,此种观念与经验模式,反过来也就决定了该文明传统当中叙事文学的基本特征、机理与属性。具体而言,《周易》是中国文明传统当中最根本性的经典,集中体现了中国人世界观念构成与关于文明生活的基本看法,集中体现了中国人的认知模式、价值模式;而人们从《易纬·乾凿度》篇当中总结出的"易"之"三名",也就是"易"本身的三种含义,即变易、简易、不易,因此就可以视为中国人的时空认知模式与经验结构方式。在这种情况下,如果说中国传统叙事文学以其自己的方式,显示或具体化了中国人的三"易"观,即变易、简易、不易的时空观念与经验、价值模式,从叙事文学的文化根源与文明本源来看是顺理成章的事情:

1."变易"是中国人时空观念、历史观念的集中体现。世界是一个变易的宇宙、自然之流,对于这种"逝者如斯"的时空流逝之不可逆转性质的基本观感,构成中国思想传统与文明生活传统的前提。中国浩瀚的史籍与著史传统,或许是这种基本观念的某种具体化体现。于是,中国思想或者中国文化的基本主旨,即是在时空经验的赓续、变迁之流当中,并在对于这种经验法则的接纳与顺应当中,来形成其理解世界构成、建立生活秩序和文明价值秩序的特定方式与路径。后者与西方传统试图从这种变化之流当中,凭借人类自身的理性,抽取一个抽象的形式秩序(比如关于"存在"的西方传统形而上学思想体系),并将这之外的流变的经验与现象当成的外在的、非真实、非本质的表象的路径,有着本质的区别。当然,中国传统并非简单地屈从与臣服于这种"变易"的序列,但这就带来如何在这种"变易"当中,抵达世界本质认知,乃至本真性的文明生活与文明价值秩序的难题。面对这个难题的特定方式及其具体解决方案,决定了中华文明的基本特点与属性,同样也决定了包括叙事文学在内的各种思想文化观念与文化产品的中国文化品性与文明特征。

2.在这种情况下,就中国传统叙事文学来说,上述文明难题的解决方式,就是在对于这种时空秩序的直接介入的内部,在一种现象学式的"热思"当中[①],来

①张祥龙:《复见天地之心——儒家再临的蕴意与道路》,东方出版社2014年版,第44页。

展开叙事文学修辞及其价值体认与价值表述，是为“简易”。但首先需要说明的是，这种现象学式的“热思”，不仅仅是中国文学的专长或者只有一种文学性的意义：“目击而道存”的智性直观、自然本质直观[①]，是中国思想与中国文化的至深根源，它保证中国思想可以不经过从感官经验到概念理性与认知理性之中介体系的迂回曲折、滞重笨拙的路径，来进行世界本质认知和理解。这就避免了西方文明（从哲学或者理论推理当中寻找正义的生活价值秩序与普遍性的道德伦理规范）的“理性主义”传统，以及后者对于文明生活与生活价值的“理论化”“抽象化”与“虚无化”倾向。这种东方式的心智模式与智能特性，是决定中华文明与中国文化的“诗性”品质的重要因素之一，它同样决定了中国文学的特性以及文学在这种文明传统当中的地位，而不是相反，即中国文化与中华文明具有的只是一种文学性、美学性的（诗性文明）品质——后者在某些自称“理性”的文明价值标尺之下，当然只能意味着某种后殖民主义视野中的“低级”的、“原始”的、“荒诞”的属性。

这种文明模式当中的文学的文明品格与存在方式，不仅有着与西方不同的质地与属性，而且更能全方位地发挥与伸展其“诗性”的文明特征与文明质性之所长，这其中的逻辑关系应当不难理解：（1）首先，这种现象学式的“热思”品质，不仅仅是与观照、认知对象处于“吉凶与民同患”关系当中的处境性的观感、思维模式，而且也在这种直观性、经验性的处境当中直通并抵达本质性、超越性；同时，又在本质性与超越性当中仍然不离其经验及处境化的具体性。这就使得就此产生的思想方式和认知产品，有如《周易》当中卦象一样，它既是经验的、直观的、形式的，也是超验的、本质的、内容的，它是主观的思想工具与认知图式，同时也是客观的自然本质的直观呈现。这样的认知智能与认知方式，或者说中国诗性文明传统当中的此种认知智能与文明实践方式，也就与文学自身的思维、认知方式及文明实践方式深度地相通。（2）其次，这种“热思”不仅仅是从现象、体验、经验超越与升华到本质性、概念性的层面，同时也是主体与客体、本质与现象、价值与自然、内容与形式之间相互规定、相互生产、相互提升的一个过

①牟宗三：《中西哲学之会通十四讲》，上海古籍出版社1997年版，第210页。

程,并且相互“完成”于文明经验与文明意义的现实性结构、构成当中:于是客体即主体、现象即本质、自然即价值、形式即内容,反之亦然。所以,这个过程的展开与完成,以及在这期间打开的,不是在一种概念性的抽象性与理论化的超验性层次上的循环与盘旋,而是一个具有“文明”的宽度与纵深的生活时空、经验现实与价值实践性格局,这也就正与文学本身的存在本质、文明特质深度地相通,并且是文学使后者得以现实化的具体层面。

3.由此,中国传统叙事文学的基本文明特征,就在于它更加具体地体验到“变易”“简易”和“不易”之间的时空经验关系与文明生活价值关系。因此,它力图从这种“变易”的世界关系与联系的内部,通过“热思”式的诗性认知与“简易”的修辞理性,来抵达“不易”的意义的澄明与价值秩序的勘定:

> 八卦以象告,爻彖以情言,刚柔杂居,而吉凶可见矣。变动以利言,吉凶以情迁,是故爱恶相攻而吉凶生,远近相取而悔吝生,情伪相感而利害生。
>
> 《周易·系辞下》

在此,如果我们将“爱恶”“吉凶”“远近”“悔吝”“情伪”“利害”等,看作人的生活世界的经验内容与生活关系的表象或表征,将“八卦”“爻彖”“变动”“吉凶”看作是作家对于这样的生活内容与生活方式的理解与价值评判,那么将这二者加起来,似乎就可以看作是包括了叙事文学的主题内容、价值格局与目标诉求等方面的基本要素。在中国文明传统当中,《易经》或《周易》与叙事文学的共同之处,就在于它并不企图超越于生活世界与生活经验之上,以一种理念性、概念性与思辨性的表述,来认知这个世界并做出相应的价值安排,而是以内在于这种经验具体性的内部的方式,对于人类文明生活与文明价值秩序作出理解、表述与立法:“物相杂,故曰文。文不当,故吉凶生焉。”(《周易·系辞下》)因而,在这样的文明生活秩序与文明传统当中,中国传统叙事文学就其本质而言,就是一种“吉凶与民同患”式的对于文明生活方式更直接、更简易的把握,以及对于已然变得“不当”的生活秩序的匡正与教化。从这样一种关系或关联性当中,文学的文明渊源与结构性的地位及构成方式得以显明。

这里将文学与《周易》进行比照，不是有意要混淆它们二者的界限，或者简单回归一种大而化之的广义上的文学或叙事文学观念，而是为了借此来彰显事关中国传统叙事文学乃至中国文学之全面文明本质认知的理论观念障碍与文明价值障碍，即西方所谓的"现代性"思想与文明价值传统。就文学艺术来说，这主要体现为康德式的现代性"美学"观念与人们循此建立的审美诗学理论体系。美学的现代性观念纠结于"审美虚构"这样的文学"本质"，不仅仅是自寻烦恼的问题，更重要的是，它因此将不能理解中国传统叙事文学的全面文明本质与核心价值诉求。但这不仅仅是一个偶然的错误与学术观点上的偏差，而是西方文明，尤其是西方所谓"现代性"文明传统当中的内在危机与深层困境的体现：

> 什么地方有人纠住熟悉的在者不放而且认为，只消把在者当成它迄今所是的现在毕竟还是的在者就够了，真正的虚无主义就在这个地方。人们还用这个办法把追问在的问题顶回去并且把这个在当像一个无（nihil）处理，虽然这个无也在起其作用时以一定方式"在"呢。把这个在忘得精光，只和在者打交道——这就是虚无主义。[2]

把"存在"（"在"）当成"存在者"（"在者"）来理解和把握，意味着将世界变成一幅关于"存在"本身的概念理性与形式思维的蛛网，真正应该关心的人的存在这样的重大与终极性主题，被"存在者"的超越时间性的实体化幻觉挡在了外面，存在问题从此变成以"存在"为思想主题的一个哲学概念体系，以及这种概念思维体系（形而上学）的形式化思维，最终变成后者指向的、关于"存在者"（实体）的思维幻象的对立面——虚无主义之"无"。甚至这样的问题和提问方式本身，也被西方从传统的（形而上学）哲学到现代"社会科学"的知识形态与文明价值格局，逐渐地肢解和放逐了：这就是用思维的抽象形式与概念理性之自我合理化的自洽性框架，架空了对于人的存在的现实性关切。于是，在这样的"虚无

①［德］海德格尔：《形而上学导论》，熊伟、王庆节译，商务印书馆1996年版，第202页。

主义”取向当中,人从此无法领会与深思自身的存在问题,成为在西方文明的根基处生发出来的结构性与宿命性困境。事实上,海德格尔的这个“虚无主义”定义其实相当通俗,在美学或者审美实体性的文体观念当中,也同样适用,而且深入到美学观念结构视野的内部:(审美)“虚构”的哲学或世界本体论前提,恰恰就是某种“实在”性或“实体”性,但正因此,所谓的“虚构”与“实在”,都是某种极端的片面性主张,而这造成的后果,就是用一种形而下的科学性、物质性、肉身性的“现代性”存在方式,消解与取代一切观念性与精神价值性的生活方式与文明生活界面,最终引发文明价值本身的崩解与虚无。如果把这其中的逻辑贯彻到底,一个尼采讲过的“末人”世界,将会就此来临。

具体来说,这其中的因果关系就在于,美学与审美诗学眼中的“审美”客体或者文学文体,由于变成了一个趋近于物质性的存在者实体(诸如新批评派的“文学本体论”观念所示),因此,它无论是对于作者还是读者而言,同样会屏蔽与阻拦全方位、立体化的“存在之思”的理解、体验、认知的展开视域,从而使文学修辞变成对于文学文本或文体之物质“实体性”的组织成分本身的雕琢与把玩。这种实体性因素,可以具体体现为对于诸如孤立的声韵、语言、意象等要素的追求。这些“虚无”与“颓废”倾向,在无论是中国古典诗文(华靡空洞的大赋、齐梁体诗歌、诉诸感官声色的艳情小说)当中,还是被过去的批评称之为“颓废”的现代主义文学当中[①],都确有其实际的体现。对于这里讨论的中国叙事文学来说,这种“存在者”追问的“虚无主义”和“颓废”表现,就是用建立在以“存在者”实体为核心的虚妄的实在论基础上的“写实/虚构”关系,来界定叙事文学的文学性。就目前的问题而言,此种所谓的“写实”论,无非是要用文学语言和叙事性修辞,重建一种论证世界的外部客观性的、作为世界简单化再现、透明性同构的修辞实体与语言意义实在性;而“虚构”论则是要用艺术性的修辞与想象,构造一个与客观世界对等的艺术性实体与审美客体世界。但这不过是“存在者”之思的思想迷失的两个面相:在这种“写实/虚构”要求背后,预设的正是一个作为固定的客观性“存在者”的世界实体性,以及一种可以人为地仿造、拟制的人造“存

①今天看来,这种评判当然是不很公正、全面的,但从本章这里的观念来看,也不是完全没有道理。

在者”的实体性。于是，这里一方面是一个彻底非人性的、客观性的自然，另一方面就是一个彻底反自然、非自然的、纯粹的人性化生活与人性化价值世界。

与此不同，中国传统叙事文学“三易”的时空经验组织方式与相应的文学本质体认，决定了中国传统叙事文学一种全方位的“自然”性特征与“自然”性格局，而中国传统叙事文学的这种经验组织的“自然”模式，不是为了制造玄奇诡谲的艺术想象与审美虚构，恰恰相反，它是为了将文学的修辞理性与认知触角深入生活经验的内在肌理：“文学必须对其具有的力量负责，并保持它的一切自由：它必须像精灵和风那样随意飘荡；它必须享有穿透人性每一缝隙的权利，有权描写心灵与生活及法则中各种事物之间的关系，并按照这种关系的本来面目去描写，而不凭我们主观的想当然……文学必须像造化那样不会撒谎。”[①]然而，当现实留给作家的认知与想象空间，不能容纳文学修辞理性的触角充分伸展与文学经验的整全性时，文学就通过变型、虚构等手法，来改造与重建这种认知介质、机理与格局构成，来让生活经验、生活意义之自然本质与自然整全性，充分地展现开来。但正因此，文学当中最重要的东西，恰恰是那些夸张的变型与虚幻的想象之外的东西，或者经由它们而绽放、呈现出来的东西，而非它们本身：

> 被艺术所变型的体验，对艺术家自身来说是无意义的，而对其他任何人来说，认知这个体验与其说是安心，不如说是产生混乱。[②]

康德式的现代美学观念将这个变型的想象、体验与虚构的层面，当作艺术的实体、“本身”或“本体”来把握，不仅沦为形式主义，而且根本上就是本末倒置；但文学的“本身”或“本体”，同样也不是这个变型与虚幻之物的抽象对立面，即“文学本体论”式的、近乎物质实体性的文学“本体”：文学是这些属于“主观的

①[爱尔兰]叶芝：《论诗与文学》，见王家新编选《叶芝文集》（卷三），东方出版社1996年版，第189页。

②[德]施米特：《哈姆雷特或赫库芭——时代入侵戏剧》，王青译，上海人民出版社2015年版，第43页。这可以参证潘德舆《养一斋诗话》当中所言：“凡悦人者未有不欺人者也。末世诗人，求悦人而不耻，每欺人而不顾。若事事以质实为的，则人事治矣。若人人之诗以质实为的，则人心治而人事亦渐可治矣。诗之所以厚风俗者在此也。”只是在所谓“美学”观念的影响下，人们已经无法恰当地理解这样的说法。

想当然”的虚构与想象性的“审美”介质、“审美”纹路背后，不可化约、不可改易的“不会撒谎”的现实经验以及价值体认，是从这其中绽现开来的人类文明生活之“自然”经验法则与“自然”价值序列，是“造化”本身。

在这个意义上，亚里士多德的抒情、叙事、戏剧文学三分法的概念之所以还可用，就在于它具有可以反映上述的“三易”时空经验关系与文明价值体认方式的、某种程度上的思想余裕与认知纵深。亚里士多德的概念，并不是现代观念当中的实体化的文体概念，但正因此，它们可以吸收或者溶解实体化的文体概念。或者说，它们可以看成是理解文体的更为宽广、也更为具体化的认知与观念范式，是具有(主客体双方的)融通视野与交流属性的一种生活方式与文明经验、价值模式，而非一个固定的语言文本与修辞结构的实体，一种文体形式的实体性的反映。事实上，上述这个实体性，只有比照着或者作为一个对象化的客体世界的实体性反映、镜像，才是可能的，而亚里士多德的“模仿说”，其实也是在解构而非强化这种文体实体性的幻觉：“按照西方的摹仿这个概念，摹仿者对于被摹仿者来说，一定是从属的、后起的，永远如此。无论什么时候，摹仿都不可能尽善尽美；一旦摹仿完美无缺，摹仿就不再是摹仿，它成了被摹仿物本身”。[①]“模仿说”否定了“格律文”外在的实体性形式，从“媒介”“对象”“方式”三个方面，解构了“诗”作为一个形式统一的存在者之存在[②]，从而更像或能够容纳后期海德格尔所说的语言与存在(本质)、修辞与意义、文体与主题之间的辩证性、游戏性的交互呈现、错综交织关系。

这里体现的，其实也就是中国传统“三易”观念的核心要旨，同样也可将中国叙事文学放置在这一格局当中来加以认知。不过，在这个过程当中，不是像海德格尔那样走向对于仍然抽象的“存在”本身的神秘致思，而是将生活世界、文明生活的错综复杂的经验、价值关系综合、包络进来，在现象学式的“热思”当中把握现象与经验的本质，为人类生活立“不易”的价值之法。在这个前提下，这三种文学体式，可以看成文学经验组织与文学意义呈现的具体方式：抒情性作品

①[美]宇文所安：《追忆：中国古典文学中的往事再现》，郑学勤译，生活·读书·新知三联书店2004年版，第2页。
②[古希腊]亚里士多德：《诗学》，陈中梅译注，商务印书馆1996年版，第27–28页。

如其概念所示，一般呈现一种“主观性”时空经验，而不将“变易”的时空经验维度主题化，或仅只作为一个非主题的主题来加以呈现；而在叙事作品当中，客观的时空性经验维度，则是一个具体的主题内容；戏剧作品则是这二者的综合，是其错综性、直观性呈现，是文学经验与文学意义的构成方式的复合与综合性体现，从而也是文学经验与意义构成之“戏剧化”的现实性本身的原型与典范。[①]就此而言，亚里士多德之所以高度重视戏剧文学，可能正是因为戏剧整全地呈现了文学经验的构成方式与文学意义世界的现实性——这与他的哲学的总体取向一致。在这个层次上，所谓抒情文学的“主观性”，不是说这种文学经验和意义本身只是主观的：这种经验和意义要现实化，也必须进入、经历这种戏剧化的构成格局与呈现路径；只不过在后者当中，各种“主体间”的要素，并不作为抒情文学的主题性内容呈现。而叙事文学的“客观性”时空经验构成的情形，也与这其间的关系大体类似。

但总体上讲，这三者的关系，不能看作是黑格尔式的三段论，因为它不是走向理念性、概念性或精神性的抽象盘旋，而是走向修辞理性的具体性，走向经验的具体性，一种甚至比现实经验更加“具体”的具体性，一种“具体的具体性”：世界经验的直观性自然本质，从修辞性本身当中呈现与延展开来，一个新的本质意义世界，从此中洞开。那么什么不再是文学呢？除了上述简单化的客观呈现、再现的“写实论”，也包括经常被各种文艺理论教材引用，用来说明“意象”构成方式的“立言以尽象”“立象以尽意”（王弼）之类认知、理解与表述方式，就不再是文学或文学性的。这是因为其目的，在于通过这种作为工具和手段的经验具体性，得出形而上的“符号”“概念”与“理念”，哪怕后者仍然包裹着某种具体性的、审美性的表象，也不能改变其工具和手段性性质……也正是在这个意义上，在《周易》所框定的中华文明经验与文明价值格局当中，叙事文学作为一种具体的、特定的文化产品，具有“经典枝条”的文明总体性的经验与价值格局，以及文

①就此而言，可以香出亚里士多德对于诗与历史之间“可能发生”与“已经发生”的区分的表面化。或者也可以说，中国传统当中，像“历史”著作这样的叙事性作品，比之亚里士多德心目中的“历史著作”，更多地具有“诗”（文学）性、“史诗”性的特征。

明本质性的性质、地位是顺理成章的，而王弼式的形而上学玄思、“意象”思维，对于中华文明之“诗性”的整体属性来说，才是一种异数。

第二节　中国传统叙事文学的“自然”经验格局构成

中国传统叙事文学这种文学修辞与文学经验的“自然”秩序，最终是文明生活世界本身的自然秩序，它同时是生活的起点与终点、最低处与最高处，“自然”成为自然的“自然”，走向自身的圆融，这就是文明的诗性，当然也是文学的文学性之源。中国文学在这里具有一种深广的文明渊源与文明格局，出自这种中华文明深层的“诗性”特质，不待康德式的“现代性”美学视野，中国文学已经掌握了文学与诗性的深度本质，从而也掌握了文学的深层文明本质、文明渊源与文明价值格局；反过来，文学修辞也深度进入与经营、“经纬”着文明生活本身的价值秩序——在这二者之间的中国文学的结构性位置，决定了它的内涵的丰富与全面，不是从属于“现代性”文化价值之残疾格局的美学所能理解与比肩的。而我们不假思索地将西方的“现代”思想拿来，奉为金科玉律来衡量中国文化与文学传统，不仅仅是削足适履地把我们自己的传统割截得惨不忍睹的问题，而且也将其内在的虚无本质与价值迷失背负在身上，当下文学领域的很多问题，不能说与这个百年以来的虚无主义的“小传统”无关。

中国传统叙事文学的这种“三易”的文学经验组织与价值格局，可以相通于司马迁写作《史记》的用心，那就是“究天人之际，通古今之变，成一家之言”（司马迁《报任安书》）；反过来，《史记》亦可以或正需要放置在这种广义的文明叙事意义上的叙事文学观念当中来加以理解，或者说，古往今来人们本来就是将《史记》置于此种“叙事文学”范畴当中、事实上就是这样来理解《史记》式的“叙事文学”的：“究天人之际”是对于“变易”的自然经验与生活世界的探索，“通古今之变”是对于人伦历史之变化规律、法则的“简易”的“热思”、通观、统揽，而“成一家之言”则是像《春秋》一样，为人类的生活秩序确立“不易”的文明价值之法。从这个终极目标意图上说，“史实”与“虚构”、“写实”与“想象”之间的区分，并非具有根本性的重要性："……天道性命是一个深微、神秘、无限的大问题，人类有限的智慧无法把握这个大问题。如果试图详细地说明、实证天命，那么不仅不能把握天命，反而会歪曲天命，把深微的天命降低到方术的水平。"①历史叙事的文学性成分，是为了将其背后的客观真实与主观真实、事实真实与价值真实、局部真实与整体真实，更加准确、全面、立体地呈现出来，而不是相反，即用文学性的手法来虚构历史、掩盖真相。如果说史书尚且如此，反倒要求文学作品遵循一种外部的、实证主义的客观性，则是更显其胶柱鼓瑟的荒唐。

由此人们也就更加能够理解那些表面上看起来荒诞不经的文学创作与文学叙事的"用心"之所在。在这方面，与中国文化融汇之后的"三教合一"的佛教与禅宗的观念，讲得非常透彻，并且也实质性地影响到了像《红楼梦》这样的巨著的核心艺术理念。事实上，如果从佛教的"真空不二""色即是空，空即是色"观念出发，怎么会执着于自然主义意义上的"写实"，与实证主义的"客观性"真实？而从"指""月"之理、"色""空"之际的关系来看，像《红楼梦》这样的作品，它在多大程度上反映了作家自己的亲身经历，"索隐"的研究路径可行与否，这些问题都是真实存在的，但它是另一个维度上的问题，并且服从于作品的核心主旨：即在由文学修辞的自然理性、文明理性出发的世界认知与道德主张支持下，进行其文明价值表述与文明价值实践，从而实现一种关于文明生活方式上的价值理想与价值立法。但正因为这只是一个"因空见色，由色生情，传情入色，自色悟空"（《红楼梦》第一回）的过程，所以"满纸荒唐言"与"实录其事"（同上）丝毫不构成矛盾。

其实，从"写实"与"虚构"的角度讲，《项羽本纪》与《三国演义》之间究竟能够有多大的区别呢？当然更主要的是，被"写实"与"虚构"关系一劈两半的文学心智，既不能理解《史记》的文明立法用心，也不能理解《三国演义》的文明价值诉求。"新历史主义"将自命"真实"的人类历史书写，全都当成了文学叙事文本与修辞技艺的产物，这结果就是解构了人类历史貌似的客观性与神圣性，导致真实与虚构二者界限的完全消融甚至混乱，其结果不免走向虚无的极端。但这

①陈桐生：《史记与诗经》，人民文学出版社2000年版，第88页。

只是从消极一面看,如果从积极的一面看,则对于似乎“非文学”叙事的文学性与叙事文学本身的“真实性”双方,都应该有更加通脱、全面的看法:“过去楔入现实时,是完整的、未被分割的,当我们让它们就范于那些构成‘历史’的清规戒律时,这种真实的完整性就不复存在了。”[①]然而,将“历史”或者史书理解成只是一种“清规戒律”的“客观性”,或者一种对于过去时代的“客观性”的简单再现,这只是某种特定的“现代”观念,这种实证主义的史学观念,与审美实体(存在者)的美学观念,都是西方“现代性”传统之虚无主义价值的具体体现:

> 孟子曰:《诗》亡然后《春秋》作。《春秋》未作以前之诗,皆国史也。人知夫子之删《诗》,不知其定史;人知夫子之作《春秋》,不知其为续《诗》。《诗》也,《书》也,《春秋》也,首尾为一书,离而三之者也。
>
> 钱谦益《胡致果诗序》

这不是说我们应该把《诗经》读作客观性的、实证性的历史著作,或是说把《春秋》读作文学性的“虚构”,而是说这种所谓现代的(审美虚构性的)“诗”与(客观实证性的)“史”的观念双方都出了问题,(史书)“写实”而(小说)“虚构”的观念,都是将一种片面的认知当成了全面本质,因此都是海德格尔意义上的“虚无主义”之一体两面的表现:作为这种观念来源的现代感性主义美学与现代实证主义史学, 都是作为文明理性与文明价值残疾的海德格尔所说的现代性的“虚无主义”的典型症状[②]。这自然不是说应该简单返回上古时代的文化观念,但至少应该对于西方近代所谓“现代性”观念的局限性与其自身的困境有所反思。“质胜文则野,文胜质则史”(《论语·雍也》),“野”在某种意义上可以理解为是一

①[美]宇文所安:《追忆:中国古典文学中的往事再现》,郑学勤译,生活·读书·新知三联书店 2004 年版,第 9 页。

②刘小枫在《司马迁属于什么“家”》一文中,在引用上述钱谦益的话之后评论说:“如果仅仅把《史记》当现代意义上的史书来读,无异于掩埋《史记》笔法所寓‘立法’之心——国朝史学一方面费力挖掘地下竹简,一方面辛勤掩埋地上世传古书的‘良苦用心’。”见刘小枫著《重启古典诗学》,华夏出版社 2010 年版,第 305 页。

种前文明的自然状态,而“史”则本来就是通过踵事增华、矫枉过正的修辞来展开文明“教化”——“立法”的用心,或者说“史”本身就是战胜、超越“野”的前文明状态的“文明”结果与“文明”价值格局。所以,如果用写实的“客观性”来要求和衡量“史”,则圣人之言完全无法理解。

在历史与现实生活内容主题的维度上,中国传统叙事文学的“赤裸裸”的道德说教意味,是最容易被人诟病的地方之一,也是现代读者接受中国传统叙事文学的最大障碍。不过,这并非是中国传统叙事文学独有的现象。瓦特在研究18世纪“小说的兴起”时,以笛福、理查逊等作家以及当时的普通读者对于《荷马史诗》当中“不合理不道德的偶像崇拜”与“其展现的风俗和道德”的不认同,来说明小说与古代史诗这样的叙事文学“实际的相似之处只是理论性的、抽象的”[①]。但这似乎恰恰可以从反面证明“道德风俗”等内容,是古今中外叙事文学共同的介质或“填充物”,关键问题在于如何认知、如何利用这种介质性的内容;而所谓的“不合理不道德的”认知,恰恰说明叙事文学的深层基础与修辞理性,是无论是“合理”还是“不合理”的“道德风俗”之下的东西。正因此,以此来说明小说是与史诗完全不同的另外一种东西的社会学描述,似乎是只见树木不见森林、没有“理论性”的穿透力和“抽象”概括力量的太过表面化认知。人们直到今天,也不会简单地认为小说与史诗的叙事性共同性只是一种理论的抽象:因为如果这样的话,同样对笛福时代的新兴中产阶级的基督教道德感到陌生的比如后工业时代的小说,以及出自其他民族与文化传统当中的小说,难道都只是“理论性”的小说? 反过来说,如果没有能够穿透这个“道德说教”层面的眼光,必须靠“审美愉悦”的中介才能获得某种教益的话,其实读无论什么样的作品也获得不了多少“愉悦”和“教益”。

在中国古典小说、戏曲等通俗文学作品那里,几乎在其每一页文人写作的通俗文学作品序言当中,都喜欢援引《诗经》《史记》等的人伦教化、政治镜鉴作用,来对其予以褒扬和辩护,只是作为“现代人”的我们对此种“迂腐”的“陈见”,从未认真予以对待。古人这么说,或许也有作为其思维惯性的盲目性的一面,但

①[美]瓦特:《小说的兴起》,高原、董红钧译,生活·读书·新知三联书店1992年版,第278页、第274-275页。

根本上却无大错:正是在恢复文明生活的自然理性与自然正确的价值立法的意义上,小说、戏曲可以与《周易》《诗经》《春秋》《史记》及唐诗宋词等一体通观。“德者,得也,就是人天生的禀赋或者特性……这个德百姓日用而不知,你跟自己打了几十年的交道,真的了解自己吗?……如果除去德只谈道,那么无关乎内圣外王,脱离了民生日用,就变成空洞的谈资。”[①]叙事文学的特征,在于它更加自觉地以人伦间、主体间的经验关系与价值体验的具体性,组织与营造一个文学意义之客观化、现实化的“戏剧性”构成与“戏剧性”格局,并由此将其接入文明价值秩序化的理解共同体——叙事文学的所谓“史诗性”“文明性”关怀应该从这里去理解。但这不是为了虚构一个客体化的审美对象,或者停留于抽象地进行的对象化的外部审美地步,而恰恰是为了以对于“变易”的内部时间与空间性经验领域的超越,完成对于人类生活秩序、文明秩序之“简易”的本质把握,从而确立文明价值立法的“不易”性。

从这个意义上,宇文所安将中国文学的特征理解为对于时间性的对抗与超越是深刻的,但在理解的整体方式、方向上似乎正好弄反了[②]。而如果按照康德式的“美学”观念与审美诗学的理论,这自然是没有理解文学的“本质”在于通过审美愉悦,来达到“净化心灵”“提升道德情操”的作用机理。但事实果真如此吗?其实,正是这种道德情境、伦理事件的几乎强制性的楔入,比之单纯的审美凝视,提升了“人性”构成的复杂性与具体可感性,对于读者来说,强化了阅读与接受境况的带入性。这有点像《易经》的占筮:大多数多少有些理性的人,可能都不会相信几根蓍草就能决定世界、人生的命运格局,同时人们也很容易举出例证来证明这种占筮的结果并不灵验和准确。但对于处在特定的、具体的经验情境当中的认知主体来说,这种结果本身却并非外在与偶然因素,而是其经验的现实与本质构成的一个部分,并且由此加入因果关系的一种“循环”与“轮回”性的链条。事实上,不仅仅与此认知情境无关的旁观者,即使是“事中人”也能看清这种因素的偶然与巧合性质。然而即便如此,却任谁都无法排除其现实的可能性:

①张文江:《史记太史公自序讲记》,上海文艺出版社2015年版,第52-53页。

②[美]宇文所安:《追忆:中国古典文学中的往事再现》,郑学勤译,生活·读书·新知三联书店2004年版,第21页。

这种现实的可能性带来的自信、犹疑与惊惧，不仅同样是现实经验与现实因果关系链条的一部分，而且这种偶然的、不确定的可能性，甚至比之合理化、概念性的确定性，更适合于艺术性主题的呈现，或者说，比确定的、理性地可理解与把握的事实，具有更强大的艺术感染力量。在《喻世明言》第一篇、也是“三言”第一篇《蒋兴哥重会珍珠衫》当中，当命运的惊人巧合出现时，局中人平氏也同样感到“毛骨悚然”，而作者本人难道会不知道这只是一个概率极低的巧合吗？但尽管如此，这种“巧合”的可能性，在现实生活经验当中能够完全排除吗？对于读者来说，恰恰是这种无法排除的“巧合”的可能性，具有更加惊心动魄的艺术感染力与现实教化作用：这也就是说，这种巧合的外部性与偶然性，对于艺术经验构成而言，恰恰是内在的、本质的，并且是富有魅力的。

反过来，如果按照美学理论，作为一种被萃取、提升的“审美本质”来看待这一切，则意味着将艺术经验密合与封闭成为玻璃球一般的密闭实体，而这也就意味着将其视为一个外在的、客体化的“审美”对象。但这种审美的“本质”性，在这里恰恰变成了外部的偶然性与（审美）“超功利”的因素，以及符合（美学）概念理性思维轨道、可以概念性地加以理解与把握的对象、客体。因此，一个“纯美”的凝视对象，就像那光彩照人的“珍珠衫”本身，即便不是一种理论的抽象与理论化幻象，也是极其贫乏与容易催生幻觉的。艺术性之为艺术性的具体化展开，恰恰是以“珍珠衫”的道德牵涉与伦理纤维穿透纯粹“审美”的玻璃壳，将人们牵扯进艺术力量之内涵性领域当中，而非将其停留在外部的观看者与“观众”地位；反过来说，如果剔除掉这种道德化的铺垫与说教，故事将从这样具体化、处境化的接受情境当中，脱嵌为一个与任何人都无关的、娱乐化的猎奇对象。就此而言，中国传统叙事文学的这种“道德说教”，非但不是外在于艺术性的因素，而且恰恰是更加深刻地看透了艺术性的本质构成，以及艺术与生活经验二者之间更加“自然”的相互内在、相互交融的关系格局的结果。它代表了一个更加现实、更加可感的文学接受语境条件的具体性结构：正是在道德情境当中，建立起了文学叙事、理解、解释与接受的普遍性、共通性基础，由此，道德情境仿佛是一种介质、一种导体，从而包括道德教化作用在内的艺术性力量，变成了一道可以随时击中读者的“雷电”，而非被人从远处观看的、与谁都无关的、具有“审美超功利”属性的“别人的故事”。这反过来,也说明美学与审美诗学本身对于艺术性及艺术发生作用的机制,理解上的狭隘与片面。

中国传统叙事文学的此种历史生活内容与道德主题,往往导致一种轮回性的时间、历史观念,以及一种因果循环的道德观念。现代读者多将此视为迷信观念与令人不耐烦的迂腐说教。但它们不仅仅是一种抽象的外在的观念与理念,同时也与叙事文学及其文学修辞理性扭结在一起,与叙事文学的艺术形式、艺术特征联系在一起。启蒙理性相信人性是自足的、完美的,它抱有的是一种关于人性的普遍性、普世性的价值观,并且相信人性会越来越好,至少会与现在保持同质性与同一性,人因此是自己为自己提供存在理由的原子个体或“单子”。这反映在时空观念上,就是一种笔直的、线性的历史观,以及一种单向的、发散性的因果逻辑链条。这就意味着历史走向与因果关系有去无回,至少是回到自身的可能性极其渺茫。而这将表明人无法预知自身行为的作用与后果,也就意味着人无论为善、为恶,都无法真正为自身的行为负责。这减轻了人的善行的历史性负担,但同样也卸去了罪恶的人性成本,恶行可以为所欲为而不必担心因为自己的行为而承受相应的罪责。但如果能够看到人性的有限性与局限性,就会认为所谓人性的完善性与普遍性的本质,只是人性在自我认同、自我返照的弯度当中的一种片面幻象与瞬时断面,历史不会笔直地一往无前,历史总会不同程度地不断回到自身,并从自身出发来理解、论证、生产自身,从而所谓的“循环”与“轮回”,在这里就是对于这种认识观念的一种或许略显夸张的理论化与系统化形态。

时间性的轮回与因果关系的循环,意味着对于主体性的某种限制——如果还不算废黜的话。在这种限制所留出的空间与余裕当中,作为人性之基础与背景的自然性与自然价值秩序,作为一种更大的价值参照系统就此登临,而人性自身的有限性与局限性,也在此间得以体认。叙事文学当然不是通过概念性推理和理论论述的方式来表达这些,而是将自身对于世界和人伦生活的理解,铺展在文学修辞的叙事过程与叙述性长度当中。叙事文学的叙述过程与叙事长度,代表了叙事文学之修辞理性对于生活世界的时间性、时空经验关系的一种组织与认知方式,代表了从其价值理解出发的对于生活世界秩序的安排方式。这种长度自然不可能无限地拉长,而要在一个适当的限度之内收束,因此叙事文学当中时间历史的轮回图式、因果循环式的善恶报应结局,在这样的意义上,也就同样是文学修辞自我理解、自我操持与自我完成的自然理性的表征:这种因果循环和时间轮回性的观念格局,从而也就包含着叙事文学自身对于时空经验格局与人伦价值世界的体验和思考方式,以及这种文学体式、文学修辞缝合、完成自身的全方位的文化实践技艺与文明价值实践方式。然而也正因此,文学叙事为了发掘与考索人类生活的本质秩序,它也经常将其艺术思致伸展到历史时空与人伦道德世界之外,轮回与循环的时空经验组织模式,也就得以在一个更大的格局当中,来表述自身的价值诉求和文明世界关怀。

第三节 中国传统叙事文学的文明价值系统与文明关怀

以贩卖知识、玩弄修辞为业的古希腊智术师普罗泰戈拉,提出著名的“人是万物的尺度”的命题[①],但根据什么可以保证人的一切所作所为都是正确的?人就不会犯错误?如果“人”这个“尺度”本身出了问题怎么办?人类生活当中的种种问题(比如当今世界环境保护方面的全球性问题)不就是“人”这个“尺度”自身欲望过度膨胀造成的后果吗?在这种情况下,以什么为标准、由什么来矫正这个偏离了正轨的人性价值尺度?自然,这并非是要反对人性和人类性本身,而是说人性并不是如人文主义式的天真理解那样,是“宇宙的精华,万物的灵长”,人性本身有它的局限性,更重要的是人们需要理解、判别人性的价值参照标准。具体而言,如果仅只在人性道德与人伦法则内部,用 A 道德批判 B 道德,用 B 道德批判 C 道德,再用 C 道德批判 A 道德……最后无异于张家长、李家短的一场鸡飞狗跳的吵架,结果只能是一地鸡毛、一塌糊涂。[②]反过来,任何的行为,因此

①[古希腊]拉尔修:《名哲言行录》(下),马永祥、赵玉兰、祝和军、张志华译,吉林人民出版社 2011 年版,第 495 页。

②举例来说,公羊学将儒家当成一种信仰,理学将儒家当成形而上学或哲学,这在解决问题的方式上,不管是否符合儒家的原意,都有着某种根本性和彻底性;但如果仅从伦理纲常、政治制度、政制结构角度进行儒家研究,似乎就是仅把儒家当成一种已经完成的道德伦理范畴、一种价值观。这也就是说,把它仅仅当成是一种既有的、过往的意识形态,一种柏拉图概念上的“意见”秩序。

也都可以从“人性”的角度,从这样一个价值尺度的陀螺当中,找到其价值根据和合理化理由。

因此,这种视野将造成的结果,就是缺乏对于人性及人伦秩序进行考量、评判的更加根本与广阔的文明价值标准。在西方文明传统当中,在“现代性”传统之前,有古典哲学传统当中的自然正确标准与自然法传统,以及基督教的神学标准等。在中国文明传统当中,最重要的超人性价值标准可能就是自然。自然之道与自然价值标准不只是道家的专利,同样也是中华文明传统当中三教九流的共同价值取向,以及彰显“天地之心”的“文明”价值基础与价值系统。文明诗学的修辞理性或文明理性视野,延用上述例证,自然是把儒家当成是最重要的、最根本的自然正确的文明生活方式,这也就是说,将它视为不仅仅是既有的、已经完成的价值观念,同时也将其当作是文明生活的自然基础和文明价值的生成源泉、生产机制。中华文明传统当中这种自然基础与自然尺度,内在地包括了“神性”或者神圣性的标准,或者说中华传统当中的“神性”与神圣性要放在自然的视野当中来理解,而非相反。之所以将这种“神性”说成是文明经验与价值系统的“自然”性组成部分或属性,包含两层意思:首先,这种“神性”,是人性在文明总体性格局当中的“自然”的组部成分、“自然”的延伸延展、“自然”的结构完善;其次,按照中国文明传统当中的主流传统比如儒家、道家、佛家的理解,所谓“神性”,只是宇宙与人类生命的最高自然法则,而非神秘的超验性与人格神。由于这两个方面的实现,文明总体性的结构、机理、构成,以及文明价值体系本身,也必然由此具有更加“自然”的属性。当然,出于“自然正确”的文明价值理解,终究也仍然是人类自己的理解,但如果因此就说它同样等于人文主义、启蒙主义式的人性价值的循环论证,那也就等于说,人性无论如何都无法理解与认知自身以外的世界,人性对于自身以外的世界认知,任何时候,以任何手段,都不可能加以拓展与扩充,从而只能是人性自我理解的简单投影,这无疑是太过极端了。

考察中国叙事文学的发展历史,可以看到所谓“志怪”“搜神”“神仙”“玄异”“幽明”等方面的文学作品,远不只是一种小说主题与文学题材,而是一个自成体系的主题系统与文化传统,并且在不同主题、不同题材、不同体裁的各种文学作品当中，都能从不同程度、不同层面上找到它们的存在。造成这种情形的原因，或许就在于它们不仅仅是一些零散的生活经验与偶然的奇思妙想，而且也是一种文明生活方式的体现："生感南柯之浮虚，悟人世之倏忽，遂栖心道门，绝弃酒色……虽稽神语怪，事涉非经……后之君子，幸以南柯为偶然，无以名位骄于天壤间云。"（李公佐《南柯太守传》）因此，在这里建议可以用"道玄文学"或"道门文学"，来取代"志怪小说""神话小说""玄幻文学"等概念，以此表征文学背后一种渊源至深的（源自道家、玄学世界观念与价值理念）文明生活方式根源。"道门小说"或"道玄小说"叙事，就其意图而言，并非仅仅是人们所说的"看破红尘"的失意与空幻，而是代表了对于一种生活方式与文明价值的选择。只要人们无法彻底否定"达人视此，蚁聚何殊"（同上）的价值视野与价值标准，那这样的生活方式就有它可以与其他生活方式相互补充的文明的、理性的合理性，至少可以为人们提供一种文明价值的评判尺度和审看视野。从而在这里，人类文明秩序也就意味着不同的文明生活方式的价值共契结构。反过来说，如果将这样一种文学传统只作"神道设教"的理解，那这也只是对于现象的说明，应该考察的是这种现象背后的人性根据与文明理性、文明价值诉求。这应与前文所论及的"道德说教"问题放到一起来进行连贯性的考量，不能仅仅将其看作用以蒙蔽与哄骗文化程度不高的读者阶层的修辞手段与内容佐料，而是应该反过来，将"神道""神性"看作事关人性之自然整全性的文明理性与文明价值理想的体现：

> 城邦作为自然的产物，并且先于个人，其证据就在于，当个人被隔离开时他就不再是自足的；就像部分之于整体一样。不能在社会中生存的东西或因为自足而无此需要的东西，就不是城邦的一个部分，它要么是只禽兽，要么是个神……①

①［古希腊］亚里士多德：《政治学》，颜一、秦典华译，见苗力田主编《亚里士多德全集》第九卷，中国人民大学出版社 1994 年版，第 7 页。亚里士多德在这里所说的"城邦"，主要不是指现实中的城邦秩序，而是指"先于个人"的人性的先天自然本性或自然趋向；相应地，"兽"与"神"则如施特劳斯所说，是城邦之自然本质的"地板"与"天花板"（参见本书第五章引文）。正因此，这种对于"城邦"的理解，也可以相通于对于文明秩序本身的理解。然而，如果不将"兽"与"神"纳入理解范畴，不能理解"兽"与"神"，则也不可能真正全面地理解城邦或文明的本质。

因此,神道主题与神话叙事在这里的作用方式,就是使得文学修辞或叙事文学的自然理性,突破了纯粹思想体系的义理内指性与思辨的抽象性,将在现实生活当中或许是片段性、碎片性乃至各自为政的生活价值理念与生活经验,就此而组织、缝织为一种超越"绝对人性化"之内卷化视野的生活世界之自然价值谱系系统与文明生活的自然整全性经验。最终,它也突破了"神道"主题和"道门"或"道玄"文学系统自身的阈限,入侵与占据其他主题或题材的文学作品的内容结构及艺术构成方式,终于发展为像"四大名著"那样文明百科全书与文明史诗般的文学巨著与文学史高峰。人们耳熟能详的所谓"四大名著",其实都有一个总体性的道玄世界观框架与文明自然价值观念系统, 这反映了文明生活系统与文明价值观念上的一种集成与总合:它们突破了(《聊斋志异》)"异史"(《儒林外史》)"外史"式的对于文明价值与文明经验的局部性补充与修正方式,而呈现了一种在儒、道、释三教融合的文明综合性视野当中,对于文明生活方式与文明价值格局的理想化探寻与理解。在这其中,对于文明价值的认知视野与标准倚重上或许各有偏重,它们实际达到的最终艺术成就也参差不齐,但就其可能的最高理想境界而言,它们都有着探索文明发展道路与文明生活秩序的超前的思想史意义。

对于《封神演义》这样的小说,如果只是以自然主义和现实主义小说的"人物形象"与人伦生活当中的矛盾冲突为中心视点去理解的话,现代读者会感到不适应。这其中的人物、情节乃至整部作品的主旨,至少应该结合"人"的世界与"神"的世界之整体秩序去理解,或者说,"人性"与"神性"结合起来,可能才是完整的"人物形象"与"人物性格":

> 哪吒口内虽叫,心上实是不服,只是暗暗切齿,自思道:"李靖,你长远带着道人走!"道人唤李靖曰:"你且跪下,我秘授你这一座金塔。如哪吒不服,你便将此塔祭起烧他。"哪吒在旁,只是暗暗叫苦。道人曰:"哪吒,你父子从此和睦,久后俱系一殿之臣,辅佐明君,成其正果,再不必言其前事。哪吒,你回去吧。"哪吒见是如此,只得回乾元山去了。
>
> 《封神演义》第十四回

将问题归结于“一殿之臣”的政治伦理，“成其正果”的神性生活，有关父子之间的自然伦理以及哪吒的自然怨恨情感的问题解决了吗？如该回的回末题诗所云，“不是燃灯施法力，天教父子复相从”，这里扭结着天道与人事、自然伦理与政治德性、自然正确与政制秩序的关系。在《封神演义》当中，类似的情形、类似的问题似乎很多，但它似乎并没有在某种单一的道德价值或伦理框架内予以解决的愿望，或者说，叙事文学的艺术特殊性可以、也需要其彰显文明价值世界错、综、经、纬的立体秩序。于是，通过“万道毫光透九重”的神话叙事对于来自“天道”的自然价值天幕的透视性呈现，将这一切当中复杂而又似是而非的自然关系格局疏解、澄明、展示开来，直到小说结尾才重新予以总结与缝合：《封神演义》第九十九回的子牙“封神”，确立的是纵向的、高于人性化生活与人伦世界的价值秩序；而一百回的武王“封国”，确立的则是横向的、人世历史内部的价值秩序。这种文明生活秩序与文明价值秩序层面上的纵横交织、经天纬地，最后经、纬成“文”，才是《封神演义》这样的“神话小说”所致力理解与安顿的“文明”之大文章。在中国传统社会的末期，秉持孔子“敬鬼神而远之”态度的读书人阶层遇到越来越多的难以解释的现实问题，与面对这种现实的手足无措的无力感，而像通俗小说这样出于主流文化边缘的存在，反倒是在其荒诞的表象之下，完整地保留了自然的文明理性格局与整全性的文明价值理想。然而，即便是在如此的“文明”框架之内，上述天道与人性、自然与人伦之间的冲突与纠葛，仍然保持着文明价值与文明秩序的具有启示意义的敞开性与开放性。

正是从这样视野看来，《水浒传》开头的《引言》，可以与《封神演义》第一回对观（如果只看重人物形象与故事情节，将这些都看作荒诞或者陈腐的俗套而不予以认真对待，那《封神演义》和《西游记》就都可以视为荒唐到底、没有任何价值的作品了）。《水浒传》的这个《引言》，可以说是一种反向“封神”的过程：将宋太祖赵匡胤封为上界的霹雳大仙，将宋仁宗封为赤脚大仙，包拯为文曲星，狄青为武曲星……而这其中深意，正在其由此将人世治乱与“天道”之间建立起了“天人感应”的联系——中国自古以来就有通过“祥瑞”与“灾异”考量政治得失的传统。由此，小说当中的一百零八将也就不能完全按照“正面”的人物形象来理解，因为他们本来就是“妖魔”，他们那些血腥的打打杀杀，以及他们多少有些不同寻常的“人物性格”，都需要在“妖魔”的属性当中来加以衡定。然而，这种对于人性的“妖魔化”，正是为了通过这样的“灾异”现象，清晰地表达其价值主旨与价值评判：虽为天灾，其实是人祸；虽然是人祸，但“本为禳灾却惹灾”的人祸由来，又有着天道循环之内在的自然法则或必然性：“细推治乱兴亡数，尽属阴阳造化功。”(《水浒传》引言篇末诗)在这种天道与人事、天灾与人祸之间的往来穿梭，比刻板的客观性写实、再现与实证性的历史叙事，更历历在目地展示出天人之际的因果关联与内在逻辑：这个秩序，比纯粹从人伦道德意义上进行的批判，从整体上看要更加全面和客观；同时，从艺术上讲，这样的叙事方式与经验组织方式，也比纯粹的“道德说教”式的话本、评话小说有着更多的“创作空间”，因此它应该看作是中国传统叙事文学文明理性的健全与修辞理性的延展。从这个意义上看，小说末尾“宋公明魂聚蓼儿洼，徽宗帝梦游梁山泊”也并不是一个多余的、无意义的尾巴，它通过首尾照应，实现了修辞理性在内涵性、内缘性的延展当中，所完成的内、外翻转与价值颠倒：生活之内涵性本质在修辞理性与修辞秩序当中来到世界的表面，自然的法则、秩序从被掩盖和割裂当中得以浮现与重建，生活世界秩序与文明价值关系由此得以更新。

如果说像在《水浒传》当中，这种神道或神话式的开头还显得像是一个外在的附加物，那么到了《红楼梦》当中，这种神话叙事的经验关系和价值格局就已经深入到作品的艺术性肌理内部，并从整体上重建了文学叙事格局以及文学叙事与现实二者之间的关系。在这其中，天上与人间、现世与轮回、真实与梦幻、“真事”与“假语”、佛道与世俗等关系，借助这个“超现实”的经验组织方式、组织法则，在一个更加阔大、深沉的经验与价值秩序当中得到了超妙的统一：这正是戚蓼生在《石头记序》中所谓“两歌而不分乎喉鼻，两牍而无区乎左右”的比喻，所要说明的不即不离、若即若离、似真似幻、亦幻亦真的立体纵深性的文学经验时空与意义体系。但作者不是要通过这些另行制造一个迷离恍惚的艺术造境，而是通过这种艺术性手法，让生活世界与人性的实境、实相更清晰、完整地得以澄明，并且以此组构、彰显人世生活如《礼记·乐记》当中所说的“惟乐不可以为伪”的大真实，与“情深而文明”的大境界，以及一个超越人性化生活之外多维度、立体化的更加全面的文明价值系统：

以管窥天，管内之天，即管外之天也；以蠡测海，蠡中之海，即蠡外之海也。谓之无所见，可乎？谓之所见非天、海可乎？并不得谓管、蠡内之天、海，别一小天、海，而管、蠡外之天、海，又一大海也。道一而已，语小莫破，即语大莫载，语有大小，非道有大小也。

王希廉《红楼梦批序》

这正是本书前面反复申述的文学经验与文学意义不可化约、不可虚构的现实性。在艺术性的离奇、虚幻背后，是质实的、不可移易的文学经验本身，是具有文明生活现实性的文学意义与价值系统。小说之“小”，是这种艺术手段、路径之“小”，而非通过这种“小”手段、方式彰示出来的世界“道”理的“小”。中国文明传统当中的“道”，本来也不是抽象的、高高在上的概念和理论思辨，而是不离人伦日用的生活的道路、人世的道理。在小说当中揭示，在生活当中体证、践行，对于并非具有高深文化修养的老百姓来说也算正得其宜。当然，这里的问题的核心，不是“大”与“小”的问题，王希廉的说法的意义，在于它揭示出了文学经验、文学意义与生活现实二者之间在本体论层面上的世界一体性与客观统一性。这样的思维和认知方式，当然也就是中国传统文化与文人、中国“文明诗学”传统一贯的思路。但既然中国传统“小说”本来就产生与存在于这样的文化与人文生活环境当中，那它具有这样的艺术理想、艺术特征，正是自然而然、理所当然的事情，如果刻意用西方的小说概念来裁量和割截它，反倒是倒果为因、本末倒置了①。

正是在这个意义上，被称为“玄幻文学”的网络文学，其最大的价值，在于它突破了启蒙主义以来“绝对人性化”的现代性价值范畴，突破了“美学”的藩篱，从一个更加开阔的文明视野，从比人性“更高”（神、佛、仙等）或“更低”（鬼、妖、

①人们一般将中国小说概念的“源头”，追溯到《庄子·外物》当中“饰小说以干县令”一语。这个“小说”，自然不是今天的文体意义上的小说概念，但在王希廉的意义上，它又是与文学体裁意义上“小说”相通的。在今天，人们其实更应该在尊重这种文学概念的文化语境与文化传统脉络的基础上，来研究和建立中国的文艺理论话语体系。

魔)的价值标高,来反照与参证人性化生活与人类文明世界的构成。从这一点上说,它是对于中国传统叙事文学当中如《封神演义》这样的作品系统的继承,而与《聊斋志异》对于花狐鬼魅的拟人化想象有着根本不同:拟人化意味着将人性之外的价值标准人性化,意味着这里并没有高于或不同于人性价值之外的价值标准,因而只是人性化价值标准的辗转复制与同语反复。当这种价值诉求与想象方式大面积出现时,就不能简单地视为是年幼无知时脱离实际的虚幻空想,而是代表了完全不同的一代人的精神世界与价值观念谱系构成。在这方面,中国传统当中道、佛两家关于修行、修炼的法门及其宇宙世界认知的观念,在给予其丰富的想象力资源的同时,更加赋予其价值系统建构的参照视野,而网络文学的文化生态及其与传统文学、“纯文学”之间的文化政治性关系,正反映了这样的不同代际、不同人群之间的价值观念上的冲突。这里展示的是一种完全不同的价值视野,套用在人性化世界内部进行“审美”——“人性”价值循环论证的启蒙主义文学传统理念,无法解释它从文学观念到艺术表现手法的全然不同的构成方式。或者也可以说,它是一种“反向”的启蒙:它启的是遗忘与遗失中华传统文明价值之“蒙”,启的是关于人性构成的天真幻想之“蒙”,启的是关于美学与审美诗学困境之“蒙”。这与无论是五四时代还是新时期以来的启蒙主义文学,无论从价值观念还是艺术理念、表现手法上都一心一意向西方看齐的倾向正好相反。因此,它在百年来中国文学的所谓“现代性”传统当中,是某种具有根本性、革命性意义的转型。

此外更重要的是,“玄幻文学”的出现不是一个孤立的现象。在这其中,网络只是提供了其“离经叛道”的生存空间,而非其内在品质方面的决定性因素。仅仅将其视为网络上的消费性、快餐性的文化生产是简单化的,而它所涉及的中国传统文化方面的修养,也是很多此领域研究者的观念意识与知识结构根本不匹配的。“玄幻文学”的出现,并非只是一种题材或者主题上的开掘或重新“发现”,同时,它也建立在中国人对于中国文化、中华文明的自信心全面恢复的基础上,更与传统文化以更加积极、正面的形象,重新走入人们的日常生活等新的文化动向、文化潮流有关:如果从连中医都认为是“伪科学”的“启蒙”心性与知识结构出发来研究“玄幻文学”,那自然会认为它满纸荒唐、一无是处了。因此,这种促生“玄幻文学”的文化氛围与文明价值格局，比“玄幻文学”本身更值得关注与研究：当在这种氛围当中成长起来的新的一代人成为中国文学的主力时，中国文学整体上的文学心智、文化构成以及文明品质，必将产生本质上的不同。自然，这并不是说它们从艺术上讲没有问题，但这些问题很多源自网络文学本身的生产方式与生存状态，假之以一个更为适宜的创作条件与岁月本身的磨炼，这样一批作者是可以寄予希望的。

第九章　文明诗学与中国文学传统(下)
——百年中国文学的“现代性”传统反思

在中国当代学术思想的各个学科领域当中,像“现代性反思”这样的话题,早已经进行过多个轮次,但就文学问题与文学学科领域而言,“反思”的结果往往只是归结为学科“知识”和研究“范式”层面上的“重构”与“重建”等等,却似乎很少从文学深层的文明价值格局与文化机理构成意义上,来展开为一个整全性的问题界面,因此此类“反思”事实上只是在事关文学的核心问题地带绕路而行。这或许也说明一个问题,即这种反思其实是艰难的:它或许不仅仅是思想观念上的抉择与翻转,同时也意味着文化心性和文明价值实践层面上的一种漫长修行过程。本章此处的核心问题,是在探究中国文学“现代性”传统之文化谱系与文明价值渊源的基础上,从文学的问题性维度上进行的现代性反思话题;或者说是从中华文化与文明价值立场出发,进行的“现代”文学概念、文学问题性领域的重新辨识与重新审度。这并非是从艺术成就上否定文学的现代性传统,也不应理解为对于通常文学史意义上的中西古典文学及文本意义上的古典作品的简单赞美,而是试图重新体认有关文学的“古典”—“现代”—“后现代”的狭隘认知通道与进化论式的价值观念谱系,以及“中国等于落后的、错误的,西方等于先进的、正确的”等扭曲的文化逻辑,进而走向一种事关中国文学的整全性的综合视野与认识格局。在此,中西文学的古典传统是一种重要的参照系统,而现代主义作为文学现代性传统的一个极端和显著的例证，将被着重提及。

第一节 中国文学的“现代性”传统：作为尖锐的生活秩序与文明政治问题

所谓的现代性传统，是西方近世以来在社会历史与思想文化层面形成的一个总体性的文明价值型构与生活世界秩序。而所谓“后现代”与文学艺术上的“现代主义”“后现代主义”传统，虽然时常以批判现代性文化与文明价值逻辑为出发点，但事实上往往更加深度地陷入现代性的漩涡当中，所以它们只是现代性的极致化呈现，而并非真的走出或走到了现代性传统的对立面——这其中的原因，大部分可以归结为在现代性的逻辑前提下反现代性的结果，像海德格尔、德里达等人从批判现代性出发，最终却无不更加深度地卷入现代性的问题圈套当中，更加极端地推进了现代性的困境。西方的“现代性”文明价值谱系与“现代主义”“后现代主义”的文学技艺，是中国文学的“现代性”传统的主要参照坐标与效法范型。所以，需要说明的是，由于西方传统对于中国文学的“现代性”传统的深度影响，使得探讨中国文学的“现代性”传统时，必须时常深入西方文学的古今传统当中；而在文学传统的“古今之变”的问题性面前，“古典”与“现代”之间的区别，常常大于东西方之间的文化与文明鸿沟，在一些情形下，东西之间的文化与文明差异甚至可以暂时忽略不计。这样，我们这里的反思，就需要在参酌与通观古今中西，尤其是“古今之变”的视野中展开。

中国文学的“现代性”传统，当然不等于中国文学的“现代主义”与“后现代主义”传统，但后者在百年来中国文学的“现代性”进程当中，确实在一些关键点上撬动了文学的“现代性”转型与变革，也在很大程度上改变了中国文学的艺术面貌和文化品质，因此，将它们视为“现代性”传统的标本性与关节性的反思对象，似乎也无不妥。然而，即使在中国，文学艺术意义上的“现代派”或者“现代主义”，也早已经不是什么新鲜话题，而无论中西似乎都有很多人认为，文学的“现代性”传统尤其“现代主义”的文学观念与文学技艺，已经是文学不可超越的普遍观念常识和艺术地平线。不过，即便在“文学本体论”的倡导者兰色姆那里，那些“现代诗人”尽管“可能违心违愿地证明了真正的本体效果”,但“现代主义”文学作品背后那种文化的偏狭与悖谬,似乎仍然有些令其无法忍受:“他们感到自己那种最为实际的世界是无法把握的……他们与现代世界的日常事务、科学和实证论是水火不相容的,因为这一世界从本体上说颇使他们为难。他们把古代希腊思想理解为多元论、相对论和非理性的……他们的诗歌是一种怀疑主义、一种心照不宣的实际上的决裂的表示。这种怀疑主义与决裂似乎使这一代人归入了颓废派……”①在这个层面上,现代主义文学背后那种极端化和末世性的“现代性”文化谱系凸显出来:兰色姆以完全不同的立场和出发点,对于现代主义发出的类似“颓废”与“虚无”这样的指责,如果了解中国现代主义文学批评史的话或许会觉得有些似曾相识……但如果它确实如此呢?或者说,这不正说明它确实如此吗?从总体上说,充斥现代主义文学艺术的,是一种关于人性的孤独和文明的绝望的废墟化的世界景观与价值图谱;更主要的是,即便是那些伟大的现代主义文学艺术大师,在“人应该如何生活”这样事关人类生存的根本性问题上,也不知道他们还想、还能告诉我们什么。在中国现代主义文艺传统接受的各个时段当中,在进化论情结与现代性神话的蛊惑之下,其技艺性、艺术性的层面被神圣化,而那些负性的价值被有意无意间选择性地忽略,甚至被赋予了某种批判性、解构性的文化英雄化的正面价值。时至今日应该关心的问题是,现代主义式的“现代性”,已经成为理解和认知中西方文学的伟大传统,乃至文学本身之广阔内涵与全面文明本质的障目之叶。

因此,现在是跳出具体的文学、艺术作品的审美评判与艺术价值评估,从总体上反思中国文学艺术的“现代性”文化传统的时候了。传统问题自来就是出自人类对于自身存在之历史本质的尊重与历史构成的整全性理解意图,而现代性反思这个话题本身,无疑是一个在现代语境当中尖锐化或者激进化的问题,它所呈现的是一个考量“现代”生存格局的问题性空间:没有谁能够真正回到古代去,但中西方古典传统核心性的问题视野,似乎确实要比现代性、后现代性以来

①[美]兰色姆:《征求本体论批评家》,张廷琛译,见赵毅衡编选《“新批评”文集》,百花文艺出版社 2001 年版,第 90-91 页。

的问题领域清朗与宽广得多。因此，对于自身传统的回顾与反思，及对于“传统”与“现代”的复杂关系的把握，具有一种内在的生活秩序筹划、文化伦理与文明政治的主旨性的张力，这是毋庸置疑的。从而，这里的话题自然也不仅仅是一个简单的谁更伟大、谁更渺小的问题，生存性与文明政治性的强烈现实感，首先带出的就是关于传统问题的“元认知”视野：

> 举有天下者皆谓之正统，则人将以正统可以智力得，而不务修德矣，其弊至于使人骄肆而不知戒。举三代而下皆不谓正统，则人将以正统非后世所能及，而不勉于为善矣……
>
> 方孝孺《释统·中》

传统确实包含着人对于自身的理解，但传统并不因此就是由人主观的、“主体性”的意志来随意决定与处置的。现代性将“传统”当成一个沿着线性时间与历史序列来加以理解的秩序，而这个秩序的核心，则是体现现代性的(时间与历史)标准与尺度的人性化生存，传统因此成了“现代”生活秩序的复制品与镜像。由此，文学的现代性问题或者说现代性困境的关键所在，恰恰就是“永恒的人性”思路。人们说“人性”是文学的永恒主题，这种说法的确切起源无从考证，但这个无疑属于“现代性”的话题，以及围绕它出现的各种含混的文学观念谱系，正代表了文学的一种“现代性”困境：摒弃文学的自然性视野，抹杀文学的自然价值标准，将人性变成一种自我循环、自我论证的绝对性，将人性化的生存领域与生活世界，变成一种内部复制、抽象空转的“洞穴”，文学由此也变成一种“可以智力得”的纯粹人性化的修辞技艺，与个体心智、心理的产物或附属品。

或许有人会说，现代性传统同样也讲“自然”，这一点确实可以混淆视听。但现代性传统的“自然”理解和“自然”认知，恰恰是现代性的问题本身：它们恰恰出自某种现代观念与现代习俗，或出自某种特定的理念与概念性规定，因而现代性的问题领域当中的“自然”，恰恰并不是自然，而是不自然、反自然。与此叠加在一起的问题，就是现代人及现代性心智与认知图式的问题：正如尼采所说的现代人的“理论家”的心智方式那样[①],现代思想和现代心智的特征就在于,它必定要通过某种概念与理念性的中介来理解事物,现代生活由此与“科学”理念高度重合,其多元性被消灭了,并且本身具有了一种(黑格尔也曾经讲过的)理念化的特征[②]。所以,被现代性摒弃与理念化的、本源意义上的自然,当然不是指风花雪月、山川草木、浪漫主义的自然田园以及古典山水诗之类,而是需要按照“道”的标准和高度来理解的自然:它是出于人的自然心智、自然理性就能够知解与领略的某种规范性,但同时也是超出人类主体自身掌握能力之外的无上的高度,从而它具有贯通“最高处”与“最低处”的价值谱系的丰富性、具体性和整全性;因此人性本身是这个自然的一部分,而自然是人性化的生存乃至生活秩序本身赖以为基础的文化意义格局与文明价值基底,具有反向照亮人的心智与生存本身的维度。总之,人只有按照自然本身标准来学习自然、循顺自然,才能在更高的层次上符合自然、天人合一,这也才是真正的自然、自然的自然,才是“自然之道”意义上的自然。[③]

就文学传统来说,这里涉及的不是一种具体的“人性论”的文学理念和文学主张,而是文艺观念与文学思潮背后的文化格局和文明价值图谱:人性可以很高尚,但也可以很渺小,然而不管人性是高尚还是渺小、是善还是恶,如果缺少了自然的标准,人性就只能陷落在自身的“洞穴”化的内部,作自我合法化的循环论证;人性由此就变成了一个原地打转的陀螺,人性的标准成了一个在无穷无尽的现代性话题当中抽象空转、自我复制的东西,或不如说,成了理念性、理论性的空转与循环论证。人们从此再也分不清这样的人性概念与“现代性”话语二者之间究竟何为因、何为果,最终在同语反复当中,变成关于“现代性”的经不起推敲的概念性预设。于是,绝对的人性化就是绝对的“洞穴”化,以自然性为基础的文明视野与文明格局被放弃了,一种极端而又贫乏的文化逻辑,在现代性思维与问题性当中令人眩晕地飞速空转——这或许能令人暂时忘却那种显而易见的、危险的缺失与空白,人们由此可以假装那些根本性的问题已经不再是

①[德]尼采:《悲剧的诞生》,周国平译,生活·读书·新知三联书店 1986 年版,第 77 页。

②[美]布鲁姆:《文本的研习》,见布鲁姆《巨人与侏儒》,张辉等译,华夏出版社 2011 年版,第 320 页。

③张大为:《东方传统:文化思维与文明政治》,上海三联书店 2015 年版,第 103 页。

问题。

在此，并不是要主张回到古典文学传统，而是需要就文学背后的文明价值构成格局重新予以考量。或许正是出于“现代”观念前提与思想方式，人们形成了关于古典传统因循守旧、封闭僵化的印象；习惯于现代性语境当中的文化逻辑与修辞方式，会把“古典”与“现代”看作简单的线性时间概念，并相应地配备以“进步”与“落后”、“革新”与“保守”之类的价值标签。这进一步复制与强化了现代性的思维逻辑和文化逻辑：现代性传统在这种内在的焦虑和紧张当中，对于“变”形成一种强迫性的需要，并与现代性病症在深层次上互为因果、互相作用。这带来的结果就是，为了“变”而“变”，为了“现代”而“现代”，成为一个无须需论证就能在任何地方都通行无阻的文学合法性来源：“他们觉得老一套的诗法已经陈腐，从本体上说已经不适于他们。但是新的诗法究竟可能是什么，他们又没有始终如一的看法，而一种够激进的新诗法又似乎是不可能做到的，因而他们作诗时便毫不考虑旧的诗法，化其规则为不规则，变其系统化为不系统，对此他们毫不隐讳”①。因此，“陌生化”之类的追求，对于文学的现代性传统不只是出自特定的批评观念与范式，而是发源于其文化价值本质深处的强迫性的、“本体论”的内在需求：文学的现代性与现代主义传统在历史观、变革观上，被封闭于“文学本体论”内部的、一种撕裂性的“时间”战争所主导。

这种内在的文化焦虑与文化强迫症，充斥了中国文学百年来的“现代性”传统：“新诗”“新新诗”“新文学”“新时期”“后新时期”“新潮”“后新潮”……不顾一切地憧憬“现代”，求“新”、求“变”，最后把“新”和“变”乃至“现代性”本身，当成文学的标准和目的。在这种情形之下，一方面是文学心智日趋单薄、片面但却自我论证、自以为是的自大，另一方面则是在意义放逐、价值失范的“洞穴”式幽暗当中空转的虚无。这其中，那种不断下坠的失重感和脱力感，被当成是生存的“真相”——但既然自认为待在一种“神性”隐退、“真理”无光的洞穴式的幽暗当中，怎么知道你的写作写出的就是“真实”和“真相”？在新近的文学写作趋势当

①[美]兰色姆：《征求本体论批评家》，张廷琛译，见赵毅衡编选《“新批评”文集》，百花文艺出版社 2001 年版，第 89 页。

中,已经不再是"人性"的自我循环论证,而是可以称之为"人性的短路"的写作取向:文学写作已经在向缺乏健全理智的"心灵鸡汤化"和纯粹修辞性的"脑筋急转弯化"境地迈进……这些问题,不是一般意义上的文学批评与就事论事的思忖所能够解决的,而是必须从根本上重新审理那场人类近世以来最重要的、号称"现代性"的价值抉择与文化转折,以及发源于此的文学的"现代性"传统。

第二节　文学传统古今之变的文明实质与文明价值内涵

在文学的古典传统当中,文学的问题性以一种肯定性的价值情态,内涵于生活世界的伦理经脉与文明秩序当中,而按照文学的现代性传统,文学变成了对于前者进行外延性的"审美"反映与评判的、"可以智力得"的主体观念形态的附属物;在前者当中,文学以自己的眼光与修辞实践,直接面对作为问题性领域的生活世界总体,而在后者当中,文学本身变成了被"审美"的客体、对象,甚至于一个物质性的实体……其实,在无论中西的文学古典传统当中,文学的修辞实践在作为"修辞共同体"的人类生活世界当中①,在人类生活的基本价值秩序方面都具有一种结构性作用,一种关键性与基础性的重要性:"……修辞术如所说的那样似乎能够在任何一个给定的范围内发现说服的方式。所以我们说修辞的技术不限于任何一种特殊的事务对象。"②在这里,修辞术这样的"技术",不是现代意义上的工具理性的技术,"说服" 也不能理解成现代意义上的简单说教:人类生活的方方面面如政治、道德、法律、宗教、文化、教育等等,无不内在于一种修辞性的理性推理("技术")与价值实践("说服")当中;而修辞术之于诗,或许正如辩证法之于哲学,正是成其所是的内在本质环节。人类生活世界、生活方式问题就是本源意义上的政治问题,文学的古典传统在这个问题上不走极端,

①[美]米勒:《作为修辞共同体的城邦》,刘世英译,朱琦校,见刘小枫编《古希腊修辞学与民主政治》,华东师范大学出版社2015年版,第7页。

②[古希腊]亚里士多德:《修辞术》,颜一译,见苗力田主编《亚里士多德全集》(第九卷),中国人民大学出版社1994年版,第338页。

对于政治事务持既不理想化、也不妖魔化的开明、中道的态度：

> 如果我们在最广泛、最深刻的意义上理解修辞术，比如按照柏拉图和亚里士多德的理解，那么，哲学和城邦之间的鸿沟就可以弥合了……修辞术可以实现价值判断。但是，现今的主流观点认为：价值判断不可能被任何推理支持（无论科学的，还是修辞术的），因为它们根本上是情感性的。[①]

哲学和城邦代表了人性的两个极端："哲学"代表了某种完美的生活秩序的理念与理想，"城邦"则代表了人的自然属性与现实生活方式，这两者之间无疑常常是相互冲突的关系。在西方古典传统的问题性当中，"哲学"与"城邦"的冲突，也就是"诗与哲学之争"问题，因为诗歌持维护城邦的"弥合"与统一的立场。因此，如果我们"在最广泛、最深刻"的修辞术（而不是智术化、工具化和理念性的）意义上来理解文学，这其中发生的事实是：修辞实践以其诗性的自然总体性格局，在发掘、敞开哲学与城邦的共同建基于其上的、某种更为基础性的自然秩序的意义上，将它们连接与统一起来；而在广大的生活世界和生活领域展开其整全性的文化本质，才是与文学修辞实践之诗性的总体性及内在的肯定性价值情态相适应的文学的恰当的存在方式和存在领域。这开启了从诗性和文学修辞的角度，重审、重建灵魂秩序与生活秩序之间关系的诗性—自然价值立法与"立法诗"传统[②]。它由诗性的修辞实践来完成，是因为它所实现的"价值判断"与价值立法，恰恰是诗性与文学性在一个更高的层次上所护持的宽广丰裕、具有纵深感、层次性与逻辑弹性的自然秩序，而非"现代人"认为的只能由工具理性构筑的僵硬的程式合法性、规范性法则。

这种将生活秩序与生活世界的自然整体性纳入其中的整全视野，对于理解人性和文学来说恰恰是妥帖、圆融之境：在涉及关于"人应当如何生活"的政治

①[美]施特劳斯：《修辞术与城邦——亚里士多德〈修辞术〉讲疏》，伯格编订，何博超译，华东师范大学出版社 2016 年版，第 551-552 页。

②林国华：《古典的"立法诗"——政治哲学主题研究》，华东师范大学出版社、上海三联书店 2006 年版，第 3 页。

事物的古典定义当中,绝大多数人不可能像哲人一样凭借理念去生活,而像苏格拉底与柏拉图这样的哲人,并不只是在思考哲人如何生活的问题,占据其思想中心的,更多的是非哲人的普通人如何生活的问题。因此,以古典文学经典解读著称的伯纳德特指出,《理想国》中所有对话者都相信理念,唯一例外的恰恰是其中的灵魂人物苏格拉底①。城邦生活秩序不能靠理念来解决,灵魂与城邦之间无法达成理念性的同一和形式—工具理性的同构,这一点是诗性存在的现实前提,也是诗性在更高的层次上以自己的方式努力维系、弥合的自然秩序:

> 由此,柏拉图就能够宣称城邦和灵魂之间有一种形式的类比。但是这绝决不是要求这种类比在形式上是合理的。形式是诗的形式,不是逻各斯(logos)的形式。②

在此,柏拉图式的问题性核心,不在于将其对话文体当作现代意义上的哲学文本而从中抽绎出来“观点”或命题性结论,而是存在于柏拉图对话的戏剧性、文学性的修辞实践整体当中——这一点,有其作为隐喻性的一面,也有并非隐喻的一面。就前者而言,《理想国》的文学修辞再现的“理想国”政制秩序,隐喻性地、“具体”地展示了何为政制秩序当中最重要的东西的“前现代”观念——修辞术所包络的参差不齐的灵魂状态与生活世界的自然具体性,从而提供给人们以一种思考方式和认知坐标;就后者而言,它本身就是修辞实践与生活方式的一个现实部分与示范:《理想国》的修辞秩序本身带着它的“价值判断”与立法意图,接通文学性背后的自然价值与自然秩序渊源,从而以在更高层面上遵循自然,或遵循更高层面上的自然的方式,来安顿人们的灵魂与生活。“灵魂”与“城邦”之间的“诗的形式”的“类比”关系,正是沿着修辞实践维度展开的“价值判断”和诗性立法实践本身,由此“弥合”、填平了“理想国”的哲学理念与“城邦”生

①[美]本恩斯:《伯纳德特与施特劳斯》,见伯纳德特《神圣的罪业》(附录三),张新樟译,朱振宇校,华夏出版社 2005 年版,第 255 页。

②[美]罗森:《哲学进入城邦——柏拉图〈理想国〉研究》,朱学平译,华东师范大学出版社 2016 年版,第 479页。

活现实之间的分裂和“鸿沟”：存在于人类修辞秩序和修辞实践当中的《理想国》，既不是“理想国”的理念，也不是彻底洞穴化的腐朽的城邦，而是理念与现实共存的人性化生存的自然秩序与自然格局。就柏拉图对于西方文明史的影响而言，说作为“修辞共同体”的西方人与西方文明生存于《理想国》的修辞与诗性立法实践当中，这或许不是一种过于离谱的夸张。而很难说柏拉图自己没有想到这一点。

然而，文学的“现代性”传统既误读了文学，也误读了哲学。上述这一切到了文学的“现代”视野当中，变成了自主性的理性个体与智术化修辞组成的文化与文明价值格局。但这并非一定缘起于时间上的“现代”阶段，另外一种文明诱惑，从一开始就在文学的古典传统旁边孕育和徘徊：如果不只将“现代”看作时间概念，而同时也看作一种心智类型和文明秩序的话，柏拉图《会饮》当中第一个发表爱神赞辞的、崇拜智术师的斐德若，在很大程度上可以看作是现代性传统的文学修辞的祖师——这反过来说明，西方文明的所谓的“现代性方案”，只是柏拉图这样的古代圣哲早已考虑到的、一种特定的文明问题的提问方式与解决方案：

> 这位神是如此智慧的诗人，以至于他能制作出别的诗人。至少，每个人一经爱若斯碰触都会成为诗人，即便以前不谙缪斯技艺也罢。①

沦陷在现代性生活体制与文化秩序重构的“自然”洞穴当中的“自由个体”，将它所定义的“自然”性的个体欲望、个体理性和个体权利当作全部：作为文学家的灵魂与文学修辞来说，只要不断向内开掘，就能像上帝一样，以自身的“灵魂”秩序同构出世界的“本质”与存在“真相”。但这个立足个体的“自然”性，作为现代性文明的起点，恰恰是最大的不自然和对自然的根本性背离：将人类生活的基本秩序当成原子化个体及其个体欲望，那全部的问题，只是对于个体意识的“理性”启蒙及不同欲望之间的“技术”性协调而已——这正是西方现代的所

①[古希腊]柏拉图：《会饮》，见刘小枫编、译《柏拉图四书》，生活·读书·新知三联书店 2015 年版，第 216 页。

谓自由民主政制的基本构成。然而,这样做却可以最大限度地取悦民众、让民众“愉悦”:“阿伽通的讲辞是唯一充满普遍意义上的热情的讲辞。这当然部分是因为他的年轻和特殊地位。但这也是因为,他代表的肃剧最令人愉悦,对民人和大众来说最令人愉悦。”[①]阿伽通本来是一个“悲(肃)剧诗人”,悲剧精神喜剧化,或许代表了这种文明机制转变的某个重要时刻:智术师的启蒙理性及智术化的修辞技艺,代表了对于人性之理性化、技术化的乐观主义,它由此凭靠某种特定的理念、“主义”,开启“理性”与“神性”、“个体性”和“普遍性”、“自然”与“技艺”之间达成合理化与技术性同构关系的“新文明”格局:悲剧精神的消失,意味着人性的价值根据与生存家园的消失,它从根性上被肢解,变成启蒙理性、技术理性凯旋的文明喜剧。人的城邦化生活的自然属性,由此被解构为无根的“个体”人性的荒原。

“西方危机的异常之处是, 它相当于一场哲学危机……在现代性中哲学和科学成了主宰,纯粹的理论问题起着决定性的政治作用。”[②]构成这种新文明格局核心的智术化、启蒙化、工具化的“理性主义”,对于文学艺术来说同样是一场影响深远的危机的根源。这是由于,这其间贯穿和横亘着的,正是现代理性主义的文化主体论,康德说“理性实为其自身之学徒”[③],而现代性的“理性”文化正是批量生产诗人的机器化工厂本身:爱神是诗人,而之所以是诗人,就在于它的“制作”方面的理性技艺;因而作为爱神之“神性”传递着的,就是这样作为原子化的个体性的 “自然” 技艺能力与智术 (“每个人一经爱若斯碰触都会成为诗人”),或者智术化、技艺化的“理性”能力和“理性”灵魂。牟宗三用“道德主体的自我坎陷”来描述现代认知主体的生成方式:在“现代”的意义上,在康德的意义上,所谓的“道德主体”也就是因为具有道德“理性”方面的认知与反思能力而成为道德主体的,所以主体性的“现代”意义,就是以认知性与认识论机能来作为主体性的首要核心。因此所谓的“坎陷”只是一个文雅的修辞,其实就是沉沦与“塌陷”,牟宗三很“诚实”地道出了现代性的道德、道德理性和道德主体的构成

①[美]施特劳斯:《论柏拉图的〈会饮〉》,伯纳德特编,邱立波译,华夏出版社 2012 年版,第 235 页。

②[美]布鲁姆:《美国精神的封闭》,战旭英译,冯克利校,译林出版社 2011 年版,第 153 页。

③[德]康德:《纯粹理性批判》,蓝公武译,商务印书馆 1960 年版,第 13 页。

方式:现代的"理性"主体性本身,相对于古典道德主体来说,确实是一种"塌陷",将整全的人性的自然秩序,塌陷为"理论家"式的扁平的、抽象的灵魂个体性。它当然易于复制,或者本来就是没有原型和本源的"理性"的、概念性的复制品。

人们对于包括文学在内的古典传统的不良印象之一,就是古典传统具有一种道德化的性质,而文学的古典传统也经常有一种道德说教和道德化批评传统相伴随。在文学修辞的问题上谈论道德,是因为道德不仅仅是道德本身,也不仅仅是世俗生活的功利需要,而且是灵魂与世界现实相遇、灵魂具体化和现实化的方式。古典传统意义上的主体性与道德主体,并不仅仅是一个饱满的主体性本身,不仅仅是一个持守自身的道德个体:能够"成性存存""赞天地之化育",方为"道义之门",才能行"道"之"义"、得"道"之"德",只有不断地将更加丰富的内容包含进来,才成其为"道德"的主体。像概念一样抽象、僵直而又贫乏的"现代"理性主体性,其实并不像它自己理解的那样,是一个完美的、自主性的"自由"个体,而只是在某种整全的道德理性、道德视野残缺的情况下,"塌陷"、沦陷在种种现代神话叙事当中不能自拔的产物:"在现代学者的'客观学术工作'中,随处可见反叛传统的激情和鼓吹'新道德'、'新政治'生活方式的激情。所以当他们把一篇篇温柔敦厚的经文'还原为男女两性的原始欲望的真实'的时候,实际上是在不自觉地鼓吹现代人的'新道德'、'新政治'、'新文化'。至于这种'新道德'究竟是不是好道德,'新文化'究竟是不是好文化,乃至根本上是不是道德和文化,乃至是否够得上'政治'的名称,他们就不像古人那样善于反思了。"[①]事实上,现代性的政治与文化机制当中执着于自身的"理性"个体,根本不可能理解灵魂真正的自然秩序,以及文学修辞所包络的人性化生存格局之纵深的自然结构:

> 从主体出发是无法证明主体的,——客体也一样:单个主体即"灵魂"可能只是一种表面上的存在。[②]

①柯小刚:《〈诗经·周南〉大义发微》,见柯小刚主编《诗经、诗教与中西古典诗学》(《古今通变文集》第一卷),同济大学出版社2016年版,第62页。

②[德]尼采:《善恶的彼岸》,魏育青等译,华东师范大学出版社2016年版,第79页。

这个主体,正是被搁浅的西方现代性之“理性化”“合理化”地自我论证的文化主体性,最终变成浮在“表面”上的观念化、“理论”化的形式规范与工具理性的同语反复。于是,这种新的理性主义文明,始于以“理性化”的颟顸及智术化、工具化的修辞观念来理解“爱神”和“神性”;而它的终点,则是将粗鄙的“自然”性与个体的“自然”欲望,将现代启蒙理性、工具理性的“理念”(“理想”“主义”)性回环与自我循环,赋予神圣性质或直接理解为神性——这就是“现代性”和“现代人”的神话源泉。于是,在文学的“现代性”传统当中,在这样“理论家”心智与观念性核心的文化视野当中,文学在其深度本质上变成一个物化的、几乎是实体性的存在,因为恰恰是这种类似物质性的实体,是理念与观念之理想的“客观对应物”与“对象化”形态,或自我镜像化的存在。于是在这其中,充斥文学主体灵魂核心的,其实是一种“合理化”与“理论化”的冲动,它所看到的,是一种作为康德式的现代主体性所乐于看到的认知思维和知识论机制的表象与侧影:几乎将整个生活世界的自然状态隔绝于文学艺术领域之外的“审美”心智(“审美判断力”)的作用,就在于它论证了近代主体性作为“理论家”与思维机器的完善性——这在康德美学当中几乎是直白的表述。“理论家”的主体心智,因此完成了自我论证的逻各斯的循环。

于是,在这种情况发生的文学领域,在这个早已被近代哲学“理论”地规划为与“真理”绝缘、与“道德”无涉的神话式的生存飞地、“审美”飞地,包含在现代主义文学心智当中的,只是以错误的方式和方向展开的一种“真理”性与“道德”化的虚妄冲动。这具有现代性之病的典型症候意义:现代主义文学“审美”拯救与艺术拜物教式的拟宗教性的文学认知和体验方式,这属于现代性文化逻辑的内在要求与必然走向,但这恰恰将其文化诉求的虚妄本质彻底暴露出来。这反过来只是意味着,现代主义文学彻底变成了游离于具有健全灵魂的自然生存本身之外的“审美物自体”,升起在这块“审美化”飞地之上的,是一个试图将真、善、美集于一身的、像上帝一样完满的总体性世界——“文学本体论”或文学作品的“本体”:

> 赋予上帝以一种本性、一种形式、各种才能,以及一个历史的不是别

人，而是诗人……各种宗教定期由诗人产生，并被自然主义者所毁灭。宗教须依赖于文学上的理解才能具有本体论上的有效性……[①]

将“上帝”（神）当成技术化、智术化的修辞术或“诗人”，兰色姆与斐德若如出一辙。文学的现代性传统，最终把人类生活世界的无限复杂性，通过“文学本体论”的过滤，都转换成了“文学上的理解”，变成了文学的“本体”性“内涵”（同上），并一步步地简化、置换为文学“本体”构成内部的意义表征与符号的繁复性；把历史的无根性的虚无与生存焦虑，都转换为对于“变革”和“现代”本身的文化强迫症。而现代主义文学作品复杂的层次性构造与存在方式，不过是将难以调停的主观与客观、主体与客体、“实在与观念”等方面的现代性世界观与现代性哲学的“本体论”难题，转移到了文学的“本体”内部而已：这个“分层次的复调结构”[②]，只不过是主客观之间、观念与实在之间悖论的一种自欺欺人的暂时转移与表面调和而已。

西方人的“上帝”，代表了有关西方文明传统与生活方式的一个总体性秩序与一种理解方式。人们可以将“上帝”的神话当作文学作品来解读，《圣经》确实也有一个文学性的层面，但不能由此说，“上帝”的这个总体性秩序都是由现代主义式的“诗人”来赋予和完成的。而如此这般的现代主义“上帝”，被随便一个什么“自然主义”消灭，也合乎逻辑：现代主义的文化雄心，终究不是现代主义自身的那种文化格局与心智格局所能承当得起的；或不如说，它恰恰说明了现代主义内在的匮乏、无力与困境。在无根的空想与浅表的循环当中，发源于西方的“现代”文明与“现代性”传统，本身日益走向虚妄与“没落”的不归之路：文学的现代性传统，尤其是文学上的“现代主义”，正是将自然视野排除在外，将一切的自然人性、自然心智、自然语言、自然修辞都视为肤浅之所，但它自身所陷入的，正是那种力图从“孤绝”的主体性本身出发来证明主体性的文化强迫症与修辞

①［美］兰色姆：《诗歌：本体论札记》，蒋一平译，见赵毅衡编选《“新批评”文集》，百花文艺出版社 2001 年版，第 78 页。

②［波兰］英伽尔登：《文学作品的存在方式问题》，张金言译，见《西方文艺理论名著选编》（下卷），北京大学出版社 1987 年版，第 549 页。

“智术”的虚无主义。那些现代主义文学天才的成就当然不能否认,就具体作品而言也不能一概而论,但并不是把文学修辞变成洞穴式的诡谲幽暗就是卡夫卡;如果以一种智术化的态度来对待文学修辞,卡夫卡比之于荷马确实更容易“复制”和“生产”——斐德若在这一点上是正确的。对于绝大多数中国当代作家和诗人来说,那种以文学“本身”“本体”的名义而来的智术化、专业化、技艺化的“个体性”自负和自以为是,只是让自己更加远离了生存与文学双方的真理。

第三节　在文学修辞实践中重铸中国人灵魂的自然秩序

无论是中国社会历史还是中国文学的现代之旅,不等于“现代性”的传统。发源于西方的“现代性”传统是一种“可以智力得”的选择性方案、一种实验:“我们现在仍生活在实验中,因为现代性本身就是一场实验;至于在实验的终局,我们能不能达到彻底的祛魅,没有人可以给出确定的答案”[①]——这一点在文学艺术意义上可能尤其容易被理解。然而,这个世界并不能真的变成为一个“文学本体论”的存在,人们不可能真的只在文学“本体”和“语言的家园”当中遁世逍遥。现代世界历史告诉我们,当缺少了人性之外的自然性标准,人性本身就变成了一种绝对性的东西,因此以消灭神话、启蒙人性为出发点的现代启蒙主义,最终变成了毁灭人性的神话。正如法兰克福学派所揭示的,这种“启蒙辩证法”式的喜剧在20世纪给人类带来了惨重的灾难。这其间的内在因由在于,一种太过“人性化”的思想方式和意义秩序,恰恰忽略了人性的“自然”构成及内在的复杂性,取消了人性在一个更大范围当中的参照坐标,将其变成一个自我论证的自转的陀螺,因而无论什么样的疯狂理念都可以找到“人性”的根据。而如果听任灵魂在文学修辞当中“理论家”化为一个“理性”个体,也就从根本上把文学修辞当成了一个由理性主体与个体单子所操控的意义传导过程,那必定是对于灵魂与修

①[美]马克·里拉:《政治神学的回归》,姜清远译,见李强、张新刚主编《政治神学》,北京大学出版社 2017 年版,第 15 页。

辞的双向误读。此时，灵魂作为一个光滑平整的平面、一种瘠薄的理性概念或者一种幼稚的欲望呈现出来，去等待各种极端化的神话叙事去占领与虏获，而文学修辞则成为煽动个体灵魂的极端性与“理性的疯狂”的智术化工具。这是文学“现代性”传统当中的灵魂状况的某种必然。

修辞并非一个自主和自足的“理性”个体玩弄的一种“智术”、一个工具，不是理性控制的意义秩序和意义传导，及在灵魂的具体性和自然秩序之外完成的短路式的循环论证、自我回环；同样它也并非对于个体“理性”的外在煽动或者“抚慰”。文学修辞出自灵魂，但不是简单地出于灵魂，修辞实践、文学修辞与灵魂的自然秩序、自然具体性的共生关系，甚至早于哲学。柏拉图被视为一个哲人的典范，然而，在悲剧精神终结、智术化和哲学兴盛的时代，在哲学与诗歌两种文化乃至两种文明传统之间的价值褶皱当中，文学修辞由以“转身”和“重生”，或许恰恰得益于柏拉图出自真正的“诗人”心灵的深层发现：“他的诗就像他的观众一样复杂而具有不同的层次；它首先是为由贵族和普通人的组成的惯常秩序构思的，但在更深刻的意义上，它则是为理解者和不理解者组成的自然秩序构思的。”①这个具有基础性与纵深性的自然秩序，是更新和扩大了的哲学的“自然”发现与“自然”活力的保障：“……世间存在恒久不变的事物，比如人类灵魂的自然秩序，这可以用于区分正确和错误行为。”②以诗人的心性与修辞实践深入文明的自然基底，重新疏解与维护灵魂的自然秩序，以及建基于其上的“正确”的生活世界秩序、政治秩序，如上面所说，从一开始就是柏拉图的自觉意愿。因此柏拉图不仅仅是哲人之祖，也是真正的诗人：

> 思想家柏拉图借此迂回曲折地走到一个地方，恰好是他作为诗人始终视为家园的地方，也是索福克勒斯以及全部古老艺术庄严抗议他的责难时立足的那个地方。如果说悲剧吸收了一切早期艺术种类于自身，那么，这一

①[美]布鲁姆：《政治哲学与诗》，见布鲁姆《巨人与侏儒》，张辉等译，华夏出版社 2011 年版，第 55 页。
②[美]施特劳斯：《自由教育与责任》，见施特劳斯《古今自由主义》，马志娟译，江苏人民出版社 2012 年版，第 13 页。

> 点在特殊意义上也适用于柏拉图的对话,它通过混合一切既有风格和形式而产生,游移在叙事、抒情和戏剧之间,散文和诗歌之间,从而也打破了统一语言形式的严格的古老法则。①

柏拉图的对话作为诸多现代文体的原型,不仅通过以更加"自然"的混合形制照顾(如《斐德若》篇中所讲到的)人性之参差不齐与多样性状的方式②,隐喻性地统一了灵魂秩序与生活秩序;更重要的是,柏拉图的修辞实践,现实地示范、揭示与接通了自然之为自然的诗性:人们阅读柏拉图不仅仅是如阅读现代哲学那样,得到一些概念化、规范性的结论命题,而是思虑与处置自然之为自然,并在修辞实践当中抵达自然的生活方式与"人类灵魂的自然秩序"。在此理念与生活、理论与实践、哲学与诗便融通为一体性的东西。当这种修辞性的诗性自然秩序,在作为"修辞共同体"的人类生活秩序与生活世界当中弥散开来时,自然也在这个富有层次的丰富性与纵深性当中,疏放、呈现为包容宏富的生存性的诗性。这就为文学圆融的整全本质留出了文化实践空间和意义实现场所。在这个意义上,西方现代性传统以来的各种争执不休的"主义"与现代性神话,不仅仅是理想国当中所要驱逐的蛊惑人心的坏的诗歌,也是坏的哲学,因为它与文学意义上的"现代"传统、"现代主义"一样,都是以其偏激观念、理念炫惑人们的心性,鼓动灵魂的极端性,而使之更加远离自然。

其实,这里逐渐趋向或可以会通的,就是东方文明和中国传统当中的自然与修辞概念:"寓言十九,重言十七,卮言日出,和以天倪"(《庄子·寓言》)。这里所谓的"天倪",就可以看作是自然之分、自然秩序:"何谓和之以天倪?曰:是不是,然不然"(《庄子·齐物论》),修辞的目标不是突出与强化其内在的差异性,撕裂人的生活世界,而是以自然的秩序调而"和"之;但这不是简单地将其泯灭为一种抽象的同一性与同质性,而是通过修辞之眼与修辞秩序,让世间万事万物更加看清楚自己的"性分",安住在自己的自然序列当中。这其间,"是不是,然不

①[德]尼采:《悲剧的诞生》,周国平译,生活·读书·新知三联书店1986年版,第59页。

②[古希腊]柏拉图:《斐德若》,见刘小枫编、译《柏拉图四书》,生活·读书·新知三联书店2015年版,第398页。

然”的统合作用，事实上是综合了“然于然”“不然乎不然”“可于可”“不可于不可”(《庄子·寓言》)的差异化与分疏机理，而且也完成于这个层面。因而这样的“天倪”，是自然的具体性的存在关系格局，但却难以执着(“莫得其伦”)，而只有这样，才是可以天长地久的“天均”，供人们休憩和栖居。但或许恰恰因为贯彻这种自然性秩序，文学修辞本身并非自在地就是完整的意义实体，更非与世界整体上有着内在的意义秩序的“形式的类比”、符合与同契关系。中国的思想传统一开始，就对于语言文字和修辞本身深度的自然本性有着清醒的认知：“吾不知其名，字之曰道。强为之名曰大”(《老子·第二十五章》)，“道”从一开始，就是一个语言文字之“字”的存在，是在修辞实践当中的在场：

> 天地与我并生，而万物与我为一。既已为一矣，且得有言乎？既已谓之一矣，且得无言乎？一与言为二，二与一为三……自无适有，以至于三，而况自有适有乎？无适焉，因是已。
>
> 《庄子·齐物论》

这是对于人的存在方式与灵魂秩序之语言化、修辞化的构成的横向展示与描述：“道”的修辞实践性构成，避免了对于有、无之间的本体论问题及主体与世界关系的抽象思辨；对于这些关系的修辞性“自觉”，使灵魂与世界没有在无止境的相互缠绕和镜室化的纠葛当中迷失自己，或被拘禁于概念秩序与理性规范当中。生存于语言性、修辞性的生活秩序当中，这似乎是一个海德格尔、维特根斯坦式的结论，但海德格尔和维特根斯坦尽管时不时使用一些文学化与经验描述的修辞方式，这一论题在他们那里根本上仍只是一个概念性、理念性的结论。在东方和中国传统当中，正因为文学修辞不是从外部对于灵魂的自然秩序进行的隐喻性、形式化的“合理”性同构与等价置换(在西方传统当中这个过程完成于所谓“逻各斯中心主义”的压力秩序当中)，修辞本身才不会遮蔽与扭曲灵魂秩序之“自然”，修辞才是人类灵魂的自然秩序真正的映射、折光，于是这恰恰构成对于灵魂秩序与自然秩序之双重“自然”的尊重和疏放。而只有在这种灵魂与修辞的自然秩序当中,才能将更加丰富的东西吸纳进来,才能将灵魂和修辞之外的生活世界整体囊括、包络进来,而自身也完成其整全性的本质:归本复根的灵魂,并非持守自身的实体,灵魂的层级、性分与修辞的曲折,是某种真正具体的自然秩序,只有在悬解、无待的灵魂的安静、柔性和弯度当中,时间性才在此停伫,灵魂也才获得目击道存地面对自然的机缘与方式,以及让自然从灵魂的自然格局内部涌现的方式;而只有在灵魂与修辞的自然秩序当中,才能打破人性化、观念化地自我循环的"现代性"的虚无,回到自然本真的深水区与具体性当中。"无适焉,因是已",文学修辞由此通之于"道",在对于自然本身之自然而然的循顺当中,走向更加广阔和丰富的自然之境。

反过来,文学与文学性修辞,在这个意义上不仅深度加入一切思想文化与文明价值领域的本质构成,贯通与回环在人类生存领域及生活世界的各种问题性领域,而且也以一种基础和基底性的重要性,以其对于恒久的自然性、自然之道进行澄明与护持的作用机制,以及诗性修辞实现的价值立法的广泛牵涉面与适用度,承担起文化和文明世界的意义组织方式与价值底盘的作用:

> 《诗》则言无方物,可以便文起义……孔子重《诗》之教,显以此为经学之总归,六经之管辖……①

灵魂与世界相遇于它们二者之外的"三生万物"的第三者,这个"三"与第三者的性质地位,对于一种文明格局的整体构成至关重要:在中国传统当中,人性化生存与自然之间的修辞性中介,恰恰以反身性的诗性智能与清明的自然理性,通向对于人的存在的高贵与限度的清醒认知,文学性修辞实践也在其中照见和完成自身。因而在这里,人性化的生活世界与文明价值秩序的完成,不是理性主体的自我论证、自我完成,而是在并不具有"实体"性的完美和"合理化"的完善的修辞性秩序当中,进行的某种转喻性、寓言性的转换与让渡:《诗经》当中"兴"诗的语言修辞结构,正代表了这样一个过程,并且这样的基元性机制,大面

①廖平:《知圣篇》,见《廖平选集》(上),李耀仙主编,巴蜀书社 1998 年版,第 180-181 页。

积地贯彻于中国文化与文明的核心机理当中[1]。灵魂与世界由此从“太人性”化的论证涡旋与“理论家”式的心智涡旋当中解放出来，重新获得自然的力量和标准，并与之重建一种舒朗而又亲切的关联性：灵魂与世界以各自向内认识到自身内部之自然秩序的方式来走出自身，并以一种“诗性综合”的方式，完成一个更大范围的自然秩序的建立。

总之，在中国文化和文明传统当中，文学与原始的自然性有关，但必须从此出发，将自身疏解开来，将更多、更丰富的生活世界和文化内容包含进来，与此同时提升和升华自然本身，并在一个更高的层次上回归自然的和谐与平衡，或达成一种更加和谐与平衡的自然秩序与“自然”格局——这里似乎是涉及不同层面、不同领域的“自然”概念，但正是这些不同层级和范畴当中的“自然”的统一性总体，才是更加高级和更加丰富的自然，才是自然而然，才是自然之为自然：这就是中国文化与文明传统所说的“道”的境界，而与“道”相通的诗性，既是起点也是终点，中国传统因此是最大限度地释放、尊重与保存自然的“诗性”的丰富性与自然之“道”的传统，而贯彻东方与中国式的自然之道的文化和文明，是最充分地展开生存与生活世界之丰裕诗性的文化与文明价值传统。中国人没有上帝之类的信仰，中国人不断地拓展、升华生活世界和生命价值格局的途径与方式，就是遵循自然与自然之道，通过它们，比通过柏拉图更容易让我们理解、接近“人类灵魂的自然秩序”及将自然、诗性与“道”联通、连携在一起的中国人的生活方式与文明秩序。

在这其中，文学的诗性修辞之眼，不仅仅疏解人类生存的艰难性和有限性的绝望，也遮挡那些以真理太阳名义发布的过于炫目的理念天堂，由此可以澄清以拒绝荒诞与虚无为出发点，却走向更加极端的荒诞虚无的现代性文明陷阱：人类的现实生存领域，是处于真理的太阳与虚无的深渊之间的“自然”川谷，世界在此重新展开其没有那么美妙、但也并不令人绝望的自然风景。最终，它从人类灵魂的自然秩序出发，教导人们以一种综合古今的整全的、现实的眼光，来看待事关人类生存的重大问题及以“人应该如何生活”为核心的生活方式与文

[1]参见张大为：《元诗学》，大众文艺出版社 2007 年版。

明价值秩序问题,反过来贡献出文学包络宏富的文化本质与存在、展开方式。这里的问题似乎并不单纯属于现代概念上的文学与文学修辞范畴,但它也并不必然与现代意义上的文学概念及文学修辞无关或者矛盾。反过来,如果新世纪的中国文学仍然不能走出"现代性"的狭隘认知与价值格局,将这里的问题性都排斥为"前现代"的、"不纯粹"的文化累赘,那作为心理学事实和物化团块的文学修辞,就会因为缺少了文化的质性和文明的身体,而只能躲避生活世界的自然理性的阳光,永远沉沦在"现代性"的幽暗地穴当中。

第四节　现代性与心理学的"毒药"

心理学在今天似乎具有某种奇特的重要性。如果说对于每天以各种方式、各种途径涌来的"心灵鸡汤"人们可以嗤之以鼻的话,2016年年初,当两位学界人物选择以主动结束自己生命的方式来与这个世界诀别时,那些"心理学专家"们的表演则很让人不舒服。由此想到屈原,推想肯定会有心理专家分析屈原的"心理问题"。那年端午节当天,果然就看到"屈原是否有心理问题"的公众号文章——这次终于说到了屈原。尽管文章加了各种限制条件和补充说明,但最终其扭扭捏捏的基本结论无法回避:中国人顶礼膜拜、深情怀念了两千年的屈原,是一个心理病人。

一个过分推崇和依赖心理学的时代,总让人想到尼采所说的"末人"("最后的人")世界。尼采的"最后的人"形象,蒸发掉了长短不齐的人性化内涵与生存价值重量,从某种意义上讲,可以说就是一种整齐而纯净、"健康"而"幸福"的"心理学"和"生理学"意义上的人:

> 大地在他的眼里变小了,最后的人使一切都变小了,他在大地上蹦蹦跳跳。他的族类不会灭绝,犹如跳蚤……
>
> 间或吃一点毒药,这制造了安逸的梦。但毒药过多又造成安逸的死。

没有一个牧人的一群羊！人人需求同一，人人也都一样：谁若感觉不同，就自觉进入疯人院。

“从前，整个世界都疯狂”——他们中最优雅的人如是说，并眨巴着眼。

人们在白天有自己的小快乐，在黑夜也有小快乐：但他们崇尚健康。

“我们已发明了幸福”——最后的人说，并眨巴着眼——①

在今天的各种媒体当中，人们都不难看到各路“心理专家”以掌握世界终极真理的姿态眨巴眼睛的“优雅”。那么，心理学究竟是什么样的一门学问？它究竟有什么样的神力？19世纪末，欧美一系列“心理学实验室”的建立，促使心理学从哲学对于人的“灵魂”研究当中独立出来，成为一门现代“科学”。心理学的出发点，建立在个体心理经验构成的基础之上，它大体是以面对一台静止的机械装置的实验与实证态度，对于个体心理机制进行形式化、抽象化、技术化探究的学问。心理是人和动物共有的，心理学不仅研究人，也研究动物。心理学因此是一个从下往上、从低往高看的思路：用心理来理解人的灵魂，用个体心理视野来解释人类的精神现象与思想天空，用技术调适来取代生命价值抉择，总而言之，用尼采的刻薄术语来讲，就是用“畜群”来理解人。

在“心理学家”“心理分析师”和“情感问题专家”们看来，人类唯一的问题，就是个体心理层面上发生的“机械故障”。因此，无论什么样的宏大精神命题和观念主题，都可以看作是个体心理的产物，无论什么样的形而上的灵魂冲突和价值焦虑，都可以通过形而下的、技术性的调适来解决。就此而言，心理学无法解决哲学所致力的真理、道德、正义等问题，因为这些问题既不是心理构成与心理结果，也不是个体心理经验所能解释的；它同样不考虑社会历史层面的宏大的精神价值现象，因为它无法理解伟大与渺小的问题；它无法理解文学当中悲天恸地与忧愁烦恼的灵魂，因为它无法解释情感的形而上意义和价值内涵……在这样的情况下，“心理专家”仍然没有将屈原送进疯人院，而仅仅将屈原当成

①[德]尼采：《扎拉图斯特拉如是说》，黄明嘉、娄林译，华东师范大学出版社2009年版，第43-44页。

心理病人,这应该已经是很客气的做法了。

此种“心理学”的思路,打个不很精确的比方,就像是认为电视节目是电视机的电子元器件本身的“产物”一样;同样它认为如果电视节目出了问题,是因为电子元器件出了问题,通过修理小工的敲敲打打,一切问题就都可以解决。今天很多人的生活似乎离不开的“心灵鸡汤”,就主要彰显了这种“心理学”的逻辑,“心灵鸡汤”可以说就是修理小工的哲学。小工的视野就是电视机后盖里的视野,按照修理小工的哲学,这个世界完美得就像是电视机后盖里的线路板与电子器件。他永远不会知道电视屏幕当中正在上演的剧情,也理解不了光电物理世界之外的逻辑,在他看来唯一不完美的问题在于:这里有的地方会发热,有的地方会发光,有的地方会有噪音。在小工看来,这都是可以“修理”一下的问题,都是可以通过“修理”来让你“改变自我”的问题。因此,从修理小工的哲学出发,通过“心灵鸡汤”来指导别人的人生,似乎是一种无法遏制的人性欲望:你为什么要发热?你为什么要发光?你为什么要这么大声?

“心灵鸡汤”包含了一种文化程度不高或者与文字接触不多的人们,对于文字本身“神力”的迷信与崇拜,比如他们觉得靠一篇粗浅的鸡汤文,就能让人把人生“活明白”。但这不是主要的,“心灵鸡汤”的基本逻辑,就是这个世界一切都很完美,没有什么不正确、不合理、不公平的事情,一切的问题都源自你自己,像屈原这样的人,当然是“心态”问题:“你为什么总是不高兴?”“心态决定一切!”要接受这个世界的一切,并且“改变”自己,而这种“改变”就是一种心理上的调整与调适。当时视野里剩下静悄悄、冷冰冰的二极管、三极管、电阻、电容的整齐排列时,世界在修理小工的眼里变得完美起来……这种论调好像有点佛教教义的味道,但佛教还有着“普度众生”的宏大誓愿与“我不入地狱谁入地狱”的勇毅决绝,而这里只有“适应环境以求混得出人头地”的鄙俚诉求,以及获得精神胜利式的心理平衡乃至“快乐”的荒诞逻辑。回避了精神价值内容与心灵修养的实质性内涵,所谓“心灵鸡汤”的说教,就只能是一些抽象的、大而无当、似是而非的“大道理”。抽象并不是智慧与高明,黑格尔早就说过,抽象思维其实是骂大街的老太婆的思维方式,智慧在于具体地思维。所以人们可以看到,真正智慧的人、卓越的人、聪明的人、成功的人,其实很少会以“心灵鸡汤”那样的方式、那样的口吻，来指导别人教训别人，因为他们知道问题的“具体”的复杂性，与每个人、每件事的“具体”的艰难之处。

但正因此，“心灵鸡汤”痛恨与众不同者。从而，在“心灵鸡汤”指导人生、要求你“改变”的训教背后，对于“你总是与大家不一样”的切齿之声可闻。与众不同不管是卓越不凡还是离经叛道，都让“心灵鸡汤”对于“生活”的理解与认知发生困难，使它的“普遍”有效性与适用性发生困难。而在这背后，是其好不容易建立或重新建立起来的生活信念、价值信念的崩塌——这种信念原本能够让一部分人群感受到一种与“大多数人”在一起的安全感，一种抽象“平等”的幸福感，以及处于“低处”的可靠性：从这个视野看来，什么样的人生都有可以指摘的地方，而这样的指摘本身就是“沉默的大多数”的“幸福”来源。就此而言，“心灵鸡汤”其实更像是底层生存者将饱经挫折之余的某种激愤的“逆向思维”，顿悟为“正能量”“生存经验”的状况，而“心灵鸡汤”的文字，更像是粗通文墨者急欲表达自己的“思想观点”的颟顸、偏颇与拙笨。然而，当乞丐嘲笑皇帝没有晒太阳的余暇，心理专家指摘屈原的“心理疾病”时，在作为“心理学”意义的人的层面上，每个人由此成为“平等”而“独立”的个体。而在“心灵鸡汤”支离枯干的文字当中，隐然听到了生活在“公平”“安稳”的踏实幸福感当中的人群，大众狂欢节式的欢呼胜利的、欢乐的笑声。

作为一个现代学科的心理学的学理基础，当然不至于建立在如此褊狭、浅薄的前提之上，而又狂妄地以为自己就是解决一切问题的真理所在。就像电视机会坏、电视修理工有其必要性一样，心理学也自有其存在的意义。而心理学的价值诉求与价值表达，在特定的历史情形下，不仅是可能的，同时也有其积极意义，比如在20世纪80年代的启蒙视野当中，当有的学者说当时看到“文艺心理学”这个概念就激动不已时，或者当有的著名人物提出“心理本体”的概念时，这时的“心理学”或者“心理”概念，就具有一种形容词的性质，它本身被价值化了，被用来曲折地表达某种价值情感和价值诉求。但在今天，在人们的期待视野和神话化当中发生认知扭曲的“心理学”，以及迎合这种“心理需求”的各种“心理专家”，确实已经看不清楚自己的限度所在。今天人们的问题，是生活在物质富裕的时候失去了大的目标方向、不知何去何从的迷茫，是对于这个世界的发展总超出其认知能力、不能理解其日新月异变化的“愤慨”,是无所事事的矫情与无能的自怨自艾。这也就是说,今天人们的问题,可能大部分是精神问题,是价值观问题,而不是心理问题。这个关系,就好像是电视节目内容出了问题,而不是电视机本身出了问题,如果嫌电视节目不好看,却天天找电视修理工来将电视机拆卸开来鼓捣,问题只会越来越多。但这或许正是当下“心理学”成为热门“学科”、“心理咨询专家”“情感问题专家”深受欢迎的原因。

屈原选择沉江,是因为他认为他所坚持的价值理想,远比其个体的生命重要得多,屈原以燃烧个体生命的方式,来祭奠自己所执着的伟大理想。人们当然可以不赞同这种选择本身,但用心理疾病来亵渎屈原,就像用电子器件发热发光来证明电视节目不健康一样荒谬。同样,人们对于屈原的怀念尊崇,是人们心中的自然感情、自然价值感的流露。这些才是人类生活与文明秩序、道德伦理和政治社会秩序的真正基础。按照尼采最初的理想,对于一种清楚自己从哪儿来、要做什么、要到哪儿去的健康、健全的文化生活,哲学起到的是护持其生活方式与文化价值的自然秩序、自然正确性的积极作用。从哲学所维护的自然价值秩序,到同质化、形式化、抽象化的大众心理学,这是激进启蒙主义的一个顺带结果。西方近代启蒙主义的极端诉求与消极后果,就是对于某种抽象的自由、平等的绝对要求,对于文化“民主”忽视其价值内容的形式关注。心理学肢解精神价值视野,但对于它的极端推崇本身,却迎合或者要求着某种抽象“同质”与庸俗“平等”的绝对性价值诉求与价值观念:按照心理学所反映出来的启蒙主义价值序列,怎么思想比思想什么更重要,思想抽象平等的“独立”姿态与“民主”形式,比经由深刻思想而做出的价值抉择更重要。这样的“价值”立场人们耳熟能详,似乎很像20纪现代主义艺术奉为圭臬的艺术主张,但思想或者哲学,应该是一种现代主义式的行为艺术的表演吗?

也许有人会说,尼采不是自称是一个“心理学家”吗?尼采的确这样说过,但尼采是一个具有“超人”视野和造物主高度的“心理学家”,他要告诉人们的是,就像某个小工的不太成功的作品一样,人类这个物种的心灵构成与限度,以及它的种种病态。同样,如果人类彻底认同启蒙世界观,将启蒙的逻辑贯彻到底,则不应该对于尼采赋予人类的“畜群”这一“生理学”称谓感到愤慨。根据刘小枫先生十几年前的尼采解读，尼采以一副特别“启蒙主义”的面孔，将启蒙理性的逻辑夸张到极致，而后现代的知识人以为就此取得了尼采的真经，因而如癫如狂，奉尼采为“后现代”的教主，殊不知他们正是中了尼采涂满书页的致命“毒药”——这确实是一种精确的意象与譬喻[1]。尼采的“心理学”和“生理学”视野，恰恰是对于启蒙主义学理基础的釜底抽薪，它构成对于启蒙主义内在的逻辑悖谬及其夸张的人性自恋症的一种致命打击。尼采思想当中的反讽与曲折结构是显然的，但如果要说这是一种“隐微教诲”的话，那就在于它不是通过智识可以索解或排遣的东西，而是必须用生命与生存来献祭或押注；反过来，尼采作为“心理学家”的“毒药”，也不只是导致思想上的迷失，而是同样导致“心理学”或者“生理学”的效应：尼采作为“灾祸”“劫运”和“命运”[2]，是让人类的害虫真正面临或觉悟或不觉悟、或困窘或舒适的生不如死的生存绝境。就此而言，屈原能“死”，绝非真正的悲哀与不幸。

然而，一百多年以后，尼采笔下反讽性、批判性的“末人”图景，茁壮成长为眼前的现实：经过“后现代”药理学的炮制，作为流行时尚的“畜群心理学”变成了新型“毒药”的畅销品牌之一，这恰恰是因为“心灵鸡汤”能够以将人变成心理实验机器的方式来解构价值关怀与价值焦虑，制造尼采所说的“人人需求同一，人人也都一样”的“安逸的梦”与“安逸的死”，从而使得“崇尚健康”的“末人”们避免了屈原式的“心理疾病”，在其中飘飘欲仙、鸡犬升天。无论是对于一个国家、一个社会、一个民族还是一个个体来说，这样的“心灵鸡汤”式的“心理学”，就是消解其生命力、意志力与正向价值诉求的文化毒品。它或许曾经是作为“精神贵族”的一部分知识分子的奢侈品，但在今天已经成为社会大众的日常消费品。而今天的“专业”知识分子，在事关国家、历史、文明、社会等方面的宏大话题上价值关怀的缺失与错位，使其进一步丧失了思考能力、发言能力，因此只能以坚持美国崇拜的“悲壮”姿态、坚持菜市场里被忽视的底层民众式的“愤怒”、坚持讲各种“段子”乃至黄色笑话，来表明自己的“批判精神”与“独立之精神”……

①刘小枫：《尼采的微言大义》，《重启古典诗学》，华夏出版社2010年版，第285页。

②[德]尼采：《看哪这人——自述》，见尼采《权力意志——重估一切价值的尝试》，张念东、凌素心译，商务印书馆1994年版，第104页。

但尼采却不是屈原，尼采作为“哲人”也不会像施特劳斯那么温良，尼采更像吴起：很难说尼采不知道自己思想的命运，却仍然义无反顾地投身精神的汨罗江，然而，尼采承受毒箭的思想遗体也是一具剧毒“尸王”，它终于让大地上蹦蹦跳跳的后现代“末人”以魂飞魄散的方式，获得了跳蚤般的不死不灭的“生理学”与“心理学”的存在，但这比之屈原，更加悲惨百倍。尼采是“灭害灵”！①

①这正符合尼采在二十多岁时就说过的话：“哲学家这时是文化的毒药”，见尼采《哲学与真理：尼采1872—1876年笔记选》，田立年译，上海社会科学院出版社1993年版，第97页。

第十章　探寻文学批评的“文明”价值标准

“文明诗学”的批评标准,以“自然之道”与文明价值的自然序列、自然标准为目标指向,后者虽然并非一个精确的“客观性”尺度,以及通过认知理性、知识理性可以框定、捕获的真理“硬币”,却也不是完全不可希求。遵循或者希求“自然之道”的实质,是建立或者重建文学价值的自然正确性与诗性经验的自然整全性,并在文学修辞当中重建人类灵魂的自然秩序。同时,这种文学价值和诗性经验纵深联系与沟通的文明的整体性,是真实的、实在的、具体的文明经验、生活价值、文化机制本身,后者甚至是这一文明体系当中最基础、最重要、最核心的部分。因此,这种文明系统反过来如传说中的那样也具有了“诗性”的总体特征与属性:这也就是说,它具有了从其内部确证、通达、完成文明之自然正确性与整全性的方式与“道”路。这种意义上的写作实践与理论、批评,因此而具有了统合二者而言的“文明诗学”意义与性质。于是接下来,这里的首要的核心问题,就是如何理解中国传统的“自然”概念与“自然之道”,如何理解文明价值本身的自然正确性与文明经验的自然整全性,以及它们又如何体现为一种批评价值系统。

第一节　“自然之道”与批评的价值“枢纽”

这种回归“自然之道”的价值取向，似乎回到某种大而无当、无论如何都远离“现代”和当下实际的古旧秩序与怀旧情结当中，又好像是回到了海德格尔式的“本真性”说辞。然而，就前者而言，西方的“现代性”传统以“现代”的名义，割裂“传统”与“现代”，使得生活世界变得扁平化、原子化、虚无化，而正确地理解与重建的传统，可以有助于我们的文明价值理念的完整与文明生活方式的美好；就后者而言，海德格尔的“本真性”，恰恰勾销了超历史性与超人性化实践的自然视域，进入了一个绝对的历史性与历史主义视野[①]——尽管他的本来意图或许是想寻找这种历史性生存的深层基础与根据。因此，这确实是一种隔绝、封闭于绝对人性化的地平线之内的“大地”哲学，而西方现代性传统的根本问题，本来就在于这个“绝对人性化”的问题视野：

> 我们在自己解释的世界里
> 不能有在家的信赖。或许遗留给我们的是
> 山坡上的某一棵树，我们日日可以
> 重见：遗留给我们的是昨日的街道
> 不良习惯上的忠诚，
> 这正适于我们，而就此永驻，不再离去
>
> 里尔克《杜英诺悲歌·第一悲歌》(李魁贤译)

这是以人性始、到人性终的彻底人性化的自我解释、循环论证的世界，它只是看起来充满诗意，但其实恰恰正是现代性问题最激进的形式与形态，也正是

①刘小枫：《海德格尔与中国》，华东师范大学出版社2017年版，第238-239页。

今天的人们需要面对与反思的最基本现象。这是一个“人性的、太人性的”世界：“……美只是/恐惧的起始，正好我们仅能承受者”（同上），反过来说，这种“美”承诺给予纯粹人性化的生活、历史化的生活、“大地化”的生活以某种安全感与自主性，这样的“美”或美学是这种生活的保障与安慰。而“美”所可能通向的光明的神圣性、超越的真理性、残酷的政治性，则被康德式的现代性美学一开始就以“超功利”“无目的的合目的性”的审美机制删除了。被康德美学所批准的艺术美与诗性经验，属于“正好我们仅能承受者”，它让我们作为“审美”动物，心满意足地生活于现代性的“洞穴”当中，“诗意”地栖居于海德格尔式的“大地”之上。因此，所谓“日常生活审美化”的过程，其实从“现代性”的开端就已经开始了，并且贯穿于这个过程的始终。

然而，在中国文学传统当中，诗性经验、文学修辞实践与“审美经验”本身，是自然秩序、自然法则的反映，而非相反，即对于自然本身诗性的、主观的、审美的浪漫主义想象与虚幻营构。先不必说认定一种绵延五千年的伟大文明体系靠审美意识和审美想象就能建立起来堪称奇谈；无论其本意如何，把中华文明体系设想成审美化的构成[①]，倒是非常契合西方人对于中华文明的“后殖民”认知，及部分“中国人”的自我殖民化想象：这时的中华文明与“中国人”，如同魔幻现实主义作品当中充满“异域性”与“特殊化”属性的艺术形象，是一些从西方“文明”视野的高处看到的怪诞离奇的“审美”存在与“审美”构成，西方文明和“西方人”与其具有观赏性的“审美距离”，它们之于西方的“文明世界”，具有构不成任何利益关系的“审美超功利”属性。所以，对于西方的“文明人”与这个“文明世界”来说，最好是让它们就这样一直“审美化”下去……这一情形，与我们在近代以来力求加入由西方主导的所谓现代性世界历史进程、加入西方“文明世界”的普遍性秩序当中的文化失落与文明价值迷茫，相生相伴且若合符节。

文明成其为文明，必然有一个自然性的基础，必然也必须建立在文明价值

---

①“美学”(aesthetics)当然也有“感性学”的意思，但这不是问题的关键，即使是将视野由通常的“美学”和“审美”扩张为“感性学”，这也仍然是非常片面和偏颇的看法。当然这也不算是新的观念动向，在20世纪80年代，李泽厚的著名观点就是“庄子的哲学是美学”，这与其“西体中用”的主张恰好合拍。

的某种普遍性的自然正确性与文明经验的自然整全性之上，当后者由于种种原因而被扭曲与遮蔽时，诗性经验与文学修辞实践本身起到的是发掘、保卫、重构这种自然正确性与自然整全性的作用。因此，诗性经验与修辞实践同文明秩序本身错综交织在一起，它以其自然本质与自然属性，起到对于文明系统构成的某种基础性、枢机性、架构性作用。诗性本身内在地有着某种饱满的文明本质与文明实质性。反过来，诗性与诗性修辞实践，在这样的文明体系当中，比之于在形而上学—神学主导的西方文明体系当中，得以更加自在地舒展和实现其自然属性、完成其自然本质。因此，这样的文明本身也就具有了某种传说当中的深度的"诗性"属性。但这是一种在更高的层次上得到重新发挥与重新构建的"诗性"与"诗性文明"，而非维柯等人从现代视野出发，对于人类原始文化的某种简单的理想化与抽象的遥远想象，或对于现代性的"理性主义"文明的叛逆式的反向推论。

人性化的生活世界、生活方式同艺术与修辞实践发生作用关系、关联，是从多个领域、多个维度、多个层次并以多种方式展开的，无论是个体还是人类生活整体都是这样。这其中尤其重要的，是它是在一个广泛联系的生活价值实践关系、文明价值实践的关联性网络当中展开的。美学只是对于这种关系与关联性的一个很狭隘、抽象、片面、局部的描述，而尤其严重的问题是，美学作为"现代性"问题困境的结穴之所在，进一步将人性变成了某种绝对化、孤立性、抽象化的东西。要对艺术性和诗性修辞的质性与品质进行评判，批评实践开展的根本前提、"枢纽"问题，是价值标准问题。《文心雕龙》的文体论，就是在"文之枢纽"（《文心雕龙·序志》）确立的前提下展开的，《原道》《征圣》《宗经》《正纬》《辨骚》是作为"文之枢纽"的纵向价值标准，并进一步以此来统摄横向的文体区分，而非义理牢笼与文体上的模拟、仿效对象。然而，这样一个简单的前提，却是现代性视野与审美诗学、审美批评的本源性的、"本体论"的盲区：康德直言不讳地承认，审美判断的普遍性只是一个纯粹主观性的、感性的臆断，而审美愉悦感的根据又仅仅在于人类"认识能力的协调一致"这一纯形式机理①。像里尔克、艾略特

①［德］康德：《判断力批判》，邓晓芒译，杨祖陶校，人民出版社2002年版，第49页、第32页。

这样杰出的现代主义诗人、作家，都对于现代性困境与现代文明价值危机有着深刻的反思意识，而以索解现代主义诗歌为主要目标的英美“新批评”、特别是其中所谓“文学本体论”的批评观念与批评路径，却是在对于现代性问题及其美学困境完全茫昧无感的前提下，非常集中、极致性地推进和体现了此种现代性美学与审美诗学的悖谬性。“新批评”派的主要成员，大都亲身经历了堪称人类浩劫、文明浩劫的两次世界大战，但我们在“新批评”派的理论、批评文章当中，几乎看不到任何的文化困惑与文明价值焦虑：

> 一种诗歌可以因其主题而不同于另一种诗歌，而主题又可因其本体即存在的现实而各不相同。一种杰出的文学批评理论最近就产生于区分这种不同；因此，批评或许再次像康德当初想做的那样能以本体分析为依据的。[1]

这里对于康德的征引并非偶然，这里体现的正是对于康德所代表的某种现代性价值秩序的深层继承与深入推进，但并非只是艺术自足与所谓“审美自律”的问题[2]，而是一种康德以来的“现代性”传统的典型的价值颠倒或者倒置：不同于传统诗学由作为“文之枢纽”的价值系统（“主题”）来统属文体（“本体”），而是相反，即是由文体（“本体”）来决定、统属价值系统（“主题”）。在这里，兰色姆的“本体”概念是否完全等同于通常意义上的“文体”，以及兰色姆对于“本体论”或者“本体”概念的含混理解与使用方式，这些都不是很重要，因为它们只是如下问题的附带结果：对于“本体论”的轻易设定或轻率设想，必然把康德式的二元论哲学的困境尖锐化了。但康德式二元论的根本问题，正是西方现代性危机的问题本身，而不只是思维与存在的矛盾——这只是西方近代哲学视野当中的哲学基本问题[3]，西方现代性传统的根本困境，在于人性无法在自身的价值认知与经验构成方面，获得一种整全的理解方式与整体性的融贯视野。在西方的现代

①［美］兰色姆：《诗歌：本体论札记》，蒋一平译，见赵毅衡编选《“新批评”文集》，百花文艺出版社 2001 年版，第 53 页。

②赵毅衡编选：《“新批评”文集》引言，百花文艺出版社 2001 年版，第 21 页。

③赵毅衡编选：《“新批评”文集》引言，百花文艺出版社 2001 年版，第 23 页。

条件下，甚至也在一定程度上包括西方的古典时代，这体现为一种真正的自然视野的匮乏，一种自然的“自然”的视野的匮乏：

> 假如一个人一直对自然本身一无所知，他也可以认清自己所处的位置。我们是这一希腊传统的继承人，而我们说起“自然地”，也几乎像婴儿一样……谈“自然地”其实并不自然——我的意思是，这种提法并不属于人本身。①

这样一种“并不属于人本身”的所谓的“自然”认知方式，表明的是一种并不能真正根据自然来理解人性与人的生活的思维传统：连人性自身的概念与实在、理性与身体、理论与实践都无法融贯的自然，又怎能称之为“自然之道”？又哪来什么真正的“自然法”“自然正当”与“自然权利”？因此，西方现代性文明的困境，其实就是根本上由自然性的欲望与生理学的人性所带来的文明价值的虚无取向与毁灭性，与西方现代文明自诩的“理性”的普遍性与合理化的价值秩序之间的全面冲突——这个困境在西方传统内部，基本属于无解的死结。

第二节　“审美批评”的“本体论”虚无与价值放逐

因此，如果一上来就将作为修辞秩序与修辞实践织体的生活世界、价值世界“本体论”化，其结果只是再次将它推向了一种外部的客体性的地位，这不是说不可以理论地理解、介入、讲述这个问题，不可以将之理论化，而是说这种哲学本体论、“审美物自体”化的理论观照方式、方向有其问题。审美批评从其自身的本质来说就是一种文体批评，是一种从其内在要求和内在取向上必然将文体变成实体和客体的批评，或者说将文体变成“本体”的批评。将文体变成实体或本体，加以实体化与“本体论”化，意味着将人类经验、诗性经验装进某个

①[美]施特劳斯：《西塞罗的政治哲学》，尼科尔斯编订，于璐译，华东师范大学出版社 2018 年版，第 259页。

固定的客观性当中，而这个客观性由人类主要是认知性的理性机能所产生的“范畴”(属性)决定，并且通过这些范畴、属性，从纯粹人性化的世界内部来加以表征与解释。更何况这种理性范畴与解释框架虽然以“理性”与“人性”的普遍性面貌出现，但其实经常只是某种特定的哲学范式与哲学理念的特定架构和特殊主张。比如，人们今天所熟悉的一系列“美学”命题、“美学”观念与“美学”体系，包括对于“中国美学”或“中国古典美学”的认知与研究路径，都打上了康德以来的西方启蒙理性、启蒙主义哲学与自由主义意识形态的深重烙印。或许正因此，使得美学在特定的历史条件下比如20世纪80年代，发挥了远远超越美学本身的重要职责、使命，但时过境迁之后，其局限性也非常显著地彰显了出来。

“文学本体论”是审美诗学与审美批评逻辑的进一步延伸，是其顺理成章的结果。在“文学本体论”的批评视野中，为其所不屑的“事物诗”和“概念诗”属于两个极端，但通过这一视界，可以看出它恰恰对于一个最基本的领域发生了结构性的盲视，那就是文学语言的修辞实践领域。而这种盲视的原因，不在于它像现代主义之前的文艺理论那样，将文学语言看成是透明的工具，而是由于它将文学语言看成是对象化的实体，或者“本体论”的存在。这样，文学的意义和价值构成，就在于其作为“依赖于客体的不存在”①。这也就是说，仅仅在于作为密闭于物质化的语言实体内部的、无限趋向物理性的组织结构，即韵律、虚构、比喻、张力等，所引发的心理学效应。而他们所推崇的“玄言诗”，其意义也仅在于一个康德式的对于“物自体”的证明方式：“客体在感性或物质性方面是值得注意的，我们最好不要放过它。”②这如果不是说明文学只是一个康德哲学当中人类事实上无法把握其“本体论”存在、并与其建立实践性价值关系的“审美物自体”之外，又说明了什么呢？依照这样的理论线索，瑞恰慈所代表的心理学批评，是“文学本体论”的合理对应物，是其必要的补充、完善与完成：“我希望它不仅仅介绍

①[美]兰色姆：《诗歌：本体论札记》，蒋一平译，见赵毅衡编选《“新批评”文集》，百花文艺出版社2001年版，第70页。

②[美]兰色姆：《诗歌：本体论札记》，蒋一平译，见赵毅衡编选《“新批评”文集》，百花文艺出版社2001年版，第79页。

了一个当代思想、设想、理论、信念、反映等的有教益的集成，而且还能提出一个如何更好地控制我们生活中的这些复杂成分的建议。”[①]此种心理学式的所谓“实用批评”之所以“实用”，就在于它如同我们所熟悉的“心灵鸡汤”一样，能够在肢解、放逐价值视野的前提下起到一种纯粹技术性、程式性的“心理”调适作用。在这个意义上，它确实是内在空洞的“文学本体论”观念的“客观对应物”，及其“完善”和“完成”。

在这样的物质—语言本体论与康德式的心理本体论的撕扯与割裂下，文学批评“会依个人的‘倾向’‘兴趣’或‘方法’而有所不同”[②]，因而变成了一种纯粹个体的、偶然的喜好与兴之所至的结果：

> 批评家如果喜欢事物，就希望他的诗人提供事物；他如果喜欢概念，就希望他的诗人提供概念，而当诗人提出了他所喜欢的东西时，他就表示赞许。批评不可能比这个再深多少。批评家已对诗的组成材料作了彻底的分析，并根据自己的气质或需要的要求而坦率地对此做了评价。[③]

一方面是诗的“组成材料”，另一方面是批评家“自己的气质或需要的要求”，文学批评的价值视野与严肃性，就在这个无限趋向物质实体性的“文学本体论”视野与批评家的任性的个体性当中消失了。从亚里士多德的文体三分法肇始，到在近代美学真善美三分的文化世界里被撕扯于“审美自律性”——“审美物自体”之间的悖谬格局，再到现代主义诗学的“文学本体论”，这体现了在西方文明传统当中，文学在一种形而上学—神学世界观与思想方式占据优势的文明体系、文明系统的统治之下，被粗暴地对待并逐渐走向异化与歧路的情

①［英］瑞恰慈：《〈实用批评〉序言》，罗少丹译，见赵毅衡编选《“新批评”文集》，百花文艺出版社2001年版，第412页。

②［美］艾伦·退特：《论诗的张力》，姚奔译，周六公校，见赵毅衡编选《“新批评”文集》，百花文艺出版社2001年版，第130页。

③［美］兰色姆：《诗歌：本体论札记》，蒋一平译，见赵毅衡编选《“新批评”文集》，百花文艺出版社2001年版，第53页。

形——尽管后者也往往具有出于力图面对与解决这种现实困境的意图。“文学本体论”对于文学,尤其是现代主义以来的文学,或许是一个永恒的诱惑,但这其中,它也将文学观念本身给极度地狭隘化、抽象化、形式化了。这些属性在很大程度上是与文学的自然本质、自然属性相违背的,或者说是扬文学的自然本质之短而避其自然特性之长,总体上并非明智之举:无论文学本身变成客观性自然“本体”的一个部分,还是文学自成一个实体化的物质性“本体”,它都将从人性化的关系格局、意义世界、价值网络当中脱落,也将是从修辞实践以其自身的自然属性而延展的广泛、深入、复杂的文化牵涉、生活经纬与生存褶皱当中,退守为持守自身的实体性的同一性,进一步,它由此更失去了从文明的自然基础出发的、对于文明价值的自然正确性与文明经验的自然整全性的权衡与平准意义。文学存在的超越个体“手工 DIY”的价值,也就由此基本消失殆尽。

如果一定要说文学的“本体论”,那它也是这个生活世界的连贯的共同体、价值实践共同体的融贯整体,而非艾布拉姆斯式的“四要素”当中的某一项或者某几项的叠加。艾布拉姆斯的这个“四要素”说,在通过《镜与灯》的中译本传入中国之后,几乎在一夜之间,国内所有的文艺理论著作全部采用了这一理论分析、建构模式。然而,这种“四要素”说,其实可以看作是在“新批评”的“文学本体论”观念式微之后,以一种奇特的方式保卫与延展了“文学本体论”观背后的“本体论”信仰与价值虚无——这当然也与英美思想传统及美国当代学术精神的整体氛围有关。从某种意义上说,西方 20 世纪的文论史甚至整个西方的文论史,大概就是“四要素”轮流做文学“本体”或“本质”的过程,这在艾布拉姆斯看来,构成了完全无法理喻、无法索解的可怕的混乱:

> 美学理论的多样性也使得史家的任务变得十分艰巨。这不仅是因为这些理论对于“什么是艺术”或“什么是诗”等问题的回答互不一致。实际上许多艺术理论根本就不可能互相比较,因为它们没有共同的基础,放不到一起来比较孰优孰劣。这些理论之所以不能互相比较,或者是因为术语不同;或者术语虽同而内涵各异;或者是因为它们分别属于一些更大的思想体系,但这些思想体系的前提和论证过程都大相径庭。因此就很难看出它们

的异同，甚至很难找到它们的关键性分歧。[1]

仅仅因为“术语不同”或“内涵各异”，就使得理论根本无法比较，那这样的“史家”究竟还可以有什么样的作为？然而事实上，他又绝不像他自己所说的那样无辜与无助：在他看来，柏拉图的哲学仍然是“标准单一的哲学”，亚里士多德的《诗学》总是从“外部关系去把握一件艺术品”，这些都使得像他这样的“史家”不能“把诗歌看作诗歌”，而诗歌在他这样将整个文论史都看成一团乱麻的“史家”看来，却是“一种自有其批评标准和存在理由的特殊产品”（这不是“文学本体论”观念又是什么？）[2]。于是，首先，他用一个彻底人为的概念性的抽象结构图式，取代了那些看似片面的、但实际上还保留了一些事关文学的文明本质、文明属性之自然视野与自然价值标准的文艺理论史分析范式。其次，艾布拉姆斯发现，在理论批评史上批评家往往只是根据（“四要素”中的）一个要素，就生发出借以评判作品价值的主要标准[3]，然而他这个“把艺术品——阐释的对象摆在中间”[4]的图式，事实上仍然是再次强化与强调了“新批评”意义上的“文学本体论”路径，而绝非“四要素”公正无私的平等分布与排列。所有这些，不仅仅体现了英美思想传统那种典型的缺乏想象力的平庸，同时也体现了与粗俗、衰退的“现代理念”本身的亲和性[5]，或者说它体现了西方“现代”理念与“现代”文明本身的本质：它事实上只是借“史家”的名义，鼓励与弘扬了一种相对主义与价值虚无的立场。所以，在《镜与灯》这本书出版几十年后，“新批评”竟然成了抵制“时髦文论”的坚固堡垒，而美国的文学教授则都自觉不自觉地成了“新批评”派[6]。这不

①[美]艾布拉姆斯：《镜与灯：浪漫主义文论及批评传统》，郦稚牛等译，王宁校，北京大学出版社 1989 年版，第 4 页。

②[美]艾布拉姆斯：《镜与灯：浪漫主义文论及批评传统》，郦稚牛等译，王宁校，北京大学出版社 1989 年版，第 8–10 页。

③[美]艾布拉姆斯：《镜与灯：浪漫主义文论及批评传统》，郦稚牛等译，王宁校，北京大学出版社 1989 年版，第 6 页。

④[美]艾布拉姆斯：《镜与灯：浪漫主义文论及批评传统》，郦稚牛等译，王宁校，北京大学出版社 1989 年版，第 5 页。

⑤[德]尼采：《善恶的彼岸》，魏育青等译，华东师范大学出版社 2016 年版，第 231 页。

⑥赵毅衡编选：《“新批评”文集·引言》，百花文艺出版社 2001 年版，第 132 页。

是因为它与那些后现代的时髦批评范式有什么不同，而是它与后者本来就没有冲突关系。中国当代文艺理论建设，必须要注意这种看似客观的、工具化的批评方法之外，其重大的价值虚无、经验空洞与文化盲视。

第三节　走向“文明”的价值范畴与批评价值系统

从“审美诗学”到“文学本体论”代表了一种清晰的理论线索的走向，它们根本的、最后的诉求在于，摒弃比人性更高或者构成人性之基础的层面，希望凭靠语言、文体与文本这些形而下要素，凭靠个体的彻底肉身化的生活经验，就可以在屏除一切超个体的观念性生活与精神价值信念的条件下，将文学“本身”或者“本体”建构或者还原出来。这只能是“绝对人性化”的虚无的客观对应物。与“审美诗学”及“文学本体论”视野不同，“文明诗学”是一种建立在纵深性、层级性的价值阶梯基础上的诗学，而非水平的、横向的建立在真善美及文体性区分基础上的诗学——即使确实有后一方面的问题，也需要放置在前者的问题视野当中来加以处置与解决，而非相反。“文明诗学”不排斥“美文”与艺术形象、审美形象，但从一个更具有深广度、层次性的视野来看待它们：(1)不只是实体化的艺术造型、视觉表象和审美意象才是“艺术性”和“审美价值”，“写天地之辉光，晓生民之耳目”“雕琢性情，组织辞令”(《文心雕龙·原道》)，修辞性与语言性的视、听、感、触、知的形象与表象，及其牵掣映带的生活情状与生活方式，同样可以是艺术性的；(2)更为重要的是，不管什么形象性与艺术性，最终都是作用于人的“性情”、心灵与灵魂，作用于人的“文”——“明”心性，因此，对于没有性情、心灵和灵魂深度的接受者来说，无论多么具有“审美价值”和艺术性的作品，他们所能理解、欣赏与接纳的东西都很有限，而对于高层次的接受者来说，读《周易》文辞、史传散文、柏拉图对话、黑格尔的《精神现象学》，同样能够引发灵魂的悸动和澎湃的激情，更不必说尼采的格言体的哲学著作了；反过来说，如果缺乏灵魂品级与精神高度，仅仅作为一方甜腻的审美性团块与一层艺术性糖衣，并不能为此类文艺作品、“美文”之低劣品质增添什么。在心性与全方位的感性之间，是可以一种被称之为调节性的广义的艺术性：

> 艺术传统地被认为是“调节”(accommodation)的形式，它的功能就是在理性和在这种假定的图表上置于理性之下的东西，如感情或感觉等等之间建立一种联系。这样，在旨在激起感情或以某种形式的能动的说服为目标的语词结构中找到“调节”作用是不足为奇的。这种调节作用若干世纪以来就已被认知，因为它与传统的把修辞附属于雄辩术的看法是一致的……它暗示了用词语所建立的任何东西都不能超越词语的性质和条件，暗示了“论理”的性质和条件，只要论理是语词的，其内容便由话语所决定。①

弗莱并非是时髦和激进的文论家，弗莱的文学观念当中能够有这样的见解，并非走向解构主义的“写作”机制与后现代的激进的文本主义，而是对于古典传统的自然理性的恢复。从古典传统与后现代的视野综合起来看，恰恰凸显了居于这二者之间的近世以来那种关于修辞审美与美学主张的褊狭的局限性。本书前面反复论述了中国传统当中“物相杂”的文学经验的现实性、世界性组织方式，以及西方古典传统注重的文学经验“戏剧化”的客观性，弗莱的观念，可以作为批评性和技术性的参照系统，来让人们从一个更加宽广的维度上，来理解文学修辞的文学性或艺术性。事实上，中国传统观念当中的“文”“文章”与“散文”“杂文”的概念，西方近代以前的“文学”概念，现代主义诉诸“神经”的诗学，后现代主义诉求的身体性、物质性快感的诗学，都不是狭义的审美性、艺术性文学与“审美诗学”范畴所能局限的：只是由于受到康德以来的美学观念的束缚，导致这其中所蕴含的并非局部性、偶然性而是颠覆性的问题性经脉，到目前为止还没有引起人们系统性的理论思考与全面处置而已。当然，谈论这一切的前提，是具有真正的纵深价值层级与品质的文艺作品与“文学”经典。

文明诗学的批评观念着眼于文学修辞对于它所组构、所维系的生活世界之意义机制、经验格局及生活价值秩序的肯定性重建。因此，文明诗学的批评方

①［加拿大］弗莱：《批评的剖析》，陈慧、袁宪军、吴伟仁译，百花文艺出版社 1998 年版，第 446–447 页。

式，看重文学作品通过艺术方式对于人类生活秩序、生活方式的问题性的带入程度，及解决方式的合理性。文明诗学不会像现代主义、后现代主义文论那样，仅仅停留在诸如“真理是虚无的”“世界是破碎的”“生存是残酷的”“生命是荒诞的”之类的结论上——如果文学与文艺理论仅仅表述这些问题，那恐怕没有哪个现代、后现代作家的“深刻”程度能够超过尼采与海德格尔，而文学与文艺理论的存在价值就值得考量。根据文明诗学视野当中的文学性之发生机制的核心，它认为，根据生活与文学修辞之间的“物相杂谓之文”的错综关系，及“鼓天下之动者存乎辞”之本体论层面上的同构、联动关系，文学修辞都是生活世界之内涵性的、实质性的存在。因此，文明诗学的批评标准，是文学修辞实践对于生活世界、生活秩序的内缘性楔入与内涵性诠释的完善性与通彻性，是文学修辞对于生活世界的经验与价值格局的内源性延展与完成的程度。这当然不同于社会历史批评，因为后者的前提与根据，仍然是美学视野与审美诗学。人为什么不能在进行深邃的认知与高尚的道义实践的同时进行审美与艺术创造？《诗经》被当成经学经典当中唯一纯粹的“文学作品”、荷马与柏拉图之间的鸿沟与对立，是否只是现代人的“理论”设想？它们为什么不能叠加与叠合在一起同时完成？曹雪芹为什么不能在书写自传与历史真实的同时进行小说创作？任何一种现实的审美主体与艺术实践活动，确实是具有纯而又纯的、独立于认知与道德之外的纯粹“审美”性，还是这种“纯粹性”只是出于一种“纯粹”的理论虚构？难道是那些具有“艺术性真实”的文学形象和“审美表象”，真的仅是人在文学修辞当中进行的对自身的关照？难道真是所谓“看闲书掉泪，替古人担忧”？而所谓“人的本质力量的对象化”就只能是如此吗？所谓“超功利”审美，恐怕只是在功利性的世界规划与“理性化”观念网格中的“超功利”，是将作为孤立、悬浮于生活世界之上的文学客体、本体，与“外部”的生活进行的外延性的比堪。

正因此，“文学本体论”视野结构性地盲视和忽略的一个根本问题，或者说“文学本体论”的理论设想所必然肢解的一个问题视域是：文学修辞实践不是孤立地在经验与价值真空当中展开，不是在纯粹理念性的抽象性当中展开，修辞实践的经验与意义结构，凭靠的并不是它“本身”或“本体”的经验与意义构成；文学修辞实践所联系与延展于其中的生活世界与文明价值格局，是文学修辞存在与完成的自然正当性基础与自然经验条件。文学修辞实践在它作为现实的、具有时空具体性的修辞实践的意义上，组织和综合起一种生活世界经验，一种人类学的、主体性间的经验。在这个意义上，文学的意义与价值不是取决于文学的“本体论”的存在方式，不是取决于规制文体或文类的理性范畴与概念规定，而是取决于这种生活世界经验与文明价值实践的错综组织与实践综合。正是在这个意义上，中国古典传统当中那些多得数不清的“实用文体”“哲学”与“史学”著述，以及西方的柏拉图对话与尼采的哲学写作，均不失为伟大的文学作品，而事实上它们也一直被当作文学作品来加以接受和解读。在这背后，其实体现的正是文明与人性本身的自然之道、自然标准、自然价值的全方位、全尺度、高纬度的绽放与升华：诗性修辞实践之“文明诗学”意义就在于，在诗性所展开、揭示的自然价值阶梯面前“因文而明道”，走向以神圣性为最高目的的文明生活方式，走向文明价值秩序本身的神圣性，最终走向“作为一个神性概念的中国”（赵汀阳），即通体光华的、中国人的文明生活方式与文明生活经验。

“道沿圣以垂文，圣因文而明道，旁通而无滞，日用而不匮。”（《文心雕龙·原道》）体现了在道——圣——文的纵向价值主轴之下，主体与“文”之间的错综交流及内在地、内缘性地交互阐发的关系。亚里士多德诗学当中抒情、叙事、戏剧的文学体式三分法，虽然也有将这种区分实体化的趋势，但他同时明确表示这三种体式是有层级、高下的区分的，因此总体上仍然代表了一个由局部到整体的整全人类学经验的还原和复建过程①。于是，这种修辞实践网络与修辞实践关系，将文本、世界、读者、作者等要素，综合为一个具有时空具体性（“旁通”“日用”）的生活世界的共同体——这也正是西方传统当中在所谓“诗与哲学之争”的问题性当中，诗性立场所竭力维护的文明格局的自然秩序与文明经验的自然整全性。文学或者文章本身的属性以及文体、文类等，是一个生活世界共同性的意义综合与价值实践的总体、总合结果，这也是文学修辞的自然基础与自然秩序，也是文学沟通文明价值实践、延展其文明性本质的前提。要避免使这成为一种后现代式的相对主义，就可以将这样的问题（修辞实践的诗性、艺术性以及文

①［古希腊］亚里士多德：《诗学》，陈中梅译注，商务印书馆 1996 年版，第 191 页。

体、文类的问题）视为一个被文明价值秩序和生活共同体的自然正确性与自然经验所决定的实践性问题，视为一个并非总是需要严格与精确的理论知识的“次生性”问题，而非出自、并完成于一个决定性的理论起点，以此来避免一种先期的理论化与过度的“本体论”化：只有在一个圆融的意义错综观照、往返流通、异质综合的生活世界当中，修辞实践才能既内在又外在，人们对于这样的修辞实践的接受与解释，才能既入乎其“内”，又出乎其“外”。文学修辞实践使得生活世界、生活经验联系为一个自然性的整体，同时又将其内在的自然分疏与自然差异性呈现出来[①]，同而不同，不同而同。这才是真正的自然、“自然”的自然，是“自然之道”的具体展开方式与形态。

第四节 文明诗学“自然—文明”的批评价值品级

在这里，可以用如下的表格，来体现和总结文明诗学之“文明”性的价值范畴与批评价值系统：

10-1 文明诗学的价值范畴与批评价值系统表

《道德经》的价值进阶	《周易·文言》的价值范畴	价值特性、价值关系	与“自然之道”的关系体现	作为修辞实践的价值评判标准
道法自然	元：善之长也	圆融、自在	自然的丰富性、层次性	文明通神
天法道	亨：嘉之会也	完成、整体	自然的正确性、整全性	化同内外
地法天	利：义之和也	刚健、流行	自然的时空性、流变性	大美无言
人法地	贞：事之干也	直方、贞定	自然的客观性、实体性	充实谓美

在这个表格当中，将《道德经》放在《周易·文言》之前，并非是认为道家比儒家更重要，而是我们认为从文明整体价值构成格局而言，自然之道不仅仅是道

①[美]罗森：《诗与哲学之争》，张辉译，华夏出版社 2004 年版，中文版序言。

家的价值诉求，同样也是儒家的伦理纲常的基础[①]。总合而言，是中华文明的自然基础与文明价值秩序的自然根基。《老子》和《文言》分别从道家和儒家的角度，对于这种价值进阶与价值范畴系统进行了阐明：它们二者之间对于此问题领域的认知可能存在的些许歧异与畸重畸轻，不是否定、而是恰恰论证了这样一种文明价值之自然基础、自然根据的存在，凸显了它们二者共同拱卫的这一文明的自然价值序列。这些不是仅凭哲学理念演绎与哲学思维就能完全厘清与解释的问题。《老子》与《文言》是对于这种基础的不同的理解方式、表述方式、实践方式，而非本身就是这种价值理念与价值系统的最初给出者——至少《易经》对于中华文明的这种价值系统与价值实践方向的组织与表述，从时间上要更早（早于儒、道分野），也更加精密系统。中华文明的这一以自然为基础的价值系统，总体上体现了“自然之道”的具体展开方式，从不同层次上展示了“自然之道”的内涵。而它们作为修辞实践意义上的评判标准，是综合《孟子》《庄子》《公羊传》及孔颖达《五经正义》等经典当中的相关表述与义理内涵得出的[②]。它们并非孤立的美学范畴与审美价值体系，而是纵深链接在文明的价值秩序与自然价值法则当中，具有深广的、文明性的可阐释空间。因此，它们同时也是中华文明系统的枢机性价值序列的展开与表征，诗性修辞实践是对于它们的守卫、发现与展示，反过来也是“因文而明道”所指向的目标。

于是，“自然”在这里同时是最低处与最高处，同时是“地板”与“天花板”。因此，此间内在需要的，首先是一个垂直的文化价值主轴与纵向意义层级谱系，而非现代性文化真善美三分的、水平拼贴的人性意义扇面或“人性的圆周”（卡西尔）：

> 《风》何以系乎国也？天无形也，无声也。地则有形矣，有声矣。国者，地之形也；风者，地之声也，所以承天也。雅者，人声之正者也；颂者，人容之盛

①这个表格的构想，部分受到程少川《东西方价值哲学比较视阈下的中华文化优势特质新探》一文的启发，见《天津大学学报》（社会科学版）2018年第2期。

②参见张大为《从“天下文明”到“言立而文明”——“文明诗学”引论》，《学术界》2018年第8期；及《“文明诗学”：问题源流与理论格局》，《文艺评论》2018年第3期。

者也。圣王极声、容之美，所以育万物而位天地也。

庄有可《诗蕴·上》

这段话讲得有些抽象，只要看到这其中的纵向的价值轴心以及人、地、天、道之间的往返交通的自然价值序列，以及“自然之道”的流行与展开就可以了。这种关系也可以用比之儒家、道家之分更其久远的《易经》卦象来表示。总体而言，《易传》如下的这段话或许就是对于“人法地，地法天，天法道，道法自然”从儒家角度的一种解释：“乾以易知，坤以简能。易则易知，简则易从。易知则有亲，易从则有功。有亲则可久，有功则可大。可久则贤人之德，可大则贤人之业。易简，而天下之理得矣；天下之理得，而成位乎其中矣。”（《周易·系辞上》）如果以卦象表示，《乾》卦的初、二爻代表“地”，三、四爻代表“人”，五、六爻代表“天”，《乾》卦整体代表“道”之总“体”，而“用九，见群龙无首”代表的就是“道法自然”。道、天、地、人或元、亨、利、贞之间的秩序关系，就往返、反复于其中；而在“用九”这种极致性的层级，“群龙无首”或“道法自然”并不是无序的混乱，而是代表天、地、人之间通彻、流贯的文明价值之总体性的、终极性的理想境界：将六爻卦简化为三爻卦的《乾》卦，中间贯穿以一个竖划，即“圣王”的“王”字。中国传统中“王道”的最高理想，不只是个体的、民族的、国家的，同时也是“极声、容之美”的“天下文明”本身。这些或许也说明，真正的“自然之道”是超越于儒、道分野之上的存在；或者反过来说，正是由于它的存在，儒、道两家具有一种内在的价值层级与价值进路的一致性，哪怕是一种相反相成、错综性的一致性。

1.“人法地”的“地”，是持守自身的直方贞定的、厚实的同一性。如果从纯粹认知性的意义上说，它有点类似于现代文化价值谱系当中的“真”，它在这个意义上是一个外部的客观性或实体性，或者说是一个符合于外延化了的人类认知理性、认识机能的客观性或实体性。上述这两方面没有本质上、根本性的区别，因为它们都是出自一种被外延化地理解，或者不如说肢解了的人性：当人性本身被置于这样的理解和认知格局当中时，同样是被当作一个外部的客体性或实体性来加以理解的，由此导致“客体性”或者“实体性”的无穷后退——这也是现代性美学与“审美诗学”基本的人性化内涵与文化价值格局。但所谓“人法地”，并非仅仅将“地”当作认知性对象，而是以人性效法“厚德载物”的地道之“自然”的实践作为，坚贞正直、内在充实，承担本己的职责（“贞固足以干事”）：“有诸己之谓信，充实之谓美”（《孟子·尽心下》），最大程度地充实以人性化的经验、价值、道德内容，以期抵达人性化作为所能达到的极致，同时，这种自在自为的“人性”，也是这一层次当中的文学艺术性与诗性修辞实践的阈限。尼采、海德格尔所阐发的“大地哲学”与“大地性”，或许可以视为“人法地”在现代性的、虚无性意义上的通俗理解，也可以视为是超出西方的“现代性”传统之外，重建艺术性的起点与基础的努力。古今中外绝大多数的审美主义的抒情、写实作品，也包括大部分殖民性、模拟性、翻译性的现代主义、后现代主义作品，都属于这个层次及以下。

2.但“地”却并不仅仅是其本身，它对自身的持守，恰恰是为了加入与遵循一个更大的秩序法则的体现。“地”的背后是“天”，“地不违天，乃得全载”（《老子·第二十五章》王弼注），“地法天”才是地道的真正展开、完善与完成。“义之和”为“利”，于是以此进入与抵达一种普遍性：“天”是刚健流行的宇宙自然之流，也就是一种经验与德性的普遍性价值取向，但它恰恰是作为“地”道所代表的人性化世界之自我完型、完善与完成的“普遍性”，并由此利及万事万物。“地法天”因此是在一个时空流变转换的、更大的参照系统当中，凸显了人性化世界的时空经验的具体性，自然同时也彰示出其局限性。“天地有大美而不言”（《庄子·知北游》），作为具有超越性信仰意义的“天地大美”，就是对于人性化作为之限度的展现，同时也是对于人性的某种限制、限定本身。这与康德美学意义上“审美”之“美”不可同日而语，更与其形式主义的抽象格局完全不同。在“天地大美”这样的层面上，同时包含着的是对于人性化修辞实践的限度与可能性的、一种或许是极致性的探索：“不言则齐，齐与言不齐，言与齐不齐也，故曰无言。言无言，终身言，未尝言；终身不言，未尝不言。”（《庄子·寓言》）这里其实已经不是一般就文学修辞“本身”，作实体性、“本体论”审美的“审美诗学”所可以想见的境界。最优秀的唐诗、宋词，少数优秀的现代主义、后现代主义作品属于这个层次。

3.所以接下来是“天法道”。“天”的普遍性还仅只是一个经验和德性层面上的普遍性,“道”在某一个层面上是绝对的整体性与普遍性——虽然它不是仅仅凝滞于这种抽象的绝对性当中,“天法道”就是“天”将自身延展为这种绝对的自然正确性与自然普遍性,这是它接近道、实现道的必然路径。但“《春秋》内其国而外诸夏,内诸夏而外夷狄。王者欲一乎天下,曷为以外内之辞言之?言自近者始也”(《春秋公羊传·成十五年》),所以即使是《春秋》的修辞,也不得不内、外异辞。这种修辞实践表面上看,既反映了其具有一种整体性与普遍性的诉求(“王者欲一乎天下”),但同时,也反映了其对于经验和价值的具体性的依赖(“言自近者始”);然而反过来看,却也正是由于牵掣于这二者之间的张力当中,它才具有了那种绝对的整体性与普遍性指向。“普天之下,莫非王土”(《诗经·小雅·北山》),“天无私覆,地无私载”(《礼记·孔子闲居》),都是“天法道”的努力结果。于是,在“大礼与天地同节”(《礼记·乐记》)的前提下,“嘉会足以合礼”说的就是众善毕集,由经验与价值之自然的局限性、片面性、单面性走向整体与圆满,内、外秩序溶解,合同内、外之礼,才是礼之“道”。于是,这种修辞实践的“化同内外”,就是化解人性的“内”与“外”壁垒,即通过修辞实践从一个普遍性、整体性的更大视野,来考量人性与人性化生活,使得生活世界、“城邦”和人性之“视角化”“透视化”的内部与外部、内涵与外延之分,汇总成为一个自然的总体性。打个比方来说,后者就像一张测绘精良的平面世界地图一样,是一个经过(修辞实践)整理与重建的“自然”总体性,只要依据恰当的方式,事实上比之(作为审美“客体”与“实体”的)地球仪甚至地球本身,能让人更加清晰和直观地理解地球上的地理状况的本质——审美诗学因此是根据“视角化”与“透视化”原理制造出地球仪这样的“审美对象”,而审美批评则是对于地球仪的忠诚,最多是对于地球仪与地球之间关系的考校。《春秋》《三礼》《楚辞》《庄子》《史记》以及《圣经》、莎士比亚、陀思妥耶夫斯基、尼采等属于这个层次。

4.“道法自然”的“自然”,比之于“道”并没有外延上的扩大,或者说是在“道”之外另有的一个“自然”的实体,而只是“道”回到自身本性、“本质”或者“自然”当中的世界的圆融自在的总体性。“道” 本身无法可法,“道” 的本性即是自然(《老子道德经河上公章句·象元第二十五》河上公注),是“道”返回自身,与自身照面、和解的圆融,以及从自身当中释放的自然本身的全方位的丰富性与层次性，因此这个自然是自然本身的“自然”，是自然的“自然”。这样，“群龙无首”之“道”才是得其自在，是活跃、生动的自性，是灵性和神性的东西。从儒家的角度讲是“善之长也”，是终极价值。从中国传统与中华文明角度讲，一种诗性文明的终极可能，就是让这一文明系统内在地实现其最高程度的、“此岸”性的价值超越，因此是使这一文明生活本身作为最高的文明信仰与生活信仰，来实现其圆满自在。“见龙在田，天下文明。”(《周易·乾·文言》)这在作为诗性文明最终的文明价值实现可能性的同时，同样是这一文明的诗性修辞实践、“文——明”诗学实践之本质规定性与可能性极限，也是诗性修辞所可能达到的最高“文——明”成就：文明诗学的修辞实践在这个意义上，不仅仅是对于人性之局限性的迁就与让步，而且也是按照“自然之道”的自然经验与自然价值标准，对于人性之自然的重新组织与更高发挥，以此让这一文明秩序、生活世界本身内在的自然丰富性与层次性，最充分地绽放开来(“群龙无首”)，以期直达神圣性，从而使这一文明之自然、诗性与神圣性重合[①]。贯彻自然之道的修辞实践最终所呈现的，是作为一种神性概念的文明价值秩序或者生活方式，是“作为一个神性概念的中国”或文明生活本身的神圣性。《周易》《诗经》《尚书》《老子》属于这一层次的作品，《荷马史诗》与《柏拉图对话》在其实际达到的成就与文明性地位上，或许也可以勉强划入这一层次。

上述这些，当然还可以有更进一步、更加细致的范畴系统的区分，或者别的探讨角度，这里自然只是一个初步的探寻。同时，在这里也无法过于详尽地将其展开，通过这些，所要说明的关键问题在于，美学或者“审美诗学”建立在对于文体之实体化、实在化忠诚的基础上，即把“文体”看成某种坚固不变的东西与一种本质内在的客体性、实体性对象，只是一种特定的抽象理论建构；建立在审美观照视野中的“文体”化本质、“文体”性“本体”基础上的“审美诗学”与诗学本体论观念，本身是浅表化的“现代性”价值观念的体现，是一种历史性、时代性的具体认知，是一种特定的“现代”艺术理念。因此，恰恰是在“自然之道”的庄严、浩大的自然面相之下，反照出根本上源自西方现代性传统“绝对人性化”的世界的

①[美]罗森：《诗与哲学之争》，张辉译，华夏出版社2004年版，第33页。

局促，及其人伦历史法则的相对主义的浮泛无根。而在“自然之道”意义上的自然价值正确性与自然经验整全性的层面，恰恰将“自然”之本质性与普遍性秩序具体化、打开为可以把握的自然经验阶梯与自然价值层级。这样，诸如“一代有一代之文学”或“一代有一代之文体”，由此就不是论证了一种历史秩序，一种历史主义和相对主义的价值主张与价值标准，而是恰恰彰显了这种历史演变序列背后的自然法则与自然价值秩序：后者通过历史化与人性化的文学或文体的“变”，展现出其有如尼采“永恒轮回”式的、“不变”与牢固的自然性价值标准。

结束语 文明诗学的道、教、艺

一部理论著作的最后，应该讲一讲理论与实践之间的关系问题。但就文明诗学的核心意旨与中心主题而言，如果要就当前中国文学与文艺理论领域现状及其中的真正问题有一个正确的认知，并探寻问题卓有成效的解决方案，一般地谈论中国与西方、理论与实践之间的关系，是不够的。这非但无法有效解决问题，而且事实上可以看到，当下很多探讨正是因为这种问题认识格局，而陷入了无效的争执与言不及质、无的放矢当中。比如，中国传统文学以“原道”“明道”为最终诉求，那么当下各式各样的文艺理论能否提供对于文学之“道”的理解宽度与纵深？或者这样的文艺理论本身就等于“道”吗？又或者，“道”是文艺理论之外的另外一套理论范式或者概念性知识吗？相应地，文学写作、创作实践是否能够等于中国传统当中与“道”相应的“艺”的范畴？这不是要回到古典传统当中，而是力求回到一种对于问题的正确、全面理解与复杂性的视野当中。因此，在本书当中，虽然经常分别或合并使用“理论”与“实践”的概念，但并不意味着这里主张一种关于诗学或者文艺理论的“理论”与“实践”之间的简单关系，或者认为它们之间具有一种简单的关系。针对当下中国文学与诗学领域的现状，出于文明诗学的主旨，这里可以提出三个中国传统诗学范畴来阐释这其间的问题性，以及文明诗学的核心关怀，这就是文明诗学的道、教、艺。

一

对于当下中国文学写作、文学批评、文艺理论研究领域来说，诗学或者文艺理论的理论与实践之间的关系，在某种程度上彰显了有似于柏拉图式的“神样的单一形相的美本身”①所蕴含的悖论性：当人们沿着现代美学的认知来追寻“美的理念”本身时，会发现柏拉图意义上的“美”，根本不是康德式的现代美学所理解的自主性、超功利的“优美”(beauty)，而主要是善、善好、或美好(good)。因此，施特劳斯建议，不仅在谈论柏拉图时一定不要使用“美学”这个“现代”概念，“甚至在日常说话中也永远不要用它”②。如本书前面一再阐明的，在“美学”式的理解方式与问题性格局当中，当代文艺理论经常是把某种特定的外部“属性”，当作理念“本身”或“本体”的本真性与实体性来探究、追问，从而带有着某种根本性的空洞性、形式性、虚无性。康德早就“坦白”地承认过，认知理性只能认识现象，那么“美”就只能是现象的现象、“形式的形式”。然而，当代文艺理论或者诗学，似乎不仅没有像康德哲学一样建构现代性价值体系的能力与条件，甚至也缺乏深度理解、触及这种现代价值建构之时代历史情境的具体性与现实感的愿望。于是，当代文艺理论或诗学时常捕获的，只是类似“现象的现象”与“形式的形式”本身的虚无，不待所谓“日常生活审美化”时代的到来，当代中国文艺理论与诗学本身，已经深层次地具有了“审美”与艺术“感性”的属性。但这不是一个偶然的错误或者学理知识上的欠缺，而是当代中国文艺理论简单步武西方“现代性”传统的宿命性结果，与“美学”在中国发展、展开的具体历史情境、现实经验格局。这其中，就是某种理论与实践之间的根本上的对立、抵制关系，以及某种怀疑主义：

①[古希腊]柏拉图：《会饮》，见刘小枫编、译《柏拉图四书》，生活·读书·新知三联书店 2015 年版，第 250 页。

②[美]施特劳斯：《修辞、政治与哲学——柏拉图〈高尔吉亚〉讲疏(1963)》，斯托弗整理，李致远译，华东师范大学出版社 2017 年版，第 117 页。

那在后来看作是历史的发现的，原本更是对于理论与实践之间的区分的再发现……对理论与实践之间的分别的恢复，一开始就被针对理论形而上学的怀疑论所修正，这种怀疑论的顶峰就是贬抑理论而青睐实践……最高形式的实践——政治社会的奠定或形成——就被看作是不由反思控制的一个准自然过程……政治理论就成为了对于实践的产物或现实之物的理解，而不再是对于应然之物的寻求……[1]

这里只要把“政治理论”换成“文艺理论”或“诗学理论”，就会非常恰切地描述当代文艺理论或诗学发展历程。或者根本就不需要替换：正因为我们理解不了施特劳斯意义上的人类生活方式意义上的“政治”性，与致力于思考这种政治性的“政治哲学”的问题性，所以也理解不了本来同样应该以它们为核心性的理解与认知对象的文学及文艺理论。西方的“现代性”传统，把绝对化了的人性本身视为文明、政制、文教秩序的出发点，将人性的自然状态、自发秩序、自然欲望视为现代文明、政治、美学的价值合法性与正当性来源。这导致的结果就是，政治不再追求美好生活秩序，不再寻求实质性的德性与幸福，而是用抽象的、程序的形式主义制度架构，协调人性的“丛林秩序”，在这种情况下，审美则成了“赋闲”的认知能力之“无目的的”“主观性的”自由游戏的虚无（康德）。而这种意义上文艺理论或者诗学理论，除了文学的“审美本质”与技艺形式，非但自己不知道在人类生活当中最重要的东西（“道”）为何物，而且也不能理解古往今来的伟大作品的高贵性与崇高性之所在。它只会以自己的琐碎的技术性、知识性、范式性与“西方理论说明书”的性质，不断地消解与延宕面向最重要的问题性的眼光与意志。于是，这里的结果就是，我们不但并不缺乏“文学知识手册”“文学批评方法手册”“文学术语辞典”意义上的文艺理论或者诗学理论，或者说本质上为此类性质所主宰的文艺理论、诗学理论，而且被这种层面上的问题性的“丰富”与“多元”弄得晕头转向，但这背后却是某种根本性的匮乏。

①[美]施特劳斯：《自然权利与历史》，彭刚译，生活·读书·新知三联书店 2006 年版，第 326–327 页。

事实上,很多人心目中的“文艺理论”,就是各种各样时髦的西方文论“范式”。当下中国文学领域已经被西方所谓“理论的世纪”带来的“理论”的繁盛所撕裂。而此种意义上的文艺理论,是我们的文学写作沦为“手工 DIY”式的自娱自乐的内在需要,反过来也进一步牵引着文学写作朝着这样的方向前行。根据“后现代”的教义,不能有“二元对立”,不能有“深度模式”,不能有“价值层级”……如果真的这样,这个世界不就变成一张薄薄的纸片了吗?这几十年来,被西方所谓“现代性”的思想传销洗了脑的中国文学研究,在走出 20 世纪 80 年代的理想主义的激情与想象力之后,并没有从人文社会科学的专业化、学理化进展当中收获多少益处,却走入这种所谓的专业化与学理化进程本身固陋的空洞性和抽象性当中。研究者与理论家、批评家们,经常是满脑子西方“现代性”的神话和意识形态,却以为自己是富有批判精神的“独立”的个体与“自由”的精灵:文学研究领域整体上缺失的,是一种针对现实、将自身的思维方式变得复杂和具体的理解与认知上的真实感,以及由于停留在因此而来的、悬浮的单面性与抽象性当中,而严重匮乏的问题视野与知识观念上的自我更新、自我反省能力。当年的“先锋”和“前卫”早已经是笑话,却以为“具体化”的学理,就是用“文本细读”与资料堆砌,来充实和重写那些有关“现代”的神话叙事。与文学研究领域中的一些人、一些问题对话,有时像是与一个二维平面的世界对话——这是一种非常真实的感受。这里不是对与错的问题,而是根本就没有处于同一个时空、同一个世界当中的问题。

文学本身是艺术而非“学问”,那么研究文学的“理论”与“学理”应该是什么属性与定位,迄今并无定论。但可以肯定的是,文明诗学不关心此种个体休闲、娱乐意义上“DIY 式写作”,也非此种意义上的文艺理论。在文明诗学的意义上,文艺理论的“道”并非文艺理论和诗学本身的“道”,更非文艺理论或诗学理论本身。文学必须关注人类生活当中最高处、最重要的问题,并以此为导向来致力于理解这个世界,理解作家与读者的灵魂,同时也才能在由此而来问题的紧张性与思想的超越性当中,沉入文学经验的深处,打开文学意义的普遍性。否则,仅仅局限于日常经验与个体性的“复杂的历史经验”与“深度的生命体验”,从更高与更大的视野来看,就和不小心摔了一跤的三岁小孩的啼哭一样,自以为很“本真”、很“复杂”、很“深度”，但一个普通的芸芸众生的“内心世界”究竟能有多“复杂”、多“深刻”？ 而如果文学式的感性，激发起的是灵魂深处的战争，生产的是灵魂的废墟与动乱，却并不能将这种灵魂引向一个更加自然、合理的秩序，那这个个体是否会更加幸福？这个社会是否会更加完善和健全？而作为读者，是否有关注一个具备写作“手艺”的庸人的“内心世界”展览的义务？ 事实上，上述这样一些文学写作，很可能根本不值得一提。同样，对于经过努力仍然不知道，或因为自以为是而不理解何为人类生活当中最重要问题的人来说，只能说按照自然天性，他不适合文学写作或不能理解文学为何物。而文艺理论或者诗学理论不关注这样的问题，不关注“道”层面的问题，也就与随性的、业余性的文学鉴赏没有本质区别，最终只能成为文学玩具的零件组装指导手册与商品使用说明书。

二

“字之曰道”（《老子·第二十五章》），既是中国哲学的开端，也是中国文学与中国诗学的开端。或者说，它既是就“道”而言，也是就“艺”而言；它既是对于哲学与诗的修辞性的自觉，也是对于它们的非修辞性的自觉。在这里，就体现着中华文明与中国思想、中国文学的“自然”宽度与圆融。而在这样一种文明传统当中，文学的理论与实践之间的关系，也是一种相互解放、释放性的关系，并因此让它们二者之间回到实践性、立体化、全方位、多维面的自然关系状态：“天地有大美而不言”（《庄子·知北游》），艺术在某些情形下可能是在消解理论当中诞生；理论与实践之间，可能是并行、“并生”关系；再比如，中国传统当中以诗论诗，不仅仅是一种理论话语形态，同时也是一种理论与实践之间的“文明”关系与生活实践关系……总之，在这二者之间，不是一个高、下层级关系，而是一个错综结构的思与言、道与艺的实现、融通与交流时空。在这种具有现实纵深性与自然宽度的位面上，也就有着主体可以有所作为、措手的余地。在拙著《元文论》当中[①]，曾

①张大为：《元文论：基本理念与基本问题》，天津社会科学院出版社 2017 年版。

经将“元文论”或“元理论”在“思维的思维”意义上的(文艺)理论思维培养的教育学维度,纳入作为“元文论”的文艺理论的内在问题领域。现在从文明诗学的角度,可以从一个更为宽阔、深广的视野中来看待这个问题。文明诗学的“道”与“艺”,在“教”的意义上或维度上,错综交织、辗转策应,并由此通达接续广阔的文明生活形式与文明生活世界,而并非理论与实践意义上的简单对峙关系,以及在往返镜照当中的互相割截、互相剥夺。因此,文学不应该成为文艺理论或者诗学视野框定的“文学”,反过来,文艺理论或诗学不应该成为仅仅认识和思考文学“本身”的“文艺”理论或“诗学”。但即便如此,文学应该如何关注“道”,与“道”建立起内在的、本质的联系呢?

文学的重要性,正在于它是一个施用教化并且可以用作教化方式的领域。这个教化不能从“布道”“载道”与外在灌输、欺骗的意义上来理解,而是要从就人性或灵魂之自然价值构成方面可以有所作为、可以措手其间的意义上来理解。就此而言,放在古希腊文教传统与宏大的古典思想系统当中来看,亚里士多德《诗学》将文学修辞视为技艺知识所主导的“制作”技艺,视为城邦的政治技艺,显然有着至为深广的诗教意义[①]。而中国传统所谓“圣王之田”(《礼记·礼运》)的意义,也正有似于施特劳斯所谓“通过阐明非哲学生活之中所显示的人类生活核心问题”,为哲学生活做了准备的、从属于柏拉图对话的诗歌[②]——尽管在施特劳斯这里,它事实上仍然是理论意义大于实践意义。不过,在“圣王之田”的概念当中,包含着作为一种被耕耘、被梳理的更高层面上的自然性构成的意义,而非归之于“理论”准备、归结为纯粹人性化道德价值的意旨。正因此,西方“古典诗学”与“柏拉图式政治哲学”,未必能整全理解教化与诗教的真正意义所在;而忽视了“教”的层面,就不能理解中国文学传统、《诗》学传统与“诗学传统”的根本特征与问题性之所在,同样不能理解诗教作为“经学之总归,六经之管辖”(廖平《知圣篇》)的文明基础性作用,从而也就无法全面理解中国思想传

①刘小枫:《“诗学”与“国学”——亚里士多德〈诗学〉的译名争议》,《重启古典诗学》,华夏出版社2010年版。

②[美]施特劳斯:《苏格拉底问题五讲》,见《古典政治理性主义的重生》,潘戈编,郭振华等译,华夏出版社2011年版,第252页。

统与中华文明传统。

文明诗学并不是试图重新讲述一套“高贵的谎言”。“高贵的谎言”恰恰意味着对于非哲人生活方式的同质化与理念化处置——这样一种将光明与黑暗(真理与意见、太阳与洞穴)截然二分的理论探照灯式的工作方式,不是包括文明诗学在内的中国文明传统与中国思想传统的实践方式。中国古代圣哲当然知道,这个世界上的绝大多数人都是普通人,不可能人人成为圣贤。但仅仅凭借讲述一个“高贵的谎言”,避免让普通人听闻柏拉图式的“哲学”启蒙,将其封闭于“意见”秩序之阴暗洞穴的同质性当中,还远远不够。普通人的心性与灵魂,也是一块有待耕作的“圣王之田”:让普通人的生活符合伦常日用之道,符合道德伦理秩序,符合政制教化法度,安稳地过完普通人的有意义的一生,这还有许多事情需要做。甚至不如说,教化或《诗》教,主要就是以普通人为对象的,哲人或者圣人的生活不需要别人的教化与指导,或者说也是无法教化与指导的。因此,在中国传统当中,圣人与圣王要做的,不是像柏拉图一样编织“高贵的谎言”,“文明”教化与诗教指向的,不是导致光明的太阳与幽暗的洞穴截然二分的柏拉图式的神话叙事图景,也不是远方的炫目的星空,而是近在脚下的一方自然价值的梯田:在特定的自然价值梯阶上展开的人性教育或诗教,听懂了是真理,听不懂也不是(善意的)欺骗与“谎言”,而是“温柔敦厚”的教化之雨,即便不能改变这块田地的瘠薄与荒芜,也至少有利于耕耘。

于是,这里就走向一种深刻的、立体化而又具体化的自然性。中国文明传统当中理解的自然,具有充实与丰富的神圣性,但却是人凭借自身的“自然”,能够进入的一种理性、充实与丰富的神圣性,并且在这种神圣性当中仍然保持其为自然的“自然”性。因此,这是一种可以理解为神圣性的自然,而非理解为自然的神圣性;或者说,在中国传统当中,不是将自然理解为神圣性的后果(“神的理性”),而只是通过神性的丰富性、层次性、圆满性与多义性来理解自然。文学性或诗性经常呈现出某种类似神圣性的光彩与外表,但文学的“现代性”传统却将这种属性归之于个体灵魂:我是“真理”,因为我是“个体”。因此,现代主义式的绝望背后,是“个体”的僭妄与自大。西方的现代主义文学传统,从艺术成就上当然不乏卓越之作,但总体上令人绝望,这正是它出于其世界理解与认知格局,从人性化生活内部看不到希望的反映。过去对于现代主义文学的批评方式虽然有些绝对,但总体上似乎也没什么问题:它能够告诉人们世界如此糟糕,人性如此卑微,然后该怎么办呢?它确实在"何为美好生活""人应该如何生活"的问题上,在人类应该走向何方的问题上,没有给出什么有益的教益和建议。现代主义与作为其逻辑延伸的后现代主义,因此可以说是西方文明绝望终结的灵魂废墟与心理能量的剩余物。它可以具有一种鉴别、参证西方文明价值的没落与崩解的参照性意义。

与西方的现代性传统视野不同,文明诗学则将这种类似神圣的属性,视为某种需要用包括诗教在内的手段加以开拓、把握、放大的形式枢机与意义机制,因而是某种"因文而明道"的锁钥性的东西。文明诗学的核心主旨,因此从主体,尤其是以个体主体为原型的表象—心理性的经验、意义综合机制,走向"鼓天下之动"的修辞性所包络、综合起来的作为修辞共同体的主体间生活世界、文明世界。在这个共同体当中,诗性在某种程度、某种层面、某个时空当中,恢复或保持自然之道的自然差序与自然差异性格局的同时,又在总体上维系一种具有内在分疏的自然正确性与自然整全性秩序。正如《文心雕龙·原道》的"自然—道体论"所示,文为道之"体"的组成部分,在三个层面上恢复与保存着"自然之道"的丰富性与阔大格局。或者说,如此才是诗性之所在,个体灵魂与具体的文学文本,都要在这个关系格局的整体性当中才能领略其诗性的构成,而非相反,即将诗性系之于个体灵魂的自然状态。同样,这里也就是诗性具体展开与诗教发挥作用的地带。

三

"字之曰道"与《周易·系辞上》当中"玩占""玩辞"("君子居则观其象而玩其辞,动则观其变而玩其占")一样,都是对于天道考问与"存在之思"的修辞性与语言性自觉,而正是后者,使得概念思维认识到自身的形式局限性与语言依赖性。因此可以说,正是这种自觉,使本源性的中国式思维,可以解构(类似于西方形而上学思想传统当中的)由概念思维与概念语言的形式同一性约束或反映出来的内卷化幻象,而走向“藉外论之”(《庄子·寓言》)的思想实验与意义玩索。从而,这种“藉外论之”的“外”,是走向形而上学(美学)思维的内卷化形式之“外”,但却正因此,走入自然秩序与生活世界的内涵性经验领域之“内”。按照中国传统,只有将修辞性要素综合进思想或者哲学的自然理性,才是真正整全的“自然”认知视野与自然正确的理性思维。这就要求将修辞看作是思想或哲学的一个核心性要素,而非放任自然理性的抽象盘旋与空洞思辨。在这个意义上,或许也只有中西古典传统当中的文明诗学思维所敞开的思想界面,能够整全地理解西方哲学在生活世界价值立法与文明奠基意义上的努力,并将其综合于自身当中。

在中国传统当中，修辞要素事实上从未远离古典圣哲们的思想中心。《易经》系“辞”于“象”的思想,与王弼“立言以尽象,立象以尽意”的思路全然不同,而或许与《诗经》托物起兴的“兴”诗、“兴”辞的意义表述与建构机制相通。孔子对于言辞与修辞的重视,老子、庄子在与语言的纠葛与战斗当中展开其诗意的玄思,也都是其思想的内在的必然要求。公羊学的微言大义,以政制秩序为某种程度的依存条件与边界,格局变小[①],但修辞性仍然是其思想方式的一个核心要求。至王弼的玄学式的形而上学思维,“立言以尽象”“立象以尽意”,“言”(其实也包括“象”)成为一个可以替代的、最终是可以抛弃的工具性要求,这就走向了与西方传统、西方哲学相似的道路。修辞从此变成狭义的文学性与诗性的专利与专属领域,似乎人类生活的修辞共同体可以从此抛开修辞性的生活秩序与意义价值秩序,变成一种澄明的直观性、“太阳”底下的存在。在这基础上,中国思想由唐(孔颖达《周易正义》)而宋(程朱理学),终于也被“现代化”地锻造为与修辞、教化、诗教无关的形而上学。

审美诗学的终极想象,是一种没有修辞性实践活动与生活价值情态参与的纯粹文学“本体论”,以及一种没有观念性存在层面的彻底“肉身化”的语言实体,如同前面曾经讲到过的,这只是瓦莱里式的对于柏拉图理论的抽象模仿与

①张大为:《东方心智与中国古典文明—政制秩序》,《社会科学论坛》2017 年第 3 期。

反向模拟。而柏拉图的理念论，却反倒恰恰是修辞性地、"辩证"地、具体地展开的。事实上，在"何为美好生活""人应该如何生活"的问题上，不可能将什么(what)与如何(how)分开[①]——这种分离只是柏拉图反对智术师的修辞术的一种具体方式。文学总是在文明时空与文明价值秩序的具体性当中展开并得到理解，它同时需要真、善、美的内在聚合与价值实践性关联。这并不意味着它与艺术性或审美性矛盾。如前面多次讲到过的，文学的文明诗学观念认为，文学不仅是审美的、虚浮于现实世界之上的虚影与表象，同时也由于与人的生活世界紧密相连，而同时具有文明实质性与时空化属性，是艺术、认知与道德链接在一起的统一性、纵深性视境：它不仅仅是超功利的、"理论"上的认知能力的自我合目的性表象，而且也是实践的，具有具体的文明功用的文明实践联动能力。在这个意义上，文明诗学不仅具有一种深入生活世界内在机理构成的思考的具体性，而且因为文明诗学的前提，是以自然之道为标准与基础的文明视野，所以这意味着这里有一种正确的人类生活的价值标准和秩序，从而可以就"人应该如何生活"问题进行系统回答。

但这并不意味着就此天下大同，以及普遍性真理的获得，然而却也与解构一切价值标准的后现代的相对主义完全不同。这其中的关系、情形，对于文明生活方式问题以及与此相关联的诗性构成问题而言，尤其显著，因为这样的问题领域，并不需要首先获得那样抽象的、概念性的普遍性才能展开，可以说，它们才是概念理性与抽象理论问题的真理性基础。这就回到古典传统的起点，即自然直观、自然经验与理论知识之间，以及诗与哲学之间，在生活伦理性、文明实践性张力当中所保持的平衡与生机，而非理论性的自我持守的同一性——后者只能产生另一种理论性：

> ……我们总是听到某些人声称，这些诗人精通一切艺术，一切涉及美德和邪恶的人类事务，再加上神的事务；因为一个出色的诗人，如果他想创

①[美]施特劳斯：《修辞、政治与哲学——柏拉图〈高尔吉亚〉讲疏(1963)》，斯托弗整理，李致远译，华东师范大学出版社2017年版，第38-39页。

作好他所创作的那些东西，必然是以内行的身份进行创作，否则他就没有能力进行创作……我们必须检验这些和模仿者相遇的人……他们并没有感觉到这些东西处在事物本质的第三外围……①

康德美学并没有改变这一表面上试图“精通一切艺术”的智术化路径，而只是勇敢地将“真”与“善”的领域虚无化了。在这一点上，柏拉图是正确的，因为这不仅根本不可能，而且在方向上是错误的。包括康德美学在内的所谓现代性的概念理性，其贯穿性的“本质主义”思维，恰恰取消了真正的价值层级以及自然价值思维秩序。从而美学或审美艺术，从根本上讲述的只是我们已经知道的东西：被“人性”本身感动的人们，终究只是人性的自我循环论证，康德美学式的审美艺术当中最本质的东西，诸如模仿性的技艺，纯粹人性化循环的虚无，以及由此而来的人性对自己的“感动”与“确证”，正是柏拉图所鄙视的东西。然而，在康德美学的位面上，究竟还有多少所谓“现代”的作家、诗人们，以自己无知的空虚肤浅和颓废的玩世不恭，当作自己的特权和骄傲的资本，从而只能处于表象的表象、“形式的形式” 的“事物本质的第三外围”当中？

文明诗学的要义在于，人性没有、也不应该被自己感动，并且一直停留在这种自我感动当中；人性必须不断地提升与扩充为更大的秩序，升华到更高的层次，以此来“经天纬地”与“照临四方”。所以，“天地有大美而不言”可以看成是对于人性化的循环的拒绝，因为这种人性化的“小美”“审美”之“言”，终究将成为人性的镜像式循环；而恰恰是“不言”，保持着自然秩序的高远与开放性。后者才是健康的、强大的人性之所在。就此而言，在文明诗学的意义上，文学修辞并非沿着垂直的理性认知秩序，穿透万事万物的概念性的“本质”“自然”（nature），而是一种“成性存存”（《周易·系辞上》）的作用机制，成自然之“性”，存自然之“存”：

天地有大美而不言，四时有明法而不议，万物有成理而不说。圣人者，

①［古希腊］柏拉图：《理想国》，王扬译注，华夏出版社 2012 年版，第 361 页。

原天地之美，而达万物之理。是故至人无为，大圣不作，观于天地之谓也。

《庄子·知北游》

在这里，“不言”“不议”“不说”，就是不试图“精通一切艺术”地智术化、美学化地表述与发言。诗人不可能、也不必精通一切技艺，所谓“大圣不作”，是指不必以理性击穿本质；“天地之美”的自然性，提供起点、方式与技艺，非概念理性、本质贯穿性的实践性的修辞牵掣与推移，就可能使万事万物的本质成就、完成，并圆满地存在。而这也正是文学修辞的作用机理，同时也内在地包含了诗教与教化的作用机制。

近几十年来，包括中国古典文学在内的中国文学研究，通过“美学”式的普遍性，以将自身表述为具有审美诗学意义上的普遍性的方式，努力获取一种“走向世界”、加入“世界文学”合唱的满足感——这些当然不一定是在显在意识层面发生，却往往是作为“迟到者”在特定历史处境当中的非自觉选择。此种中国文学的解释方式，在特定历史时期有其现实意义，但整体上并未将中国文学最具特色与最为精彩之处真正阐释清楚。另外，包括被西方人反复质疑的翻译体文学在内的中国当代文学，也被西方汉学家当作“垃圾”来对待，而审美诗学观念也早已成为一些空转的执念，日益不知所谓。在这种情况下，反倒是海外学者和一些西方汉学家，对于中国文学的理解方式，更加精细、丰富与多元得多。事实上，中国文学从来就在“世界文学”格局当中，没有也不可能离开全球化的世界文明。缺席和不在场的，只是中国人对于自己文明价值的自信，是为中国人的生活方式、理解与感受世界方式之正当性进行有效辩护的能力与勇气，以及被审美诗学观念肢解了的中国文学艺术全方位的文明精神与文明声华。这些当然也不全是主观意愿所能够决定的，它确实也是在“先进”的西方文明与西方文学影响下构成的文化与文明政治性困境。当中华文明在今天再次走向为世界瞩目的中心位置时，中国文学没有必要继续延宕在审美诗学的狭隘与断面性困局当中，销蚀与肢解自己的文明光彩与文明品格；与中国文学的文明母体之“诗性”总体特征与属性相呼应，这一文明性的品格，才是中国文学更为本己的品格。

附录　孟子诗教及其儒学理路

孟子所处的时代，是诸子争鸣、心智纷驰的时代，但士人精神化、心灵化的文化身份和存在方式，与战国时期崇尚武力、交相攻伐、唯利是图的混乱时代特征形成的对比更加鲜明，同西周甚至春秋时代相比，士人的心灵世界、心智图景与政治社会之间的不和谐及冲突也变得愈加突出。然而，或许正因此，从孟子开始，儒家士人以其心智、心术承担社会责任和道义责任的历史形象变得明晰起来，其心智演化及运作方式本身也变得触目：之前，人们不知道尧、舜、汤、武、周公是怎样施展其治术和圣哲心术的，人们能看到的只是结果；孔子虽然也有十分具体的历史文化焦虑与命运嗟叹，但其作为"个体"的心性仍然不甚具体、显著；孟子使得儒家的圣哲心智不再是一个混沌的隐秘机制，而凸显出其本身的运作机理和作用方式，乃至不得其伸的焦虑——这其中包括关于"心智"本身的焦虑，而不只是心智对他物、他事的焦虑。这与道家对"知"或心智本身的迷茫以及"绝圣弃智"的批判性要求或许构成某种呼应关系，共同描述了那个时代的精神状态与历史特征。具体到孟子来说，在如何处置涉及心灵、心智与"人情"领域的这块"圣王之田"(《礼记·礼运》)的问题上，诗教发挥了比人们通常认为更为关键的作用，而在孟子的学说整体当中，诗教也由此具有一个更为基础性的地位。当然，孟子并非儒家诗教传统的泛泛的继承者，孟子的诗教具有其特定的文化历史责任张力与内在结构构成。

第一节　诗教在孟子学说中的基础性地位

在《孟子》这部经典当中，通过引用和解说《诗经》当中的篇什来展开其论说与雄辩，是一个突出的特征(共计 36 次)。在这一表面现象的背后，或许是《诗》或《诗经》这部经典在孟子心目中的特殊地位，与儒家传统诗教在孟子学说当中的某种核心性作用。“王者之迹熄然后《诗》亡，《诗》亡然后《春秋》作”(《孟子·离娄下》)，这是孟子梳理出来的儒家道统和儒学发展历史。王者之迹，就是儒家理想当中行大道的“大同”之世、“公天下”之世，以及尧、舜之君的丰功伟绩，大道通行的治世生活与圣王之迹，决定了《诗》主要的内容和形式。在儒家士人看来，在“大同”之世，“诗者，志之所之也”(《毛诗序》)，由诗性的文化意义经纬所编织起来的理想世界、诗人之志表征的价值理想，与“天下为公”的社会现实是相符契、一致的，也可以说，此时《诗》(价值理念)与《书》(现实政教)是统一的，政治—社会的价值理念，全面落实、展开为政教与政治实践的现实承担。因此，《诗经》作为儒家要典，不是一部简单的文学作品集，《诗经》当中的诗篇所维系与保存的生活方式、道德秩序和制度形态方面的“王者之迹”，寄托了儒家社会历史理念、政制建构、人伦关系方面的整全性理想，是诗教发挥礼义教化作用的前提保障，同样也是儒家努力企及的终极目标与结果。

不过，从儒家士人心目当中的尧舜之世到孔子所处历史时代，确实已经构成一种“螺旋式下降”的历史现实等级，纬书中引孔子的话说其“志在《春秋》，行在《孝经》”，事实上是在这样的前提下来体现出来的理想与现实之间的错落、差池关系。在前者“天下大同”的理想化境况下，“人不独亲其亲，独子其子”(《礼记·礼运》)，因而都没有必要刻意地从个体的角度着眼理想与现实的问题，甚至就连尧帝这样的圣人，人们也看不到他的具体人格形象：“其仁如天，其智如神，就之如日，望之如云”(《史记·五帝本纪》)。但当这个活生生的生活世界(而不只是某种教条、某种思想、某个历史事迹)整体上不再起作用时，面对浊乱之世，理想当中的社会价值理念，只能由少数人乃至个体人格来担当，而对于它的践行，也只能在各种现实的历史局限性当中，以各种“不得已”的方式展开。于是，孔子只能作《春秋》，以《春秋》当王法，代行天子诛贬赏罚之权。此时，其“志”和其“行”，不可能简单地一致或统一：

> 《诗》为志，则《书》为行；《春秋》为志，则《孝经》为行。实则《春秋》与《书》同为行，《春秋》《尚书》皆分《诗》之一体。[①]

廖平说《春秋》和《书》同为“行”，但这两者仍是有级差与区别的，《春秋》在此代表了在一个“螺旋式下降”的历史趋势当中的比例中项与联系中介：《春秋》既是“志”也是“行”，相对于《诗》《书》所代表的“王者之迹”，它是圣人努力实践、践行这种大同之世的价值理想（“志”）的“行”；但相对于春秋乱世，它基本没有多少在现实当中实行的可能性，更多的只能是存在于圣人心中纯粹理想化的“志”。“志在《春秋》，行在《孝经》”，恰恰在这种心志与行为的错落、落差当中，儒家圣人历史化的人格“身位”，第一次出现在儒家所描绘的道统世系和历史场景当中：尧、舜当然是伟大人物，但其心性人格同构于大同之世的政教格局整体当中；宋明儒者只见其学、其“理”，个人人格隐失在学理当中；孔子居于这二者之间，只能以其具体的人格身位的历史性在场，来担当和践行儒家价值理念，因此其“志”与其“行”都很重要，缺一不可，人格化的圣人形象由此完型，从而代表了儒家士人文化身份演变与中华文化的一个关键转折之处。这一切的前提条件与必要性，就是包括圣人与士人、也包括庶民的个体人格，从正面与负面双向的历史性的觉醒，于是，面对天下滔滔的乱世，以《孝经》之“行”实践《春秋》之“志”，是不得已的选择，但这恰恰是对于“《诗》之教”的具体的、历史性的践行：“孔子重《诗》之教，显以此为经学之总归，六经之管辖”[②]。在孔子这里，诗教的价值理想和目标不仅始终是儒家的起点，同时，它更是一种

①廖平：《知圣篇》，见《廖平选集》（上），李耀仙主编，巴蜀书社 1998 年版，第 180 页。
②廖平：《知圣篇》，见《廖平选集》（上），李耀仙主编，巴蜀书社 1998 年版，第 181 页。

通向理想与目标的具体的实践途径与教化方式，一以贯之地贯穿了儒家士人的思想、信念体系与儒学历史始终：因为只有诗教，才能同时从“最高处”与“最低处”着眼，构成整合参差不齐的历史局限性与现实具体性的融贯视野——这同样是诗与诗教的精神。

这样的情形，到了孟子时代变得更加突出，而诗教在这时也尤其凸显出其对于儒家道统存亡继绝的重要性。在孟子所处的战国时代，社会道德底线进一步下降，从诸侯到庶人，崇尚的是武力和利益，为达目的不择手段。孔子《春秋》经教与文字褒贬也已经不再起作用。《孝经》讲述的本来只是基本的人伦要求和“独善其身”的伦理法则，但在这个时代，就连“《孝经》为行”都已经不再是现实的可能性，它本身需要经由教化过程，才或许能免于人伦普遍沦丧之可能性。于是，孟子更加深切地意识到“天下之本在国，国之本在家，家之本在身”（《孟子·离娄上》）的关系。按照孟子的逻辑进一步推论，或许就是“身之本在心性”。在孟子来说，这个“心性”不是宋儒那样的形而上学抽象概念，而是指向具体的人伦、道德个体，孟子的思想视野在当时所面对与朝向的，似乎也多是一个个具体的、普通民众的个体人格：“一夫”“顽夫”“懦夫”“薄夫”“鄙夫”……从而所谓“自暴”“自弃”“自侮”“人侮”（《孟子·离娄上》），在孟子看来也都系之于个体。因此，个体人格和个体心性大面积的历史性浮现，是孟子意义上诗教的可能性条件，但同时也恰恰说明了其必要性。于是，孟子自觉秉承“王者之迹”，接续与践履周公之志，重回《诗》教传统，重建《诗》教的教化实践格局。《诗》教需要在这里发挥的，是对于个体心性乌托邦式的感发、提撕和教化机制：

> 诗云：“戎狄是膺，荆舒是惩，则莫我敢承。”无君无父，是周公所膺也。我亦欲正人心，息邪说，距诐行，放淫辞，以承三圣者；岂好辩哉？予不得已也。
>
> 《孟子·滕文公下》

周公的使命是在周朝王制重建与推广的起点上教化夷狄，而“无君无父”则是孟子对于他自己时代人伦纲纪的特征与废弛程度，进行的普遍性的精确判断，在这一点上，“中国”之地，几乎已经类同于“无君无父”的戎狄和蛮夷。孟子于是转向个体，转向个体心性，把个体心性作为诗教的教化之田。从“个体”的教化出发，并不是孟子的“现代”意识，而是孟子意识到，必须从起点上拯救和重建被彻底败坏的道德价值与伦理生活。与此相应的，就是诗教传统的“感发兴起”的“具体”举措：这种“具体”性，就是一种对于个体“心性”的乌托邦式的、“具体”的提撕作用机制，这种教化努力达到的结果，就是希望上述那些教化对象能够由此“莫不兴起”（《孟子·尽心下》）。所以，孟子所谓“民为贵”不是随便说说而已，说孟子心中存在着一个乌托邦也不能算错，但这个乌托邦不是一个“虚幻”“空想”意义上的贬义词，也不是简单地期望社会历史层面的尧天舜日的重现，而是一种心性的“乌托邦”，是人的个体心性在诗教式的教化作用之下，一种能够“感发兴起”、臻于善性，乃至向着“至善”的目标不断攀升的机制。

反过来说，诗教因此在孟子就具有一种对于其学说的基础性构成作用。从诗教的观念格局出发，孟子对于人性与人伦纲纪的构成有着自己独到的理解方式，他将包括孔子在内的儒家传统对于性、命之类的范畴从之前相对静止、恒定的理解，推进到一种活络的、生动的、动态的理解方式。“莫非命也，顺受其正”（《孟子·尽心上》），“命”包含一种否定性和限定性方面的边界与边际意味；但儒家之所以为儒家，就在于它不是“知其不可奈何而安之若命”（《庄子·人间世》）。这其间，孟子的思想是一个重要的环节。“尽其道而死，正命也”（《孟子·尽心上》），孟子从道家绝望的地方出发，而没有在天生之“性”与无可奈何之“命”当中消歇：

> 口之于味也，目之于色也，耳之于声也，鼻之于臭也，四肢之于安逸也，性也，有命焉，君子不谓性也。
>
> 仁之于父子也，义之于君臣也，礼之于宾主也，智之于贤者也，圣人之于天道也，命也，有性焉，君子不谓命也。
>
> 《孟子·尽心下》

孟子式的儒家并没有完全否定“生之谓性”(《孟子·告子上》)和自然之性,同样,也没有从纯粹人性化的意义上去理解道德价值与伦理世界,而是指向一种自然与道德之间相互连通、相互规定、互为基础的理解方式:“不谓性也”“不谓命也”的错综性,带来的是一种人性与人伦理解的动力性与复杂性,以此将主体的价值激情和实践意志调动起来,并由此进入道德与人伦世界立体化的纵深格局。从这个意义上讲,说儒家整体上具有一种不愿意简单地安之若命、知其不可而为之的乌托邦精神,这并不确切;准确地说,是儒家对于人心世道具有一种不同寻常的认知方式和思考格局:从“命”的角度来看待口目声色之“性”,并不是命定论与消极性的禁欲,而是要努力将这个层面加以价值化、伦理化,或由此导向一种道德和伦理化的理解方式;而从“性”的角度来看待仁义理智之“命”,就是为了把儒家的道德范畴与道义责任,从一种外在的强制和负担,“先天”化为生命的自然本能或类似本能性的自然属性,让人们能够自觉自愿地、以主体性的姿态将之承担起来。这样,在“性”与“命”的交叉和回环式的规定性当中,孟子非但没有停留在“性”“命”各自的消极性与局限性维度当中,反而将它们激活并组织为一个价值化、伦理化的生命意义实现时空,为儒家的价值理想与实践方式留出了空间和余地:它扩大了主体或个体心性的实践权能,从诗教教化的角度讲,它反过来为诗教的展开留出其有关人情和人性的“圣王之田”。

因此,儒家并不是简单的乌托邦主义,孟子“心性乌托邦”的诗教机理在这里并无贬义,而只是代表儒家整体的思想格局与实践图式当中一种非常具体的教化举措。它要完成的,就是以诗性教化而非道德形而上学的概念化论证的方式,实现“不谓性也”“不谓命也”的认知与心性转换。孟子早就知道“诗”(“王者之迹”)的作用与儒家诗教的基本主旨,不过就是这样培养心性的乌托邦式的升华机制,所谓“孟子道性善,言必称尧舜”(《孟子·滕文公上》)的原因在此,而不是因为孟子是一个不合时宜、不识时务的堂吉诃德:“道性善”与“称尧舜”这二者是一个因果关系,尧舜之世不仅仅寄托了孟子的社会和政治理想,对于尧舜之世不断的称颂本身,正是作为一种非常具体的心性教化意图与教化机制的诗教的实践性展开。

第二节　心性的"形下"教化与价值的"超越"同一：孟子"心性乌托邦"的诗性教化格局

孟子诗教的基本教化纲领，或许就是"存其心，养其性，所以事天也"（《孟子·尽心上》）。但至少自宋儒以来，后者经常被人们作某种形而上学式的概念性理解①，这里需要从诗教的角度重新加以阐述：

（1）"存其心"的"存"，代表的是既不否定、但也不简单地赋予其价值的正当性：直接赋予其价值上的正当性，"心"失去约束，无所归止，则既有沿着自然性、动物性路径任意泛滥的可能，也有将一切"实然"合理化的危险（"存在的就是合理的"）；而完全否认其现实存在，则人性也失去了自然性、现实性的基础，最终也无法成立。因此，"有命焉，君子不谓性也"，其实质是用"命"来对"心"加以规范和限定。

（2）"养其性"，是说"性"不仅仅是从"天"那里接受下来的先天禀赋与限定性，而且可以以人的主动作为去培养、发展与提升它。如果将仁、义、礼、智仅仅当成经由后天的习俗和教育养成的结果，那同样也可以以另一种习俗与教育来消灭它们，从而它们并没有深层的根基，"性"由此也仅只只是一个空洞的自然性，一个概念，所以，"有性焉，君子不谓命焉"，不能将伦理、道德范畴仅仅当成是后天之"命"的实然结果。

（3）于是，用"命"来限定人性"向下一路"的随意泛滥，用"性"来沟通人性和天道，并将人性导引向"向上一路"升华路径，以求其在更高层次上符合天道和天命，这是孟子所设想的人心和人性的教化空间与教化路径。因此心、性、天之间的距离，是孟子的教化实践开展与诗教的现实前提，而它们之间的连续性与沟通的可能性，则是实现其教化目标与儒家价值理想的必要条件。

---

①比如程颐就认为："心也，性也，天也，一理也。自理而言谓之天，自秉受而言谓之性，自存储人而言谓之心"，见朱熹《四书章句集注》中《孟子·尽心上》注引程颐言，中华书局1983年版，第349页。这样的以"理"为基质、本体的心性构成，即使仍然匹配以某种"修养"功夫，也与"感发兴起"的诗教的作用机制及其方式、方向完全不同。

这样，孟子学说的重心所在，并非像宋明理学的形而上学构成那样，最受重视的是那些本质性、本体性、概念性的东西：孟子重视“性”，但同样重视“心”，保持这两者的张力关系，才是孟子学说的基本定位与展开思路；而这两者之间现实的张力空间，才是其教化过程具体的实践领域，而非如理学家那样只重视概念性的东西和“本体”。所谓“以仁存心，以礼存心”（《孟子·离娄下》），是从“心”之实然的“低”的基础上，提出的“养性”的大成就、“性”之应然的“高”标准，它并不是可以随随便便达到的。所以这种情形，决定了孟子学说与其“诗教”现实的切入点、切入方式，以及从“心”到“性”、自低到高、自“形而下”到“形而上”的教化过程与教化实践模式。这也是孟子学说当中的结构性构成和贯穿始终的思想线索。

于是，孟子学说的第一个关键转捩之处就是：“若乃其情，则可以为善矣。”（《孟子·告子上》）所谓“情”，是指现实情状、情实，是非理论与非概念层面的实然状况或特质：孟子从心性之现实情状的角度，认为其可以用来行善行、为善事。对于孟子来说，这是从现实的个体生命、个体人格角度进行的一种认定，而非从道德形而上学的抽象“个体”范畴进行的概念化的“普遍性”推论。所以，孟子转向个体心性机制，并不是因为孟子发现了“自由主义”当中的个体道德与个体权利，而是说明了孟子对于人性的绝望与希望并存的“现实”情怀：孟子著名的“性善论”对于人性之“善”性的理解，其实并没有形而上学方面的确定性，也无从进行此方面的论证，从理智的角度讲，孟子对于人性之“善”性，可能更接近于一种怀疑主义；因此孟子对于人之“善”性的坚定的信念，更多的是一种伦理情感和价值上的“认信”，只是对于一种事实情状的理想化或“不得已”的设定或假定。这前者是绝望，后者或许是在绝望的前提下，抱有的某种乌托邦式的希望。它导致的结果就是，一方面，孟子对于心性隐微之际的洞察，非常现实、冷静而客观（如“四端”、“嫂溺”之权、恻隐之心），并没有多少浪漫情怀在其中，所以他的结论只是“若乃其情则可以为善矣”，并没有赋予人性之“善”以形而上学式的理性的必然性和概念性的确定性；但另一方面，或许正因为孟子认为人性不一定必然“为善”、但（按照儒家的价值信念）却必须“为善”，他才以诗教的情感教化传统和乌托邦式的激情投入其理想实践。

因此，所谓孟子诗教的“心性乌托邦”格局或机制，代表的就是一种“具体”的、但又“超越”的心——性——天之间的教化径由与教化方式：道德形而上学很超越，追求的是概念的普遍性和必然性，但它不具体，关键是并不符合孟子对于道德的理解方式；经验主义道德范畴很具体，但它不具备超越的普遍性，只能依赖于特定的道德情境和事实范例的解释背景，使道德成为偶然性的机运——这也非孟子之所愿。“心性乌托邦”式的道德教化机制，一方面有着具体的道德理解和入手施教之处，另一方又对于道德价值和道德理想有着普遍性和必然性的“超越”性信念，这无疑是更符合“诗教”传统及其教化特质本身的道德认知和道德教化方式。

1.孟子“心性乌托邦”式的诗性教化机制，于是首先表现为对于心性隐微之际具备非常敏锐而具体的洞察，并且注重从这样的地方校正人们的心性，引发人们的善性和良知，而非用教条与概念来进行说教。这可能正是诗教“感发兴起”的具体作用的体现：“恻隐之心，仁之端也；羞恶之心，义之端也；辞让之心，礼之端也；是非之心，智之端也。人之有四端也，犹其有四体也……苟能充之，足以保四海；苟不充之，不足以事父母。”（《孟子·公孙丑上》）孟子所希望的，是通过教化作用引发心性的自我升化机制，最终将每一个个体的心灵，锻造为自身配备着“乌托邦式”的自我启示、自我教化装置的灵魂圣殿：“人皆可以为尧舜。”（《孟子·告子下》）能够做到这一切，仁义理智不过是近在眼前的生命自然和日常生活现实：“仁之实，事亲是也；义之实，从兄是也。智之实，知斯二者弗去是也；礼之实，节文斯二者是也；乐之实，乐斯二者，乐则生矣……”（《孟子·离娄上》）人们会发现，在《孟子》一书当中，对于儒家的一些基本的概念范畴往往有着各种各样的解释和界定，这恰恰是因为它们并非是通常意义上理性的普遍性“概念”，而是一种对于伦理生活和伦理现实的具体描述：对应于这样的特定的伦理情境，它所发挥的并非是哲学和理论意义上的概念化的作用机制，而是一种情境化、语境化的教化与启迪作用。

与此相应，孟子诗教实践特别倚重的，是在伦理实体内部处于具体的伦理情境当中的可以被受教育者遵循、效法的道德样板，而非根据超越性的理念来创制与践行伦理生活的圣人。孟子主要是以前者、而非以后者，来作为其开展教化实践的标准与素材，这其间的区别，就是“由仁义行”和某种程度上不得不是“行仁义者”(《孟子·离娄下》)的区别：尧、舜乃至伯夷、柳下惠是“人伦之至”(《孟子·离娄上》)，是“百世之师”和“性者也”(《孟子·尽心下》)，他们“明于庶物，察于人伦”(《孟子·离娄下》)，行仁义是出于自己的天性和自然本能，以维护伦理实体本身的协调与统一；孔子的情形与此不同，孔子当然不是为了行仁义而行仁义，更不是为了自我标榜，但孔子的时代条件和历史情形，使得孔子不可能像尧、舜那样，仅仅停留在顺随自己的仁义天性的、自发性的行道方式当中。孔子既是“性者也”的圣人，同时也是价值理念的承担者，即作为勉力“行仁义者”的圣人：

> 曰：“……昔者子贡问于孔子曰：‘夫子圣矣夫？’孔子曰‘圣则吾不能，我学不厌而教不倦也。’子贡曰：‘学不厌，智也；教不倦，仁也。仁且智，夫子既夫圣矣！’”
>
> 《孟子·公孙丑上》

孔子这种圣人是先知、先觉者，他以其人格“身位”的历史性在场，来“先知觉后知”“先觉觉后觉”(《孟子·万章下》)：在其人格“身位”和圣哲德性当中，综合了历史性因素与时代性的道义责任，因此像孔子这样的圣人，既是“圣之时者”，又是“集大成”者(《孟子·万章下》)。孔子的价值理念也是历史地展开、并且需要依据历史条件来得到理解。这和尧、舜那样的“性者也”“由仁义行”的情形是有所不同的。从孟子开始的后世儒家，基本都是与孔子式的历史担当的情形相似，而非与尧舜时代的玄远价值图景类似；或者说，这样完满的价值图景，可能正是从孔子开始的儒家为了具体的教化目标而描绘出来的，而非简单的历史事实。所以，与此相关的一个问题就是，为什么孟子总是“言必称尧舜”而非“言必称孔子”？在孟子的概念系统当中，有一种将形容词和动词加以名词化、转换为名词性概念的趋向：“仁，人心也，义，人路也。”(《孟子·告子上》)在这转换当中发生的，其实也就是将复杂的思理构成与价值实践，转化为具体可感、容易把握但又是超越性的乌托邦式美妙图谱和诗性教化素材的过程。但这前提，自然是可以进行这样的转换而不会将其简单化和曲解：前面所讲到的孔子的历史性身位，使之不可能简化为一种悠远的、平面化的道德图画来进行理解，所以孟子总是“言必称尧舜”而非“言必称孔子”，然而这恰恰说明孟子遵循与继承的是孔子之道，而非尧、舜之道。这一情形，不仅仅代表了孟子的历史焦虑与渴盼，而且也规定了孟子行道的具体方式与基本的教化机理。

2.所以，其次，“……子思取必于圣人之道，孟子取必于天下之人，故夫后世之异议者皆出于孟子”（苏轼《子思论》）。苏东坡其实从反面说明了一个道理：孟子学说的重点不在于抽象的“圣人之道”本身，也不在于论说的逻辑，孟子之学的根本目的是秉承诗教传统、教化“天下之人”，而孟子诗教的力量，或许正如《孟子》本身当中的雄辩滔滔一样，本身只是一种教化“天下之人”的言辞，其实正是一种诗性的、文体的、修辞的力量。在这中间，甚至违背一些基本的逻辑关系也在所不惜。很难说孟子自己不清楚这些，但他之所以这么做，一方面，是出于教化言辞背后的信念力量。例如，对于认为“生之谓性”的告子，孟子的反诘是：“犬之性，犹牛之性，牛之性，犹人之性与？”（《孟子·告子上》）。其实在这里，不是告子，而恰恰是孟子自己混淆了一些基本的问题：“白羽之白也，犹白雪之白；白雪之白犹白玉之白与？”事实上，“白”可以认为是一个与亚里士多德意义上的“实体”或“本体”相对待的“范畴”，它们作为“白”的相同，正基于它只是分别属于“白羽”“白雪”“白玉”之各自“本体”的外部属性——“范畴”。依此，告子完全可以辩白：“犬之性”“牛之性”“人之性”当中“性”的问题，正属于“本体”的内容，它们之不同，正如“白羽”“白雪”“白玉”之不同，而不是如其“白”的范畴之“同”。然而，孟子式的那种先期的“同一性”一旦认定，便超出于逻辑推理和理解环节之上，再容不得他人置喙，也不再加入自己的理性，而成为一种被仰视、被崇拜、被信仰的语义循环、思维循环、价值循环。但这在孟子不仅仅是逻辑上的强辩，同时也代表了对于心、性问题的一种“乌托邦”式思维和理解方式，也即在一种关于心、性的道德理想和教化激情当中，用一种价值层面上的同一性信念来进行理解的结果。

另一方面，从教化效果层面讲，“是诗也，非是之谓也”（《孟子·万章上》），就这里的问题来说，或许对于孟子而言，诗教的主旨并不是追求事实层面的真确性，只要完成价值理念播布和传导，达到教化的目的与效果，用逻辑推理来进行说服教化与用诗性的力量(修辞、文体、论辩)来说服教化,在孟子看来便没有什么本质的区别。所以,孟子用以说服、教化的方式,仍然是一种诗教的、诗性的"价值逻辑":

> 老吾老,以及人之老,幼吾幼,以及人之幼。
>
> 《孟子·梁惠王上》

> 乐民之乐者,民亦乐其乐;忧民之忧者,民亦忧其忧。
>
> 《孟子·梁惠王下》

> 君仁莫不仁,君义莫不义。
>
> 《孟子·离娄下》

> 禹思天下有溺者,由己溺之也。
>
> 《孟子·离娄下》

> 君之视臣如手足,则臣视君为腹心。
>
> 《孟子·离娄下》

从伦理关系与伦理实践层面进行的这种推理方式,在《孟子》当中非常突出。它既非概念逻辑的,也非经验事实的,而是源于对"心性"的一种玄远的价值同一性或同质性理解,以及在此基础上展开的价值激辩。不能将这看成是一种纯粹的乌托邦式叙事和不切实际的空想;这可以说是从原点上对于道德伦理和政治社会的必须具有价值理念与价值理想的着重强调和着意肯定——将其看成是对于现实当中的实际情形的批判,或同时包含着这样的维度,当然也不为错。不可否认,这样的信念本身纵然从事实层面上无法实现,在特定的条件下,或许仍然会变成具有引导、教化的现实功用的价值涡流与文化潮汐。此外,孟子还经常使用一种比较简单化的类比推理方式:比如用托妻子于朋友而致冻馁、狱官不能治理下属，来类比君主不能治理国家，最后逼得“王顾左右而言他”（《孟子·梁惠王下》）。这样的类比,作为论辩和教化方式比较有效,但其实这几类事项毕竟还是有着很大的内在的不同,这样的比较无疑是把一些问题简单化了,但“大人者,言不必信,行不必果,惟义所在”(《孟子·离娄下》),这里的情形,也许就是“言不必信”的一种解释吧。而下文也会讲到,孟子学说的主轴与核心,本来也不是追求理性上的精确认知和形而上学的思辨逻辑。总之,无论从诗教的思维方式层面还是从教化效果层面,孟子这种逻辑上的混淆和强辩,根本上都是来自对于自己的价值信念的坚定不移:在这一点上,孟子或许认为它根本不需要逻辑的证明和辩白,正如对于一个宗教信徒来说,从理性逻辑上论证或反驳“神”的存在,既不能增进、也不能动摇其信仰一样——尽管孟子并非此种一般意义上的宗教教主或信徒。

“在心为志,发言为诗”(《毛诗序》),在孟子那里,儒家的价值信仰体系在个体心性层面上的对应物,或许就是“志”,“志”是“性”的价值化内核,是“可以为善”的善性的具体化内涵,是“心”的主宰。而诗教的基本程序,就是将这个过程倒过来,即从包含儒家之“志”、儒家的价值理想和信念体系的“诗”出发,来教化和培植心性,其理想境界与目标,或许就是力求将“志”的价值内容先天化和自然化为生命的自然本能,或者准自然本能。孟子的基本教化径由,因此也就是从(包含着儒家价值理念之“志”的、感性化的)“诗”对“心”的感染、范导开始,从“心”到(作为“心”之先天化和自然化的)“性”,再到“天”。但到目前为止,沟通心、性、天的,看起来只是一种道义实践、道德教化的激情和乌托邦式的信念力量,甚至缺乏宋明理学那样的(道德形而上学的)概念性的同一性或者统一性。这使得孟子的学说似乎缺乏那种概念化的确定性和严格性,孟子因此也没有对心性问题进行一种形而上学概念化的简单归并。这对孟子来说不一定是缺陷,因为其志趣所在本来也不是理论建构:孟子对于心性问题的理解和展开,没有被化约为一种概念的抽象性,而较多地具有的生命仪式感和价值实践的可操作性。但仅仅从诗教的感染力量和道义化的教化激情出发,这样的教化理论及其背后的价值信念,似乎总体上终归只是一种主观的愿望和主体性的产物,还缺乏某种彻底性和必然性的根基,尤其是无法解决作为施教者（或兼为受教者与施教者）的孟子式的儒家士人自身心性和生命安顿的问题。因此，以上涉及的只是孟子诗教的一般性问题，这里还缺乏某种主轴性、贯通性的东西，对于后一方面问题的思考和处置，成为孟子学说及其诗教问题的轴心和归结。

第三节　士人的生命仪轨和价值认信体系：孟子诗教及儒学理路的主轴与归宿

在孟子那里，士人心智的“个体”性质或属性，开始变得醒目，虽然很难说这究竟是来自于士人个体人格的“觉醒”，还是个体才智与心力不得其用的负向“意识”。但清楚的是，孟子不仅仅从诗教的教化对象（普通民众）的角度考虑问题，他同样从个体角度考虑士人自身的存在意义和道德行为，对于孟子来说甚至更为重要的，或许是作为施教者的士人自身的生命状态与生存方式问题[①]。这可以看成是诗教的另一向度，是诗教问题的前提或者延伸与归宿，同时也是孟子学说的又一个关键之处。不过，在这个问题上，对于儒家士人来说，可能别人帮不上什么忙，因而这个问题的核心，是“气”与“养气”的问题：

“敢问夫子恶乎长？”曰：“我知言，我善养浩然之气。”

《孟子·公孙丑上》

孟子之所以把这两件看似不相干的事情紧密地联系在一起，或许就是因为它们是心性教化、个体修养问题的具体展开。首先，孟子把“言”和“知言”的问题作为他自己最擅长的两件事项之一，放到这样一个重要的地位之上，这也许不难理解：一方面可能正是因为对于孟子学说构成基础性作用的“诗教”，主要就是一种“言教”；另一方面，“言”作为人性构成之自然性层面的东西，“言”为心

①张大为：《东方传统：文化思维与文明政治》，上海三联书店 2015 年版，169–170 页。

声、心迹，而“心”又是“性”灵明的实然和载体，这样，“知言”本身构成“言教”、诗教和儒家心性修为的重要组成部分。然而，随着问题进入到士人自身的心性修养和安顿维度，“养气”问题的重要性就突显出来了。在孟子诗教的内在构成当中，就“知言”与“养气”的关系来说，大体而言，可能“知言”“言教”主要是就施教方式、教化对象而言的，而“养气”主要是施教者和士人的修为功夫。或许诗教只有内含这样一种儒家士人的自我教化、自我修炼维度，儒家的价值信仰体系才得以奠基，诗教的实践图式才得以完型。

在这个问题上，与一般的认识不同的是，在我们看来，儒家的道德实践其实也有一个自然根基，并且付出了将道德价值、道德实践建立在这一基地上的努力。孟子最终是将其心性教化问题，将“志”的内容，建基于一种自然基础之上：在东方与中国传统当中，自然是丰富的、有层次的、全方位的存在，而不是像在西方传统当中，只是一个概念化的“本质”和抽象的规范性，因此事实上它在乌托邦式的信念与诗教实践当中，比之在概念化的道德形而上学当中，具有更多的存身余地。就孟子而言，在上面讲到的性、命的对举式关系之间，在自然性和道德性的错综格局与交叉往复当中，有一个非常具体的“交集”之所，这就是士人的个体生命、自然生命。而作为个体自然生命的基本特征，可以说就是“气”。“存其心，养其性，所以事天也”，对于人的自然生命来说，按照儒家传统的说法，“天命之谓性”的“性”是看不见、摸不着的先天基质，而“气”是“性”在生命自然层面的显现和实存方式。因此，“气”一方面是沟通个体心性与天道自然的中介、自然介质（“塞于天地之间”）；另一方面，也是沟通心与性的中介——只有在“气”的层面上，才可以将心、性问题，作为鲜活的生命形态、作为一种可以人为地施加影响的具体性来加以把握。但从儒家的视野当中讲心性，这就不可能是一个纯粹的自然性生命的问题，而是必然带出儒家的价值理念和道义范畴：

> 其为气也，配义与道；无是，馁也。是集义所生者，非义袭而取之也。
>
> 《孟子·公孙丑上》

在这里，"气" 事实上有着两种地位、两个运行方向："集义所生者"，说明"气"为主，是"集"与"养"的目的；而"配义与道"则是以道义为主，"气"是某种基础性和从属性的存在。于是，在孟子这里，所谓的"气"与"养气"，其实也就有两种培植、培养与运动的方式、方向：

一方面，它是从个体生命存在（而不是从概念的、思想的层面，也非从群体实践的层面）的层面，体悟与返回个体生存与心性的灵明，沟通并连接个体生命、个体心灵与宇宙自然整体之间的一体性[①]，借此证悟"道体"的统一性。在此，儒家修养功夫的基本径由是，在"言"和"心"方面，行儒家之"宜"（"义"），是为"集义"，这能够让心境澄明、性光呈现，符合于天性之本然，并因此上接于"天"，而"气"也才得以在其间鼓荡流行。这样，心、性、天就在"气"的层次上贯通、连接起来，组成儒家的修养次第和价值秩序，而也只有心、性、天沟通、连贯起来，才能实现"气"的周行和贯通，才是所谓的"养气"的功夫。这样的"气"，"是集义所生，非义袭而取之也"，可以有撑展、组构和安顿儒家的价值信仰体系的作用，不过这与"若乃其情……"一样，都只是一种心性乌托邦式的假定，因为这里的"气"仍然是自然之气——如果气本身就是道德性的，那就用不着"集义所生"，儒家之"义"和道德本身就是"气"了。因此，所谓的"养""集"其结果只是或然的，而不是必然的。不仅如此，更主要的是，仅只在这样一个维度上贯通心、性、天的自然—宇宙论秩序，也有可能通向老庄哲学的自然主义，而这样的自然之"气"，同样有可能反过来解构与消解儒家的实践意志和伦理价值诉求。

所以，另一方面，在孟子式的儒家义理系统当中，"夫志，气之帅也"（《孟子·公孙丑上》），在自然之气作为道德性和价值系统的基础的意义上，"气"是"志"的基础，"志"统帅着"气"。换句话说，"气"只是"配义与道"的基础性和从属性存在。然而，上述"气"的这两种地位和两个运行方式、方向似乎是矛盾的——这是人们所习惯的、从纯粹概念和学理层面进行考量的结果，如果从个体的生命修炼、从个体生命的自然之气的运行角度来看，则不一定是矛盾：

①冯友兰在《孟子浩然之气章解》一文当中认为："孟施舍等所守之气，是关于人与人底关系者，而浩然之气，则是关于人与宇宙底的关系者。"见冯友兰《中国哲学史》（下册）附录，华东师范大学出版社 2000 年版，第 429 页。

> 君子所性，仁义礼智根于心。其生色也，睟然见于面，盎于背，施于四体，四体不言而喻。
>
> 《孟子·尽心上》

“气”作为“集义所生者”，在通过“养气”来存心养性、使心性与天沟通的同时，孟子反过来规定了一套从“气”出发的个体生命的存在仪轨和修养功夫的逆向运作。由此，“气”的运行和循环，也将支持一种逆向的关联或者关系，或者说，支持孟子的一种逆向推论与反向“奠基”：“君子所性”的“性”字，这里变成了一个动词，意味君子从天命之“性”那里所秉承的东西，如仁义理智这些道德禀赋，经由之前的存心养性的过程，孟子此时已将其视同、规定为心性之自然层面的东西（“仁义礼智根于心”）；“其生色也”，则是从道德范畴向自然生理层次运动的过程，这从概念、义理的层面无法解释，因而都只能是通过个体生命状态和“气”的运动实现的，其本身就是“气”的逆向循行。

综合这两方面看，也许可以说，“存心养性”“集义所生”的“气”是手段，“配义与道”的“气”才是目的，但手段和目的统一于“气”在个体自然生命意义上的贯通与循环：通过这种“气”的循行，儒家道德伦理范畴与价值体系，被牢牢地锁定在自然之性、天命之性的层面上。不管这个过程在多大程度上是事实，这里是儒家力求将自身的义理与价值系统建基于天道自然之上而付出心力的关键之处。孟子的“养气”之说，也许与当时流行的道家的导引、养生之术不无关系，但孟子没有仅仅停留在纯粹自然生命的修炼层面，同样也没有停留在纯粹（哲学）概念性的解说和推演当中。孟子在此进行的不是概念上“同义反复”和“循环论证”，也不仅仅是价值论上的自我捍卫的“循环”[①]：“气”的循环，首先是士人生命

①牟宗三对于《孟子·告子上》的解读，提供了这样一个“价值地说”的价值论“循环”（论证）的典范：“‘性’就是本有之技能……乃是就人之为人之实而纯义理地或超越地来规定……故性是纯义理之性，决不是‘生之谓性’之自然之质之实然层上的性，故此性之善是定然的善……”见牟宗三《圆善论》，吉林出版集团有限责任公司2010年版，第19页、第236页。

仪式的"循环",然后是儒家价值理念的"循环",最后才是论证的"循环",孟子因此通过"气"循环和"养气"的修为,不仅把"气"变成了儒家价值信念体系基本的组织者和解说范畴,最终更将儒家的价值体系,变成一种根植与安置于士人个体生命之先天的生理层面和自然属性当中的东西。

于是在这里,养气就是养性,它们至少是一致与统一的两件事情;反过来说,只有在养气的前提下,所谓的存心养性,才不是空洞的道德说教和无从着手的自欺欺人,而是一种可以按部就班开展的生命修养功夫和生命仪轨。由此出发,也才能证得和养成所谓的"浩然之气":这是人自身的自然生命、生理之气,与儒家的道德之气、道德义理、道义精神之间的感应共振和错综交织,进而由此体悟到的道德个体与自然宇宙及天地大道浑融一体的境界[①];这反过来,又进一步促使士人从生命感的开张和生命幅度的阔大当中,砥砺与强化其生存的原动能和"浩然"志气。在它们的裹挟之下,"集义""为善"这样的儒家的道义责任和价值实践,才像是天道之自然,也才像人的自然本性、生命本能一样,做起来既自然而然,又具有一种浩大的道义上的动力性,并在这个层面上完成"配义与道"。因此士人个体生命的"浩然之气",从"集义"到"配义",既是起点也是终点,既是原因也是结果,它成为包围着儒家士人生命历程和生存方式的神圣光晕。

在此前提下,孟子在"事天"的问题上,也因此走了一条与众不同的道路:这就是从"气"或"养气"的层面上"事天"、与"天"沟通,而非从形而上学的理念与

①"气"尽管可以接近、类比乃至裹挟道德和伦理价值,却仍然是自然性的东西。所以将"浩然之气"道德化、从道德的角度加以理解,根本上只能是一种象征性的相似性和可比性,以及一种比喻性、形象性的说法,它可能意味着由道义精神与道德实践所带来的那种浩大的价值感、正义感和崇高感。道德实践的价值感、正义感、崇高感,可与自然之气构成呼应、合拍关系,同时也有助于这种生命的自然之气的生发、培植和颐养——所以才有"仁者乐山,智者乐水"以及"仁者寿"的说法。当然,这种关系反过来也成立,也即浩大的自然生命"气场"与和谐自然的心态及人群关系,对于道德实践有推动和助力作用。总之,孟子的说法即便从今天看来也有一定道理,即善性和道义之举有助于人的身心和谐与健康,但恐怕也只是一种或然关系,这也就是说,在"气"的自然性和道德价值之间,并不存在必然的内在相关性。不过,孟子或许自有他的道理:即形而上学的"概念"的必然性,从根本上说也不过就是一种理论思维上的推定、设定而已,因此孟子的心性乌托邦式的教化机制,与《易传》《中庸》到宋明理学的道德形而上学路径,也只是儒学道路的不同走向而已。

超越性的价值实体角度诉诸“天”，或从此类意义上“事天”①。如前所说，从抽象的“性”的角度“事天”，“天”就如宋明理学那样，变成了形而上学的理念；而从“命”的角度事天，“天”就变成了不可捉摸的神意，或同样具有价值归宿意味的老庄哲学的自然之道与宇宙论之“天”；孟子是从“性”“命”交叉的价值实践格局当中，找到了个体的自然生命，于是个体生命所秉承与生发的“气”，成为生命、心性和天的连接者和连通器。这样的“天”，既不是概念终点，也不是神圣的价值“本体”：孟子确实从“天”与“事天”的角度，思考士人的个体生存方式和价值归宿问题，但从“气”的意义上沟通的“天”，具有“性”“命”之自然化与解神秘化的本源意味，因而只是大化周行当中某种杳渺的自然性基础和限定性边际。这或许恰恰说明，孟子对于“天”其实也不抱希望，诉诸“天”，只是为了更好地安顿和组织此世的秩序：将士人的存在方式不厌其烦地归结为“天吏”(《公孙丑上》)“天民”(《万章下》)“天爵”(《告子上》)，把士人从“天”那里获得的身份、位格和“福报”规定得如此具体，孟子在这一点上，在整个儒家传统当中也是很特出的，但这究竟是从“天”的角度来规定现世，还是从现世出发来描绘那缥缈的天国、因而最终只是组织和安顿了现世的秩序？这可能首先意味着士人的所作所为是行天道，但另一方面，更重要的，也意味着士人的理想其实不可能在现世完成——“福报”不在此世。从君子之“三乐”之类的淡然心态来看，这些可能恰恰是为了让士人更加平静地安住此世。总之，返回士人的个体生命的存在方式和价值图谱，这在孟子是一种退守，但也是一种坚持：因为施行的是诗性教化，所以“言不必信”；因为自视为“天民”“天吏”等，所以“行不必果”；唯一要守护和坚持的，是像生命的自然本能一样的儒家道义责任担当：“惟义所在”。

孟子的学说可能反映了当时儒家士人残酷的生存环境和生存价值危机，孟子因此努力使得儒门当中具有了一种准宗教性的生命修炼方式和生存仪轨，并以此来建构和完成其价值认信体系：从“若乃其情”，到“仁义理智根于心”，这一

①先秦学术对于“天”的解释肯定是存在于各种张力关系当中的，但这不是义理上的纰漏，而恰恰是中华先民真实、开阔和丰富的生存空间、生存格局的反映，也可以说，这才是天之为天真正的“自然”的品性秩序。在这个问题上应该“无为从天”，而不是一定要将其归纳为一个“纯粹”的概念，或推断它只有一个“纯净”的内涵。

整套的儒家道德伦理体系和价值实践的图式,最终在士人个体生命仪轨与心性之自然层面,找到了它的安身之所,完成了它的意义循环和自我论证。孟子以此在一个浊乱的世界里安顿儒家士人的生命方式和生存价值,或者说,以将其安顿在一个准宗教性的生命仪轨和价值认信体系当中的方式,来促使其履行儒家包括教化民众在内的道义责任。这同样赋予儒家义理一种"形而上"的层面,但它是乌托邦式的"形而上学",而不是概念逻辑的形而上学;它本身是一种价值上的认定或认信,而非经验、事实层面上的实情。它们建立在自然之气、自然之性的基础之上,后者不是一种消极的限制性的东西,而是为其价值理念和价值理想铺平了道路,并通过"养气"的循环,完成了价值的"循环",也闭合了论证的"循环"——尽管其终极目标的实现和抵达,其实仍然没有必然的因果逻辑的保障在其中。然而,恰恰是这样一种信念体系,反向促生了士人"个体"生命的存在感、使命感,这是孟子儒学理路的基本张力与轴心。它总体上是构成儒家士人担当其道义责任、以诗教来教化民众的前提和基础,反过来也可以看成是孟子的诗教实践格局在更深、或更高一个层次上的延展、实现与完成。

第四节　孟子诗教视野中的"以意逆志"问题

孟子提出的"以意逆志",是中国古典诗学的一个经典命题。不过,仅仅在诗学或者文艺理论本身的范畴内讲述这个问题,似乎总让人觉得有些小题大做、言不及质。这个问题,可能同样需要放置在孟子的整个思想体系,尤其是"存其心,养其性,所以事天也"的心性教化意图当中来考量,或者说,只有放置在这一问题格局当中,才能对于这其中的诗学或文艺理论问题,有一个全面的理解,并进而拓展与深化有关文学是什么的问题的整全认知。这首先需要扭转汉、宋两派的学问"家数",尤其是宋代理学兴盛以来对于孟子的解释方式,以及由此得出的一个颇为"现代"的孟子形象:从心、性的概念形而上学与道德形而上学角度解释孟子,恰好与西方现代传统的美学与审美诗学视野若合符节,但这并非孟子的本意及中华文明传统当中所理解的文学性。文学性或者诗性,作为一种具有丰富价值内涵与复杂文明机理的构成，对于它的理解与认知，不能仅仅停留在“思无邪”“止于礼义”的限定性定义方式与否定性问题维度之上——汉代以后的诗教片面强调这一方面，或者对之进行一种宋明理学式的形而上学化的概念性、割截性理解，这都不可能是客观、全面的。“以意逆志”的文学批评、文学接受问题，其中必定牵掣着某个更大的问题性格局，伴随着某种更关键、更重要的过程，或者说，它可能只是一种更为重要、更为关键的过程的伴生性、衍生性机制或外部体现。

(一)“以意逆志”与孟子诗教的问题性格局

孟子的义理系统，不是从形而上的概念和思辨体系出发，把“道”当成抽象的理念和遥不可及的彼岸性存在，而是要现实地、具体地理解与完成“道体”之整全性和内涵性在场，并在这样一个层面上，实现从“实然”向“应然”层面的越升。具体来说，孟子并未完全否定告子“生之谓性”的人性之原始自然性层面，也即并未完全否定“寡人好货，寡人好色”层面[①]，这类似于董仲舒“道者万世之弊”，或天台宗义理系统当中的“贪欲即道”的思理。这一思路与思维方式的特征，都在于其考虑的是“道”的实存和在体，而非作为形而上学的概念层面的“道”：孟子的“道”具有肯定性、内涵性、价值性的内容，而不仅仅是一种限制性、限定性的抽象规范，在这一点上它不同于汉代诗教；它追求“应然”方面的超越性，但同时正视而不回避世界与人性构成之“实然”的现实状态，在这一点上它不同于宋儒形而上学的理学思路。在这一交汇点上，孟子学说的基本特征，就是中国上古以来诗教传统的体现：“诗教是指以诉诸人们感性的诗歌音乐艺术为媒介的道德品性教育，它既是封建政治的有机组成部分，又是中国古代艺术生活中的重要内容，是中国作为礼仪之邦、文明古国的核心内涵”[②]。但孟子并非一般意义上的诗教传统的继承者，既能够符合孟子的学说格局与社会理想，又能够具有现实的教化作用的，是孟子出于他自己的时代历史条件，综合“王者之迹”体现的儒家政教理想与孔子作《春秋》的现实精神而来的、从个体心性层面上弘扬与重建的诗教传统：“王者之迹熄然后《诗》亡，《诗》亡然后《春秋》作。”

①牟宗三：《圆善论》，吉林出版集团有限责任公司 2010 年版，第 6 页。

②陈桐生：《礼化诗学：诗教理论的生成轨迹》，学苑出版社 2009 年版，第 1 页。

这样,综合起来看,孟子最擅长的两件事项,“知言”与“养浩然之气”(《孟子·公孙丑上》),之所以看似毫不相关但孟子却把它们放在一起来说,就在于无论是“知言”还是“养气”,事实上都是在力求把握人生命存在之“实然”的自然状态下的现实性,从此出发,就是握捉摸不定的心性问题的某种具体着手之处。这样的义理系统与取向,体现在诗教与文艺理论问题上,“诗”与“言”就属于人的心性之“实然”的自然状态,而孟子“以意逆志”的论诗、解诗方式与方法,由此就具有了存心、养性的修养、教化方面的积极意图。从心性角度看,“性”是“心”之本然、本体,“心”是“性”的实存形式;同时,“意,志也,从心,察言而知意也”(《说文解字》),“志”是“意”的统属,而“意”是诗中之义、言中之义,是“志”的具体化。但总体而言,“天命之谓性”(《中庸》),对于孟子来说,只有渊源自“天命”之“性”的道义责任担当,才能称之为“志”,所以一方面,“志”和“性”是同属一个“应然”层面的东西,而“意”和“心”属于“实然”的现实具体性,另一方面,“志”和“意”又分别对应着“性”和“心”的道德化、伦理化的具体内涵。

附—1 孟子诗教范畴表

	自然(天、天命)	道德、伦理、政教
应然	性(天命之谓性)	志(后天“士心”)
实然	心(存心养性)	意(以意逆志)

由此,“诗”与“言”,一方面可以看成是作为“性”之实然的“心”迹之所“存”,另一方面,它也包含了“志”之具体化的“意”。于是,“诗者,持也,持人情性”(《文心雕龙·明诗》),在一定的情况下,心性教化问题可以转化为诗中之“意”、诗人之“志” 的问题,“存心养性”问题可以转化为“以意逆志”问题。也因此,从诗教的角度出发,“存心养性”当中的心、性不再是空洞的概念;而从诗教的层面来“以意逆志”,则心性教化、存心养性易于着手,可以按部就班、循序渐进地展开。“告子曰:‘不得于言,勿求于心;不得于心,勿求于气。’不得于心,勿求于气,可;不得于言,勿求于心,不可。夫志,气之帅也;气,体之充也。夫志至焉,气次焉”(《孟子·公孙丑上》)。这其间,多出来一个“气”或“养气”的问题,这对于“以意逆志”问题恰恰很关键,它至少包含以下这几层的意思:

(1)根据朱熹《四书集注》的注疏，“气”与“心”之间是本、末关系，而“心”与“言”之间是内、外关系，因此两者不能简单类比和等同。但无论如何，含“意”之“言”、存“心”之“迹”，虽非道和天性之实体、本体所在，却是“志”与“性”的具体存在方式和体现，要想将其全然泯灭，不仅不符合天道与人性，而且也是根本不可能的，所以只能因“言”以知“心”，从“心”之形迹入手养“心”之本性、本体。这个过程是一个心性修养与教化的过程，而所谓的“言”(“诗”)和“心”，正是孟子诗教的具体实践领域，是诗教展开的基础，也是“以意逆志”的出发点。所以，舍本逐末自然不值得提倡，但“不得于言，勿求于心”却也是不可以的，因为舍此无从着手或至少是很不容易着手。

(2)于是，据此可以清理出孟子的两条思想线索：

“外”(以意逆志)：“意”(“诗”“言”)→“气” →“志”

“内”(存心养性)：“心” →“气” →“性”(“天”)

孟子对告子的点评，节略性地指示了这两条线索当中有关内、外、本、末的一些关键之处，而非全部问题。一方面，“志”为“气”之帅，说明“志”高于“气”，是孟子所谓“养气”的目标与指向；但另一方面，如果将“以意逆志”归结于“存心养性”(如上文所说“以意逆志”是“存心养性”的一种方式)的话，其实也只有经由“养气”的生命化、具体化的修养过程与修养方式，“养性”的目标才能实现。所以，“意”与“心”属于“末”的层面，“志”与“性”属于“本”的层面；就道德伦理内涵而言是“意”“志”，就人性的构成与归属而言是“心”“性”。但总体而言，“意”与“志”不是凭空而来的，道德、伦理不是自本自根的，而是“意”“志”在“心”“性”中，道德、伦理在自然性(“天”)之中。因此，前者表现为“外”在的道德伦理属性与习得技艺，后者为“内”在的人性自然基础领域。

(3)“气”因此不仅是这两个过程当中各自的“纵向”的中介程序，是将生命之本末、内外沟通而使以意逆志、存心养性得以实现的中间环节与必要条件：“志一则动气，气一则动志也”(《孟子·公孙丑上》)；同时，它也是“横向”连接这二条教化进路与思想线索的连通器，“气” 是人的现实生命、现实生存的特征，“意”“志”“心”“性”及内、外、本、末，统一于以“气”为特征的士人个体生命的现实生存，统一于以“气”与“养气”的循环形式构成的士人生命仪轨：“气”不比

"志""性"更高,却比"志"与"性"具有一个超个体,但却又是具体的、可以措手其间的自然性底盘——孟子将"养气"与"知言"并列,或许就意味着它们同样具有具体的可操作性,所以才为他自己所"善"长,也正因此,"气"超越生命个体本身,将更加浩大的生命价值格局("浩然之气")包络进来,整合起来。

(二)"以意逆志"与心性的飞跃

孟子学说的总体取向,是力求将道德伦理内容安置于人性之自然性构成之上,使其变成一种类似生命的自然、准自然本能的东西。人类的文明化的生活世界,首先是一个道德伦理的世界,如何处理道德伦理世界与自然人性的关系,对于古今中外的思想史、哲学史、文明史来说,都是一个重大的现实问题。在西方前现代的传统当中,经常将道德伦理的源头归结为超验性的东西,比如超验理念、神性等等,这样的思想方式,在现代世界与现代人的世界观面前,面临着现实的、实际的困难。因此,西方的现代性传统将这一切诉诸具有普遍性的"理性"机能的自主性个体[①],但问题是,如果这个个体既不"自主",也不"理性",那也没有任何办法能够保证道德伦理世界的实现的可能性。西方现代世界日益趋向的"没落"、颓废与虚无,恰恰证明了这一康德式的"现代性"思路也未必能行得通。与西方传统不同,中国思想传统的基本特征,在于将道德伦理世界建立在尊重人性之自然性的基础之上,但中国传统所理解的这个自然性,不是一种纯粹物理学、生物性的构成,不是一成不变的自然基质,不是一种概念性的抽象本质,同样也不是"神的理性"。中国传统将道德伦理世界看成是对于人性之自然性的协调、完善与发展[②];同时,这个自然性本身也不是恒定不变的,它可以通过培养、教化作用而不断得到升华。"自然"既是最低的基础,同时也是最高的标准,即"道法自然""自然之道"意义上的"自然",与"天道""天命"意义上的"自然"。这样,对于人性来说,道德伦理就不是一种简单的约束性、强制性与外在枷锁,同时,人性也不是完全消极地、被动地应对和符合道德伦理的要求,而是在相互作用、相互砥砺、相互提升当中,不断去符合更高层面的自然之道,达到人性的

①[美]施特劳斯:《现代性的三次浪潮》,见《苏格拉底问题与现代性》(增订本),刘小枫编,刘振、彭磊等译,华夏出版社2016年版,第326页。

②[法]汪德迈:《占卜与表意:中国思想的两种理性》,金丝燕译,北京大学出版社2017年版,第7页。

善性与完善。这是包括孟子在内的先秦儒家乃至其他思想流派，所努力践行的“天道”或者道义责任，同样也是直至今天仍然有很大的现实参照、借鉴价值的思想文化传统。

于是，孟子的儒家义理系统建构的基本目标，就是使儒家之“意”与“志”，不只是一种后天的道德修养和道德意志，而同时也具有天“性”、天命的自然性基础与根据，能与“天”沟通和建立联系。从儒家士人生命个体之现实存在方式着眼，孟子所谓“浩然之气”、所谓“养气”，就是一个扩大开来的个体生命的配置格局，其目的是借此从天道自然的层面找到个体生命的价值根据：从存心、养性的角度守护天性、天道之本然，反过来从“心”之本“性”和本体当中，发现天命之所钟的生存与价值支点；但这不仅仅是为了个体存在意义上的心定、性安，而且是求得以天命、天道来支持儒家的道义实践与政治理想的努力。在这个义理格局当中，“以意逆志”与此协同、平行，是存心养性的一个角度或一种方式，它逆求的威武不屈之“志”，就是求得“性”层面上的、由天命与天道支持的人生价值目标的确定性和真确性。“以意逆志”涵括了“不得于心，勿求于气”阶段，是对于这一过程的总体概括，是从另外一个角度对于“知言”“养气”与“存心、养性、事天”这个过程的总体描述，或者说是实现这一过程的另外一种方式、方法。这就是“所以事天”，只有这样，作为“天吏”“天民”、被授以“天爵”的士人，也才能够真正做到“仰不愧于天”（《孟子·尽心上》），完成其道义使命。

因此，“以意逆志”的“逆”虽小，但却是人性或者善性的本质呈现，是人之为人的本质力量，或者说，是人本身最为超卓、伟大的力量。一个“逆”字，点明了人心和人性的灵明与高贵之所在：不是顺着“向下一路”的路径，任凭生物性的自然随意泛滥，而是凭借天地赋予人的自然生命，学习自然之道的博大和精微，从更高的层次上接近自然、循顺自然，体悟自然之“道”的境界。《周易》上讲“数往者顺，知来者逆，是故易，逆数也”（《周易·说卦》），道家也有“顺为凡，逆为仙”之说。而就“以意逆志”当中的“意”与“志”、“存其心，养其性”当中的“心”与“性”之间的关系而言，有点类似佛教“缘生——自在”的关系：心念随外缘、外境流转，善恶不定，在这个层面上，它本身不可能像镜子一样纯净和空明；但如果能够了悟这一切不过是因缘所生的现象和表象（所谓色即是空、空即是色），不执着与拘泥于此，那就能得到不空之空、不净之净，得到本然的自性和自在。这样，无论心念怎样流转变迁，也不会扰乱坚定、纯粹的本然之“性”。与此类似，儒家则凭借“以意逆志”的方式存心养性，将现象世界的真实与虚妄、理想与现实作破而不破、“真空不二”整体理解与把握：“以意逆志”在此就是不被“心”层面的言辞、意象所干扰，而直探在其“性”层面凝定的“志”之所在。

但如果止步于此，则不会超过后世由此取法、追求“明心见性”的个体化修为但却缺乏道义实践、政治实践能力的儒学路径。事实上，孟子所谓“我四十不动心”的“不动心”（《孟子·公孙丑上》），并非是如道、释两家那样的纯粹个体性的自我修养境地，而是儒家士人实现与完成其道义职责的过程。“行有不得者，皆反求诸己，其身正而天下归之”（《孟子·离娄上》），“以意逆志”与知言养气、反求诸己、存在养性，是一个平行、共振的过程，“其身正而天下归之”是其在个体人格层面发生的现实效应的体现。对于儒家来说，制定某种强制性的规范来约束个体心性，或将心性问题做某种哲学式的形而上学思辨，并在此基础上进行个体“顿悟”式的心性修炼，这些都不是其首先要关心的。儒家的首要关怀，是如何对于士人乃至广大民众的心性做某种有效的教化与引导，使其臻于善性：以温柔敦厚之诗性与诗教，来颐养、延伸、升华人的“自然”天性，使之不断在更高的层次上符合“天命”之善性、符合天道之“自然”，这才是真正能够“不动心”的基础，而“以意逆志”的诗学问题，在这个层面上就扩充为知言养气、存心养性的大问题与根本性问题。

（三）“以意逆志”与中国传统学术的问题性格局

当然，这并不意味着“以意逆志”作为文学批评问题不重要，或者不能将它作为文学批评机理来认知与理解，但如果在一些基本前提上没有将问题性根系彻底清理出来，在不能正确把握孟子学说的问题性格局的情况下，贸然把它作为文学批评问题来看待，容易将问题表面化或者走向曲解的歧途。近现代以来，人们接受了西方的现代美学观念与审美诗学的视野，将文学看成是一个审美“客体”，一个被观看、被观照的“对象”，以及通过这种“超功利”的、内容空洞的审美产品展开的外延化、外缘化、外源化的“美育”与“审美教育”过程，并视此为唯一正确的文学认知与理解方式。这样，中国古典诗教传统的文明人类学与文明诗学的视野就被肢解了[①]。后者的问题视野与审美化的、美学化的诗学或文艺理论有交叉重叠的地方，在具体艺术问题及结论上也不一定与审美诗学矛盾，但在总体性的问题性格局上有着根本性的不同：孟子并非一定不能关心今天人们视野当中的"文学"问题，但孟子着实不可能关心一个在作为审美批评及鉴赏方式的问题性组织方式当中展开的"以意逆志"问题。具体来说，在这里，在"以意逆志"的作用机制的具体展开当中，以谁的"意"逆谁的"志"其实并不重要，因此像朱自清先生等人的研究结论本身不成问题，不过，"以己之意'迎受'诗人之志而加以'钩考'"[②]，只是一个局部和次生的问题，问题显然不能就此一言而决：比如，何为"意"？何为"志"？己之"意"与诗人之"志"是同一个层面上的东西吗？对于孟子这样的思想巨人来说，它们只是随意取用的临时性概念或者无关大体的文学批评术语吗？为什么不是"以志逆志""以志逆意"或"以意逆意"？从己之"意"到诗人之"志"的过程中发生了什么？"迎受"是否代表一个与"感发兴起"的诗教效应完全不同的整体性的文学接受格局与接受效果？诸如此类的问题，还有大面积的讨论余地和空间——而这也正是本文这样的探讨所努力的方向。

总而言之，在孟子诗教的问题视野的前提下，"以意逆志"这个命题的关键首先在于，这里发生的个体的诠解和释读过程，其目标指向并非只是文学的、审美的，而同时也是"存其心，养其性，所以事天"的过程，是落实这一目标诉求而展开的具体的心性教化机制。在这个生命修养的过程当中，逐渐将儒家的道德伦理与人文价值系统化入其中，并使之成为自然或准自然的本能。孟子的学说并非是一种激进的人道主义与简单的人类中心主义[③]，从这样一个心性教化的层面、也只有从这样的心性教化层面上讲，孟子学说当中被人们诟病的所谓乌托邦色彩其实也不是问题：这个意义上的"乌托邦"，并非永远无法抵达的空想天国和乌有之乡，而是可以在每个人的心灵、心性层面上实现的"超越"之境。而

①陈来：《古代宗教与伦理：儒家思想的根源》(增订本)，北京大学出版社 2017 年版，第 328 页。

②朱自清：《诗言志辨》，华东师范大学出版社 1996 年版，第 76 页。

③[美]牟复礼：《中国思想之渊源》，王重阳译，北京大学出版社 2016 年版，第 109 页。

这也正是孟子的教化意图的具体实现途径、方式与目标。由此，我们也可以看到在中国的学术思想传统当中，对于文学问题与诗学问题的理解方式与展开格局。通过这个问题，应该反思不仅仅是文学批评理论和诗学本身，而且也应该重新考察从我们今天的视野出发是否能够充分地理解古人的问题关怀，以及这样的关怀是否如过去人们所认为的那样完全是“落后的”“错误的”的问题，并借此重新考量中国传统学术思想遵循西方所谓的“现代性”问题路径，在被重新建构的过程当中的种种得失成败。

第五节　道德形而上学的限度与中国思想传统

对于中国思想传统当中究竟有没有“哲学”这个问题[①]，很多人可能对此不屑一顾。不过这个问题显然并不是一个名目与称谓上的争执。如果确实只是一个名称问题的话，叫“中国思想”还是“中国哲学”其实都无所谓：在此首先应该考量的，其实恰恰就是西方“哲学”对于我们的实质性影响是否只是一个“哲学”概念的影响？这种影响是让我们获得现代研究与创造性转化的参照视野和科学方法，还是得不偿失？我们是否对于传统思想文化资源进行了全面的评估，而非因为“哲学”视野与“哲学”概念，对于更像西方“哲学”的思想给予了过度的关注？有没有可能因此而在一些问题上本末倒置、买椟还珠？事实上，从巴门尼德到黑格尔的西方所谓形而上学传统是西方哲学的主流传统，但它却与中国思想或中国哲学的问题进路、思维方式相去甚远，而以尼采、胡塞尔、海德格尔等人的后形而上学视野研究中国哲学的路径，却恰恰让人们对于“中国哲学”产生了更多的“家园”般的亲切与贴切感。这种感受是真实的，这其中的问题性格局也不是形而上学或者道德形而上学领域可以限定的，而这其间的关系、因由，值得人们深思。

①本文这里并不满意用“中国思想”来替代“中国哲学”的概念，只是将其作为一个比较中性、比较超脱的概念来加以使用，以示区别。

具体来说，用“形而上学”来翻译西方的 metaphysics 概念，应该算是一种翻译上的神来之笔。但如果人们因此将“形而上者谓之道”（《周易·系辞上》）所包含的崇高属性与道义精神，赋予作为一种特定的哲学思维方式、路径的“形而上学”（metaphysics），则显然有将其理想化之嫌。不过，可能正是出于这一类的原因，使得“道德形而上学”的概念与思路，对于中国哲学研究领域来说，带有了太多高贵的光芒和神圣的意涵，并或隐或显、或自觉或不自觉地成为阐释中国哲学的核心路径与目标指向。形而上学的思维方法是有其局限性的，正因此，西方现代、后现代主义哲学对于形而上学进行了痛彻的批判和有益的反思。对于这些不应该完全无视，进行一些参照是有必要、有意义的，但这并不是为了用西方现代后现代的时髦哲学范式来阐释中国哲学传统，而是将此作为一个契机，努力做到更加全面、精确地认识和理解中国哲学或中国思想的本来面貌：对于以客观性为目标的研究和阐释来说，应该努力做到像孔、孟、老、庄理解他们自己那样，去理解他们的思想。

冯友兰先生讲过作为“一片空灵”的形而上学思想方法[①]，但它应该是一种理想化状况，或者说应该成为中国思想、中国哲学思维的目标理想。事实上，形而上学思维是不可能真正地“一片空灵”的。形而上学思维首先是一种概念思维，并不是有概念就是概念思维，人们在语言和生活实践当中积淀了大量的经验性概念，没有这样的经验性概念，连语言交流、日常思维和基本生活可能都无法维持。但形而上学式的概念思维，是在悬置经验领域的“反思”与“后思”当中建立起来的闭合性的概念思辨体系。如果不能对于理论与实践、思维与存在的关系进行正确的理解与有效的处置，形而上学就是用概念体系取代了世界的客观性，形而上学从而往往就是对于概念思维和概念体系本身的思维[②]。因此，在形而上学体系当中，形而上学思维的起点，就是概念自身的绝对的“有”，而当概念体系这个绝对的“有”出现在认识视野中时，不仅其本身就构成一种遮蔽，而且常常使得思维将对象领域框死为一个实体和死物，成为抵制思维进一步前行

①冯友兰：《贞元六书》（下卷），华东师范大学出版社 1996 年版，第 875 页。

②［德］黑格尔：《逻辑学》（《哲学全书·第一部分》），梁志学译，人民出版社 2002 年版，第 15 页。

的“概念木乃伊”[①]。如此的情形，即使对于像程朱理学这样中国式的“形而上学”体系来说，也并不能例外：“二者杂于方寸之间，而不知所以治之，则危者愈危，微者愈微……”（朱熹《中庸章句序》）。将“心”变成一个“方寸之间”的物质实体，这无论如何不能算作“哲学”思维的高明之处。中国传统思想当中的自省、修身“功夫”，或许能够克服这其间带来的一些弊端，但就其作为一个概念体系与概念思维方式来说，其认知局限性并不见得比西方的形而上学好多少。因此，后世终究还是免不了托之空言、“袖手谈心性”之弊。

就人们通常认为的中国思想传统当中的“道德形而上学”问题领域而言，孔子不怎么谈论“性与天道”（《论语·公冶长》），也很少谈论“利与命与仁”（《论语·子罕》），孔子不愿意给予这一类概念化的问题性领域过多关注，大概就是希望人们在勤学好问中、在日常行事中、在揖让周旋中、在伦理秩序中、在政治事功中见仁、义、礼、智、信，而非仅仅将其当成“方寸之间”的心性修养与个体修为上的“功夫”，遑论“心”“性”的概念。对于“天命之谓性”的心性范畴的抽象凝视与单向度演绎，才走向道德形而上学思维，道德形而上学就是一种建立在概念思辨基础上的价值理性与价值认信体系。道德形而上学一旦将仁、义、礼、智本身视为天命之“性”，就再也超不出这些作为“性”的先天范畴与概念思维的范围，这些概念背后的自然基础、自然经验，也就成为思维永远达不到的所在——后世儒学尽管用道、器、理、气、心、物等范畴，构造出一个宇宙论、本体论的形而上学体系来支持道德形而上学思维，根本情况也并无不同。然而，这一切只是概念上的认定，经由这样的认定之后，仁、义、礼、智之类就成为对于人性本身的一种价值设定，成为一种价值上的预设，它由此圈定了一个人性的范围、论证的范围，此后所说的一切，当然如牟宗三所说的是“价值地说”，但事实上只是一种关于人性的价值论上的循环论证。这种形而上学式的价值论循环论证，当然不是一个分析命题，但即使它将整个社会历史领域与生活世界都涉及进来、“综合”进来，仍然从起点上就基于对于人性本身的价值预设，仍然基于将仁、义、礼、智作为道德形而上学范畴而内源性地生发出来、搭建起来的同义反复的思维回

①［德］尼采：《偶像的黄昏》，李超杰译，商务印书馆2013年版，第19页。

路、价值回路、论证回路[①]。

于是，道德形而上学的概念体系与其论证方式，因此成为思维体系自我符合、自我论证的循环。道德伦理这一"实践哲学"领域与现实之间由此不再是直接性的关系，而加入一个理性思辨与概念思维的中介。这使其实践空间不是变大而是变小了，并且有着相当的限制性，比如，并非是谁都可以从心性问题的思辨开始，来提升自己的修养功夫与精神境界[②]。超出宋儒在心、性问题上构建的道德形而上学范畴体系与价值论预设，应该说，孟子的学说也并不是道德形而上学的讲法：不能指望那些"顽夫""懦夫""薄夫""鄙夫"像柏拉图一样，回忆一下"性与天道"的概念与理念，就可以脱胎换骨。孟子的"四端"，正是将仁、义、礼、智的自然渊源与自然生成过程加以敞开(《孟子·告子上》)，使之成为一个可以逆向回溯、可以往返审视的对象(《孟子·尽心上》)。孟子并非空谈心性的人，他因此"言必称尧舜"而非"言必称心性"，他的教化实践，是在日常生活与行为实践当中，贴合着具体道德情境与实践行事，如春风化雨般地加以引导、教化。如前所述，这是"属辞比事"的《春秋》之教与"温柔敦厚"的《诗》教精神(《礼记·经解》)，在新的历史条件和时代使命下的新的综合，是对于儒家教义新的发挥，但却并非道德形而上学的进路。然而正是这样的思想进路，在一个天下滔滔的战国乱世，提供了展开其"存心养性"的道德教化、重建道德秩序的可能性，与可以着手的实践空间及现实路径。

从某种意义上说，或许恰恰是就道德价值作闭环论证的道德形而上学，承载了一种道德理想主义冲动，而超出道德形而上学的思想范畴与概念框架，还有大量的问题性领域与思维空间。这其间应该考虑的是，作为天命之"性"的仁、义、理、智，是从天上掉下来的？还是从一个"善性"的"方寸之间"的器官里长出

---

①西方近代道德形而上学的起点，正是将人性本身视为自足的、完善的、绝对的"现代性"价值观念，道德形而上学根本上是这种"现代性"价值观念的同语反复。这非但不能解决问题，反倒埋下了虚无主义的根源。这样的思路是中国哲学研究需要避免的歧途，而非效法的对象。

②即便按照西方的古典哲学传统，所谓正义即哲学，美德即知识，也意味着只有通过哲学或哲学式的理论知识，才能走向正义和美德，这就等于是说，哲人是最有正义和美德的人。这或许是一个柏拉图式的"哲学"寓言或"哲学"神话，而现代"知识分子"也喜欢标榜自己是社会的"良心"或"良知"之类，但古今中西的生活实践与道德实践当中似无此理。

来的？它难道是长在人身上的生理属性与生物官能？还是种在身体里的物质实体？这并不是要解构人性价值，回归后现代式的生理学和心理学上的人性，但也不能将中国并没有、或后世才有的思想方式、思维路径，强加于比如先秦时代、轴心时代的本源性思想之上。事实上“自然”真相是，仁、义、礼、智既是发自“四端”的教化的起点，也是见诸行事的实践目标与终点；既是内在的心性修为与道德范畴，也是外在的行为方式与伦理属性……但中国思想关注的重心所在，恰恰是这个内外循环、往返参证当中不断求证真知、不断提升善性的教化——实践过程，以及心物一致、知行合一的伦理——政治秩序整体，而非截取其某个抽象性的断面，构造概念化的道德形而上学思辨体系。或许正是在这些层面上的富有弹性与余裕的全面观照、生动处置及圆融智慧，才是中国思想的基本特质和活力来源之所在；而实现道德理想、建构文明秩序的路径与方式，才是中国传统思想文化更为深广的自然基础，以及与当下生活实践更能产生共鸣、会通的维度。

事实上，从《易传》《中庸》，通过宋明儒学，到现代新儒家，走的是道德形而上学乃至西方的自由主义道德哲学的路径，《春秋》的历史理性经过《公羊传》的解释，到汉代形成公羊学的历史神学——这都是中华文明的支流；但中华文明的轴心性传统，是建立在自然理性（《易经》）和政制的自然（文明）正当性传统（《诗》《书》）之上的价值认信（《孟子》），和对于这种价值的自然正确性的制度性组织与安排（《三礼》）。这其中，诗教传统是一个大传统，也是儒家道统的基础、核心和正统[1]，而孟子是这一个大传统当中的一个关键环节。如前所述，孔子的学说是通过其人格身位的历史性担当展开的，而孟子的学说同样是与其个人的历史文化形象联系在一起的：“昔仲尼没而微言绝，七十子丧而大义乖”（《汉书·艺文志》），在此，孟子超出曾子、子思（他们只是儒学“思想”和“学说”的传递、发展环节）的地方在于，孟子以对于儒家历史命运的清醒认知和价值理念的自觉担当，确立了儒家的价值认信体系及教化之途，使儒家道统作为道统真正地创通与绵延开来。而孟子在这其中建立起来的，是在开掘与延展人性之自然基础

①陈桐生：《礼化诗学：诗教理论的生成轨迹》，学苑出版社2009年版，第1页。

位面的前提下，关于个体心性与士人生命仪轨及价值认信的超历史、超时空的教化和修为体系。因此，孟子的人格形象像孔子一样，清晰地矗立在儒家道统的开端之处：作为“亚圣”的孟子，能够跨越时空阻隔，引起历代儒家士人强烈的共鸣，激发其“虽千万人吾往矣”（《孟子·公孙丑上》）的道义责任担当，不是没有来由的。

参 考 书 目

汉语著作

《十三经注疏》(上下册),阮元校刻,中华书局影印世界书局本 1979 年版。

《二十二子》,上海古籍出版社影印浙江书局本 1985 年版。

《汉魏丛书》,程荣纂辑,吉林大学出版社影印万历新安程氏刊本 1992 年版。

《诗话总龟》(前后集),阮阅编,周本淳点校,人民文学出版社 1987 年版。

李道平:《周易集解纂疏》,王承弼整理,中央编译出版社 2011 年版。

尚秉和:《焦氏易林注》,九州出版社 2010 年版。

王夫之:《诗广传·诗经稗疏》(《船山遗书》第三册),中国书店 2016 年版。

王先谦:《诗三家义集疏》,吴格等点校,岳麓书社 2011 年版。

朱熹:《四书章句集注》,中华书局 1983 年版。

郭晓东:《戴氏论语注小疏》,华东师范大学出版社 2014 年版。

郭庆藩:《庄子集释》(四册),王孝鱼点校,中华书局 1961 年版。

许文雨:《钟嵘诗品讲疏·人间词话讲疏》,成都古籍书店影印 1983 年版。

范文澜:《文心雕龙注》(上下册),人民文学出版社 1958 年版。

詹锳:《文心雕龙义证》(上中下册),上海古籍出版社 1989 年版。

周维德:《诗式校注》,浙江古籍出版社 1993 年版。

郭绍虞:《诗品集解》,人民文学出版社 1963 年版。

郭绍虞:《沧浪诗话校释》,人民文学出版社 1961 年版。

叶燮:《原诗》,霍松林校注,人民文学出版社 1979 年版。

《廖平选集》(上下册),李耀仙主编,巴蜀书社 1998 年版。

刘师培:《中国中古文学史·论文杂记》,舒芜校点,人民文学出版社 1959 年版。

黄侃:《文心雕龙札记》,华东师范大学出版社 1996 年版。

冯友兰:《贞元六书》(上下卷),华东师范大学出版社 1996 年版。

冯友兰:《中国哲学史》(上下册),华东师范大学出版社 2000 年版。

钱穆:《中国学术思想史论丛》(八卷),安徽教育出版社 2004 年版。

牟宗三:《圆善论》,吉林出版集团有限责任公司 2010 年版。

牟宗三:《中西哲学之会通十四讲》,上海古籍出版社 1997 年版。

南怀瑾:《易经杂说》,复旦大学出版社 2011 年版。

潘雨廷:《易学史丛论》,上海古籍出版社 2007 年版。

宗白华:《艺境》,北京大学出版社 1987 年版。

朱光潜:《西方美学史》(上下册),人民文学出版社 1979 年版。

李泽厚:《美学三书》,安徽文艺出版社 1999 年版。

朱自清:《诗言志辨》,华东师范大学出版社 1996 年版。

郭绍虞:《中国文学批评史》,百花文艺出版社 1999 年版。

罗根泽:《中国文学批评史》,上海书店出版社 2003 年版。

叶维廉:《中国诗学》,生活·读书·新知三联书店 1992 年版。

罗宗强:《隋唐五代文学思想史》,中华书局 1999 年版。

马新国:《西方文论史》,高等教育出版社 1994 年版。

洪子诚:《问题与方法:中国当代文学史研究讲稿》,生活·读书·新知三联书店 2002 年版。

蒋庆:《儒学的时代价值》,四川人民出版社 2009 年版。

陈来:《古代宗教与伦理:儒家思想的根源》(增订本),北京大学出版社 2017 年版。

张祥龙:《复见天地之心——儒家再临的蕴意与道路》,东方出版社 2014 年版。

刘小枫:《重启古典诗学》,华夏出版社 2010 年版。

刘小枫:《王有所成:习读柏拉图札记》,上海人民出版社 2015 年版。

刘小枫:《古典学与古今之争》,华夏出版社 2016 年版。

刘小枫:《海德格尔与中国》,华东师范大学出版社 2017 年版。

陈桐生:《史记与诗经》,人民文学出版社 2000 年版。

陈桐生:《礼化诗学:诗教理论的生成轨迹》,学苑出版社 2009 年版。

张文江:《史记太史公自序讲记》,上海文艺出版社 2015 年版。

陈平原:《小说史:理论与实践》,北京大学出版社 1993 年版。

王小盾:《经典之前的中国智慧》,北京大学出版社 2016 年版。

赵汀阳:《惠此中国:作为一个神性概念的中国》,中信出版社 2016 年版。

陶东风:《社会转型与当代知识分子》,上海三联书店 1999 年版。

金慧敏:《媒介的后果——文学终结点上的批判理论》,人民出版社 2005 年版。

张旭东:《全球化时代的文化认同:西方普遍主义话语的历史批判》,北京大学出版社 2005 年版。

张旭东:《文化政治与中国道路》,上海人民出版社 2015 年版。

朱国华:《文学与权力——文学合法性的批判性考察》, 华东师范大学出版社 2006 年版。

柯小刚:《古典文教的现代使命》,上海人民出版社 2012 年版。

林国华:《古典的"立法诗"——政治哲学主题研究》,华东师范大学出版社、上海三联书店 2006 年版。

王江涛:《美事艰难:柏拉图〈希琵阿斯前篇〉义疏》,上海人民出版社 2018 年版。

张大为:《元诗学》,大众文艺出版社 2007 年版。

张大为:《理论的文化意志——当下中国文艺学的“元理论”反思》,天津社会科学院出版社 2009 年版。

张大为:《当代诗学的观念空间》,社会科学文献出版社 2015 年版。

张大为:《东方传统:文化思维与文明政治》,上海三联书店 2015 年版。

张大为:《诗思的文化格局——中国新诗的“文化”反思》,天津社会科学院出版社 2016 年版。

张大为:《元文论:基本理念与基本问题》,天津社会科学院出版社 2017 年版。

张大为:《走向文明诗学》,天津社会科学院出版社 2018 年版。

《中国历代文论选》(四卷本),郭绍虞主编,上海古籍出版社 1979 年版。

《古今之争与文明自觉》,徐戬选编,华东师范大学出版社 2010 年版。

《诗经、诗教与中西古典诗学》(古今通变文集第一卷),柯小刚主编,同济大学出版社 2016 年版。

外语著作(中译本)

《柏拉图注疏集》(《经典与解释》书系),刘小枫、甘阳主编,华东师范大学出版社、华夏出版社 2007–2018 年版。

《柏拉图四书》,刘小枫编、译,生活·读书·新知三联书店 2015 年版。

《亚里士多德全集》(第二卷、第七卷、第八卷、第九卷),苗力田主编,中国人民大学出版社 1991、1993、1992、1994 年版。

[古希腊]亚里士多德:《诗学》,陈中梅译注,商务印书馆 1996 年版。

[古希腊]修昔底德:《伯罗奔尼撒战争史》,何元国翻译、编注,中国社会科学出版社 2017 年版。

[古希腊]拉尔修:《名哲言行录》(上下册),马永祥、赵玉兰、祝和军、张志华译,吉林人民出版社 2011 年版。

《古希腊哲学》,苗力田主编,中国人民大学出版社 1990 年版。

[古罗马]奥古斯丁:《忏悔录》,周士良译,商务印书馆 1963 年版。

[阿拉伯]阿威罗伊:《论诗术中篇义疏》,刘舒译,华夏出版社 2009 年。

[意]维柯:《新科学》(上下册),朱光潜译,商务印书馆 1989 年版。

[德]康德:《纯粹理性批判》,蓝公武译,商务印书馆 1960 年版。

[德]康德:《纯粹理性批判》,邓晓芒译,杨祖陶校,人民出版社 2004 年版。

[德]康德:《判断力批判》,邓晓芒译,杨祖陶校,人民出版社 2002 年版。

[德]康德:《历史理性批判文集》,何兆武译,商务印书馆 1990 年版。

[德]谢林:《艺术哲学》(上下册),魏庆征译,中国社会出版社 1997 年版。

[德]黑格尔:《逻辑学》(《哲学全书·第一部分》),梁志学译,人民出版社 2002 年版。

[德]黑格尔:《哲学史讲演录》(四卷),贺麟、王太庆译,商务印书馆 1959–1978 年版。

[德]黑格尔:《美学》(三卷四册),朱光潜译,商务印书馆 1979–1981 年版。

[瑞士]布克哈特:《希腊人和希腊文明》,王大庆译,上海人民出版社 2012 年版。

[德]尼采:《荷马的竞赛:尼采古典语文学研究文稿选编》,韩王韦译,上海人民出版社 2018 年版。

[德]尼采:《哲学与真理:尼采 1872—1876 年笔记选》,田立年译,上海社会科学院出版社 1993 年版。

[德]尼采:《悲剧的诞生》,周国平译,生活·读书·新知三联书店 1986 年版。

[德]尼采:《快乐的科学》,黄明嘉译,华东师范大学出版社 2007 年版。

[德]尼采:《扎拉图斯特拉如是说》,黄明嘉、娄林译,华东师范大学出版社 2009 年版。

[德]尼采:《善恶的彼岸》,魏育青等译,华东师范大学出版社 2016 年版。

[德]尼采:《偶像的黄昏》,李超杰译,商务印书馆 2013 年版。

[德]尼采:《重估一切价值》(上下卷),维茨巴赫编,林笳译,华东师范大学出版社 2013 年版。

[德]胡塞尔:《纯粹现象学通论》(《观念 I》),李幼蒸译,商务印书馆 1992 年版。

[德]胡塞尔:《欧洲科学危机和超验现象学》,张庆熊译,上海译文出版社1988年版。

[德]海德格尔:《形而上学导论》,熊伟、王庆节译,商务印书馆1996年版。

[德]海德格尔:《在通向语言的途中》,孙周兴译,商务印书馆1997年版。

《海德格尔选集》(上下卷),孙周兴选编,上海三联书店1996年版。

[德]雅斯贝斯:《历史的起源与目标》,魏楚雄、俞新天译,华夏出版社1989年版。

[法]杜夫海纳:《审美经验现象学》(上下册),韩树站译,文化艺术出版社1996年版。

[德]施米特:《哈姆雷特或赫库芭——时代入侵戏剧》,王青译,上海人民出版社2015年版。

[美]施特劳斯:《古今自由主义》,马志娟译,江苏人民出版社2012年版。

[美]施特劳斯:《关于马基雅维里的思考》,申彤译,译林出版社2003年版。

[美]施特劳斯:《苏格拉底与阿里斯托芬》,李小均译,华夏出版社2011年版。

[美]施特劳斯:《苏格拉底问题与现代性》(增订本),刘小枫编,刘振、彭磊等译,华夏出版社2016年版。

[美]施特劳斯:《论柏拉图的〈会饮〉》,伯纳德特编,邱立波译,华夏出版社2012年版。

[美]施特劳斯:《古典政治理性主义的重生》,郭振华等译,叶然校,华夏出版社2011年版。

[美]施特劳斯:《修辞术与城邦——亚里士多德〈修辞术〉讲疏》,伯格编订,何博超译,华东师范大学出版社2016年版。

[美]施特劳斯:《修辞、政治与哲学——柏拉图〈高尔吉亚〉讲疏(1963)》,斯托弗整理,李致远译,华东师范大学出版社2017年版。

[美]施特劳斯:《古典政治哲学引论——亚里士多德〈政治学〉讲疏(1965)》,扎科特整理,娄林译,华东师范大学出版社2018年版。

[美]施特劳斯:《西塞罗的政治哲学》,尼科尔斯编订,于璐译,华东师范大学出版社2018年版。

[美]布鲁姆:《人应该如何生活——柏拉图〈王制〉释义》,华夏出版社 2009 年版。

[美]布鲁姆:《美国精神的封闭》,战旭英译,冯克利校,译林出版社 2011 年版。

[美]布鲁姆:《巨人与侏儒(1960–1990)》,张辉等译,华夏出版社 2011 年版。

[美]伯纳德特:《神圣的罪业》,张新樟译,朱振宇校,华夏出版社 2005 年版。

[美]伯纳德特:《情节中的论辩——希腊诗与哲学》,严蓓雯、蒋文惠等译,华东师范大学出版社 2016 年版。

[美]《走向古典诗学之路——相遇与反思:与伯纳德特聚谈》,萝娜·伯格编,萧涧译,华夏出版社 2007 年版。

[美]罗森:《诗与哲学之争》,张辉译,华夏出版社 2004 年版。

[美]罗森:《哲学进入城邦——柏拉图〈理想国〉研究》,朱学平译,华东师范大学出版社 2016 年版。

[美]朗佩特:《施特劳斯与尼采》,田立年、贺志刚等译,上海三联书店、华东师范大学出版社 2005 年版。

[德]迈尔:《隐匿的对话——施米特与施特劳斯》,朱雁冰、汪庆华等译,华夏出版社 2002 年版。

[英]斯塔斯:《批评的希腊哲学史》,庆泽彭译,华东师范大学出版社 2006 年版。

[法]德蒂安:《希腊古风时期的真理大师》,王芳译,华夏出版社 2015 年版。

[美]维塞尔:《活的形象美学——席勒美学与近代哲学》,毛萍、熊志翔译,学林出版社 2000 年版。

[美]维克利:《论原初遗忘——海德格尔、施特劳斯与哲学的前提》,谢亚洲、杨永强译,华夏出版社 2016 年版。

[苏联]古留加:《黑格尔传》,刘半九、伯幼等译,商务印书馆 1978 年版。

[德]施特格迈尔:《尼采引论》,田立年译,华夏出版社 2016 年版。

[匈牙利]卢卡奇:《历史与阶级意识》,杜章智等译,商务印书馆 1992 年版。

[德]本雅明:《经验与贫乏》,王炳均、杨劲译,百花文艺出版社 1999 年版。

[德]阿多诺:《美学理论》,王柯平译,四川人民出版社 1998 年版。

[德]哈贝马斯:《认知与兴趣》,郭官义、李黎译,学林出版社 1999 年版。

[美]詹姆逊:《马克思主义与形式》,李自修译,百花洲文艺出版社 1995 年版。

[美]詹姆逊:《快感:文化与政治》,王逢振等译,中国社会科学出版社 1998 年版。

[英]哈里森:《古代艺术与仪式》,刘宗迪译,生活·读书·新知三联书店 2016 年版。

[加拿大]弗莱:《批评的剖析》,陈慧、袁宪军、吴伟仁译,百花文艺出版社 1998 年版。

[美]瓦特:《小说的兴起》,高原、董红钧译,生活·读书·新知三联书店 1992 年版。

[美]艾布拉姆斯:《镜与灯:浪漫主义文论及批评传统》,郦稚牛等译,王宁校,北京大学出版社 1989 年版。

[德]韦尔施:《重构美学》,陆扬、张岩冰译,上海译文出版社 2002 年版。

[法]波德莱尔:《波德莱尔美学论文选》,郭宏安译,人民文学出版社 1987 年版。

[爱尔兰]叶芝:《叶芝文集》(卷三),王家新编选,东方出版社 1996 年版。

[法]瓦莱里:《文艺杂谈》,段映虹译,百花文艺出版社 2002 年版。

[英]艾略特:《艾略特文学论文集》,李赋宁译注,百花洲文艺出版社 1994 年版。

[美]韦勒克、沃伦:《文学理论》,刘象愚等译,江苏教育出版社 2005 年版。

[法]布朗肖:《文学空间》,顾嘉琛译,商务印书馆 2003 年版。

[美]宇文所安:《追忆:中国古典文学中的往事再现》,郑学勤译,生活·读书·新知三联书店 2004 年版。

[美]牟复礼:《中国思想之渊源》,王重阳译,北京大学出版社 2016 年版。

[法]汪德迈:《中国思想的两种理性:占卜与表意》,金丝燕译,北京大学出版社 2017 年版。

[英]克里斯托弗·罗、马尔科姆·斯科菲尔德主编,《剑桥希腊罗马政治思想史》,晏绍祥译,商务印书馆 2016 年版。

[法]让·贝西埃、伊·库什纳等主编,《诗学史》(上下册),史忠义译,百花文艺出版社 2002 年版。

《古希腊修辞学与民主政治》,刘小枫编,冯庆、朱琦等译,华东师范大学出版社 2015 年版。

《施特劳斯与古典研究》,中国比较古典学会编,生活·读书·新知三联书店 2014 年版。

《现代性与末世论》,王晓朝、杨熙楠主编,广西师范大学出版社 2006 年版。

《法兰克福学派论著选辑》(上卷),上海社会科学院哲学研究所外国哲学研究室编,商务印书馆 1998 年版。

《西方艺术文化学》,周宪、罗务恒、戴耘编,北京大学出版社 1988 年版。

《西方文艺理论名著选编》(上中下卷),伍蠡甫、胡经之主编,北京大学出版社 1985–1987 年版。

《现代西方文选》,伍蠡甫主编,上海译文出版社 1983 年版。

《"新批评"文集》,赵毅衡编选,百花文艺出版社 2001 年版。

《20 世纪小说理论经典》(上下卷),吕同六主编,华夏出版社 1995 年版。

《柏拉图的哲学戏剧》(《经典与解释》第 2 辑),刘小枫、陈少明主编,上海三联书店 2003 年版。

《古典传统与自由教育》(《经典与解释》第 5 辑),刘小枫、陈少明主编,华夏出版社 2005 年版。

《血气与政治》(《经典与解释》第 18 辑),刘小枫、陈少明主编,华夏出版社 2007 年版。

《索福克勒斯与雅典启蒙》(《经典与解释》第 19 辑),刘小枫、陈少明主编,华夏出版社 2007 年版。

《莎士比亚笔下的王者》(《经典与解释》第 21 辑),刘小枫、陈少明主编,华夏出版社 2007 年版。

《政治哲学中的莎士比亚》(《经典与解释》第 22 辑),刘小枫、陈少明主编,华夏出版社 2007 年版。

《雅典民主的谐剧》(《经典与解释》第 24 辑),刘小枫、陈少明主编,华夏出版社 2008 年版。

《霍布斯的修辞》(《经典与解释》第 26 辑),刘小枫、陈少明主编,华夏出版社 2008 年版。

后 记

从2016年下半年产生关于“文明诗学”的一些初步想法，并将其零散写在《元文论》当中，两年多的时间里，匆匆忙忙地完成了眼前这本书，总体上比当初预想的要快一些，在篇幅上也远超当初20万字小册子的设想。在整体结构方面，由于迁就了已经写成的一些篇章，遂成为目前这样一种状态。如果能够有时间彻底重写一遍，也许会以另一种组织形式出现，从而使一些现在看来更重要的问题，得到更为集中、系统的表述。但即便如此，可能也同样会带来相应的局限性。

这本书原本没有这么快完成的计划。到2018年冬天，才忽然发现距离全部完成的目标，已经不远。2019年元旦到春节的前后几个月里，脑子里的思想就像有了自主性意识一样，而我每天好像是被头脑里的想法拖拽着去写完这本书，身心疲惫却又停不下来。内容上也是越写越多，似乎是打开了某个问题闸门一样。尽管肯定还有许多粗略与不完善的地方，但对于我自己来说，越到后来，对于文明诗学核心观念的信心，是越来越增强的。

当然，对于久在鲍鱼之肆的人，很难讲明白什么是芝兰之香；被西方各式各样的时尚思想传销洗脑的人，说什么都走不出他们自己的“逻辑”。不过总体情形，似乎比我想象的还要乐观些：近些年来，越来越多的人能够逐渐摆脱西方视野，尤其是西方所谓“现代性”视野的笼罩性影响，从比较客观的、自信的态度，来理解包括中国文学在内的中华文明传统；仅2018年，就发现有为数不少的关于中国文学与中华文明关系的大型学术研讨会；同时，这几年来看到很多非常优秀的年轻学人，从事品位纯正的古典思想研究，有些还就是从文学写作进入这样的学术思想领域的；另外还有书中写到的诸如“玄幻文学”的思想文化语境等因素……所有这些，都让我相信，在一两代人之后，最为优秀的那部分中国人的心性构成，比之以往必将有着根本性的不同。

在本书出版之际，首先要感谢发表本书前期部分章节的刊物，以及各位编辑老师！同时，感谢学界那些秉承良知和良心，仗义执言或无言地帮助过我的无法一一当面致谢的师友！另外尤其要感谢工作单位天津社科院的领导和同事的关怀与支持，以及出版社各位同事一直以来的大力帮助！此时此刻，向他们一并致以真诚的敬意与谢意！

张大为 记于成存堂

2019年3月18日